KB122399

한국 인문학의
맥과 연세

한국 인문학의 맥과 연세

연세대학교 국학연구원 HK사업단 편

혜안

『한국 인문학의 맥과 연세』를 펴내며

   이 책은 연세대학교 국학연구원이 2009년부터 진행해온 '연세 인문학자 구술채록사업'의 결실로, 연세 인문학자들과의 인터뷰 모음집이다. 연세 인문학자 구술채록사업은 연세대학교에서 현대적 학제와 고유한 학풍을 조성하는 데에 기여한 인문학자들을 새롭게 조명해 보려는 의도로 기획되었다. 이 작업은 인문학자 개인의 학문적 삶을 정리하고 기록하는 일임과 동시에 '누군가의 삶'을 통해 그들이 살았던 시대의 학문과 지성의 풍경을 재구성해내는 과정이기도 하다. 연세 인문학자들과의 대화는 과거의 대학과 학문연구, 교육에 대한 역사적 자료를 제공할 뿐만 아니라 지난 시대의 유형·무형의 다양한 사회적 실체들에게로 우리를 이끈다.

   그 동안 연세대학교의 학풍은 주로 '국학(National Studies)'이라는 범주 안에서 탐색되거나 확인되어 왔다. 국학연구원이 2005년에 발간한 『연세 국학연구사』는 연희전문 시절부터 2000년대에 이르기까지 민족 정체성의 구축과 근대적 학문 체계의 발전과정을 '국학'의 역사를 통해 정리한 대표적 성과이다. 식민지배와 분단·전쟁을 거쳤던 한국에서 '국학'의 명분이나 시대적 역할은 분명 의미가 있었고, 관련 연구자들 또한 어느 정도는 맡은 바 소임을 다하였다고 볼 수 있다. 언젠가부터 '국학'의 폐쇄성을 우려하는 소리가 들려오고, 지역학으로서의 '한국학(Korean Studies)'으로 전환하려는 시도도 있지만, 국내외의 정치·경제·사회적 역학관계 속에서 국가와 자본에 종속되는 한계를 벗어나기란 쉽지 않다. 게다가 오늘날의 디지털 환경은 국가(민족)와 인종, 지역과 언어의 경계를 넘어서려는 다양한 시도들을 현실화시켜 준다. 그 과정에서 반갑지 않은 신자유주의의 거침없는 행보는 우리의 일상과 의식을 지배해나간다. 사실 안팎으로부터 대학과 학문은 그 어느 때보다도 강도 높게 자기성찰과 자기갱신을 요구받고 있다. 외부 세계와 소통하면서도 자본과 권력으로부터의 독립성을 지향하는 학문이 절실하다. 이 책이 '국학'에서 '인문학'으로 관심의 대상을 선환하려는 이유도 여기에 있다.

해방 후 한국의 대학 혹은 학문은 민족 정체성의 구축과 동시에 근대적 학문으로서의 과학성과 전문성을 확보하기 위해 고군분투 하였다. 이 책에는 '국학'과 교집합을 이루는 인문학의 분과학문들이 근대적 인문학으로서의 체제를 마련하는 과정과 함께, '국학'과 짝을 이루는 '외국학'이 분과학문으로 제도화되어 보편성을 매개하는 중심학문으로 자리잡아 가는 역사도 담겨 있다. 연세 인문학자들의 체험적 구술은 바로 이러한 인문학의 두 갈래의 길을 증언하고 있는 셈이다. 또한 연세 인문학자들의 구술 작업은 기존의 문헌 자료에서 얻을 수 없는 구체적이고 생생한 체험들을 제공함으로써 무수한 여백으로 남아있는 한국 대학과 인문학의 형성과정을 재구성하는 기회를 제공한다. 이 인터뷰는 그동안 주로 생활사 혹은 민중사 중심으로 진행되어 왔던 구술사 작업을 학술제도사 영역에 도입한 것으로, 인문학 제도 및 지성사 연구를 위한 방법론적 확장에 기여할 것이라 기대한다. 연세 인문학자들의 기억을 통해 연세대학교를 매개로 발아하고 개화한 다양한 인문학의 열매들을 살펴보는 과정은 근현대 한국대학사의 측면에서나 학술제도사 혹은 지성사의 영역에서도 의미 있는 울림을 주리라 생각한다.

『한국 인문학의 맥과 연세』에는 연세대학교에서 학생시절을 보내고 또 교수로 재직하였던 다섯 분의 인문학자들과의 대화를 담았다. 이들은 세대적으로 한국전쟁기 혹은 1950년대에 연세와 인연을 맺었다는 공통점을 지닌다. 개인과 사회가 모두 어려웠던 시절, 국어학, 철학, 국문학, 사회학, 영문학이 분과학문으로서 자신의 결을 어떻게 만들어 갔는지를 연세 인문학자 각각의 기억을 통해 재구성해본다.

<겨레 얼의 말본 연구를 향한 꿈과 열정>은 국어학자 김석득과의 인터뷰이다. 그는 피난지였던 부산 가교사 시절에 문과 학생으로 입학하면서 연세와 처음 인연을 맺었다. 그 후 1962년부터 1996년까지 30여 년이 넘는 세월을 연세대 국어국문학과에 재직하였던 그에게 연세 인문학자라는 호칭은 아주 잘 어울리는 옷이다. 그는 주시경에서 김윤경, 최현배로 이어지는 전통 말본학의 민족주의 정신과 이론 체계를 계승하면서도 서구의 기술문법, 변형문법과 같은 새로운 문법 이론의 수용에도 개방적이었다. 김석득과의 인터뷰에는 국어국문학과를 중심으로 연세대학교의 학제가 어떤 과정을 거쳐 발전해 왔는지, 연세 국어학의 학풍과 학맥이 어떻게 과거에서 현재로 관통하는지에 대한 국어학자로서의 시각과 증언이 녹아 있다. 그런가 하면 연희대학 시절 학교 근처 냇가에서 주말마다 빨래를 했다는 정겨운 추억도 담겨 있다. 유년기와 더불어 학문에 입문하던 청년기로부터 국어학자이자 교육자로서 국어정책 활동 및 학교 행정에 참여했던 다양한 경험들을 기록한 이 인터뷰를 통해 김석득 교수의 삶의 자취와 학문의 여정을 읽을 수 있을 것이다.

<가에로의 끝없는 탈주>는 철학자 박동환과의 대화를 담았다. 한국전쟁 이후 연희대학 시절에 철학과에 입학한 박동환 교수는 석사를 마치고 미국 유학을 거쳐 1976년부터 2001년까지 연세대 철학과에 재직하였다. 해방과 한국전쟁의 체험을 "끝나지 않은" 자신의 철학적 문제로 삼았던 그는 4·19와 1970~80년대 한국사회의 정치적·사회적 격동을 대면하면서 철학과 현실, 이론과 실천의 문제에 천착한다. 그는 사회변혁운동에 실천적으로 참여하지는 않지만 한국사회라는 구체적 장소성을 자신의 철학적 사유에서 일관되게 견지하였다. 그 결과 '삼표철학'이라는 독자적이고도 심원한 사유를 내놓으며 누구도 대신할 수 없는 철학의 한 경지를 열었다. 삼표철학은 20세기 한국철학의 독창적인 사상의 하나로 평가받으면서 학문의 식민성을 극복하고자 제시된 자생적 한국 이론으로 자리매김 되었다. 박동환과의 인터뷰는 생애사적 구술보다는 학문적 영역에

집중하자는 그의 요구에 따라 네 명의 제자들과 철학의 문제를 자유롭게 대화하는 형식으로 진행되었다. 인터뷰 곳곳에서 격식에 얽매이지 않으면서도 자신의 세계에 충실한 박동환 교수의 학자적 풍모를 발견할 수 있다.

<실천하는 문인, 성찰하는 학인의 자취>는 국문학자 이선영과의 인터뷰이다. 1951년에 피난지 부산의 연희대학 문과에 입학하면서 연세와 인연을 맺은 이선영 교수는 1970년에 연세대 국어국문학과에 부임하였다. 그는 대학교수이자 문학평론가로서 진보적 문인단체, 학술단체에 참여하여 정치·사회적 실천에 주저하지 않았고 그로 인해 교수직에서 강제 해임되는 고초를 겪기도 하였다. 문학의 사회적 역할을 중시했던 그는 민족문학과 리얼리즘의 관점에서 카프문학 및 북한문학을 소개·연구함으로써 한국문학 연구의 외연을 확장시켰다. 1990년대를 전후해서는 프레드릭 제임슨, 테리 이글턴의 문학이론을 수용하여 '변증법적 연구방법'이라는 보다 유연한 태도를 취하였다. 이선영 교수와의 인터뷰에서는 식민경험과 해방, 한국전쟁, 4·19와 1960~70년대의 반체제운동, 1980년의 광주민주화항쟁 등의 역사적 현실이 견결한 학인의 삶을 어떻게 변화시키고, 또 어떻게 연대(連帶)의 장으로 견인해 내는지를 확인할 수 있다. 더불어 '국어학', '고전문학', '현대문학'의 삼분과 체제에서 '국학'의 범주에 들어가지 못하고 주변화 되었던 '현대문학'이 하나의 분과학문으로서 영토화 되는 과정을 살펴볼 수 있다.

<열린, 윤리 공동체를 꿈꾸는 성찰하는 '지성인'의 초상>은 사회학자 박영신과의 대화이다. 박영신 교수는 1956년 연세대학교에 입학하여 교육학으로 학사와 석사를 마치고 캘리포니아 대학 버클리에서 사회학 박사학위를 취득한 후, 1975년에서 2002년까지 연세대 사회학과에 재직하였다. 기독교적 전통 속에서 학문에의 마음가짐을 '소명'으로 표현하는 그는 한국 사회운동의 이론과 실천의 문제를 지속적으로 고민하였고, 현재에도 '노인시민연대' 공동대표와 '녹색연합' 상임대표로 활동할 정도로 사회와의 소통에 부지런하다. 인터뷰는 생애주기를 따라 일어난

박영신 교수 개인 삶의 사건들을 한국의 거시적 사회변화와 교차하여 질문하고 정리하였다. 무엇보다 연세 인문학의 맥과 사회학의 관계를 살펴보기 위해 연구와 교육, 지식인 네트워크 구축을 열쇠말로 삼아 사회학 교수로서의 삶과 함께 국학연구원 (부)원장 시절 구상했던 '(한)국학'의 비전을 솔직하게 기록하고 있다. 은퇴 이후 목회자로서의 삶과 함께 시민운동에 헌신하며 자기 생(生)의 의미와 목표에 대한 질문과 성찰을 멈추지 않는 그의 현재도 만나볼 수 있다.

<'글자에 매인' 즐거운 인문학자>는 영문학자 이상섭과의 대화를 담았다. 그는 1956년 연세대학교 문과대학에 입학하여 석사를 마치고 연세대 전임강사 시절을 거친 후 미국 에모리 대학에서 엘리자베스 시대의 문학비평을 다룬 논문으로 박사학위를 받았다. 귀국 후 1968년부터 2002년까지 연세대학교 영어영문학과 교수로 재직하였다. 이상섭은 문학비평이라는 작업을 하나의 정신과학 내지 인문학으로 정립하려고 노력하였고, 그의 문학이론서는 한국문학작품에서 직접 인용하여 설명하려는 값진 시도를 보였다. 또한『문학비평용어사전』발간을 통해 서구의 비평용어들을 우리말답게 다듬는 데 기여하였고, 르네상스 비평에서 뉴크리티시즘까지를 다룬『영미비평사』를 비롯해 비평이론, (영)문학교육 등에 관한 여러 저작을 생산하였다. 특히 1990년대에 한국 최초로 전산학적인 사전편찬방식을 도입하여 말뭉치에 기반한 한글사전을 편찬한 일은 우리말의 체계화에 대한 그의 사명감과 학문적 노력을 단적으로 보여준다. 그와의 인터뷰는 주로 연세대 영문학과에 재직할 당시 쌓은 수많은 학문적 업적의 특성을 밝히는 데 초점을 맞추었다. 여기서는 영문학자이자 외국문학의 번역가로서, 또 사전작업을 하는 언어학자로서 (한국의) 말과 글에 대한 그의 인문학적인 관심이 얼마나 집요하고 심원한지를 확인시켜 준다.

이 책에 실린 다섯 편의 인터뷰는 연세대학교 국학연구원이 발간하는『동방학지』에「한국 인문학의 맥과 연세」라는 제명 아래 2010년부터

2012년에 걸쳐 연속 게재하였던 것을 수정·보완한 것이다. 특히 이상섭 교수와의 인터뷰는 지면의 제약으로『동방학지』에는 축약본을 게재할 수밖에 없었는데, 다행스럽게도 이 책에는 340매에 달하는 원래의 대화를 그대로 담을 수 있었다.. 다소의 시차를 두고 게재된『동방학지』의 인터뷰들을 한 권의 책으로 묶는 과정에서 체제의 일관성을 갖추기 위해 인터뷰 도입부를 중심으로 약간의 내용을 다듬거나 보태었음을 밝혀둔다. 물론 이미 하나의 구술 사료로서 존재하는 인터뷰의 실제 내용에는 어떤 가감도 하지 않았다. 분과학문의 차이만큼이나 개성있는 연세 인문학자들의 언어들을 통해 삶과 학문에 대한 깊이있는 성찰의 시간을 가질 수 있을 것이다. 이 책의 발간이 한국 인문학에 대한 비판적 성찰과 함께 인문학의 바람직한 방향성을 고민하는 의미 있는 계기를 제공하리라 기대한다.

이 책을 가능하게 한 '연세 인문학자 구술채록사업'은 애초에 한태동 연세대학교 명예교수가 희사한 기금으로 시작하였다. 국학연구원 HK사업단을 중심으로 기획·실행된 이 작업의 취지에 동의하며 기꺼이 인터뷰에 응해준 다섯 분의 연세 인문학자들에게 감사드린다. 또한 질문지를 만들어 직접 인터뷰를 하고, 글로써 정리·기록하는 역할을 맡은 대담자들에게도 고마움을 전한다. 이 책은 세 명의 책임기획위원(백영서, 김성보, 김현주)이 편집책임을 담당하였고, 서은주 HK연구교수가 편집 실무를 맡아 수고해 주었다. 마지막으로 이 책의 출판을 위해 애써준 도서출판 혜안에 감사드린다.

2014년 5월
국학연구원 HK사업단

차 례

11

거레 얼의 말본 연구를 향한 꿈과 열정

김석득 명예교수의 삶과 학문

김석득 ▪ 국어학 연구자
손희연 ▪ 연세대학교 언어정보연구원 HK연구교수, 언어학
인터뷰 날짜 ▪ 2009년 11월 26일
인터뷰 장소 ▪ 연세대학교 국학연구원

들어가며

갈음 김석득 연세대학교 국어국문학과 명예교수는 1952년 한국전쟁 중, 부산 영도 가교사 시절의 연세대학(연희대학) 문과에 입학한 후 1962년부터 1996년까지 30여 년이 넘는 세월을 연세대 국문과 교수로 재직하였다. 58년에서 62년까지 4년 동안의 한양대 재직 시절을 제외하면 그가 있었던 곳은 늘 연세대학의 교정이었고, 그가 품었던 꿈은 언제나 겨레 학문으로서의 말본학(문법학)이었다. 주시경에서 김윤경, 최현배로 이어지는 전통 말본학의 민족주의 정신과 이론 체계를 온전히 이어받고 있으면서도 서구에서 들어오는 기술문법, 변형문법과 같은 새로운 문법 이론들에도 열정적으로 다가갈 수 있었다. 따라서 갈음 선생에게 말본 연구는 겨레 안에 갇힌 것이 아니라 진화하는 겨레, 나날이 새로워지는 겨레와 함께 가는 것이었다. 그런 의미에서 그는 여러 세대를 달리 하는 어린 제자들에까지도 언제나 '청년'이라는 낱말을 떠올리게 한다.

김석득 교수와의 인터뷰는 연세대학 내에서 현대적 학제와 고유한 학풍을 조성하는 데에 기여했던 인문학자들을 새롭게 조명해 보려는 의도로 기획되었다. 개인적인 삶을 구술해 나가는 것이지만 이것은 동시에 그 개인이 살았던 시대와 사회를 '누군가의 삶'이란 이름으로 재구성해내는 과정이 된다. 이를 통해 우리가 직접 겪을 수 없었던 과거의 사회적 실체들에도 접근할 수 있는 것이다. 김석득 교수와의 인터뷰에서는 국문과를 중심으로 연세대학의 학제가 발전해 온 모습, 국어학의 학풍과 학맥이 관통하고 있는 오늘의 어제를 보고자 했다. 이러한 관점에서 총 23개의 질문이 준비되었고 인터뷰 전에 미리 김석득 교수에게 전달되었다. 인터뷰는 약 4시간 동안 진행되었으며 인터뷰 이후 녹취된 내용은 가독성을 높이기 위해 정리되었다.

인터뷰 내용에 대한 기록은 모두 여섯 소절로 나누어 제시하였다. 각 소절의 제목들은, '유년기', '배움터로서의 연세대학', '학자이자 교수이며 동시에 학생이었던 연세인', '국어학자로서 무르익다', '국어 정책 활동 및 학교 행정에의 참여', '은퇴 이후'까지 여섯이다. 이는 시간적인 흐름을 주로 고려하면서도 삶과 학문의 여정에서 중요한 의미를 가지는 사건들 또한 함께 살펴 나눈 것이다.

인터뷰가 있던 날 김석득 교수는 2009년에 개정해서 새로 펴낸『우리말 연구사』를 한 권 가져다 주셨다. 속지에 적힌 증정하는 날은 10월 9일, '한글날'로 되어 있다. 조금 부끄러워 하시면서도 꼭 그렇게 해서 주고 싶다고, 다른 사람들에게도 그렇게 해서 증정했다고 하신다. '말본'과 '한글', 갈음 선생의 '겨레 얼'이다. 인터뷰가 잠시 쉬는 중에 김석득 교수는 연희대학 재학 시절 주말이면 빨랫감을 들고 나가 연세대 근처 냇가에서 빨래를 했다는 얘기를 하셨다. 연세대 근처에 물이 흐르던 시절을 한참 비껴나서 대학을 다닌 필자는, 더불어 세탁기가 없는 세상에 대한 기억도 없는 필자는 적잖이 당황하였다. 세상은 곡예를 넘듯 거꾸러지고 돌아가고 변하기만 하였을 텐데, 갈음 선생은 한결같이 꿈꾸고 계신다. 역시 '청년'이 떠오른다.

이제, 갈음 김석득 교수의 삶의 자취, 학문의 여정에 대한 기록을 소개하겠다.

삶의 자취, 학문의 여정에 대한 기록

유년기

자유로운 학문에 대한 막연한 동경

손희연　선생님께서 우리말 연구에 관심
을 가지신 데에는 집안의 어떤 분위기나
가족 등에게서 받은 영향이 있었을까요?
연세대 문과에 진학하셨던 데에도 가족들
의 영향이 있었는지 궁금합니다.

김석득　우리말 연구에 어릴 때부터 관심
이 있었다기보다는, 아버지하고 시골에서
있을 때 밤에 잠들기 전에 아버지가 해 주시
던 할아버지의 과거 시험 급제 이야기, 당시 공부하시던 책 등과 관련된
이야기가 잠재의식으로 남아서 나도 뭔가를 했으면 하는, 어린 생각에
그런 걸 가졌던 것 같아요. 그리고 때로는 아버지가 크게 유식한 분은
아니지만 『유충렬전』이니 『춘향전』, 『심청전』 이런 책을 가지고 계시면
서 그것을 읽어주시기도 하시고 그러셨죠. 그런 것들이 하나의 잠재의식
으로 있었던 것 같아요. 사실은 나중에 내가 공부를 하면서 할아버지가
과거 시험을 볼 때 보셨다는 책을 다시 보게 됐는데 그것이 바로(직접
가지고 오신 책을 보여 주시면서) 이덕무가 지은 『어정규장전운』이라고,
귀중본인데, 이제 공부를 하면서 많이 참고도 하고 그랬죠. 이건 잠재의
식으로 가지고 있었던 생각을 내가 나중에 전공을 하면서 다시 찾게
되고 해서 가보로 지금 가지고 있는 겁니다.

김석득

그런데 내가 중등학교에 다닐 때에 국어 선생이 최현배 선생과 김윤경 선생에 대한 이야기를 많이 하셨었어요. 그런 것도 그땐 그냥 스쳐가고 그랬는데 나중에 그것이 자꾸 구체화되는 현상이 벌어졌어요. 그러다가 학교 소개하는 책자가 있어서 이렇게 보니까 서울대학, 연세대학, 고려대학이 있는데 제일 맘에 드는 것이 연세대학이었어요. 그땐 연희대학이에요. 연희대학의 색깔이 우선 좋고요, '연희대학의 문과' 이러면 '문과는 연희대학이 최고다'라고 하는 생각을 점점 굳히게 됐어요. 사실상 그런 데서 연희대학을 선정했지만 국어학을 전공하게 된 것은 대학교에 들어오고 나서 뵈었던 빼어난 어학 선생님들의 영향입니다. 최현배 선생, 김윤경 선생, 장지영 선생, 허웅 선생. 학생들은 선생들에게서 영향을 많이 받게 되니까, 자연적으로 공부를 해야겠다고 하는 사람들은 어학 쪽으로 많이 기울어지게 됐어요. 그것이 말하자면 내가 우리말 연구에 관심을 가지게 된 과정이라고 볼 수가 있어요.

손희연　　대학교에 입학하기까지 일제 강점기나 해방, 한국전쟁 등 굵직한 역사적 사건들을 경험하셨는데, 역사적 사건들과 함께 했던 학창시절 동안 인생의 목표나 방향을 설정하는 데에 특히 중요한 영향을 미쳤던 경험이 있습니까?

김석득　　일제 때는, 내가 소학교를 시골에서 다녔는데 그때는 일본말 상용을 굉장히 강요했습니다. 그게 상당히 어린 마음에 괴로웠어요. 또 하나는 일본 사람들 앞에서 일하는 우리 한국 사람들이 시골에서는 많이 착취를 당했어요. 그게 아주 보기에 안 좋고, 억울해 보이고 그랬습니다. 그러다가 광복이 되었습니다. 광복이 딱 되었는데 우리 집 앞에 양반집이 하나 있는데 그 집에서 난데없이 태극기를 갖다 딱 겁디다.

난 처음으로 구경을 했어요. 거기에서 감격을 받고, 또 하나는 그 집에서 한문을 가르치는 서당을 열어가지고 애들에게 한문을 가르치는데 막 소리를 내면서 배우는 것이 대단히 부러웠어요. 나로서는 거기서 배울 수도 없고 해서 어쩔 수 없이 산에 올라가서, 또 들에 일하러 가면서 무조건 『천자문』하고 『동몽선습』, 그 다음에 『소학』, 『중용』, 『대학』, 『논어』까지 언해본으로 된 이것들을 모두 외우다시피 한 겁니다. 그때 그러면서 이 생활이, "이런 생활을 내가 부러워서 하기는 했는데 굉장히 숨이 막히는 생활이다"라고 하는 생각을 가지게 된 겁니다.

내가 뒷동산에 소를 몰고, 시골이니까 소를 마냥 풀 뜯어먹게 놔두고 드러누워서 하늘을 쳐다보면, 파란 하늘에 구름이 여기저기 이렇게 떠 가지고 그게 수시로 변해요. 내가 그걸 아주 좋아했고, 한쪽으로는 낭만적으로 생각했어요. 그러면서 "아 어떻게 저렇게 마음대로 구름이 떠다니고 그러는데 나도 천지에 이렇게 좀 자연스럽게 떠나 다닐 수는 없느냐." 하는 생각을 했어요. 그래서 그때 어린 소년의 생각으로는 "탈출을 해야겠다." 해가지고, 그 시골 아주 벽촌에서 탈출을 해가지고 중등학교에 가게 된 겁니다. 아까 얘기한 것과 마찬가지로 거기에서 이제 외솔 최현배 선생에 대한 이야기, 한결 김윤경 선생에 대한 이야기, 그분들이 어디 계셨던 이야기, 연희대학에 관계하셨던 이야기들을 듣고 해서, 앞에서 말한 것처럼 연희대학에 가야겠다는 생각이 들었습니다.

당시에는 중등학교 5학년이 최고학년이고, 거기까지가 끝이에요. 그 다음은 대학과정이에요. 그런데 그때 6·25 전쟁이 일어났어요. 아버지는 "네가 사는 방법은 피난을 가는 수밖에 없다." 하시면서 우리 두 형제를 전대에다가 미숫가루를 채워가지고 쫓아버렸어요. 그래서 우리가 그걸 메고 마냥 걸어서 속리산 옆으로 해서 김천까지 걸었어요. 나중에 거기서 대구까지 또 걷다가 군 트럭을 얻어 타고 할아버지, 아버지 고향인 울산에 갔습니다. 우리가 가니까 옛날에 사시던 친척들도 거기 있고, 육촌 누님이 거기, 병영에 살았었어요. 그래서 그 집에 있었지만 우리가 마냥 얻어먹고만 살 수는 없어서 그 옆 병영 초등학교라고 하는 데 가서 빵 장사를 했어요. 그런데 운명이란, 인연이라고 하는 것은 참 묘한데, 내가 외솔회 회장으로 1996년에 최현배 선생 동상을 울산 병영에다 세우려고 내려갔어요. 그런데 바로 내가 빵 장사를 하던 그 초등학교 교정, 거기에다가 외솔 최현배 선생의 동상을 세웠지요. 내가 외솔 최현배 선생의 명문을 적어서 그 글을 음각을 해가지고 그 옆에다가 놓았습니다. 지금도 가면 그게 있어요. 사람의 인연이라고 하는 게 정말 있습디다.

손희연　한국전쟁이 발발하고는 학도병으로 2년 동안 참전하셨다고 들었습니다. 어떤 계기가 있었습니까? 선생님의 연세대 입학과 시기적으로 맞물리는 것으로 보이는데 당시 분위기나 상황 등에 대해서 듣고 싶습니다.

김석득　국군이 계속 후퇴하면서 포항 전투가 치열하게 벌어지고, 거기가 울산 근처 바로 옆 동네 아닙니까? 그러니까 피난 온 학생들하고 그 현지에 있는 학생들을 전부 소집을 해서 나갔습니다. 몇 백 명이 다 나갔어요. 그게 이른바 학도병이에요. 학도병인데, 모인 학생들한테 "너 영어 해 봐, 너 영어 해 봐." 그래서, 말이, 영어도 아니지만, 급하니까 "I am a school boy.", "This is a book." 했더니 "됐어, 됐어." 그러는 거예요. 그래서 23번째가 내가 되는데 "영어 해 봐." 그래서 "I am a school boy." 했더니 "됐어!" 하고 거기서 딱 끝나버리는 겁니다. 그리고는 24명을 미국 10군단 772 헌병대에다가 배치를 시켰어요. 나머지는 모두 포항 전투에 투입을 했고 그 사람들은 거의 죽었지요. 나중에 우리가 훈련을 하다보니까 기차에 허연 상자가 실려 오는데,

그게 다 학생들이 죽어서 실려 온 거예요. 우리는 그 사이에 부산 내려가서 훈련을 받고, 헌병 부대이기 때문에 제2선이 되어 가지고 군인들이 잘못을 하나 안 하나 감시하고 그러는 부대였지요.

그러다가 엘에스티 배로 원산에서 다시 흥남, 함흥으로 올라갔고, 함흥에 오래 주둔하고 있으면서 거기서 잠복근무도 하고 치안유지도 하고 그랬어요. 그때 중공군이 오는 거예요. 흥남으로 후퇴했지요. '흥남철수'라는 얘기하잖아요? 흥남에서 헌병 부대인 우리가 마지막 철수를 했어요. 서울로 말하면 일사 후퇴가 되는 거고 우리는 12월 25일, 크리스마스 날 흥남 마지막 후퇴를 해서 부산에 오고 부산서 다시 영천으로, 제천으로, 원주로 올라갔는데, 학도병을 보고 다 돌아가라고 그래요. 그래서 미군 부대 대장이 걸어준 꼬리표 하나 가지고 학교로 돌아왔어요.

학교로 오니까 12월 넘고, 결국 일 년 반이 지났던 것이지요. 그랬는데 몇 달 있다가 연희대학 입학시험이 있었고 정신없이 시험을 봤어요. 나중에 합격은 했는데 공부는 부산에 가서 하라고 합디다. 서울은 아직 들어가지를 못 하고 부산 영도에 가교사가 있는데, 그리로 가라는 겁니다. 그쪽에 가서 공부를 하기 시작했습니다. 여기서 연희대학은 그쪽으로 내려가고 이화대학은 서대신동 뭐 이렇게 갔지만 대구에도 또 전시연합 대학이라고 해가지고 여러 대학에 있는 학생들이 거기서 같이 공부를 하고 그러던 때입니다.

배움터로서의 연세대학

연희대학 부산 영도 가교사의 제4강의실

손희연　　선생님께서는 연세대 문과에 1952년에 입학하신 것으로 알고

　　　　　　　　　　　　　　　　　　　　　　　김석득

있습니다. 입학 당시는 한국전쟁 중이었는데 문과(文科)에서는 어떤 수업들이 이루어질 수 있었고, 또 어떤 분위기에서 학교가 운영되었습니까?

김석득   전시 중이었지만 매우 다행스럽게 생각하는 것은 우선 교육을 그치지 않았다는 겁니다. 당시 백낙준 박사가 문교부 장관을 하셨는데 세상없어도 나라가 완전히 망하기 전까지는 교육을 지속해야 한다 하면서 그 어려운 전시 중에도 대학에서 다 강의를 하도록 독려를 했어요. 우리 연희대학은 그때 영도다리를 건너면 나오는 영선동에 가교사를 지어놓고 강의를 했습니다. 전시지만 그곳에서 아주 철저한 교육이 벌어졌습니다. 필수와 선택이 아주 엄격해요. 그런데 학생의 수는 순수 문과라야 국, 영, 사, 철, 교 등 모두 합해서 60여 명밖에 안 됩니다. 국문과의 경우 15명이에요. 그렇기 때문에 이들이 다 제4강의실이라는 유명한 강의실에서 같이 강의를 듣는 거예요. 물론 선택인 경우에는 조금 다른 데로 가서 강의를 듣고 그랬습니다. 하지만 필수는 다 같이 들었어요.

    그때 최현배 선생님은 아직 문교부에서 돌아오시지를 아니했어요. 김윤경 선생은 당시 백낙준 박사가 문교부 장관을 하셨기 때문에 총장의 대행을 보셨습니다. 이분이 총장의 대행을 하시면서 전교생의 필수 과목으로 무엇을 내놓았는가 하니 '나라말본'이라고 하는 문법 과목이었어요. 그렇게 철저한 우리말 교육이 전교생을 대상으로 하는 필수 과목으로 생겼습니다. 또 학점을 어떻게 무섭게 관리하시는지 60점을 맞아야 진급이 되는 건데, 59점을 주는 경우가 허다해요. 어떤 학생이 "선생님 저 1점만 주면 올라가는데 왜 안 주십니까?" 하면 "가만 있어보라고. 내가 집에 가서 자네의 답안지를 검토를 해 봐야겠어." 그러시고 다음날 아침에 와서 하는 말이 "자네 답안지를 아무리 봐도 1점을 더 줄 것을 찾지를 못했어. 그래서 안 돼."라고 할 만큼 학점 관리가 엄격하셨다고요.

그렇지만 당시에 선택 과목은 우리에게 상당히 폭넓은 교육을 할 수 있도록 주어졌습니다. 내가 교육철학을 듣고, 심지어는 최호진 선생의 '경제학개론'을 다 들었어요. 그 다음에 오화섭 선생이 셰익스피어 강의를 하셨는데 그 셰익스피어 강의를 들었습니다. 이거 이외에도 많이 있고 매우 자유스럽게 강의를 들었죠. 그리고 강의들은 참으로 일류의 강의들이었어요. 그때 연희대학의 교수라고 하는 분들은 전국적으로 찾아볼 수 없는 우수한 교수들이었습니다. 그리고 또 학생들은 이미 전쟁의 쓰라린 경험을 한 사람들이에요. 나도 남북한을 오락가락한 사람이 아닙니까? 그런데 그 4강의실에서 강의를 들었던 친구들을 보면 부상을 당해서 손이 다 없어지고, 발을 절뚝거리고 눈도 제대로 뜨지도 못하는 이런 친구들이 있었어요. 그런데 우리는 가교사에서뿐만 아니라 여기 서울로 올라와서까지 문과가 함께 강의를 많이 받았기 때문에 국문과, 영문과, 사학과, 철학과, 정외과, 법과의 경계가 거의 없었어요. 그래서 대학을 졸업하고 영문과의 친구, 사학과의 친구, 국문과의 친구들 다섯 사람이 모여가지고 '오연회'라는 걸 만들었습니다. '연희의 다섯 사람 모임'이라는 걸 만든 거죠. 그 모임이 지금까지 계속됩니다.

가교사 시절 낭만도 있었어요. 영도에서 바라보면 그 바다가 훤히 내다보입니다. 그리고 거기가 산 중허리이기 때문에 강의를 시작하고 끝나는 종소리가 산을 쩌렁쩌렁 울렸습니다. 또 날이 맑고 하면 저쪽에 대마도가 아스라이 보입니다. 또 영도다리 건너가는 낭만, 여러 가지 시위하는 묘한 감정도 있었어요. 시위할 때 거기서 학생회장이 말을

김석득

타고 앞에서 진두지휘를 하는 경우도 있었어요. 그 당시엔 대학생이 최고였고 경찰도 쉽게 간섭을 못 했었지요. 이쪽에 연희대학이 가면, 저쪽에서 고려대학이 오고, 또 저쪽엔 이화대학이 오고, 서로 "와아" 하면서 말이지요. 그런 색다른 낭만도 있었어요.

그렇게 52년에서 53년까지 1년 동안에 그런 낭만을 누렸어요. 그러다가 53년 4월인가 신촌으로 올라왔어요. 처음엔 연희대학 찾으면서 가다보니까 이화대학으로 갔어요. 왜냐면 여기에 백양나무가 아름드리로 우거져 있었기 때문에 신촌에 들어오면서 학교가 보이지 않았죠. 그래서 찾아간다는 게 길을 잘못 들어서 이화대학으로 가고 그랬던 것이에요. 그때나 지금이나 여기 문과대라기보다 본관이라고 하는 건 나지막하지 않습니까? 그런 삽화도 있고 합니다만, 53년에 이렇게 신촌으로 왔습니다.

현대적 학제에서의 다양한 인문학적 소양 교육

손희연　선생님의 문과 재학시절 학부 과정에서의 학제나 이수 교과 등에 대해 듣고 싶습니다. 더불어 학부 과정에서의 학제나 강의 등이 석사나 박사 과정과는 어떻게 연결되고 있었습니까?

김석득　문과는 거의 공통이었죠. 당시에는 정치외교학과와 법학과도 문과대학 소속이었는데, 1954년에 정치외교학과가 법과하고 같이 정법대학으로 갈라져 나가면서 문과대학에서 떨어져나간 겁니다.

연희 문과하면 대단한 것이었어요. 당시에 필수하고 선택이 있어서 필수를 따지 못하면 절대로 올라가질 못했습니다. 필수에 뭐가 있는가 하니 국문과에 '말본'이 있어요. 그리고 개론 계통이 있습니다. '문학개론'이니, '언어학개론'이니, '국어학개론'이니 하는 개론이 있고, 그 다음에 학사가 있어요. 학사는 국어학사가 여기에 해당되죠. 이건 완전히 필수예요. 그리고 나머지는 선택인데 이 선택이 우리에게 상당히 좋은 기회를 주었다고 생각을 합니다.

우선 대학원 이야기를 하기 전에 학부 이야기를 하면, 이때 문교부 편수국장 일을 그만두고 최현배 선생이 문과로 돌아오셨습니다. 그런데 주시경 선생의 분석주의를 그대로 이어받은 분이 김윤경 선생이고요, 최현배 선생은 "너무 말을 분석적으로 보면 말이, 말이 아니다."라고 하셨어요. 그래서 논리적으로, 심리학적으로, 또 언어의 철학 등을 바탕으로 해서 만들어 낸 것이 준종합체계 『우리말본』입니다.

『우리말본』은 1920년에 벌써 뼈대가 다 완성되었어요. 그것을 26년에 일본 유학을 마치고 돌아와서 전문학교 학생들에게 가르치려고 할 때에, 왜정이 금지하니까 과외로 해서 가르쳤어요. 과외로 가르칠 때 노트를 만들어서 가르쳤습니다. 그 노트가 지금 중앙도서관에 있어요. 그것이 더 발전된 것이 1929년에 연희출판부에서 『우리말본』의 첫째 매로 펴낸 『소리갈』이에요. 이것이 연전출판부 학술 서적으로 나온 제1호 출판물이에요.

그 다음에 1930년에 연희전문 문과 연구집 제1집 『조선어문연구』가 나오는데, 여기에는 대단히 중요한 논문 두 편이 실려 있어요. 위당의 「조선문학원류 초본 제1편」이 여기 실려 있고, 또 최현배 선생의 「조선어 품사분류론」이 실려 있어요. 「조선어 품사분류론」은 매우 과학적이고, 위당의 「조선문학원류 초본 제1편」은 우리 역사의 귀중한 자료예요. 그리고 우리 문학의 가장 원초적인 문제가 여기 아주 깊이 있게 담겨있어요. 항간에 알기를 이두, 향가에 대해 일본의 오구라 신페이, 양주동 선생 얘기를 하지만, 양주동 선생이 물론 큰 업적을 냈지만, 여기에 보면 이미 향가라든가 이런 것이 이야기가 된단 말이에요. 이게 대단히 중요한 책이에요. 말하자면 이게 국학의 석학들이 쓴 논문으로 최고예요.

1929년에 우리나라에서 큰 사전이 만들어지는 모임이 이루어지고, 33년에는 맞춤법 통일안, 36년에는 표준말, 40년에 외래어 표기 등이 논의되었습니다. 그 어려운 왜정 때 막 억압하는데 다른 학교에서 하지 못하는 막중한 일을 연희가 중심이 되어 움직이던 때란 말이에요. 그 맞춤법 통일안과 사전의 기본 뼈대 체계가 『우리말본』에서 나간 거라고 그만큼 중요해요.

그리고 그때 교육이, 소위 조선인에게 가르치는 한국어 교육의 대본류를 이루고 있는 게 『우리말본』이에요. 그게 중요한 거예요. 그것이 37년에 정식으로 책으로 나왔습니다마는 그 준분석 체계를 다진 분(최현배 선생)이 문교부에서 돌아오셨어. 그래서 김윤경 선생의 분석 체계하고 딱 마주치게 됐습니다. 여기서 문제가 되는 건 학생들이었어요. 김윤경 선생 강의실에 가서는 "아, 선생님이 옳습니다." 시험 볼 땐 "아, 선생님이 맞습니다." 그렇게 해야 점수가 나온단 말이야. 그런데 외솔이 할 땐 외솔에 또 맞춰야 한다고 말하자면 학생들은 왔다 갔다 한다고 나중에 대학원에 가서야 학생들의 체계가 잡힙니다만, 당시에는 그런 강의가 상당히 흥미진진하게 벌어졌습니다.

이때 가르친 분을 보면 또 장지영 선생이 향가, 이두를 우리에게 가르치셨어요. 그 다음에 허웅 선생이 전임으로 오셔가지고 '국어학개론'을 강력하게 아주 체계적으로 가르치고. 그리고 문학으로 보면 정병욱 선생이 '시가사강'을 강의 했는데, 아주 멋진 분이죠. 연희전문에서 윤동주 선생하고 같은 기숙사에서 사신 분인데 윤동주 선생 1년 후배예요. 그러니까 윤동주 선생에 대한 모든 자료를 이분이 가지고 있지요. 이분이 우리에게 고전문학 '시가사강'을 가르치셨어요. 또 한쪽으로

필수 선택에 김선재 선생의 언어학개론이 여기서 강의되기 시작했습니다. 그리고 나는 영문과에서 강의 선택을 많이 해서 들은 사람 중 한 사람인데, 16, 17세기의 영소설 강의를 권명수 선생한테서 들었어요. 그리고 이봉국 선생의 미국 현대 수필론, contemporary american essay라고 되어있는 어려운 강의를 들었죠. 우리나라에서 영문법의 최고라고 하는 최재서 선생의 고등영문법도 듣고. 또 부산 영도 때부터 제2외국어에 대한 숭상을 굉장히 했습니다. 그때 정석해 선생이 문과 학생들 모두 불어만 강의를 들으라고 했는데 초급에서 중급, 고급까지 따려면 말이죠, 얼마나 어려운지 나중에 한 번 떨어진 사람은 절대로 다시 강의를 못 듣게 해요. 고급까지 들은 사람이 몇 명이냐 하니 10명밖에 안 돼요. 또 민영규 선생의 조선시대사인가 해서, 이분은 동양사가 원래 전공이지만, 역사 수업도 듣고, 홍이섭 선생의 기독교사도 듣고 그랬죠.

손희연 말 그대로 인문학자를 양성하는 교육이었군요.

김석득 그렇죠. 말하자면 이게 인문학, 국학입니다. 아주 광범위하게 수업을 들었어요. 내가 지금 하는 이런 얘기들이 요즘의 학생들한테 좀 생각할 문제가 되었으면 해요. 좀 옛날 것이라도 너무 고리타분하다 하지 말고 참고 좀 했으면 해서 얘기하는 겁니다. 그때 강의하는 선생들이 휴강을 많이 하면서 그것으로 권위를 내세우곤 했지만 국문과의 김윤경 선생, 최현배 선생, 장지영 선생은 휴강이라는 건 없었어요. 아무리 바빠도 시작종이 치면 바로 들어오고, 종 쳤는데도 안 나가셔요. 그래서 학생들이 "종 쳤습니다." 하면 나가시고 말이지. 김윤경 선생은 자기 따님 결혼식에 가지도 않았잖아. 제자들은 거길 갔는데 김윤경 선생은 수업이 있어서 자기 수업을 했다고. 그렇게 지독한 선생님들 아래에서 우리가 강의를 받았어요. 김윤경 선생은 군자 석학이요, 최현배 선생은 완전 석학으로 두 석학 시대라고 하던 때이지.

대학원에서는 석사 과정은 있어도 박사 과정은 실질적으로는 없었어요. 박사 과정을 열려면 박사 강의를 할 수 있는 박사 교수가 있어야 해요. 학위를 가진 사람이 세 사람 이상 있어야 한단 말이야. 그런데 그때 박사 학위를 가진 사람이 없어요. 그래서 우리 대학원에서 최현배 선생과 김윤경 선생께 55년에 명예 문학박사 제1호를 드렸습니다. 이게 우리나라에서 나온 문학박사 제1호야. 그러니까 아직도 박사를 개강을 못 하는 거야. 기껏해야 석사야. 그래서 박사 문제는 나중에 얘기가 나오게 되겠지요.

외솔 최현배 선생의 가르침
"학문은 학문으로서만이 아니라, 그 밑바탕에 민족정신과 민족문화를 깔고 그걸 생각하는 학문이라야 한다."

손희연　선생님의 학문이나 국어학자로서의 언어관 등에 가장 주된 영향을 준 스승으로 최현배 선생님을 꼽을 수 있을 것 같습니다. 최현배 선생님의 강의는 어떠했습니까? 강의에서는 최현배 선생님의 언어 사상이나 교육 사상 등이 어떻게 드러났던 것으로 기억되십니까?

김석득　최현배 선생의 강의는 조금 다른 게 무엇인가 하니, 김윤경 선생도 마찬가지예요, 주시경 선생의 제자이기 때문에. 주시경 선생한테 교육을 받되 김윤경 선생은 분석적 체계를 이어 받으시고, 최현배 선생은 준종합체계로 가고 그러셨는데, 두 분의 특징이 무엇인가 하니 "학문은 학문으로서만 아니라 학문을 하는 사람은 반드시 그 밑바탕에 민족정신

1956년 국문과 졸업생. 앞에서 두 번째 줄, 정 가운데가 김석득 선생님이다. 앞줄에는 장지영, 김윤경, 최현배 선생님

과 민족문화를 깔고 그걸 생각하는 학문이라야 한다."라는 것이 두 분의 공통점이에요.

이것에 반대는 말하자면 학문만을 위한 학문의 동숭동파, 그 당시 서울대 학파죠. 그땐 '동숭동파', '신촌파' 그랬는데, 그 두 파의 차이에서 학문에 민족정신과 민족문화를 깔고 연구를 하는 게 연희대학의 강점이 었어요. 『우리말본』에 그걸 깔고 있었고, 김윤경 선생의 말본에도 그걸 깔고 있었다고. 동숭동파 쪽에서는 그게 별로 없어요. 그게 말하자면 관학과 사학의 양대 학파의 특징입니다.

이런 공통된 바탕을 갖고 있지만 김윤경 선생과는 달리 최현배 선생에 게서는 준종합성이 나옵니다. 기계주의적인 분석만 하다보면 나중에는 잘 이해 못 하는 데까지 가게 돼요. 다시 말하면, 주시경 선생이 그렇게 하셨는데, '사람이 간다' 하면 어디까지 분석을 하는가 하니, '가-'가

김석득

이미 움직이는 뜻을 가진 독립적인 낱말이다, '-ㄴ다'라고 하는 것은 내가 지금 진행하고 있는 것을 나타내는 그런 낱말이다, 그렇게 갈라버려요. '사람' 하면 '사람'이 뚝 떨어지고, '-이' 하면 토로 딱 떨어진다. 이게 말하자면 의미를 가진 부분하고 문법적인 부분을 나눠서 그것을 낱말로 뚝 떨어뜨려서 각립을 시키는 겁니다.

최현배 선생이 가만 보니까 '사람이 가-'라고 하면 '가-'가 인식으로 오느냐 의심을 하기 시작한 거예요. '간다'라고 해야 이걸 알지. 그런데 '사람이', '사람은' 할 때 '사람'은 뚝 떨어지니까 이건 이거대로 독립시켜 놓으면 나머지는 그거대로 떨어져 나가는 거다. 그러므로 토는 독립되는 것이며 이름씨 이런 것은 물론 독립되는 거지만 움직씨, '가다' 할 때 '가-'하고 '-다'를 떼어 놓고, '가-' 하면 뭔지 모르겠다. '가다' 해야 된다 하여 한 쪽은 종합시키고('가다') 한 쪽은 분리시키는 거예요('사람-이'). 그게 준종합이에요.

준종합이라는 것은 분석과 종합의 상대 개념에서 나온 것이에요. 종합은 뭐냐면 '사람이' 하는 것도 하나의 단어다, '간다'도 하나의 단어다. 이처럼 모두 합쳐버리는 거예요. 그러니까 결국은 사전을 만들 때 처리가 굉장히 어렵게 되죠, 그렇게 되면. '사람이'도 한 낱말, '사람도' 도 한 낱말이야. 그런 체계의 학파가 그때 서울대 학파예요. 그리고 학생들이 연세대학에 들어오려면 최현배 선생과 김윤경 선생 둘 중 하나를 선정을 해야 하고, 서울대학 가는 사람은 서울대학의 종합파에 해당하는 그것에 맞춰서 답안지를 써야 한다 하는 문제가 생겼어요.

그런데 여기서는 자연스럽게 최현배 선생의 문법체계가 힘을 얻어가지고 시험을 볼 때에는 그 책에서 많이 들어갔지만, 그러나 우리가 입학할 때에는 김윤경 선생밖에 없기 때문에 김윤경 선생 체계를 조금 이해하고 입학시험을 치렀다고.

『우리말본』과 국어학 논쟁시대

손희연　　그러면 최현배 선생님의 말본학(준종합 말본체계)이 당시 50~60년대 국어학계에서 갖던 의의는 무엇이었습니까?

김석득　　대주류는 최현배 선생『우리말본』쪽으로 흐르고, 50~60년대 사이에 말이죠, 또 거기에서 말하자면 중고등학교 국어교육이 그것에 의해 이루어지는 거예요. 그 다음에 국어교육의 근간이 그렇게 되고, 국어정책의 근간이 말하자면, 맞춤법이라든가 한글전용문제, 국어순화 문제가 모두 그 체계에 따라서 움직이게 되는 거예요. 그러니까 50년대, 60년대에 다른 데서 가만히 있을 리가 있어요? 여기에서 말하자면 논쟁시대로 들어가는 거야.

　　논쟁시대는 이승만 정권이 한글파동을 가져온 53년부터예요. 이승만 박사는 역시 한글전용에 대한 주장은 한 분이지만 미국에서 공부를 했기 때문에 성서식 맞춤법을 중심으로 공부를 해서 비과학적인 그런 것을 가지고 공부를 했으므로 과학적인 체계의 맞춤법이 어렵단 말이야. "쉽게 고쳐라."라고 명령을 내려버렸어요. 이른바 '한글 간소화 안'입니다. 이때 제일 앞장서서 반대를 하신 분이 외솔 최현배 선생이에요. 물론 다른 사람도 많이 반대를 했습니다. 그러나 아주 적극적으로 반대를 한 분이 외솔 최현배 선생입니다.

　　그래서 최 선생은 나중에는 국회의 문공분과위원들을 당시 연희대학의 대학원 소강당, 거기서 국회의원 문화 분과위원들하고 학자들이 모인 앞에서 맞춤법 강의를 다 하셨다고 이렇게까지 하고 해서 결국은 외솔의 고집을 이승만의 고집이 꺾지를 못 했어요. 그래서 이승만 대통령이 뭐라고 했냐면 "모든 사람이 좋다하면 할 수 없다. 그대로 없었던

30

김석득

걸로 한다." 그렇게 된 겁니다. 그게 55년에 막을 내린 한글파동이에요.

그런데 그 다음에 '문법파동'이 있습니다. 문법파동은 무엇인가 하니 그 다음에 나온 건데, '문법용어를 한글로냐, 한자로냐'라는 거. 이름씨, 명사 등. 그리고 잡음씨의 인정 여부, 뭐 이런 거. 그 다음에 국어순화. 좀 쉽게 어려운 말을 우리말로 고쳐 쓴다든가. 웬만한 건 없는 건 만들어 써라, 창조적인 이론이지. 여기에 말하자면 절대 반대하고 나온 파가 역시 동숭동을 중심으로 한 학파입니다. 있는 그대로 놔둬라. 외국에서 들어온 건 들어온 그대로 놔둬라. 있는 말 건드리지 말라. 한자면 한자 그대로 놔두고 영어면 영어 들어온 그대로 놔둬라. 말하자면 전혀 창조 의욕이 없는 사람들이죠. 그리고 문법용어 그거 못 쓴다 해서 여기서 아주 논쟁이 치열하게 벌어지게 됐어요. 나중에는 절충이 되어서 하도 논쟁이 심하니까 자연스럽게 맡긴다는 쪽으로 가고 했지만.

손희연　최현배 선생님의 교육 사상 또한 많은 주목을 받아왔습니다. 당시에 학계나 일반 대중들에게 최현배 선생님의 교육 사상은 어떻게 평가되고 있었을까요? 또 그러한 교육 사상은 오늘날 어떻게 이어져오고 있다고 생각하십니까?

김석득　앞에서 얘기한, 한글전용이라든가 이런 것도 사상 문제인데, 그런 것을 얘기하려면 최현배 선생의 교육 사상을 우리가 한번 생각해 볼 필요가 있어요. 선생의 교육 사상을 대표하는 두 저서가 있는데 하나는 『페스탈로치의 교육학설』. 그것은 1925년에 경도대학의 철학과 를 나오시면서 교육학을 전공을 하셨는데, 그때의 졸업논문이에요. 그리고 또 하나는 그 뒤 63년에 펴낸 『나라 건지는 교육』이라고 하는 것이 있어요. 둘은 좀 비슷한 점이 있어요. 여기서 강조되는 것이, 개성을 존중하라는 얘기예요. 개성을 존중하라. 그리고 교육의 장을 교단이라고 하는 데만 맡기지 말라. 그저 어디든지 가는 곳이 곳곳마다 말하자면 가르칠 수 있는, 배울 수 있는 장이 교단 외적인 장으로 주어집니다. 그러면서 모든 사람에게 공평한 교육을 시켜라. 그리고 민주교육을 시켜라.

  그런 것들이 그 속에 담겨 있는데 이것으로 해서 최현배 선생이 연희대학에 오셔서 문과대학장하고 부총장이 되시면서 제일 먼저 실험한 것이 무시험제입니다. 우리나라에서 제일 먼저 시도를 했어요. 내신을 내는 일선 교사들이 연희대학교에 합격을 시키려고 가짜로 꾸며서 올리고 그래서 이게 그만 실패를 했지요. 그러나 지금에도 시험제도가 무시험 제도니 뭐니 자꾸 논의하잖아요? 이것은 그대로 살아있습니다. 그 다음이 윤리적인 사상. 이것이 그 최 선생의 교육 사상에서 빼놓을 수 없는 겁니다. 학생들 가르칠 때 뭘 가르치는가 하니 '사람이 사람이냐, 사람이어야 사람이다.'라는 그 어록을 남긴 분이에요. 이런 윤리교육을 굉장히 중요하게 생각하던 분이에요. 그 다음에 민족 교육 사상을 들 수 있는데 민족중심, 중심을 잡아서 교육을 시켜야 한다. 이것이 그분의 교육 사상입니다. 그리고 민주주의 교육을 하라. 개성중심 교육을 해서 학생의 개성에 따라 교육을 해서 키워줘라 하는 것이지.

  그리고 교육장이라고 하는 게 따로 없는 게 뭐냐면 이분이 학장을 하실 땐데, 학생들이 등록금 연기신청을 하러 갔어요. 그래서 연기신청서를 냈단 말이에요. 그랬더니 연기신청서에 도장을 찍어주시지 아니하고, "글자를 옆으로 써라. 한글만으로 가로글씨를 써라." 하시고, 그 다음에 "글자를 쓰지 않는 공백의 간격을 상하좌우로 딱 맞춰라." 라는 거예요. 그리고 "표현이 이런 표현이 있어서는 아니 되지 않느냐, 이런 표현이 좋은데 어떻게 생각하느냐?"하며 학생하고 토론을 한단 말이에요. 이런 교육은요 교단 외적인 교육입니다. 어디든지 말씀을 들으면 즉석에서 "아, 그런 말이 아니지, 이렇게 해야지." 이렇게 교육을 시켜요. 뭐 많은 반론도 있었고 그 교육을 받은 제자들이 처음엔 아주 싫어했어요. 그런데 여기서 교육을 받고 나간 제자들은 나이가 많아지면서 그것이 체질화되어 가지고 어디 가서 선생노릇을 하든 뭐를 하든 자꾸 과거에 자기 선생대로 강조하고 나오는, 체질화가 되어있다고 하는 것. 그것이 영향을 미친 거라고 볼 수 있죠.

전통주의와 서구 이론의 흡수: 김선기와 허웅, 루코프(Lukoff)까지

손희연　1950년대 중반 이후로 연세대 문과에서는 당시 서구의 '기술언어학'이 교육 내용으로 자리를 잡게 되었습니다. 우리나라에서 기술언어학, 혹은 구조언어학의 태동은 어떤 과정으로 이루어진 것이고 이 과정에서 연세대 문과의 역할은 무엇이었는지 듣고 싶습니다.

김석득　아마 궁금한 것이 50년대 기술언어학 관계가 어떻게 연희를 통해서 들어왔느냐가 궁금하지 않겠어요? 아까도 얘기했지만 연희는 새로움을 받아들이는 아주 전형적인 하나의 선두자로서의 관문 역할을 합니다. 특히 언어의 이론을 받아들이는 데 아주 관문의 역할을 했어요. 물론 1938년에 최현배 선생의 제자이신 김선기 선생이 ―김선기 선생은 연희전문에서 26년에서 30년까지 최 선생이 가르치셨어요, 나중에 서울대학으로 가셨습니다만. ― 38년엔 연희전문학교에서 교수를 하셨어요. 유학은 최현배 선생이 파리로 유학을 보냈습니다. 파견을 했어요. 그땐 조선어학회에서 말이죠. 그래서 런던대학까지 가서 공부를 하고 돌아와서 38년에 모교인 여기에서 강의를 하셨는데, 38년이면 최현배 선생이

흥업구락부 사건으로 쫓겨나실 땝니다. 근데 그때 누가 있었냐하면 허웅 선생이 학생으로 들어왔어요. 허웅 선생뿐만 아니라 그 이전에는 박창해 선생, 민영규 선생, 그 동창인 전 한양대학교의 총장인 김연준 선생, 세종대학교의 현 학원장인 주영하 신생 등 다 굉장한 교육의 선두자 아닙니까? 이분들이 모두 38년 이전의 졸업생들인데 38년에 김선기 선생이 돌아오셔서 허웅 선생을 가르쳤기 때문에 허웅 선생이 그 서구 유럽 학문을 접하게 된 겁니다.

최현배 선생은 허웅 선생이 입학한 그 다음 학기에 나가시게 됐는데, 말하자면 서구학문이 본격적으로 그렇게 38년 이후 시작을 했어요. 그런데 54년 본교에서 강의를 하실 때, 54년과 56년 사이가 굉장히 중요한데, 이때에 허웅 선생이 국어학개론을 여기서 가르쳤어요. 국어학 개론 때 "아, 지금 이런 새로운 언어의 사조가 있다고 하더라." 이런 얘기를 삐뚜름히 얘기를 했다고. 그 다음에 56년에 가면 이분이 그것에 바탕을 둔 『국어음운론』이라는 책을 만들어 냈어요. 아주 대단한 책인데 이 사이에 최현배 선생은 4학년 학생들에게 구조론을 얘기하고 의미론을 가르쳤어요. 이때 내가 배운 노트가 지금 박물관에 가 있습니다.

그 다음에 56년에 대학원이 개강이 되면서 미국에서 소위 촘스키의 동창인 루코프(Lukoff)가 연세대학으로 오게 됩니다. 그이는 누군가 하니 촘스키하고 소위 해리스의 양 제자예요. 촘스키는 미국에 떨어져서 연구를 계속하고 루코프는 연세대학으로 왔다고. 그러니까 연세대학은 정말 행운이야.

그 양반이 대학원에 오면서 기술언어학 강의를 내걸었어요. 그러면서 우리가 제1차로, 그 담에 영문과에 있던 영어학 하는 사람들이 함께 강의를 듣기 시작했는데 그 중 하나가 송석중. 이분은 세계적인 학자가 됐지. 그 다음에 2년 뒤엔가 김진우 선생. 이분도 세계적인 언어학자이지.

김석득

그러니까 영어학 하는 사람, 국어학 하는 사람들이 합동강의를 하지 않을 수 없게 만든 것이 기술언어학이라고 하는 루코프 강의예요. 이 양반이 공부를 얼마나 지독하게 시켰냐면, 음운론, 음성학을 처음에 강의하는데, 한 사람은 발음을 하고 입을 벌리고 다른 한 사람은 손전지를 들이대어 그 사람을 관찰하고 해서 성대가 어떻게 움직이느냐를 보게 했어요. 그때 아주 실질적인 교육을 했는데. 처음 보는 글리슨(H. A. Gleason)의 『*An introduction to descriptive linguistics*』, 기술언어학 개론을 그때 완전히 처음부터 이 잡듯 풀이해 나가는 겁니다. 그리고 그것에 딸려 있는 워크북이 있는데 온갖 나라의 언어 자료가 다 들어가 있죠. 그걸 다 분석을 시켰어요. 뿐만 아니고 파이크의 음운론 강의를 그 책을 나누어 주면서 하고, 자기 선생인 해리스의 『구조언어학의 방법론 (*Methods in Structural Linguistics*)』이라고 하는 걸 갖다가 강의를 하고. 얼마나 신나겠어요? 처음 보는 거니까 말이죠. 거기다 대학원에서는 최현배 선생이 의미론 강의를 계속 하고, 또 구조론도 강의했고 김윤경 선생은 이제까지 나온 언어학 책, 국어학 책은 모두 다 읽어서 요약해서 내라고 그러셨고. 김윤경 선생의 교육방법이에요. 그러면 점수 따려고 조그만 거, 큰 거, 있는 거 없는 거 다 읽어가지고 요약을 해서 냈다고. 그 요약한 노트를 지금도 내가 가지고 있어요. 상당히 많이 가지고 있습니다, 집에.

손희연　　그 김윤경 선생님께 석사 논문 지도를 받으셨지 않습니까? 부심은 최현배, 허웅 선생님이셨고요. 또 박사 논문의 지도 교수는 박창해 선생님이셨습니다. 선생님의 학위 논문들을 보면 당시의 '구조· 기술언어학'의 관점이 잘 드러나는 것을 볼 수 있었습니다.

김석득 　그때 학문이라고 하는 것이 아주 재밌고 새로운 것이기 때문에 사명감을 가지고 했는데. 그렇게 우리가 공부를 해서 58년에 처음 기술언어학에서 논문이 나왔어요. 그게 내가 쓴 「기술언어학에서 본 국어음운론」이라고 하는 논문인데, 이게 아마 우리나라에서 기술언어학으로는 제일 먼저 나온 것이라고 생각하는데, 이걸 김윤경 선생한테 지도를 받은 거지. 당시 최현배 선생은 부총장을 하셔서 지도를 할 수 있는 형편에 있지를 못해요. 그때 김윤경 선생은 대학원 원장을 하셨다고. 바로 옆에서 지도가 된단 말이야. 그런데다가 허웅 선생이 강의를 많이 하셨고 했기 때문에 직접 지도는 사실상 허웅 선생한테 받을 수 있었고 참고 자료는 최현배 『우리말본』이 된 것이었지.

그래서 김윤경 선생이 지도 교수가 되었고 주심은 김윤경 선생이지만 부심은 최현배 선생과 허웅 선생이 하는데 부심들이 나와서 강의를 해보라 이거야. 기술언어학이 뭔지 말이야. 그 양반들도 신기하지. 최현배 선생도 phoneme이 어떻고, morpheme이 어떻고 얘길 하니까 정말 알고 하는 소리인가 해서 "강의를 해봐." 이거야. 그런데 사실 최현배 선생은 이미 이때 기술언어학의 이해를 하고 계셨는데, 여하간 심사받는 사람이 나가서 강의를 했다고. 심사 딱 끝났는데 물론 통과는 됐지.

그런데 최현배 선생님이 "김 군, 나 좀 봐." 해요. 그래서 갔더니 그 양반이 자기 방에서 직접 어디다 전화를 해요. 그게 한양 공과대학이라고. 공과대학 김연준 학장한테 "내가 사람 하나를 추천해 보내니 받으면 어떠냐?" 이렇게 전화를 하시더라고. 그때에는 석사학위를 했으면 당연히 대학으로 갈 수 있는 자격이 주어지던 때예요. 박사는 생각 할 수도 없는 거고 말이죠. 그때는 김윤경, 최현배 선생이 추천을 했다하면 어디든지 누구든지 그분들의 말 한 마디로 되던 때예요. 그만큼 신용이 있었고, 연희대학, 연세대학 선생들의 실력이라고 하는 것이 학문적인

실력뿐만 아니라 추천인의 믿음, 그만큼 우리 학계와 교육계가 믿었다고

그래서 그 다음날 한양공대에 찾아갔더니 "나와서 강의하시오." 그게 1958년이야. 대학원을 졸업하고 내가 바로 강의를 시작했다고 전임강사를 얻고 그래서 내가 거기 1년을 있는데 그게 말하자면 대학교가 됐어요. 그때부턴 한양대학교 교수입니다. 그리고 국문과가 생겼는데 그 국문과를 내가 말하자면 키웠지. 나중에 여기서 박영준 선생도 모셔가고 박목월 선생도 모셔가고, 그뿐만 아니라 문과대학에 여러 분들 모셔가고 그랬는데. 62년이 되면서 조교수를 주더라고. 그런데 여기 연세대학교에서 돌아오라고 해요. 그래서 62년에 내가 여기 돌아오게 된 거예요. 돌아오게 됐는데, 그때 와보니까 양주동 선생도 있고 말이야, 유창돈 선생도 있고 그럽디다.

학자이자 교수이며 동시에 학생이었던 연세인

교수로서 박사과정을 밟던 시절

손희연   선생님께서는 그렇게 30대 초반의 젊은 나이에 한양대에 전임 교수로 부임하시고 62년에 연세대로 돌아오시고 나서 박사 논문을 쓰신 것이지요?

김석득   그렇지. 내 논문의 지도교수는 김윤경 선생이지만 그 앞날을, 말하자면 길을 터 준 건 최현배 선생이야. 아까도 말했지만 그렇게 되어가지고 62년까지 한양대에 있었어요. 이때가 참 기술언어학, 구조언어학이 말이죠, 굉장히 활발하게 움직이던 그러한 때입니다. 대학원에서 그게 딱 그렇게 되니까, 기술언어학에 대한 강의가 나오고 논문이 나오고 하니까 그때부터 학부의 과목이 달라지게 된 거야. 학부에 그때 기술언어

학개론이라고 하는 것이 처음 나온 거야. 그리고 이어서 구조론이라는 과목이 나오게 된 거야. 지금 말하자면 교과과목으로 등장하게 된 거야. 대학원에서 시작해서 학부 과목으로 되고 우리나라에선 이런 과목을 내세운 데가 연세대학이 처음이야. 다른 데서는 없었어요.

근데 이제 재밌는 건요, 최현배 선생이 계속해서 선생의 학문에 대한 공격을 받은 것이지요. 더군다나 연희파에 대한. 당시 그 잡음씨에 대한 논쟁이 보통 논쟁이 아니에요. 아주 살벌했다고 이 이숭녕 선생과의 논쟁 관계는, 아래 아(ᆞ)의 음가에 대한 논쟁이 벌써 40년대부터 시작이 되는 거야. 그런데 이제 최현배 선생은 50년대 후반에 기술언어학이 들어오니까 내가 질쏘냐 해서 글리슨의 책을 읽기 시작했다고. 글리슨 책뿐만 아니라 그 당시에 나오는 많은 기술언어학 책들을 읽고 이해하고 해서 아래 아(ᆞ)의 음가에 대해서 『동방학지』에 발표를 하셨다고. 그래서 아래 아(ᆞ) 음가, 『동방학지』에 발표하신 것을 『한글갈』에 넣어 『고친 한글갈』이라고 해서 내셨다고. 그러니까 『한글갈』은 1942년에 된 거지만 그것이 50년 후반에 『고친 한글갈』이 나오면서 새로운 모습을 가지고 기술언어학의 것을 가지고 나왔다고.

(『우리말 연구사』에서)『한글갈』은 그게 역사적인 기술이 앞 대목에 기술되지만, 뒤에 가면 이론편이라고 해서 나오는데, 이것은 한글 연구 역사에요. 연세대학교의 특징이 무엇이냐, 학문의 두 갈래예요. 하나는 이론적으로 문법을 연구한다든가 하는 이론적인 거. 또 하나는 역사적인 문제를 다루는 거지요. 그러면 김윤경 선생의 『나라말본』, 김윤경 선생의 『조선문자급어학사』, 이게 대저 아닙니까. 그분이 아무리 글이 많다 하더라도 이 두 개예요. 최현배 선생의 『우리말본』, 최현배 선생의 『한글갈』, 이게 양대 산맥이에요. 이걸 나는 늘 생각을 합니다. 그래서 내가 『우리말 형태론』이라고 하는 것, 보직을 하면서도 오기가 있어서

만들어 낸 것이 『우리말 형태론』 아닙니까. 그리고 '안 되겠다. 내가 한 쪽으로는 역사적인 것을 따져야겠다.' 해가지고 1983년에 『우리말 연구사』라는 걸 냈잖아요. 그걸 이번에 크게 보완해서 '언어관과 사조의 흐름'이라는 부제를 붙여, 『우리말 연구사』를 이제 새로 낸 거예요. 이 두 갈래가 크게 말하자면 우리 연세대학의 연구 갈래예요. 그걸 얘기를 하고 싶네요.

이제 이렇게 되고 보면 국어학 박사는 언제 했느냐 이런 얘기가 나와요. 대학원에서 명예박사가 1호로 최현배, 김윤경 두 분이 나오고 그 다음에 양주동 선생이 나오고 했지마는 대학원에 사람을 길러야 되는데 박사가 없단 말이야. 그런 과정에서 학교에서 하나의 방법을 모색한 게 무엇인고 하니, 물론 의과대학에는 벌써부터 박사가 있고 해서 나가고 했지마는 '현직 교수로서 전공과 영어와 제2외국어 시험을 합격하는 사람은 박사과정을 할 수 있다.'라는 제도를 만든 거야. 그런데 이제 우리보다 나이가 많은 교수들이 시험 봐서 떨어지는데, 이게 어디서 떨어지냐, 제2외국어에서 떨어진단 말이야. 우리가 존경하는 교수들이 막 떨어지더라고. 그래도 "나는 한번 해보겠다." 하고 그 다음다음에 한 것이 1968년이야. 그때는 부교수였는데 전공하고 영어하고는 그렇다 치고 불어는 내가 죽어라고 해서 배웠으니까, 부산분교에서 말이죠. 그래서 통과를 했어요. 했는데 강의를 3년간 들어야 한다 이거야. 그래서 강의를 내가 듣는데, 박창해 선생이 지도교수가 딱 됐어. 왜 그러냐, 박창해 선생은 최현배 선생이 문교부에 계실 때에 도와서 일을 보시던 분이야. 연희전문학교 때 제자고. 민영규 선생 다 같은 동기생이라고. 그리고 이 양반이 하와이 대학 교수를 하고 콜롬비아 대학에서 언어학을 공부하고. 그러니까 미국의 구조언어학을 이분이 이미 흡수를 하고 있는 거야. 68년 이전에 벌써 학부에까지 구조론이 생겼다는 얘기했죠?

50년대 후반에 생겼는데 이분이 구조론을 강의하고. 이렇게 그분은 대학원에서 구조주의 강의를 하는 데 가장 적임자야. 그분이 많은 학자들을 알고 있었고 그분의 강의를 3년 동안을 받았는데 그때 학생이 둘이었다고. 나하고 영문과 나온 박기덕 선생이지. 학점을 따는데 굉장히 어려웠어요. 그 어려운 책 촘스키부터 해서 로젠바움, 야콥슨, 할레, 이게 어려운 책들입니다. 근데 그걸 읽어 와서 발표를 하라는 거야. 그밖에 있는 책을 뭐 다 구해가지고 너 와서 읽고 발표하라. 사람이 3년간 죽다 살아났습니다.

튀빙겐 대학을 나와 가지고 우리 학교에서 교수하는 철학박사 이규호 선생이 그때 언어철학을 강의를 했다고, 우리한테. 교수 학생인데 뭐 꼭 그 강의를 훔볼트에 대한 강의, 비트겐슈타인에 대한 강의, 자기도 얘기하고 말이지. 원서를 갖다 놓고 발표하라고 하고 말이야. 김선재 선생은 현대언어학개론이라고 해서 강의를 했죠. 수리론, 집합론. transformation을 하려면 수리론, 집합론이 필요해요. 그래서 수론과 집합론까지 강의를 들어야 했다고. 그래서 3년간 강의하랴, 거기서 점수따랴 그러면서도 논문을 썼다고. 그 논문 쓴 게 뭔고 하니 『국어구조론』. 그리고 부제는 '피사동의 공존와 변형 구조'예요. 학위논문은 생성론에 기대고 있는데, 68년에 시작, 71년에 받은 학위논문이에요. 우리나라에 변형생성이 들어온 것은 60년대에 영어학을 하는 사람들이 미국에서 공부를 해가지고 온 때부터요. 어찌 보면 우리 학파인데 아마 김진우 선생이 일리노이 대학에서 지도를 했다는, 그이에게 지도를 받았다고 하는 서울대학의 교수가 있어요. 근데 이분들은 transformation에 대한 걸 구조언어학에 대한 그런 걸 소개를 하고 이화대학의 이승환 선생, 이혜숙 선생 같은 이들도 촘스키 언어학을 강의를 하고.

그러나 그걸 가지고 그때 우리말 논문을 썼다고 하는 것, 국어학에 대한 논문을 썼다고 하는 것. 잘 보지를 못했어요. 그래서 내가 변형생성에 대한 소위 그 causative/passive transformation 관계 그걸 가지고 쓴다고 했는데 제대로 된 건 아니죠. 그래도 박창해 선생의 교육을 받았다고 하는 것이 연세대학교에서 발전된 기술언어학이 한 단계 넘어가서 형태론, 통어론으로 넘어가는 과정이 여기 대학원에서 있었고, 그 뒤에 대학원의 박사과정이라고 하는 걸 설치를 했다고.

대학의 새로운 학문의 도입 과정에서 제일 앞장섰다고 하는 그런 문제가 되는데 이 과정에서 잊어버리지 않는 것이 한글사랑 문제. 그건 아까 얘기한 언어관, 민족문화발전, 겨레 얼의 발전 그런 것이 바탕이 되어야 한다고 하는 선생님들의 정신을 받아서 여기는 누구를 막론하고 나가면 형식적으로라도 그 얘기를 해야 '나 연희 나왔다'라고 인정을 받는 정도로 그 머리에 깊이 박혀 있는 바탕을 이루는 정신이란 말이죠.

국어학자로서 무르익다

후학

손희연　연세대 국문과로 부임하시고 지금까지 많은 후학들을 길러내셨습니다. 기억에 남는 제자들이 있다면 누구입니까? 이른바 '연전학파'라고도 불리는 연세 국어학 학파의 전통이 오늘날에도 이어지고 있다고 생각하십니까?

김석득　한양대 재직시절에는 문학에 대한 거는 박목월 선생, 여기에서 박영준 선생까지 내가 다 모셨어요. 그때가 우리 연세대학이 굉장히 어려울 때야. 선생들 간에 문제가 생긴 거야. 그래가지고 허웅 선생도 서울대학으로 가시고 박영준 선생은 내가 한양대학으로 모시고, 박목월 선생도 모시고. 그래서 소설이라든가 시를 연구하는 학생들 지도를 맡기고 그랬어요. 그래서 거기서 시인도 나오고 그랬는데, 어학 계통에서는, 나중에 여기서 고전 문학하는 분들 가운데 전규태 선생도 모셔가고 그랬어요. 그래서 말하자면 그때 국문과를 내가 거기서 이렇게 보낸 키웠다고 얘기할 수 있지.

그 뒤에 내가 이쪽으로 오면서 노대규 선생도 갔다가 일 년 만에 여기로 왔지만, 뭐 장세경 선생, 우리 출신들이 많아요. 그래서 한양대학의 국문과가 우리 후배들, 제자들이 가서 키운, 특히 장세경 선생이 거기서 큰 역할을 했잖습니까. 서정수 선생, 다 거길 거쳤어요. 서정수 선생은 물론 박사학위를 박창해 선생의 지도로 내가 부심을 해서 학위를 받은 분이지만, 한양대학으로 해서 세종대학으로 가고. 우리나라의 젊은 석학으로서는 그 당시엔 1인자가 아닙니까.

여기 연세대학에서, 이게 상당히 중요한 문젠데 어떤 제자들을 어떻게 키웠느냐. 참 제자들 이름을 거론하기는 어렵지만 나와의 오랜 관계를 맺었던, 맺을 수밖에 없었던 하나가 연세방언학의 창설입니다. 연세방언학의 창설은 물론 박창해 선생이 앞장섰어요. 그분이 한국어학당 학감을 할 땐데 "돈은 우리가 댄다. 그러나 방언 연구는 너희들이 하라." 이렇게 된 겁니다. 그래서 그때 설성경 선생, 성낙수 선생, 노대규 선생 등이 총동원된 겁니다. 그래서 적어도 38선 이남의 웬만한 데는 우리가 다 가서 질문지를 가지고 가서 녹음을 해서 채집을 했어요. 울릉도, 제주도는 몇 번 가고. 그래가지고 채집한 자료가 방언학이라고 하는 책으로 나오고. 그 상당히 많은 테이프를 내가 한국어학당 학감할 때 학감실에다가 잘 놔뒀다가 그만두고 내가 외국으로 나갔고. 설성경 선생이 방언을 조사할 때 민속자료를 많이 채집을 했으니까 그이가 그것으로 박사 논문을 썼을 거예요. 그래서 그 방에 테이프가

김석득

갔다가 그 다음엔 아마 이것이 김하수 선생 연구실로 갔다고 하는 얘기를 들었어요. 그렇지만 '그것이 지금 어디 가 있을 텐데' 하는 생각이 드는데, 그 릴로 되어 있는 것을 다시 조그만 테이프로 만들어서 보관하고 있다는 얘길 들었어요.

손희연　선생님, 그럼 1970년대에 나온 국어방언학 책이 그 방언조사의 결과물로 내신 거죠?

김석득　그렇죠. 재미있는 일화도 있는데, 68년에 내가 박사 학위를 하기 전에 학생들, 김영희, 노대규, 뭐 이런 사람들 데리고 말이죠, 그때 설성경 선생이 갔는지 모르겠어. 제주도를 갔단 말야. 그런데 나는 일본에서 국제회의, 세계 국제 인류학 민족학 대회에 초청 논문을 발표하게 되어 먼저 와서 일본에 가려고 준비를 하고 있는데, 학생들이 탄 배가 제주도에서 오다가 좌초가 됐다는 거예요. '이거 우리 학생들 큰일났구나' 하면서 안절부절 못 하는데 어떻게 무사히 도착했다는 소식이 왔어요. 나중에 어떻게 됐냐 물었더니 좌초가 되고서는 녹음 테이프 가지고 있으니까 거기다 그 사람들끼리 녹음을 한 모양이야. '우리가 방언 채집하고 오다가 죽는다' 하면서. 근데 녹음을 한 들 뭐하냔 말이야. 거기서 죽으면 그만이란 말이지. 그 녹음 테이프가 아직 있다는 얘길 내가 들었어요.

　어쨌든 그냥 얘긴데 뭐 그런 얘기 저런 얘기 많이 있지만 이러고 보면 제자들에 대해 거론하긴 어렵지만 참 고생을 많이 한, 설성경, 성낙수, 나한테 많이 혼났습니다. 위태로운 데 올라가서 일부러 지도교수 골탕 먹인다고 난리치고 할 때 잡아다가 기합도 주고 말이지, 이런저런 일이 많이 있습니다. 그리고 이제 임용기, 김영희, 다. 이런 어려운 때에.

　그리고 우리 출신 가운데 가르친 제자로서 처음 유학 간 이는 김하수 선생이에요. 독일 유학 갔는데 사회언어학 이론에 선주자이지. 또 내가 과장 노릇을 할 때 연세대학하고 동경외국어대학하고 학생들 교류자매 결연을 맺었습니다. 여기서 최기호 선생이라든가, 서상규 선생이라든가, 고영진 선생이 갔는데, 왜 어학만 자꾸 가느냐고 난리가 났었어요. 그래서 문학, 고전 문학하고 현대 문학 하는 학생들도 갔어요. 그런 일들이 지금 생각이 나네요. 또 하나는 내가 파리 대학에 있을 때에 헬싱키의 람스테트 연구소와의 관계를 맺어서 나에게 거기 잠깐 연구를 하고 오라고 얼마 동안의 시간을 주었어요. 그래서 가서 내가 만들어 놓은 게 뭔가 하니 연세대학의 학생들을 그쪽으로 대학원 학생으로서 유학을 할 수 있는 길을 터 놨는데, 와서 제1차로 학생들을 가라고 했더니 멀리 못가겠다 이거야. 그래서 성신여대에 있었던 배윤덕 선생이 "제가 가겠습니다." 해요. 성신여대 교수로 있으면서 여기 와서 강의를 들었단 말이에요. 대학원 학생으로. 그래서 가라고 했는데 2년 과정인데 1년만 하고 왔어요. 그 뒤에 거기는 끊겼습니다.

　제자들 일일이 이름을 거론하면 참 그렇고, 여하간 연세대학으로서의 최초의 과정으로서 선구적인 역할을 하면서 그때 같이 고생한 사람들인 거죠. 나는 항상 역시 전통으로 보면 언어관과 학문, 그리고 학문을 하는 데에 우리가 공시적인 것뿐만이 아니라 통시적인 것, 역사적인 것, 새로운 학문 다양한 학문으로 잘 나가고 있는데 역사적인 데도 가지를 놓쳐서는 안 되지 않느냐고 주장해 왔어요. 결국 내가 『우리말 연구사』를 다시 낸 것도, 이거 우리가 만들어 놓지 않으면 역사를 왜곡합니다. 왜냐면 걸핏하면 최현배, 김윤경, 장지영, 연세대학에서 한 것 그거 비판적으로 쓰곤 해요. 그럼 우리는 뭡니까? 우리의 계통을 세우는 거예요. 그걸 세우기 위해서 내가 사실은 7, 8년 전부터 국학연구원에 논문을 내고 또한 다산 기념 강좌 객원 교수로 강의하던 그런 것이 정리가 되었는데, 3년 전에 원고를 태학사에서 싸가지고 갔어요, 사장이. 교정보는 데는 거의 1년이 걸렸어. 이런 역사적인 분야도 더 생각을 해 줬으면 하는 바람입니다.

겨레 정신과 함께 했던 학회 활동
"우리 이론의 학문 잡기, 우리 학문의 이론 잡기"

손희연　초기 국어학 분야 학회들로서 한글학회(조선어학회, 1931~ 1949, 1949년 개칭), 한국언어학회(1956~), 국어학회(1959~) 등에서 주도적으로 활동하셨습니다. 당시 이러한 학회들의 활동 배경 및 양상, 관련 국어학 학파 등과의 관계 등에 대해서 듣고 싶습니다.

김석득　나는 1960년대부터 한글학회와 관계를 맺었는데, 한글학회라고 하는 것이 조선어학회, 다 우리 쪽 계통이고 정신이 통하지 않습니까? 그래서 김윤경 선생이 추천을 해서 사전 좀 맡아서 하라, 보조를 하라 이거예요. 초창기에는 거기에 연희학파하고 서울대학파가 함께 일을 했어요. 그러니까 최현배, 김윤경, 장지영, 김선기, 정인승, 정태진, 모두 다 조선어학회 사건에서 나오지 않습니까. 조선어학회 사건은 그 연루자가 33명이라 하지만 그 주체 세력이 거의 연희학교 출신이에요. 말하자면 연희전문하고 조선어학회 사건은 불가분의 관계인 겁니다. 그런데 한쪽으로 이희승, 이숭녕, 김형규 선생 여러분이 같이 일을 하는 거예요. 그저 우리 선생님들이 얘길 할 때마다 반대를 하는 거야. 그래서 그게 아수라장에 가까운 논쟁을 하고 있는 거야. 기가 막힌다고. 그 논쟁이 치열하고. 그런 구경을 했어요.

그런데 딱 논쟁이 끝나면 언제 그랬냐는 듯이 우정으로 돌아가는 거야. 외솔 선생하고 이희승 선생은 다른 사람이 볼 때 이상한 분인 것처럼 보이지만 최현배 선생이 세상을 뜨셨을 때에 이희승 선생이 최현배 선생에 대해 참 훌륭한 분이라는 글로 추도문을 쓰셨다고. "나라사랑의 1인자고 다만 한 분이다. 정말 학문적으로 우리나라의 정신사적으로 이런 분이 있었다는 것은……" 하면서 칭찬을 했다고. 우리가 이렇게 학회에서 배운 건 뭔가 하니, 이런 선각자들이 치열한 논쟁을 하면서 그게 우리에게 실망을 준 부정적인 면도 있지만 긍정적인 면도 있어요. 긍정적인 면은 치밀한 논쟁을 하다가 우정을 이어가고, 또 그 논쟁이 발전적으로 이어간다는 거. 이것이 우리나라 국어학사의 발전적인 기틀이 된 거예요.

특히 앞에서 'ᄋ'음에 대한 이야기를 했지만, 이숭녕 선생과 최현배 선생의 논쟁은 우리나라의 국어학의 발전사를 한 단계뿐만 아니라 여러 단계 높이는 데까지, 최고의 이론을 가지고 전개하지 아니하면 상대방을 설득시키지 못하는 그런 치열한 논쟁이 'ᄋ'음의 음가에 대해 벌어진 거라고 논쟁의 승패는 아전인수인지는 모르지만 언제나 이쪽에 있었어요. 왜냐면 허웅 이론을 당해내지 못합니다. 양주동, 이걸 누가 당해요. 그 다음에 최현배. 이희승 선생은 그분이 학문에 많이 기여한 흔적도 없지 않지만 역사적으로, 연구사적으로 보면 이분들을 따라오지 못합니다. 지금 자꾸 국립 무슨무슨 대학, 얘기하지만 우리가 국어학의 내막을 파고 들어가면 그건 결국 어디로 올라가는고 하니 일제 시대의 오구라 신페이로 올라가는 거예요. 우리는 어디로 가냐면 주시경으로 올라가고 세종으로 올라간단 말이에요. 그런데 이숭녕 선생 같은 분은 주시경 선생도 크게 비판한단 말이에요. 그런데 국어학사가 그렇게

김석득

전개되면 안 된다 이거야. 우리는 역사적인 왜곡이 되지 않도록 해야 한다고. 이런 논쟁에서 긍정적이고 부정적인 것, 우리나라의 말의 발전 그리고 그 싸움 가운데서도 우정이 있었다 하는 걸 우리가 배워야 하지만.

그 다음이 국어학회의 관계예요. 이게 59년에 설립이 됐는데 연희대학교 교수들이 주도했다고. 연세대학교 교수들이. 박창해, 유창돈, 그 다음에 나. 그 다음에 저쪽에 한두 분 들어간 사람이 있어요. 그러니까 이미 최현배, 김윤경 선생의 논쟁은 후대로 넘어온 거예요. 그 가운데서도 내가 제일 어리지. 창립을 해서『국어학』이라고 하는 학술지를 냈어요. 거기 제1호에 내 형태론 문제가 나옵니다. 형태소의 변이형태 연구라고 하는 형태론 문제가 나가는데 아마 형태론 관련 논문이 그때 상당히 빠르지 않았나 이런 생각을 하는데 잘 모르겠어요.

근데 하루는 우리가 학술대회를 하는데, 저쪽 파에서 -누구라고 얘기 안 합니다.- 나와서는 학술대회 학술 발표를 중단시키고 "긴급동의가 있습니다. 지금 나라에서 국한문 혼용체 문제가 나오는데 이 자리에서 국한문 혼용체를 찬성한다는 투표를 하십시다." 하고 나왔다고. 그래서 거기서 아무것도 모르고 뭐뭐 하는데 "이상 없으면 손들어 합시다." 그래. 그래서 손들고 뭐 "통과됐습니다." 했어. 근데 그걸 갖다 공론화해서 발표를 해버리더라고 그때 탈퇴를 해버렸어요. 즉석에서 내가 탈퇴를 해버렸어. 박창해, 유창돈도 시나브로 탈퇴를 하고. 그 뒤로는 다른 대학 사람들이 주도적으로 하고 있어요. 그러면서 자꾸 나오라는 거야. 우리를 휩싸 안아야 국어학이라고 하는 게 논의가 되지, 연세를 무시한 국어학은 논의가 되지 않아. 그렇지만 이제는 안 나갑니다. 언어 사상과 언어관이 아주 안 맞아요. 그러니까 이제 안 나가는 거죠.

그 다음에 한국언어학회의 관계가 되겠죠? 이게 세계언어학회의 성격을 띠게 되는데, 내가 세계언어학과의 관계는 68년에 동경대학에 가고 그 뒤에도 몇 군데 많이 갔어요. 기억에 남는 것은 73년 파리에서 있었던 제29차 국제동양학자대회예요. 남북한의 학술논쟁이 여기에서 치열하게 벌어졌습니다. 나하고 박창해 교수, 경제학의 최호진, 이숭녕 선생 이렇게 다 갔지. 논쟁이 굉장히 치열하게 벌어졌는데, 학문관이 이렇게 차이가 있구나, 느꼈어요. '국민에게 이롭지 않은, 관계되지 않는 학설은 학문이 아니다' 이렇게 보는 거야. 그러니까 외국에서 들어온 이론은, 밖에서 들어온 학문은 아무 소용이 없다 이거예요. 말하자면 기술, 구조주의가 맥을 못 쓰도록 만든다는 거죠. 그렇지만 거기도 사실상 구조주의가 러시아에서 나오고 그런 판인데. 문학에 대해서도 많은 논쟁이 벌어지고 대단했습니다. 남북한의 학자가 최초로 논쟁을 하는 것인데, 학문관이 다른 것이 극명했지. 그리고 나서 한국언어학회 회장을 했죠. 내가 5대였나 몇 대였나. 이 학회의 국제대회를, 내가 서울 국제 언어학 대회를 열었습니다, 그때 과학관에서. 구미 각국의 유명 학자들, 유명한 교수들이 많이 왔지요. 그때 총무를 이익환 선생이 했는데, 컴퓨터를 만지고 참 일을 잘 하시더구만. 나중에 회장도 되시고 했지만.

　　그런데 세계 언어학계에서 한국의 언어학을 그렇게 가볍게 보지 않습니다. 대단히 발전된 것으로 봐요. 여기서 내가 느끼는 것은 학문도 나이가 많으면 철이 나는 건데, 우리 학문 잡기, 되기. 소위 그 우리 이론의 학문 잡기. 우리 학문의 이론 잡기. 들어올 때 그대로 다 받지를 말고 이렇게 우리 것으로 하는 것. 옛날에 우리는 어찌 보면 참 순진했어요. 그저 그게 제일이라고 해서 무조건 받아서 다 발표하고 그랬는데 나중에 보니까 잘 된 건 아니야. 철이 나니까. 그걸 받기 전에 먼저 중간 세계에 놓고 걸러서 좋은 걸 받아들이고 나쁜 건 시정을 해야 한다는 과정을 거쳐야 하는데 그게 이제 와서 자꾸 생각이 나. 우리말의 중심잡기, 우리 이론의 중심잡기. 얼마든지 우리가 역사적으로 보면 전통이 중요한데 그것을 잘 합해서 재창조하는.

우리 연세대학교가 한국언어학회와 직접 관계가 되는 건 여기 출신들이 언어학회 회장을 많이 했잖습니까. 남기심 선생, 이익환 선생, 홍재성 선생, 다 여기 거쳐 간 거 아니겠어요.

프랑스 파리7대학 국가박사학위 과정

손희연   1980년부터 2년간 프랑스에 교수로 계셨는데, 어떤 계기로 가셨던 것일까요? 프랑스 파리7대학 한국학과 교수로서 프랑스 내 한국학 연구의 초석을 다졌던 이옥 선생님이 연세대 문과에서 공부하셨다고 들었습니다. 이옥 선생님과 어떤 교류가 있으셨습니까?

김석득   이 파리7대학에 어떻게 갔느냐. 내가 말띠예요. 말띠다보니까 일이 많아. 일이 많아가지고 결국 내가 국어국문학과 과장도 한데다가 과장을 71년에서 75년까지 했어요. 두 번을 했어요. 그 다음에 한국어학당 학감을 외국어학당 학감하고 겸했는데 75년에서 80년까지니까 5년간이나 했다고. 박창해 선생 뒤이어서. 자, 생각해 보시오. 이렇게 되면 공부를 언제 해? 그래도 난 오기가 있어서 공부를 죽어라고 하긴 했습니다. 그러면서도 '야, 이걸 어떻게 벗어나냐' 했는데. 이옥 선생이 등장합니다. 이옥 선생은 여기 역사학과 출신이야. 대선배인데 그 아버님인 이인 선생이 계십니다. 이인 선생은 우리나라의 초대 법무장관이야. 법무장관이면서 이인 선생이 아버님 회갑에 나온 돈을 다 몽땅 김윤경 선생의 『조선문자급어학사』를 내는 데 내 가지고, 『조선문자급어학사』
가 나오게 한 거야.

　나중에 조선어학회 사건 때 '왜 그걸 내는데 당신이 그 민족적인
학문을 내는 데 거기다 돈을 내 줬느냐' 해서 그 죄로 4년 언도를
받은 분이라고. 김윤경, 최현배, 이극로 등등, 같이 고생을 한 분이에요.
그분이 나중에 한글학회에 건물을 세우는데 효자동에 있는 그 큰
좋은 건물을 팔아서 한글학회 집 짓는 데 줬다고. 그리고 자기는 논현동
에, 그때 거기는 밭만 있는 덴데, 조그마한 집 하나 지어서 덩그러니
나가셨다고.

　그런 말하자면 민족주의자 아버님을 모셨던 아들이 이옥 님이에요.
이옥 님이 유럽의 학문에서 한국학의 시작이라고도 말할 수 있죠. 그분은
한국학을 유럽에 전파한 큰 일꾼입니다. 우리가 이걸 잊어서는 안 돼요.
그분이 소르본느 대학에서 공부했어요. 소르본느가 다시 갈라져 나오면
서 파리7대학이 생기고 거기에 동양학부 한국어학과가 생겼다고. 그분
이 다 만든 거예요. 그게 이제 커 나가는데 동양학부 안에 한국어학과,
일본어학과, 중국어학과, 베트남어학과, 아랍어학과 이런 게 있단 말이
야. 근데 한국어학과는 일으켰지만 역사학을 전공한 사람이 역사학
강의와 함께 우리말을 가르치고 그러니까 높은 차원의 국어학 교육을
시키고 싶다 해서 연락이 됐다고. 그래서 "너 거기 오지 않겠냐?" 이렇게
된 겁니다. "글쎄요." 그랬더니 거기 동양학부 부장의 이름으로 1년
초청장이 정교수 자격으로 왔더라고. 문교부에서 허가도 나오고 말이지.
그때 이우주 총장한테 "나 여태까지 학교에서 일을 했는데 내가 재충전
을 하자면 1년 가르치는 걸로는 안 되겠다. 나도 공부를 해야겠으니
2년이 필요하다." 그랬어요. 원래 교수들은 2년을 안 내보내는데, 이우주
총장이 "그럼 1년마다 연장을 하라." 그래서 내가 사실 2년의 허가를

　　　　　　　　　　　　　　　　　　　　　　　　　　　　김석득

맡았다고요. 그 뒤로는 안세희 선생이 총장이 됐지만 안세희 총장도 그걸 아니까 2년으로 연장이 됐다고.

이렇게 해서 가니까 한국어학과에서 불어로 강의하라 이거야. 불어로 국어음운론, 국어문법을 강의를 하라는데, 이런 전문적인 건 술어만 좀 알면 됩니다. 두드려 맞추면 맞아요. 그렇지만 강의를 하다보면 나이 많은 학생이 불어로 "qu'est que vous avez dit?, 너 뭐라고 하는 거냐?" 이렇게 되는 거예요. 그래가지고 안 되겠다 싶었는데, 그때 박사과정을 하려고 홍재성 선생이 가서 있었어요. 연대에 있다 갔지, 전임강사하다가. 내가 박사학위를 가지고 있는 때니까 그때 박사학위를 가지고 있는 교수가 거길 가면 국가박사, docteur d'Etat라고 하는데, 그걸 해. 이 과정에는 나이가 많은 사람이 많아요. 나는 '시간' 문제에 관심을 가지고 있으니까 지도교수는 모리스 그로스(Maurice Gross)로 정하고, 그리고 논문 제목은 'temps et aspect, tense and aspect'로 결정했지. 그리고 강의에 들어가는 겁니다. 80년부터 83년까지 등록 수강했다가 82년 하반기에 접어들면서 귀국했지.

거긴 말이지. 토론을 주로 하는데 견딜 수가 있어야지. 그래도 거기에서 끙끙대면서 이렇게 하는데 한쪽으론 또 일을 맡겨. 내가 정식으로 professor로 갔으니까 교수회의도 참여를 하고 박사학위 논문 심사위원으로 정식 지명을 받기도 하고. 그래서 아무개의 박사학위 논문 심사를 나도 했잖아. 딱 앉았는데 그때 모든 사람들이 다 와 있는 거야. 사람들은 뒤에 쭉 있고 말이지, 논쟁이야, 논쟁. 아주 치열하게 싸웁디다. 그래서 내가 여러 번 싸움 보고 그랬는데, 그 와중에 강의 들어가고 뭐 하고 하니까 입이 조금씩 돌아가요. 그래서 거기 2년 동안 조금 넘습니다. 그렇게 해서 거기에서 나중엔 책까지 냈죠.『Initiation à la langue coréenne』. 이옥 선생하고 홍재성 선생하고 함께 지은 것이지.

이렇게 해서 나에게는 가르치고 배우고 심사하고 정신없이 돌아가는 거야. 그때 내 머리가 다 세었어요. 우리 나이로 50, 자취를 반 년동안 했는데 안 되겠어. 그래서 집사람을 오라 해서 대학교 기숙사촌 시떼(cité)에서 살아가고 그랬지. 최석규 선생도 이때 만나고 다 그런 거지만.

손희연　프랑스에서의 연구는 선생님께서 추구하셨던 구조언어학에 바탕을 둔 말본학 연구에 어떤 영향을 주는 것이었습니까?

김석득　2년 뒤에 돌아왔지만 학문의 충전과 새 삶의 경험은 됐어요. 나로서는 매우 귀중한 일생의 경험이야. 거기서 내가 올 땐 책을 한 짐 사오다시피 하고. 일부는 내가 연세 도서관에 갖다 줬지만 일부는 집에 있고. 소쉬르를 정점으로 한 유럽의 학문이 어떻게 파가 갈라지고 어떻게 발전을 했느냐, 어떻게 비판되어 나왔느냐 그것을 역력히 볼 수가 있었어요. 그러면서 촘스키 중심의 변형생성론에 대한 걸 다시 음미해 봐야 할 때가 아니냐. 그건 모리스 그로스가 촘스키하고 동창으로서, 파리8대학에서 공부를 하고 변형생성론 강의를 하다 '그게 아니다' 해서 뒤부아(Dubois)만 내놓고, 자기는 파리7대학으로 돌아와서 나는 촘스키의 변형론과 담 쌓는다 해서 실증적이고 실험적인 걸로 나간 것이 그분이 실험연구소를 만들고 한 그거 아닙니까. 근데 그분이 세상을 떴다고. 참 내가 여기 회장 때, 서울 국제 학술대회에 모시기도 하고 그랬는데.

　나는 학위를 하려는 것이 아니었고, 오기로, 간 김에 "내가 가르치기만 하겠느냐, 나도 배워가지고 온다." 하는 오기가 있었고. 또 국가박사 그걸 하면서, 그런 것들이 내가 책을 내는 데 여러 가지로 도움이 되었어요. 또 그때 내가 돌아와서는 국학연구원 원장을 했어요. 그러면서 한국언어학회 회장도 하고 그러면서 이 책을 위한 논문을 쓰고 하는데 줄기를 잡기를 아무래도 우리 선각들이 한 것을 보여주어야 학생들이 우리가 지금 어디 와서 서 있느냐 그걸 알고 또 그걸 알아야 미래가 있지 않느냐 생각했지. 주시경이 이미 다 해 놓은 걸 영어학 하는 사람들이 멋모르고 자신들이 처음 연구한 양 하고 말이지, 주시경이 이미 다 해 놨는데, 이런 데 대한 각성. 그런 것들이 도움이 돼서 『우리말 형태론』이 91년에 나왔지. 무시할 수 없지만 transformation, 곧 변형론에 대한 건, 속 깊은 하나의 심층을 보면서 그것이 겉으로 어떻게 변형되어 나오느냐 하는 그 사상은 위대하거든. 그건 우리가 버려서는 안 돼요. 그렇지만 소위 universal grammar라고 하는 거, 소위 그 모든 보편성을 보려고 하는 것은 하나의 이상이 아니냐는 세계 학계가 비판하고 나오는 것, 그것은 그대로 받아들여져야 하고. 그걸 받아들이면서 『우리말 형태론』을 써 본 거지요.

국어정책 활동 및 학교 행정에의 참여

한글전용에의 의지

손희연　선생님께서는 언어 정책의 수립, 심의, 자문 활동 등도 활발하게 하셨습니다.

김석득　내가 이제 언어 정책까지, 내가 참 고단해요. 제일 먼저는 61년에 문교부 문광부, 그때부터 국어심의위원을, 도중에 조금 끊기기도 했지만, 사실 2000년까지 죽 했고. 우리말 새로운 맞춤법과 표준어 관계가 90년 초에 새로 나왔잖아요? 내가 거기 관여를 하고 많은 싸움을 하고. 잘못됐으면 그 책임이 일단은 우리 또는 나에게도 있다고 보는 건데, 아무튼 많이 관여를 했습니다. 또 우리나라의 국제화를 위해서 우리 한국어를 전문으로 하는 외국, 예를 들면 그때 중국에 25개 학과가 있었어요. 그때 통일 교재를 만들기 위해서 교재편찬위원장으로서 내가 갔습니다. 그때 대학원 원장 땐가? 네, 원장을 했어요. 그리고 중국의 위원장은 베이징대학의 총장이 하고. 그때 김민수 선생, 다 같이 가고 그랬는데. 그리고 이제 한글학회와 상해외대와의 자매결연 때문에 1년 걸러 가면서 가고, 계속 한글의 세계화를 위해서 나름대로 애를 썼습니다. KBS 한국어연구회도 우리가 만든 건데, 그래서 자문을 많이 하고. 그것이 발전되어가지고 지금 나오는 게 있잖습니까? 한국어 능력평가. 그것이 다 연구회에, 그걸 우리가 다 창설한 겁니다. 그게 83년부터거든요.

손희연　최현배 선생님의 언어 사상이나 교육 사상을 이어 오시면서 자연스럽게 한글전용, 언어순화 운동에도 뜻을 두셨을 것으로 짐작됩니다. 한글전용에 대한 선생님의 생각은 구체적으로 어떠했고 또 어떤 관련 활동에 참여하셨는지요?

김석득　한글날 국경일 투쟁, 전택부 선생이 돌아가셨지만 그분을 중심으로 해서 했고 그리고 요새 한글문화관, 혹은 한글박물관, 이것이 아마 용산으로 결정이 되어가는 것 같아요. 우리가 주장한 그것이 서울 시, 문화관광부, 대통령까지도 이해가 간 것 같아요. 아마 우리는 광화문 세종 동상 있는 데 거길 바랐는데 용산 국립박물관 부근으로 가지 않나 지금 이렇게 보고 있습니다.
　끊임없이 지금도 이건 하는데, 틀림없는 사실은 많은 논쟁을 하지만

김석득

한글에 대한 전용관계, 한글 가로쓰기 관계, 순화관계 이건 화살표는 언제나 기복은 있지만 위를 향하고 있다고 하는 거. 이는 역사적 진리예요. 이것은 아까 빼놓았는데 최현배 선생의 철학이 그대로 적용되는 것 같아요. 뭔고 하니 잘못된 것을 고치는 방법은 자연 원리를 생각하라. 뭔가 하니 나무가 한쪽으로 구부러졌는데 똑바로 세우려면 180도 구부려 봐라. 그래야 똑바로 선다 이거야. 그래서 그분의 한글전용 국어순화는 적극적입니다. 10개를 만들어 놓고 순화시키면 5갠 살고 5갠 죽는다. 그럼 100개를 만들어라. 그럼 80개는 살지 않느냐, 그 주의예요. 그것이 그분의 철학이기 때문에 그이가 만들어 낸 말 가운데 순화론의 자료 가운데에 다른 사람이 이상하게 생각하는 것도 있지만 자꾸 쓰면 생명이 붙는단 말이야, 말이라고 하는 건. 그래도 죽는 건 내버려둬라. 그리고 자꾸 만들어 내라. 그런 철학으로 만들어 내야 사는 게 많이 생긴다.

겨레라는 말, 우리 대학 계단에 보면 "이 돌은 뉴욕에 있는 우리 겨레가 27년에 부쳐 준 것이다." 써 있는데, 그 겨레가 원래 민족이란 뜻은 아니에요. 처음에는 여러 가지 동아리를 얘기한 거예요. 그게 고전에 나온단 말이야. 그것을 27년에 외솔이 겨레라고 쓴 겁니다. 위당이 했다는 설, 외솔과 위당의 합작설도 있지만. 그리고 김윤경 선생은 삶이라는 말을 썼어요. 그 말은 지금 살았잖아요? 삶의 현장, 삶. 그건 최현배의 나라사랑이라는 것에서도 나오거든요? 자꾸 만들어 낸 겁니다. 연세춘추는 앞장서 나가서 가로글씨로 하고, 또 새로운 말 만들어 내고. 여기 동아리 이름 같은 것이랑 다. 다 전통이 있어서 그래. 그걸 본떠서 다른 학교에서 하는 거 아닙니까. 가로글씨를 안 하겠다고 난리친 게 조선일보 아닙니까. 혼용하겠다고 난리치고 했는데, 대세는 기울어졌어요. 화살표는 이렇게 돼 있어요. 저희들이 기계화 시대에 가로글씨 안 하고 견딥니까? 그리고 사설에 한글전용 안 해서

됩니까? 가게 돼 있어요. 그 힘은 여기에서 더 나가는 힘뿐입니다.

손희연   사회적으로는 약간 대중들의 반감을 사긴 했었지 않습니까?

김석득   네, 사는데, 그건 한 사회의 구조에서 어떤 주장이 있으면 주장에 대한 반대가 있는 건 사회구조의 가장 자연스런 현상입니다. 그거 무서워서 구조를 변경시키면 안 돼요. 국회도 여가 있으면 야가 있잖아요? 모든 것에는 반대파가 있습니다. 이미 얘기를 했지만 주장이 있고 반박이 있고, 반대의 저항이 있고 하는 데서 발전하는 거예요.

손희연   궁극적으로는 한글전용에 대한 선생님의 생각은 어떠하십니까?

김석득   아 그건 틀림이 없는 겁니다. 그렇지만 물론 학문하는 데는 한문을 배워라 이거야. 왜? 한문은 그걸 전공하는 사람, 역사를 연구하는 사람이 한문 안 하면 안 돼. 영어, 그 영어 제국주의가 되어서 영어만 모두 다 하라 그러면 안 돼. 어떻게 학문을 합니까, 영어 가지고 독일어도 하고 불어도 하고 그리스어도 하고 라틴어도 하고, 다 해야 해. 내가 학부 다닐 때 여기서 중국어도 배웠다고. 그러나 중국어의 필요성은 어디서 더 느꼈느냐 하면 내가 상해외대하고 한글학회하고 관계 맺을 때 그쪽에 총장단이 나오고 하는데 나는 그때 부총장이야. 부총장인데 또 한 경험이 있고 하니까 그 사람들하고 내가 접하려면 나가서 중국어로 해 줘야 해요. 그러면 그들도 우리말로 애써 한 마디 해. 내가 러시아 극동대학하고 부총장으로 있을 때 자매결연을 했는데, '노어를 배워야겠다' 해서 내가 자습을 해서 노어를 좀 배웠다고 그래서 가서 그 사람들에게 인사 정도는 한 마디 노어로 해야 한다 해서 노어를 배웠어.

이건 말하자면 특수한 어떤 직종에 있는 사람, 중국에 가서 대사 할 사람은 중국어, 러시아에 가서 대사 할 사람은 러시아말, 프랑스에서 일 할 사람은 프랑스말, 또한 학문을 하는 데는, 미국 학문을 하려면 영어, 유럽 학문을 하려면 유럽의 여러 말을 이해해야 한다고. 나는 그래서 대학원생들에게 논문 쓸 때 "영어 참고문헌만 쓰지 말고 불어 참고문헌도 써. 독일어 참고문헌도 써." 그래요. 그래서 난 학생들 참고문헌 쓴 데 영어만 나오면 고개를 흔듭니다. 이건 좁다 이거야. 물론 논문의 내용은 한글 원칙을 지켜야 돼.

그래서 한글전용이라고 하는 건 우리 겨레의 일반적인 글자살이인 거고 전문으로 하는 사람은 전문으로 하는 학문에 외국어 이해는 필요해요. 불어 전공하는 사람이 불어로 논문 쓰지, 영어로만 쓰라고 하는 그런 게 세상에 어디 있습니까. 그건 프랑스의 언어학자 아제지(Hagège)가 얘기한 것처럼 영어의 제국주의가 알지 못하는 사이에 먹어 들어가는 거예요. 거기에 지금 세상이, 문화가 어떻게 되겠느냐. 아제지(Hagège)가 걱정하는 게 이런 거예요.

학교 발전에의 기여

손희연　　선생님께서는 연세대의 현대적 학제 확립에 기여하는 다양한 행정 보직 활동을 하셨습니다. 어학당 학감(75~80), 국학연구원 원장(85~88), 문과대학장(88~89), 대학원 원장(89~93), 교학 부총장(94~96) 등의 활동을 가까이 지켜봤던 분들은 특히 선생님의 '추진력과 열정'을 기억하고 있습니다. 선생님의 기억에 남았던 특별한 일화가 있으십니까? 또 각 교육 기관의 제도적 발전 과정에서 겪을 수밖에 없었던 어려움이나 특별한 변화 같은 것들이 있었다면 듣고 싶습니다.

김석득　내가 학교에서 한 일들이 더러 있어요. 한국어학당, 이거 내가 75년에서 85년까지 맡았네요. 이 한국어학당은 우리나라에서 연세대학교가 최초 아닙니까. 여기서. 내가 한국어학당을 맡으면서 조금 해 온 일은 무엇인가 하니 미 국무성과의 한국어교육 협력을 강화했다고 하는 것입니다. 그리고 외국어학당에 그 시청각교육을 강화시켰어요. 내가 여기 일을 하면서 집에 보통 밤늦게 돌아가고 그랬는데요. 그 다음에 국학연구원 원장 시절에, 우리 선각들이 해 왔던 실학 공개강좌를 좀 강화시켰고 그 다음에 과학사 세미나, 이것도 그 이전에 해 오던 걸 이어 갔고. 내가 새로 한 것은 다산기념 강좌를 개설한 것 같아요. 국학연구원이 역사도 있고 하니까, 이 강좌에는 이숭녕 선생이 여기 와서 청강하고 그랬다고. 서울대학에 있는 교수들이, 우리하고 반대되는 사람들이 와서 그 강연을 듣고 했으니까, 그래서 내가 있을 때에 중앙대상을 우리나라에서 최초로 국학연구원에 줬다고. 그때 심사위원장이 이병도 박사예요. 그걸 우리 국학연구원에 줬다고.

대학원 원장 시절에는 이때가 89년에서 93년까지예요. 그런데 이때 산학협동제도를 개설했어요. 과학기술원하고 표준어연구원과의 산학협동과정 개설인데, 우리 교수가 가서 강의도 하고 거기 교수가 여기 와가지고 강의도 하고 그랬다고. 공과대학에 와서. 그 다음에 원주캠에 대학원이 없어가지고 학생들이 오도가도 못 해, 나중에, 학부 졸업하고 말이죠. 그래서 본교 대학원으로 일원화를 시켰다고, 그때. 다만 본교에서 강의를 수강하도록. 이렇게 처음 그게 시도가 된 겁니다. 대학원 중심 대학을 계획하면서는 그때 이를 위한 세미나도 하고 그랬어요.

그런데 교수업적평가를 도입했다고, 그때. 이것 때문에 욕을 많이

　　　　　　　　　　　　　　　　　　　　　김석득

얻어먹었습니다. 그 다음에 3대학원 합동강의. 이는 이미 72년에 실시가 됐는데, 3대학이라는 것은 연세, 이화, 서강이에요. 이걸 89년에서 93년에 크게 강화를 했다고. 그 다음에 한글탑을 세우는데, 한글탑은 박영식 총장 때 승인을 받아서 문과대 교수를 중심으로 한 연세대 전체 교수의 건립 발기인의 힘으로 이루어진 것이지. 그 명문을 하나 만들기 위해서 글꾼들을 다 모았다고 박영신 선생이 뛰어난 글꾼이란 말이야. 그래가지고 결국 둘이 앉아 논의하고 해서 최후로 내가 다듬질한 거라고. 그렇게 여러 사람이 힘써 한 한글탑은 연세이기에 세울 수 있는 겨레 문화의 상징탑이야. 다시 대학원 이야기지만, 이때 대학원이 많이 발전했지. 이것은 그 진취적이고 창조적이고 그리고 말하자면 자기를 아끼지 않는 참모들이 있었기 때문에 가능했었어. 교학부총장 때는, 그때 연세대학교 교육 이념을 처음 만들었어요. 이 교육이념을 이전에도 선배 교수들이 만들려고 시도했다가 결국 안 됐어요. 학교가 개교한 지 얼마나 역사가 오래됐습니까. 근데 학교에 이념이 없어. 그래가지고 이념 만들기 위원회에서 과거 서류들을 다 끄집어내고 연세대학교에 필요한 키워드가 뭐냐, 우선 그걸 다 수집을 하고 수없이 이걸 고쳐서 마지막으로 그 문장을 만들어 정리를 해서 교무위원회에 상정을 했어요. 상정을 했는데 교무위원회에서는 받아가지고 전체 교수들한테 돌려 의견을 물은 후에 총장단에서 정리를 하고 이사회에서 통과를 시킨 거예요.

그 다음에 여기서 우리가 연세의 유공자 교수들에 대한 얼굴상, 정인보, 최현배, 김윤경, 홍이섭 선생의 얼굴상을 우리가 만들었다고. 난 이거 그때 붓글씨를 지금 내가 가지고 있는데, 그 최현배 선생님의 얼굴상의 글, 그걸 우리말본에서 내가 빼서 써 올린 거예요. 그 다음에 김윤경 선생의 글도 내가 김윤경 선생님 글에서 빼서 올려놓은 겁니다. 위당은 민영규 선생이 글을 쓰신 거예요. 홍이섭 선생 것은 황원구 선생이 쓴 겁니다. 이것도 많은 고전을 하고 그러면서 세웠다고 하는 거지요.

앞에서 얘기한 러시아와 극동학교(총장 쿠리로프)와의 자매결연. 블라디보스토크에는 극동대학교에 한국학 대학이 있어요. 대학 건물은 장치혁 고합그룹 회장의 후원으로 지은 건데, 거기 한국학이 우리와의 관계가 그때 상당히 긴밀하게 이루어지고 내가 거기 자문 책임자로 한 두어 번 갔었지. 그 뒤에는 이제 내가 은퇴하고, 또 IMF가 생기고 그러니까 여기서 가는 관계의 길들이 다 끊기고, 참 대단히 아쉽게 생각하는 겁니다. 그건 대학이라는 이름으로 한국학 대학이라는 이름으로 있는 거는 세계에서 이것 하나일 것입니다. 물론 파리7대학에는 동양학부 안에 한국학과와 대학원 과정이 있지만 이건 단과 대학이에요. 대학원 과정까지 다 있습니다.

또 하나 덧붙일 것은 교수평의회 초대 회장을 내가 했어요. 이때가 문과대학장 때인가 봐, 아마. 우리나라에서 총장 선출을 교수평의회 주관으로 총 교수들이 직선제 투표를 한 것은 이것이 최초예요. 그러니까 뭐 이건 교황의 선출방법이라면서 그때 난리 나고 그랬는데. 박영식 선생이 그때 초대 교수평의회가 낸 초대 총장이에요.

문과대학장 때는 뭐냐면 내가 1년밖에 못 했어요. 대학원장으로 가기 위해서. 근데 그때는 심리학과 실험실을 만들었을 겁니다. 그 다음에 사전편찬실장도 했는데, 송자 총장이 가서 길을 열어봐라 얘길 했었어요. 그래서 나는 "나 혼자 일은 못 한다. 누구 하나 붙여주면 한다." 그래서 그때 내가 책임자로 사전편찬실장의 책임자로 가고 "저기 김하수 선생을 붙여주면 내가 하겠다." 그래서 김하수 선생이 그때 처음 왔어요. 그렇게 시작이 된 겁니다. 그러면서 내가 1년 하고서 바로 부총장으로 가기 때문에 그래서 이제 그게 이상섭 선생이 『연세한국어사전』을 내는 큰일을 하셨죠.

　내친김에 내가 부총장 땐가 우리 자동차 출입이 카드제하고 말이죠, 맘대로 못 들어가고 하잖아요. 그것을 처음 만들어냈어요. 그때 총무처장 자리가 비어서 임시로 부총장이 서리로 했는데 그 사이에 그걸 만들어 버렸다고. 난 오늘도 지나오면서 말이지, '이거 우리 때 만들었는데.' 그랬어. 그런데 다른 대학에 다른 기관에서 그걸 본떠가지고 만들기 시작한 거라고. 하여튼 연대서 뭔가 처음 시작을 한다는 건 알아줘야 해.

은퇴 이후

식지 않는 겨레 얼 말본학에 대한 열정: '외솔회'

손희연　　선생님은 1970년 8월에 만들어진 '외솔회'에 그해 12월부터 활동하셨으니, 거의 창립 멤버라고 할 수 있습니다. 이후에는 오랫동안 회장과 재단이사장직을 맡아 수행하셨습니다. 선생님께 외솔회 활동의 의미는 무엇입니까? 2009년 현재 부회장으로 계시는 '세종대왕기념사업회'에 대해서도 선생님의 평가와 생각을 듣고 싶습니다.

김석득　　내가 '외솔회' 관여를 15년간이나 했습니다. '한글학회'하고 '세종기념사업회'하고 '외솔회'는 우리나라의 민족 단체, 3대 단체야. 지금도 이 세 개가 함께 움직인다고 이게 삐거덕 했다 하면 밑의 정신적인 게 흔들리는 거야. 1969년에 김윤경 선생이 세상을 뜨시고, 사회장으로 모시고. 70년 3월 23일에는 외솔 최현배 선생이 돌아가셨잖아요. 외솔 최현배 선생이, 참 돌아가시기 전에 외솔 선생이 한글학회에 날 불러서 뭘 시키려고 하시다가 "에이, 그만둬", 그 다음에 세브란스

병원에서 돌아가시고 사회장으로 모셨다고. 그런데 3월 23일에 돌아가시면서 그 제자인 사학과의 홍이섭 선생이 외솔의 정신을 전파해야겠다고 외솔회를 만들었다고. 그 뒤에는 백낙준 박사가 계셨어요. 70년에 외솔회를 만들었는데 초대 회장이 홍이섭 선생이 됐지요. 그런데 외솔회의 근본 사상은 외솔의 나라사랑 사상하고 학문을 이어받아서 발전시키는 게 목적이야. (최현배 선생이)『나라사랑』이라고 책도 내셨으니까, 1958년에.

그런데 홍이섭 선생이 좀 일찍 돌아가셨어요. 비명에 가셨지. 연탄가스에 돌아가셨어요. 참 오래간만에 집을 사가지고 가셨는데, 형편없는 집에 사시다가, 그날 밤에 그냥. 참 안타까워. 그리고 그분의 뒤를 이어서 백낙준 박사가, 그 뒤에 김두종 선생, 건국대학의 총장 하던 곽종원 선생, 그 다음에 내가 맡아가지고 15년간 그걸 했는데.

두 가지입니다, 외솔회의 큰 일이. 하나는 '외솔상'을 주는 거예요. 외솔 학문의 뒤를 이어서 정말 학문다운 학문을 한 사람을 한 명 고르고, 1년에. 그 다음에 실천면에서 정말로 한글전용, 국어순화문제, 그 밖에 나라사랑의 정신을 가지고 제대로 실천에 옮긴 사람 한 사람을 골라 주는 거지. 학술이라고 하는 것은 넓게 본 국학 분야. 그리고 또 한쪽으로는 기관지『나라사랑』을 만드는 겁니다. 1년에 두 책을 내는데, 하나는 선각들 가운데서도 가장 위대한 업적을 남긴 선각, 한 사람씩 정해서 특집을 내는 거예요. 또 하나는 자유스럽게 회원들이 발표할 수 있는 것이지. 학술상과 실천상이 있는 외솔상은 2009년 이제 31회. 회원이 2,700여 명입니다. 상당히 많아요. 물론 활동하는 사람은 지금 한 600명 남짓하지만.

지금 계획을 하고 있는 것은, 금년에 외솔의 묘지를 얼마 전에 대전 현충원 제4묘역으로 모셨고, 그 다음에 가신 지 40돌이 되는 내년(2010년)

김석득

에 3월 23일을 기해서 외솔 생가가 복원이 이미 다 됐어요, 울산에. 그리고 기념관이 크게 들어서는데, 이도 다 되어 내년(2010년) 3월 23일 돌아가신 날로 개관식을 준비하고 있습니다. 울산시에서 준비를 다 하고. 그리고 외솔 전집 계획이 있어요. 내가 예전에 하려다가 못 하고 말았는데, 연세대학이 내년(2010년) 개교 125돌을 계기로 해서 할 예정인 가 봐요.

민족단체 세 개라고 얘기했는데, 세종대왕기념사업회가 또 하나입니다. 이건 1956년에 외솔이 창립을 했어요. 창립을 하면서 박종국 선생, 우리 국문과 출신인데 외솔 최현배 선생이 그이를 딱 집어가지고 "세종 기념사업회에서 일 봐." 해서 거기다 심어 버렸다고, 그냥 일 하는 것으로. 그이가 그 뒤 지금까지 회장을 한다고. 그러니까 이게 외솔의 작품인데, 여기는 세종의 유업을 선양하는 그런 큰 자리입니다. 초대 회장은, 그때는 관으로 이게 넘어가서, 문교부장관 최규남 씨가 했어요. 사회단체로 넘어오면서 2대 회장을 최현배 선생이 했다고. 거기에는 박종화, 김상기, 이희승, 이병도 이런 이들이 다 연구원으로 들어가고, 회원으로 가고 그랬다고.

여기서 하는 일이 뭐냐, 대단히 많지만 가장 중요한 거 몇 개만 들면 『조선왕조실록』을 다 여기서 국역을 한다고. 우리나라의 중요한 고전 국역이 다 거기서 되어 나갔다고. 또 세종 문화의 유산인 천문 기기, 악기, 음악 그런 국보급 문화재가 그 기념관에 많이 있어요. 박물관의 형식을 취해가지고. 안 가봤죠, 거기? '아, 이것이 세종대왕이로구나' 하는 것을 알려면 거길 가야 한다고. 해시계니 물시계니 하는 중요한 것이 다 거기 있다고. 그리고 한국학연구소가 있어서 모든 걸 거기서 운영을 하는데 한글 기계화, 산업화, 예술화, 글꼴 연구, 디자인, 모두 거길 중심으로 해서 움직인다고. 그러니까 여긴 이걸 중심으로 해서 모이는 학자들이, 반대하는 사람들도 포함해서, 여기에 거의 총집합하고 있다시피 해요.

이렇게 중요한 역할을 하는데, 여기는 말하자면 사사롭게 움직이는 단체이기 때문에 우리나라에서는 그런 데 돈이 많이 가지 않아요. 교과부나 문광부 등의 국고 보조 연구비를 타서 계속 연구를 해 내고는 있어요. 우리나라에 지금 세종 동상이 광화문에 섰지만 그 밑에 있는 세종 이야기는 어찌 보면 형식적이야. 진짜를 보려면 세종기념관엘 가야 한다고. 기념관에 문제가 있다면 우리 겨레 문화는 그만큼 문제가 있다는 거죠. 또 하나는, 이것과 연세에 대한 관계. 거기서 일 하는 사람, 중요한 일의 구성원이 연세인이야. 또, 다른 대학에서 왔다 하더라도 모두 우리하고 언어관이 맞고 겨레와 나라사랑의 사상이 똑같은 사람들이라고.

손희연　　우리 국문과의 전통적인 언어관과 통하는 것이라 할 수 있습니까?

김석득　　가장 통하는 데가 바로 여기라고. 외솔이 한글학회를 만들고 세종기념사업회를 만들고 했기 때문에 한글학회하고 외솔회, 세종기념사업회, 이건 우리 전통 언어관과 크게 통합니다. 그러므로 이들은 무시해 버리면 안 됩니다. 그러니까 걱정하는 것은 후배들을 어떻게 여기에 관심을 갖게 하느냐 이지요. 이번에 외솔회 회장 일을 최기호 선생이 맡더니, 1년 맡은 뒤 지금 몽고에 대학 총장으로 갔다고. 그래서 할 수 없이 부회장인 성낙수 선생, 아까 내가 방언조사 얘기할 때 이름을 들었는데, 그이가 대행을 하고 있어요. 큰일을, 내년 3월까지 해야 하는 큰일을 그이한테 맡기고 있다고. 그러니까 후배들이 이런 일에 직,

간접적으로 관심을 가지고 도와줘야 해요.

손희연　　많은 사람들이 '인문학의 위기'에 대해서 말하고 있습니다. 같은 맥락에서 '국학의 위기'를 말할 수도 있을 것 같습니다. 국어학자로서 또한 인문학자로서 선생님은 '국학'의 미래에 대하여 어떤 생각을 갖고 계십니까? 또한 지금의 '국학'과 '한국학'이라는 용어 및 관점의 구분에 대하여는 어떤 생각을 갖고 계십니까?

김석득　　인문과학은 참사람과 속사람을 만들어내고 가장 중요한 핵심적인 영양소를 제공하는 게 인문과학 분야예요. 정신적인 심층의 영양소를 주는 데인데, 그렇기 때문에 인문과학이 흔들렸다 하면 사회가 사실은 잘 돌아가는 거 같지만 밑으로는 흔들리고 있는 거야. 우리가 옛날에 어떻게 발전했느냐. 일본이나 다른 나라 사람들이 해낸 것 그걸 다만 본떠서 발전을 하기도 했다고. 그렇지만 한계성이 있단 말이야. 더이상 발전을 하려면 우리 자신이 창의로 만들어내야 해. 창의는 기초과학의 소산이야. 그러므로 IT산업 같은 것이 무한히 발전하려면 기초적인 학문적인 연구가 들어가야 된다고. 또 그걸 잘 끌고 나가자면 세계화에 대한 인문의 힘이 필요해요. 그것 없이 흔들린다, 그럼 문제가 있는 거지. 과연 지금 우리가 흔들리고 있느냐 그건 우리가 점검해 봐야하고.

　우리가 다른 나라의 예를 보면, 프랑스의 파리 대학을 봅시다. 1970년대, 80년대, 그때가 한국학에서 정치·사회적으로 굉장히 어렵던 때라고. 한국학이 위협을 받게 됐다 이거야. 한국학과는 수가 줄고 학교가 운영이 안 돼. 그래도 그 학교는 역사가 있기 때문에 세계사적인 중요성을 알고 있기 때문에 한 사람이라도 있으면 교수를 해고할 수 없다. 아주 없어도 폐과는 안 된다. 한국학과가 그때 위기라고. 그때가 위기였는데 내가 그때 교수로 가니까 그래도 학생들이 20명쯤 몰려들더라고. 그러나 이 학생 수로는 재정이 적자이지. 하지만 학교는 한국학과를 의연히 유지했기 때문에 그것이 더 살아서 크게 발전을 했다고. 만일의 경우 그 사람들이 그때 한국학과를 폐과를 했다, 그럼 그 뒤 다시 세워야 하는 문제가 생겨요. 일제강점기를 생각해보라고. 일제강점기 때 일본사람들이 제일 먼저 노린 건 한국을 먹어야겠는데 완전히 그 사람들을 없애버리자면 인문과학의 역사, 국어학의 역사를 없애야 한다 이거지. 그래서 조선어학회 사건도 일으키고, 쫓아내고 공부 못 가르치게 하고, 특히 연희전문에서. 우리 선각자들은 그때 목숨을 내놓고 연구를 했어요. 그게 외솔의 『우리말본』이라든가 그런 거 아닙니까, 다. 그게 없었으면 우리가 광복이 되어가지고도 교육을 할 수가 없어요. 어떻게 국어교육을 합니까. 그때 우리 역사나 문학 연구 교육을 안 했으면 우리가 어떻게 그 역사교육을 잘 합니까.

그러나 우리나라 대학에서 한동안 등록하는 학생이 적은 과는 폐과시킨단 말이 나오고 우리 대학원에서도 없앤다고 하고 그랬어요. 난 그때 그랬어요. 그때 대학원 다섯 사람 아니면 폐강하라 하는데, 두 사람이라도 말이야 폐과시키면 안 된다. 왜 폐과시키느냐, 학문이 그렇게 가는 거 아니다. 좋지 않아도 하란 말이지. 근데 지금 우리가 군소대학을 보라고. 막 폐과가 나와요. 학생이 없기 때문에. 그런데 그럴수록 이런 큰 대학이 나라의 역사적 사명감을 가져야 한다는 거예요. 또 인문과학을 순 경제논리로만 보아서는 안 되지. 대학 스스로나 국가 정책이 강구돼야 해. 그러나 나는 실망하지를 않아요. 우리 봅시다. 오늘날 우리 한국 국어학이 어떻게 이어지고 있는지 보세요. 지금 외국어로서의 한국어. 이게 90년대에는 중국에 57개 학과가 있다고 했는데 지금은 그 학과가 엄청나게 늘어났다고. 미국, 러시아 학과도 많지만 그 기회에 한국어를

김석득

배우려고 하는 사람들이 세계 온 나라에서 봇물이 터진 듯해요. 그래서 가르칠 선생이 없어서 난리 아닙니까. 그래서 선생 양성하는 데 지금 얼마나 많은 기관에서 열을 올리고 있습니까.

한국의 국어에 대한 세계화라고 하는 건 직접 외국 가보면 대단합니다. 그러나 국어를 가서 가르칠 때 뒷받침 되는 것이 역사의 지식 문제예요. 역사가 같이 따라가야 한다고. 다시 말하면 한국어를 가르칠 때 문화가 함께 들어가는데, 문화에 국사가 동시에 들어가 버려요. 그것뿐이겠어요? 말이 정신을 새겨내는 철학이 들어간다고요. 그러니까 국·사·철이 뒷받침되어주지 않으면 우리 국어의 세계화라는 건 하나의 유행에서 끝나고 마는 거예요. 지금 노래 뭐 몇 마디, 외국 사람들이 우리 영화 몇 개 보는 거, 그걸 핵심적인 한류로 생각하면 안 되는 거예요. 우리의 기본적인 인문의 정신, 그게 파고 들어가는 거야. 그러면서 조심해야 할 것은 그 사람들을 긍정하면서 우리들을 그 사람들한테 세계화 시키는 거, '공존의 세계화'로 나아가야 합니다. 이게 우리의 사명이라고 하는 것이죠. 우리가 이런 문제 때문에 어제도 회의하고 했습니다마는 이걸 손 놔버리면 되어 가는 것도 망가져 버려요. 또 우리의 균형을 잃고 발전이 없게 됩니다.

역사적으로 봐도 우리가 그 어려운 때에 인문을 지켜왔는데, 자기 생명을 걸고 지켜왔는데 이거 없어지지 않습니다. 큰 대학에서는 이걸 의식을 해야 해요. 의식하지 않으면 안 됩니다. 특히 학교 운영하는 사람들이 의식해야 합니다. 어떻게 해야 인문과학 발전시키느냐, 총집중을 해야 합니다. 그것도 인문하면 연세대학 몇 개 아닙니까. 정신 차려야죠.

또, 국학연구원의 전신이 1948년 동방학연구소인데, 동방학연구소는 1948년에 설립됐고 이제 국학연구원은 77년에 그 바뀐 이름이지요.

이 동방학의 동방의 개념이 뭐냐. 동아시아의 균형적인 성격과 개념을 띠고 있는 것이 지리적인 분포에 있어서의 동방입니다. 그러니까 동방학이라고 하는 것은 '이 지리에 포함되어있는 모든 나라의 학문을 한다' 이렇게 됩니다. 그렇게 되면 결과적으로 한국은 동방제국의 일원이 되는 거지, 그리하여 한국이 툭 튀어나오질 않아요. 한국에서의 연구 가운데 국·사·철이 튀어나오질 않아요. 그렇지만 한국학이라고 하는 건 어떻게 되느냐, 이게 koreanology로 되죠. koreanology로 들어가면 동방학하고 달라요. 지역적 분포가 한국에 국한이 되죠. 한국에 국한되면서 국·철·사뿐만 아니라 정치, 경제, 뭐 한국에 대한 모든 것을 다룬다는 문제가 생겨버려요. 그러니까 한국학이라는 거에서 연구하는 걸 보면 정치 뭐, 물론 그것도 한국학 개념에 들어오지만 더 말하자면 보편 실용적인 하부세계로 이것이 퍼진단 말이야. 한국학이. 한국이라고 하는 데에 국한되고 보니까 그 한국 모든 분야의 개념에서 모든 전공이 다 들어가면서 국·사·철이 흐려져요. 그러나 여기서 목적하는 게 그건 아니잖아요? 자, 그럼 국학이라는 게 뭐냐, 지역적으로 일단 한국을 중심축으로 삼는단 말이야. 그런데 한국과 관계되는 동아시아 동북아나 이 경계를 넘는 그것까지 다루어라. 그렇기 때문에 연구 분야로 보면 한국의 국·사·철이 중심이 되고 이걸 축으로 해서 이것과 관계가 있는 동북아 등의 것을 같이 연구하라 이거야. 그래야 국학이 더 깊고 넓게 되지. 동북 3성에 대한 연구, 광개토대왕비에 대한 연구, 그것뿐만이 아니고 또 이제 한국과 관계있는 중앙아시아. 그러나 중추는 언제까지나 우리 국학으로 해서 우리와 관계되어 있는 그 분야에 대해서 다른 나라에서 어떻게 하고 있느냐 또 어떤 자료가 있는가를 동시에 연구하자. 이것이 국학으로 바꾼 이유라고, 나는 확실히 모르지만 아마 그때 그런 얘기가 돌지 않았는가.

김석득

한편 동방학이라는 이름은 다른 나라에서도 쓰고, 심지어는 가령 지금 러시아 과학원 동방학연구소도 있어요. 거기서 훈민정음도 연구하고 주시경 선생에 대한 연구도 하고 그런다고요. 그래서 이제 국학으로 만들어가지고, 이름도 동방학이 아니라 국학으로 해야 하지 않겠느냐 해서 『국학기요(國學紀要)』라고 해서 책을 만들어 냈단 말야. 그래서 이걸 자랑삼아 백 박사께 갖다드리고 선을 보였어요. 백 박사가 노발대발하셨어요. 『국학기요』가 뭐냐, '기요'라는 건 일본 사람들이 쓰는 말 아니냐, 이거 집어치우란 말이야. 그래서 그 『국학기요』 1호가 나가면서 죽어버렸어요. 『동방학지』는 그대로 살아남고. 내가 해석을 해 보자면 그런 관계를 가지고 있다 그것입니다.

손희연   선생님, 인터뷰에 응해 주셔서 감사드립니다. 마지막으로 덧붙이고 싶은 말씀이 있으십니까?

김석득   개인적으로 나는 학교를 그만두면서 책이 좀 있어서 처리를 하기 어려워 한 3,800여 권의 외서, 한서, 귀중도서, 학술잡지, 고서 등을 해서 중앙도서관 5층에 갖다났어요. 그러면서도 나도 공부를 계속 해야 하니까 집에 책을 5,000여 권 정도 남겨 두었습니다. 내가 세상 뜨면 아마 이 책도 가야하지 않나. 옛날에 쓰던 노트도 있고. 나라 안팎에서 수업 들으면서 필기한 노트도 다 있어요. 일부는 박물관에 있고. 내버리려고 하면 또 생각이 나고. 학생들한테 강의노트 한 거 다 있지. 오늘도 만지작만지작하다 왔어요, 아침에.

내가 생각하는 중요한 얘기는 다 했어요. 이 연세대학이라는 배움집을 우리가 사랑할 수밖에 없지요. 우리나라가 어떤 어려움이 있어도 견뎌낼 수 있는 그런 역사 속에서 발전이라고 하는 걸 생각할 때 연세대학을 떠나서는 올바른 정신적인 발전을 할 수 없지 않느냐 하는 자부심을 가졌으면……. 그런 자부심을 여기서 심어줘서 여기서 배우는 학생들이 밖에 나가서 이것을 펼쳐 줌으로써 우리나라가 그런 정신을 갖는 나라로 지속됨으로써 나라의 발전을 가져왔으면 하는 생각을 해요. 한편 후학들의 비약적인 발전을 기리면서 선배들이 지금 하고 있는 중요한 일들도 관심 있게 좀 봐 줬으면, 좀 더 참여를 해서 뒤를 이어줬으면 하는 생각이 듭니다. 또한 우리 선각들이 일궈놓은 발전의 화살표는 위로 향하고 있다고 하는 역사적 진리를 인식해주기 바랍니다. 사명감과 미래에 대한 이상, 이걸 가져달라고 말하면서 얘기를 끝마치겠습니다.

김석득

김석득 교수 해적이 및 주요 저서

■ 해적이

1931. 4. 29	충청북도 괴산군 칠성면 갈읍리 247 출생
1950~1951	6·25 학도병 종군
1952~1956	연희대학교 문과대학 마침
1956~1958	연세대학교 대학원 석사 과정 마침(석사)
1958~1962	한양대학교 전임강사, 조교수
1961~1962	국어심의회 위원
1962~1996	연세대학교 교수
1968. 8	국제 인류학 민족학 동경대회 논문 발표
1968~1971	연세대학교 대학원 박사 과정 마침(박사)
1970	국어조사연구위원회 표준말 사정위원(문교부)
1971~1975	연세대학교 문과대학 국어국문학과 과장
1971	국민교육헌장 이념 구현을 위한 언어 생활 분야 연구위원(문교부)
1973. 7	제29차 국제 동양학자 파리대회 논문 발표
1975~1978	국어조사연구회 표준말 사정위원(문교부)
1975~1980	연세대학교 어학당(한국어학당, 외국어학당) 학감
1975~현재	세종대왕기념사업회 상임이사 및 부회장
1976~1978	한국언어학회 이사
1976. 8	제30차 국제 동양학자(아시아, 북아프리카 인문과학자) 멕시코 대회 논문 발표
1976~1980	국어심의회(표준말, 맞춤법 심의) 위원(문교부)
1977~현재	한글학회 이사
1977. 9	1종도서 편찬 심의회 위원(문교부)
1978. 8	대학평가위원(문교부)
1979. 10	조선학회 덴리대학 학술대회 발표
1980. 5	사학 보호위원회 위원(서울시 교육회)
1980. 7	유럽 한국학회(AKSE) 취리히 대회 참가
1980~1982	파리7대학 동양학부 교수

1980~1982	파리7대학 대학원 언어학과 국가박사과정 수학
1982~1984	한국언어학회 이사
1982~1984	국어학회 이사
1984~1986	한국언어학회 회장
1984	외솔상(문화부분) 수상
1985~2004	한국방송공사(KBS) 한국어 연구회 자문위원
1985~1988	연세대학교 국학연구원 원장
1985. 5. 11	연세대학교 백주년 기념 학술상 수상
1986~1989	국어연구소 운영위원(문교부)
1987	교육과정 심의회 위원(문교부)
1987	국어연구소 표준말 심의 위원
1987~2002	국어심의위원(문교부-문체부-문광부)(2000~2002 한글분과위원장)
1988~1989	1종도서(국어과/문법과) 편찬 심의위원(문교부)
1988~1989	연세대학교 문과대학장
1989~1993	연세대학교 대학원 원장
1993~1994	연세대 사전편찬실장
1993. 10. 9	대통령 표창(한글문화창달)
1993~2008	외솔회 회장 및 재단이사장
1994	국립교육평가위원
1994~1996	연세대학교 교학 부총장
1994~2001	한글학회 부회장
1995~1996	연세대 생활협동조합 이사장
1996	우수논문상(한글학회)
1996	한·중 우호교류기금회 상무이사
1996~현재	연세대학교 명예교수
1997	한·러 극동협회 한국학대학 자문위원
2000. 8	재미 한국학교협의회(NAKS) 제18차 학술대회 초청특강
2000. 10. 9	세종문화상(학술상)
2002	유럽(네덜란드, 독일, 스위스) 순회 한국학 특강
2004	제4회 연문인상
2004~2005	연세대 국학연구원 객원교수(다산기념강좌)
2004~현재	한글학회 부회장
2006	제12회 용재학술상

김석득

2008	중국 동북3성 우리말 특강
2008. 8. 3	문화체육관광부장관표창(한글학회 100돌)
2008~현재	외솔회 명예회장
2009. 9. 29	대통령 지정 국가유공자

■ 주요 저술

• 박사학위논문
「한국어의 형태·통사구조론 연구·피동 및 사동접미사의 공존관계와 변형구조」, 1971.

• 석사학위논문
「기술 언어학에서 본 국어 음운 분석론」, 1958.

• 단독저서
『국어 구조론-한국어의 형태·통사구조론 연구』, 연세대학교 출판부, 1971.
『한국어 연구사-언어관 및 사조적 관점』 상·하, 연세대학교 출판부, 1975.
『주시경문법론』, 형설출판사, 1979.
『우리말 연구사』, 정음문화사, 1983.
『우리말 형태론-말본론』, 탑출판사, 1992.
『외솔 최현배 학문과 사상』, 연세대학교 출판부, 2000.

• 공저/공편서
김석득·이숭녕·최학근 외, 『국어방언학』, 형설출판사, 1971.
김석득 외, 한국정신문화연구원 편, 『국어 순화 교육』, 高麗苑, 1984.
김석득·김차균·이기백, 『국어음운론』, 한국방통대 출판부, 1985.
Li Ogg·Kim Suk-Deuk·Hong Chai-Song, *Initiation à la langue coréenne*, Seoul: Editions Kyobo, 1985.
김석득 외, 『韓國의 敎育思想家, 上』, 大韓敎員共濟會 敎員福祉新報社, 1989.
김석득·서정수·최기호, 『당신은 우리말을 얼마나 아십니까? 고운말 사전』, 샘터사, 1991.

김석득·허웅·김영배,『석보상절 역주』제6·9·11권, 세종대왕기념사업회, 1991.

김석득(연구책임자), 박종국(연구기관장),『한글 옛 문헌 정보 조사 연구』, 문화관광부, 2001.

김석득 외, 한국방송공사(KBS) 편,『표준한국어 발음 대사전』, 1993.

김석득 외,『국어학사전』, 한글학회, 1995.

김석득

대담 최세만 · 김귀룡 · 김동규 · 나종석

가에로의 끝없는 탈주

박동환의 철학적 문제

박동환 ▪ 철학 연구자
최세만 ▪ 충북대학교 철학과 교수, 현대영미철학
김귀룡 ▪ 충북대학교 철학과 교수, 서양고대철학
김동규 ▪ 연세대학교 강사, 예술철학
나종석 ▪ 연세대학교 국학연구원 HK교수, 정치 및 사회철학
인터뷰 날짜 ▪ 2010년 3월 25일
인터뷰 장소 ▪ 연세대학교 동문 근처 '석란'

인터뷰를 시작하며

박동환 연세대학교 철학과 명예교수는 연세대 철학과에서 학사와 석사를 마치고 미국으로 유학을 떠나 1971년 서던일리노이 주립대학교에서 철학박사학위를 취득하였다. 귀국 후 1976년에 연세대 철학과에 자리를 잡아 2001년까지 재직하였다. 그는 한국사회의 정치적·사회적 격동기를 거치며 철학자로서 사유하고 철학교수로 활동하였지만 사회참여에 적극적인 지식인으로 유명하지는 않다. 그러나 박동환의 철학사상에는 시대와의 고투가 고스란히 녹아들어가 있으며 독자적인 한국사상을 개척하고자 하는 그의 남다른 노고에는 한국현대사의 고난에 대한 애정 어린 공감과 그에 대한 극복의지가 충만하다.

박동환 교수는 평생 독자적인 사상을 형성하고자 노력하였고, 그 결과 '삼표철학'이라는 심원한 사유를 내놓아 누구도 대신할 수 없는 철학의 경지를 열었다. 이는 한국 철학계에서 보기 드문 현상이 아닐 수 없다. 박동환 교수의 삼표철학은 지난 2001년과 2002년 사이 1년간 『교수신문』에 연재한 연중학술기획 '우리 이론을 재검토한다'에서 20세기 한국철학의 독창적인 사상의 하나로 조명 받은 바 있다. 『교수신문』의 기획은 지난 1백 년 동안 한국에서 학문의 식민성을 극복하고자 제시된 여러 이론들과 관점들을 20개로 확정하고 비판적으로 검토하였는데, 박동환 교수의 삼표철학은 백낙청의 '분단체제론'이나 장회익의 '온생명' 이론과 더불어 자생적인 우리 이론의 하나로 선정된 것이다.

이 인터뷰를 진행하기 위해 책임면접자인 나종석이 질문의 기본문항을 작성하고 이를 박동환 교수에게 미리 전달하였다. 박동환 교수는 공식적인 인터뷰에 부담을 표하며 개인적 삶 전체에 대한 회고보다는 자신의 철학사상의 형성과정과 그 현재적 상황을 중심으로 인터뷰를 하는 것이 좋겠다는 의견을 표하였다. 면접자는 이러한 박동환 교수의 의견을 수용하여 그의 사상과 보다 풍부하고 깊이있게 대화하기 위해 제자들인 충북대학교 철학과의 최세만, 김귀룡 교수 그리고 연세대학교 철학과에서 철학박사를 받은 김동규 선생과 더불어 인터뷰를 진행하게 되었다. 이 인터뷰는 2010년 3월 25일 오후 4시부터 석란 한정식 집에서 시작하였으나 식당 영업시간이 끝날 때까지 계속되었고, 결국 인근 커피숍으로 자리를 이동해 밤늦게까지 이어졌다. 인터뷰의 녹취를 글로 푼 다음 박동환 교수와 다른 면담자들의 검토를 거쳐 인터뷰 내용을 최종적으로 확정하였다.

삶의 여정

최세만　　늦은 감이 있긴 하지만, 지금이라도 선생님이랑 대화의 기회를 갖게 되어 다행스럽게 생각합니다. 궁금한 점들이 많긴 하지만, 선생님의 개인적인 삶의 여정과 철학 사상, 이 두 가지를 중심으로 질문을 드리고 싶습니다. 그 외에 후학들에게 하고 싶으신 말씀도 들었으면 좋겠습니다. 평생을 철학에 매진해 오신 철학적 사유과정을 짧은 시간 동안이나마 선생님의 육성을 통해 정리해 보는 것도 큰 의미가 있다고 생각되기 때문에, 두 번째 질문에 중점을 두도록 하겠습니다. 그럼 먼저 개인적인 삶의 여정에 관해서 간단하게 몇 가지 여쭤보겠습니다. 선생님의 개인적인 삶의 여정에서 중요하게 기억되는 점이 있다면 생각나는 대로 말씀을 좀 해주시죠.

박동환　뭐 이렇게 … (웃음) 형식을 갖춰 가면서 하네요.

최세만　아니 이걸 이제 받아 써야 되니까. (웃음)

박동환　적당히 쓰세요. (웃음) 이건 너무 형식에 구속되는 것 같고 그냥 자유로운 대화로 합시다.

최세만　네, 개인적인 어떤 삶의 여정에 관해서 특별히 기억나는 것이 있으시면, 그러니까 출생, 소년시절, 청년시절에 기억나는 일들, 그리고 그 이후에 일상에서 느끼신 점이라든가 ….

박동환　여기서 말할 생활이라는 게 별로 없구요, 나한테는. 지금 공부하고 있는 것과 관련된 사항을 얘기하면 좋겠군요. 그러니까 과거를 돌아볼 때, 체질 형성에 중요한 영향을 끼친 걸 보면, 아마 우리 세대가 다 그렇겠지마는, 8·15 해방이라고 하는 것과 6·25 전쟁이라는 것이 아마 가장 큰 것 같아요. 6·25 전쟁 가운데서 어떤 경험을 했냐면, 서울이 집이었는데, 전쟁 난 다음에 피난 간 곳이 어디냐 하면, 다른 많은 이들은 대구나 부산 같은 데 가서, 그런 도시에 개설된 전시 임시 학교를 다닐 수 있었잖아요. 우리는 계룡산 근처로 갔어요. 충청도 시골이에요. 그래서 학교 다닐 기회가 없었어요. 그 때 4년 동안 학교를 안 다녔어요. 그 전까지는 서울에서 중학교를 1학년 다니다 말았습니다. 피난 간 시골에서 여러 계층의 분들을 만날 수 있었어요. 그런데 그 때 나이가 어렸지마는, 그래도 나이 좀 들은 청년들이 대해줬기 때문에, 자극을 받아가지고 독학이라는 걸 하기 시작했다고요. 그래 4년 동안에 독학만 한 거예요. 그러니까 그 후에 내가 공부하는 많은 사람들하고

학생들과 막상막하로 지내던 강사 시절, 문과대학을 배경으로(1972년 또는 그 후)

다르다고 하는 게 뭐냐 하면, 좋은 대학 나온 사람 많고 유학 훌륭한 데 갔다 온 분들 많은데, 그이들과 바탕에서부터 다른 게, 4년을 혼자 지냈기 때문에 거기서 아마 다른 공부의 틀이 잡힌 것 같아요. 그리고 환경이 미비한데, 독학을 한다고 하는 게 어떤 건지는 …. 그 때는 시골 청년들이 독학을 했습니다. 변호사 시험 보기 위해서, 의사 시험 보기 위해서 독학을 했거든요. 그래 그 청년들이란 지금 짐작으론 30대 정도 된 분들이 그렇게 한 것으로 기억이 되는데, 그 때 내가 10대인데, 15, 16세 정도였는데 나도 그 틈에 끼어 사귀었다고. 그 때 처음에는 변호사 시험 본다고 (웃음) 그래서 그 방면 책을 구해다가 공부하고 그랬어요. 나중에는 얼마만큼 하다가 바뀌었어요. 아버지가 하도 말리는 바람에. 그거 하지 말고 의사가 되는 준비를 하는 게 어떻겠나 하고. 그래서 그 책을 전부 다 사법고시 볼 사람한테 넘기고, 의학 공부를 시작했다고요.

그런데 철학을 어떻게 만나게 됐느냐 하면 …, 고등학교에 들어가서도 나는 내 의학 공부 하면서 고등학교 정규 교과도 따라하고, 두 방면으로 했는데, 거기에 마침 평양 의학 전문학교를 나온 분이 피난 와가지고 할 게 없으니까 개업도 할 수 없고 하니까 생물학 선생님을 했다고요. 고등학교에서 그 분이 생물학 가르치는 게 굉장히 재밌더라구요. 내가 의학을 공부하고 싶으니까. 의학 공부는 그때 연희대학교와 합치기 전의 세브란스 의과대학에 다니던 이에게 부탁해서 얻은, 그 학생 이름은 기억이 안 나는데, 하여튼 석이경(石履慶)이라고 하는 분이 독학자를 위해서 쓴 의학전문서가 있었어요. 의사 시험 준비를 위해 공부하는 그런 책을 구해다 읽고 그랬는데, 그 고등학교 선생님의 생물학 강의를 들으니까, 어 생물학이 재밌더라구요. 그런데 생물학을 좀 더 공부하려고 하니까 화학 분자식이 나와요. 화학 분자식을 이해 못하면 어렵겠더라고 그래서 화학을, 마침 고등학교니까 화학 과목이 있잖아요. 그래서 화학 선생님한테 화학 열심히 듣고. 화학 하다 보니까 물리학이 없으면 알 수 없는 데에 부딪치고 하니까 …. 물리학을 하려면 수학이 없으면 학습 불가능하고, 그래서 수학을 열심히 보게 되더라구요. 지금도 어느 정도 그렇게 옮겨 다니는 습관이 남아 있어요. 필요한 거 있으면 그냥 그리로 옮겨서 공부하는 스타일이에요. 훨씬 후의 이야기이지만, 갑골문 이라는 것도 왜 공부하게 됐느냐 하면, 필요하면 그냥 하는 거예요. 하여튼 간에 필요에 따라서 옮기고 옮기니까, 주변에서는 야 그거 뭐 하루에 세 번도 바꾼다는 거야. 거 이름이 뭐지? 조변석개니 뭐 하여튼. 그렇게 해가지곤 아무것도 안 된다 이거야. 그런 핀잔을 많이 들었어요. 뭐 아무것도 안 되지, 그렇게 하면. 그래 하여튼 간에 그런 계통을 밟아 가다 보니까, 가장 기본적인 것이 없으면 의학 공부고 생물학 공부고 이루어질 수가 없더라고 그걸 깨달았어요. 그래서 수학을 열심히

박동환

하는데, 그 때는 6·25 전쟁 직후라 교과서가 별로 시원치가 않았는지, 일본에서 들어온 수학 교재를 번역해 가지고 쓴 일도 있고 했는데, 그런 참고서로 돌아다니는 어떤 책 가운데 해석기하학 부분을 보니까 데카르트 사진이 나와 있고, 데카르트의 말이 사진 아래에 소개돼 있는데, "철학은 만학의 왕이다"라고 그러더라고. 거기에 딱 걸린 거야. 데카르트의 그런 말을 통해서 철학에 들어온 거예요. 그런데 데카르트의 해석기하학, 그 방법이 참 좋더라고. 해석기하학에서는 어떤 대상이든지 그것을 구성하고 있는 성분들을 나누어서 보는 거 아닙니까. 어떤 그림이 있으면 그 그림이라는 것을 어떤 방정식에 따르는 점들의 집합으로 보는 거 아닙니까. 원(圓)이라는 것은 어떤 한 점에서 같은 거리에 있는 점들의 집합이라든가, 이런 식으로. 그런데 그렇게 자꾸 기본적인 것이 뭐냐 해서 아래의 것으로 내려가 보니까, 그게 없으면 안 되는 그런 게 있더라고. 의학 공부라고 하는 것도 그런 아래의 것들이 없으면 못하잖아요. 그런데 말이야, 수학도 생각해 보니까, 수학이라는 게 문제를 풀려고 하면 어떤 건 하루 종일 잡고 있어도 안 풀리잖아. 무슨 어떤 정해진 해법이 있는 거 아니잖아요. 수학도 기본적인 것 같지가 않더라고. 그래서 철학이라는 학문을 들여다봐야겠다, 그렇게 된 거죠. 그런데 철학을 누가 가르쳐주나? 철학을 공부하겠다고 그러면 집에서 무슨 터무니없는 소리인가 이 전쟁터에 큰일 나지요.

그래 서점에 가가지고 철학책을 그 때 샀는데, 그 때는 뭐 지금 철학책들과는 너무 다르죠, 시대가 그랬구요. 한치진, 이재훈, 김준섭 선생님 이런 분들과 안호상 박사 그런 분들이 쓴 책이 있었어요. 그런 분들의 논리학 책도 있었고 안호상 선생님 같은 분은, 우리 연세대에는 최현배 선생님이 계셨지만, 안호상 선생님은 철학 방면의 외래 개념들을 한국말로 옮겨 표현하는 데에 아주 많은 기여를 한 분이라고요. 그런데 그 기여가 계승되지도 않았고 인정되어 있지도 않죠. 보기로 헤겔의 'aufheben' 그 독일 낱말을 '없애가짐'이라고 번역해 쓰셨거든요. 그 밖에 많아요. 그러니까 최현배 선생님이 일상의 한자어를 우리말로 바꾸는 데 큰 기여를 하셨지만, 안호상 선생님은 그런 철학 개념들을 우리말로 옮겨 쓰는 데에 굉장히 기여를 한 분이라고요. 하여튼 그런 분들이 쓴 책을 보니까, 철학이 지금 연구되고 있는 학문인지를 잘 모르겠더라고요. 왜냐면, 철학은 날로 발전하는 현대사회에서 점점 소외되고 있는 학문이다, 이렇게 얘기가 돼요. 그래도 하고 싶더라구요. 그러니까 철학을 지금 연구하고 있는 학문인가 의심스러운 마당에서 관심을 갖기 시작했어요. 서울에 있는 친구한테 편지를 썼어요. 서울에서 철학과가 어디에 있으며, 이런 사정을 알아보려구요. 그런데 『사상계』라는 잡지가 그 때 있었는데, 그 잡지에서 여기 연희대학교 신학과에 계시던 김하태 교수의 글을 읽었어요. 제목이 「현대 미국철학계의 동향」인가 그런 글이 실려 있었는데 그걸 읽어봤다고. 그 글에 보면, 철학자는 이제 그렇게 은둔하여 옛날처럼 생각하거나 살면 안 되고, 현대 생활에 맞도록 대응하며 살아야 한다고 …. 그러면서 현대 생활을 반영하는 그런 철학을 찾아야 한다, 지금 남아 있는 인상으로는 그런 내용 같았어요. 그러니까 '아, 철학이 지금 살아있는 학문이구나.' 그래서 그 때 이름으로는 연희대학교에 가고 싶다 하는 꿈을 꾸게 된 거죠. 또 한 가지는, 지금도 그렇지만 시험을 위한 공부 정말 하기 어려운 거 아닙니까. 그런데 마침 그때 연희대학교에서는 무시험 입학제를 하더라고. 중학교 3학년 말에 보결 편입했잖아요. 그 학교에 102명이 졸업반 학생 수였는데, 졸업 시험을 봤는데 끝에서 두 번짼가 했다고 시험을 보는데, 뭐 아무것도 모르잖아. 그런데 고등학교에서는 성적이 좀 좋았기 때문에, 내신으로만 신입생을 선발했던 연대를 그렇게 해서 무시험으로 들어왔

박동환

어요. 그래서 입학하기 전에 면접을 봐야 되니까, 그 때 누가 계셨냐하면 면접관으로 왼쪽으로부터 조우현 선생님, 정석해 선생님, 김형석 선생님, 그리고 기억나지 않는 또 한 분, 이렇게 계셨는데, 정석해 선생님이 과장이셨던 것 같아요. 그 때 정 선생님이 그러시더라고. "집에 돈이 있나?" (좌중 웃음)

나종석　　그게 오래된 얘기군요. (웃음)

박동환　　그게 너무 뜻밖이었다고. 철학이라는 건 그냥 맨주먹으로 하는 줄 알았는데, 적어도 머리만 있으면 될 것 같았는데, 그렇게 질문하시더라고. 아주 오래 지난 다음에야, 아, 그 말씀이 왜냐? 철학을 하려면은 밥 먹는 걱정을 해서는 안 되니까, 어디서 누가 도와주든지 아니면 집에 돈이 있든지 그래야 네가 할 수 있다는 얘기라고 대답은 얼버무렸던 거 같아요. 그렇게 해서 하게 된 것이고.

최세만　　그 이후에 학교를 졸업하신 다음엔 유학을 갔다 오셔가지고, 다시 모교에서 강의를 하시게 됐는데, 어떤 계기로 유학을 가시게 됐는지, 또 돌아오셔서 강의를 하시면서 기억에 남는 것들은 없으신지요?

박동환　　어떤 계기로요?

최세만　　교수가 되어야 되겠다 그래서 가신 건지, 아니면 또 다른 동기가 있었는지요?

박동환　　그것도 다른 시대의 이야기예요. 그 때 당시에 정석해 선생님의 강의가 가장 쉬웠어요. 그런데 인간적으로는 제일 무섭고 제일 어렵다고 하는 분인데, 나는 왜 쉬우냐면 그 분이 서양에서 공부하신 것을 그대로 가르치시는 거예요. 텍스트들도 그대로고. 그리고 그 분 자신이 거기서 직접 체험하신 것을 이야기하기 때문에 소개하시는 내용이 감에 와 닿았어요.

내가 정 선생님의 의도에 대해서 의문이 난 게, 그 때 참 새롭기도 하고 이상하게 들었던 강의는 학부 시절의 과학철학 시간이에요. 3학년 땐가 들었는데, 한스 라이헨바하의 *The Rise of Scientific Philosophy*라는 책이 있어요. 그 책에서 시간, 공간, 인과법칙 이런 걸 다뤘어요. 그러니까 현대 논리실증주의자들이 수학과 물리학을 토대로 해서, 갈릴레오로부터 내려오는 현대 과학의 기본 개념들을 리뷰하는 거란 말이에요. 그러면 과학과 다른 반대되는 사상이 접촉될 것 같지 않았는데, 그 과학철학 시간에 하이데거의 『형이상학이란 무엇인가』를, 그 때 최동희 선생의 번역판을 읽었어요. 거기에 그런 얘기가 있어요. 과학에서 탐구하는 모든 존재에 대해서도 의문을 제기하는 거다. 존재 말고 무(無)에 대해 생각해 봐야 한다. 무가, 말하자면 존재의 바탕이라는 이야기가 거기에 나오더라고. 그러니까 그 책은 무에 대한 얘기야. 무에 대해서 어떻게 인식하느냐 하는 문제를 다루는데, 무? 무는 논리적으로 인식하는 게 아니라 'Stimmung', 즉 기분으로 파악하는 것이다 하니까 충격이죠. 당시 과학철학에 관심을 갖는 입장에서 보면 말입니다.

그런데 선생님에게, 워낙 무서운 분이라, 라이헨바하의 과학철학에 대해 하이데거의 무의 기분이 어떤 연관이 있는 것인지, 그 질문을 못했어요. 도대체 왜 과학철학 시간에 그 양립할 수 없는 개념을 들여와 어떻게 연결하실 건지 그것을 직접 여쭤보질 못했다고. 그런데 그 분에게 또 한 가지 여쭤보지 못한 것은, 그 분이 정년 되시기 전에 마지막

박동환

판에 형이상학이나 논리학이나 인식론을 가르치셨다고요. 인식론은 주로 칸트의 순수이성비판을 영어판으로 읽히셨고. 그 분이 얼마나 성미가 급하셨는지, 순수이성비판 해석을 하잖아 애들이. 해석을 하다가 막히거나 얼버무리면 뭐 그냥 곧바로 뭘 하고 들어왔느냐고 화를 내신다고. 하여튼 그런 순수이론 철학을 주로 강의하셨는데, 그런데 4·19 학생혁명 때 보니까, 교수 집단 데모에서 제일 앞장선 분이야. 그때 교수 데모 사진에 맨 앞에서 걸어가는 정석해 교수가 보인다구요. 그때 학생들이 "정 영감께서 때를 만났다"고 뒤에서 말하곤 했다구요. 잘못됐다고 생각하는 일에는 불같이 나서는 분이니까. 그런데 나는 기질이 다르거든. 4·19때 따라다니긴 했지만 데모를 앞장서서 할 용기도 없고 기질도 아니고 그런데 그 분은 강의실에만 들어오면 야단치신다고. 당신들은 뭐하는 거냐고. 왜 나가서 싸우지 않고 이렇게 앉아있는가. 그런데 나는 그 분의 강의는 하나도 안 빠지고 들었기 때문에 묻고 싶은 거거든. 도대체 선생님의 철학은, 순수철학 아냐, 칸트니 베르그송이니, 하이데거니, 라이헨바하니, 순수이론 철학이라고, '그럼 그 순수이론철학하고 선생님의 사회 참여, 데모하고는 어떻게 연결되는 겁니까?' 철학자라면 대개 이러이러한 정치철학이나 이러이러한 가치관이나, 윤리학의 입장을 반영하는 행동을 할 것 같은데, 선생님은 우리한테 강의하시는 이론철학을 어떻게 당신의 정치적 실천으로 연결하시는 건지 이걸 정말 몇 년을 두고 여쭤보고 싶었는데, 끝까지 여쭤보지 못했다고요!

나종석　　두 가지 질문을 여쭤보지 못하셨군요. (웃음)

박동환　　어, 나에게 과제로 남은 거라구요. 내가 철학을 학습으로서만

하는 게 아니고, 물론 실천 행동으로 사회에 참여하진 않지마는, 내가 겪은 1945년의 해방과 1950년의 6·25 전쟁이라고 하는 건 정말 아직 끝나지 않은 나의 철학 문제인 셈이죠. 그 시대의 체험이 나에게 어떤 운명관, 역사관, 존재론으로 다가오는 것인지 하는 문제가 있는 겁니다. 얼마나 그것이 빠져나오기 어려운 문제의 수렁이었는지, 지금 공부하는 분들은 모르는 거야. 하여튼 그런 일들을 통과하면서 그러한 역사의 체험과, 철학 교수님들이 말하는, 선생님들이 가르치시는 순수철학이란 게 나는 어떻게든 연결되어야 한다고 생각했어요, 지금까지도 …. 중국철학도 공부해 보려고 했고 그리고 서양철학 전통도 열심히 답습해서 공부하려고 했지만, 내가 체험한 수십 년의 한국사라는 게, 또 그 이전의 한국사도 그렇고. 가령 늘 내 생각에서 지울 수 없는 것은 임진란도 그렇고 특히 병자란, 조선의 왕이 다른 나라의 장수에게 머리를 굽혀 피가 나오도록 절을 했다는데, 그러고서도 어떻게 왕 노릇을 했는지, 나는 그런 역사 체험에서 어떤 철학을 가져야 하는지 그게 궁금하다 이거야. 그런 왕을 또 어떻게 다시 왕으로 모실 수 있었는지 그것도 궁금하다 이거야.

뭐 하여튼 간에 6·25 전쟁은, 그 때 서울서 살았는데, 당시 이승만 대통령의 정부에서 국방장관은 늘 뭐라고 얘기했냐면, 진격 명령이 내려지기만 하면 북으로 진격을 해서 점심은 평양에서 먹고, 저녁은 신의주에 가서 먹는다고 그랬다고. 그런데 6월 25일 일요일이었는데, 그 날 밤부터인가 포성이 들리기 시작했는데 서울에서, 비는 억수처럼 쏟아지는 밤에 포성은 점점 가까워지는데, 여전히 방송이 나오더라고. 시민들은 염려하지 말라고, 국군이 인민군을 막아 용맹하게 격퇴시키고 있으니까. 그런데도 포성은 점점 가까워지더니, 우리는 동대문 근처에 살았는데, 사흘 만에 인민군이 서울로 들어왔다고 그러니까 내가 철학하

박동환

는 자로서 국가에 대한 확고한 개념이 없는 게 왜냐? 요즘 사람들은 나의 아이도 그렇고, 국가에 대한 일정한 개념이 있는 거 같아요. 나는 국가에 대한 확고한 개념이 없어요. 그 때의 일을 겪은 모든 시민들과 함께 없어요. 난 믿지 않아. 왜냐하면 그렇게 거짓말 하다가 사흘 만에 서울이 함락이 됐다고. 인민군 천하가 됐다고. 그리고 그렇게 되기 직전까지도 방송이 나왔다고. 무슨 방송이냐면, 국민들은 안심하고, 국군이 인민군에 맞서 싸워서 격퇴시키고 있으니까, 이미 인민군은 미아리 고개를 넘어오고 있는데. 그럼 그이는 어디에 있었느냐면, 수원에 가 있었다고 그러더라고, 나중에 들으니까. 수원에서 방송을 한 거예요. 서울 시민들 안심하라고. 그렇게 하면 안 되지. 그래가지고 아마 그 때 당시는 너무 급하게 사태가 돌발해서, 장관하던 이도 국회의원 하던 이도 피난 못한 사람이 많을 거예요. 그래가지고 삼일 만에 인민군 천하가 됐는데, 며칠 있으니까 연락이 오더라고. 모이라고, 학교에서. 뭐 했느냐 하면은, 미제국주의자 물러가라고 데모한 거예요. 중학생들이 모여 인민공화국 국기를 들고 서울 시내를 돌며 종로 거리를 거쳐 남대문까지 갔다가 다시 동대문 운동장에 모여가지고 시위를 했다고. 미제국주의자는 물러가라고. 그 때는 서울 인구가 얼마 안 됐어요. 100만이라고 그러던가. 그 때 서울에 있던 시민들이 배고파서 굶어죽은 어린애들, 어른들이 많았어요. 요즘 북한 사람들의 사정을 들어보면 당시 서울 시민의 처지를 쉽게 이해할 수 있어요. 그 때 서울 시민들은 독 안에 든 쥐와 같았어요. 꼼짝할 수가 없어요. 시골 가는 길도 미군 비행기 폭격 때문에 위험해서. 서울에는 먹을 것이 없었어요. 그렇게 인공 국기 들고 데모하며 그러다가 3개월이 지나니까 …. 당시에 서울에 살던 사람들의 고통이란 말로 표현하기 어려워요. 이런저런 이유로 지하실에 숨어 지내고 밤중에 피해 다니고, 굶어죽고 그런 사람 많았죠.

그렇게 지난 3개월 만에 다시 국군과 유엔군이 서울로 돌아왔는데 그게 9·28 수복이라는 거죠. 인민군은 대구를 함락시키려고 전력투구를 하는데, 옆구리를 찌르며 인천으로 기습 상륙작전을 했잖아요. 그러니까 또 학교에서 나오라고 해서 모였을 거 아닙니까. 학교에서 모여가지고 태극기 들고 국군 환영 만세를 불렀다고. 3개월 사이에 또 다시 다른 국기를 들게 된 거지요.

14세의 소년의 이러한 경험 다음에 가질 수 있는 국가에 대한 개념이 어떤 것일 수 있는지 말해 보세요. 그러니까 사람마다 다 인간 개인의 운명에 대해 관심이 있다고 그러지마는, 나는 운명을 더 확장해서 '한 철학자가 가질 수 있는 역사관이라는 게 뭐냐' 이렇게 묻는 겁니다. 국가니 이념이니 그런 게, 풀처럼 땅에 박혀 사는 보통 사람들에게 뭐이 중요한 겁니까? 그렇게 걷잡을 수 없이 엎치락뒤치락 난리치는 역사를 경험하고 난 다음에, 역사에 대해서 운명에 대해서 어떻게 생각을 해야 되는 건지는, 머리로만 생각한 단순한 철학 가지고는 통하지 않는 거라고. 헤겔의 역사철학이니 맑스의 역사철학이니 그런 단순한 이념으로는 통하지가 않는 거라고. 그렇게 경험한 사람의 입장에서는. 그렇게 천하가 바뀌고 또 바뀌는 시대에서 새로운 국가에 대한 맹세를 하고 그런 일들을 되풀이 했죠.

하여튼, 그러한 소년기의 시대 체험을 통과해서 철학이란 문으로 들어왔기 때문에 단순히 과학철학만 한다든가, 또는 정석해 선생님이 가르치시는 대로 형이상학이나 인식론이나 논리학 같은 것만 할 수가 없었고, 그런 것을 공부하면서도 나는 어떤 대안을 말할 수 있나를 생각해 보게 되는 겁니다. 내가 그래서 지금까지도 논리학의 문제에 관심 갖는 이유가, 논리학이나 형이상학이나 그런 것이 현실에서, 이렇게 고통스럽게 살아가야 하는 형편에서 어떻게 소화되고 수정될 수 있는

박동환

것인가, 그게 남겨진 과제인 거죠. 그럼 우리가 경험한 그러한 현실은 …, 뭐 1, 2차 세계대전이 있었을 때 독일 사람들이나 프랑스 사람들이나 다 그런 경험을 했겠지만, 우리는 그이들보다 또 다른 역사 조건 아래에서 특별하게 체험했다고 보기 때문에 같은 철학을 갖는다는 것이 불가능하다고 보는 겁니다. 그렇다면 그렇게 체험한 자가 그냥 중국 전통의 무슨 철학이다 서양의 무슨 철학이다 이렇게 답습해 가지고서야 철학을 한다고 볼 수 없는 거 아닌가. 그러면 어떤 사람들은 의심하며 말하기를 한국의 무슨 철학자가 나와서 그런 얘기해봤자 소용이 없는 거지, 누가 알아주겠는가? 그게 다 몇 백 년, 몇 천 년 제 생각을, 제 발 위에 서서 해 보지 않은 사람들의 습성에서 나오는 말입니다.

그렇게 자기 체험을 중요하게 여기면서 왜 미국은 갔다 왔냐고 묻는 분이 있습니다. 미국을 어떻게 가요? 그 때는 유학하는 사람들이 가져갈 수 있는 돈이 얼마냐? 박정희 정권 시대에요, 그 때 얼마 쯤 될 거 같아요? (웃음)

나종석   그런 제한도 있었습니까?

일 동   지금도 있죠.

박동환   그 때 50불이었어요. 대개 백 불 정도는 숨겨가지고 나갔을 거예요. 물론 그 때도 집이 사업하는 사람들이 더러 있었어요. 그래서 그런 사람들은 사업 관계가 있으니까 송금이라도 할 수 있잖아요. 그런 걸 통해서 조금 여유 있는 유학생활을 하는 사람들이 있었어요. 그러나 보통 사람들은 그런 형편이 아니거든. 조순 부총리가 있었어요. 그 분은 가끔 한국 경제에 대한 얘기를 하면서, 자기 유학 갈 때 이야기를 하면서, 그 때 50불 가지고 나갈 수 있었다고 하더라구요. 50불 가지고 나가면, 샌프란시스코나 LA에 도착해서 라디오 사고 호텔에 들고 그러면 다 써요. 그래 거기서 펠로우쉽이라는 걸 받질 않으면 못 가는 거야. 미국에 있는 주립 대학들이 1960년대에 한창 재정 형편이 좋아져서 장학금을 잘 줬어요. 그 때에 실은 대학원 석사과정을 마치고 모두들 할 일이 없었어요. 학교나 일반 직장이라는 것이 그렇게 인적 수요가 없었어요. 유학 떠날 때 정말 앞으로 교수를 한다는 생각을 할 수가 없었죠. 그러나 그 때 나는 철학 공부를 하면서 몹시 궁금한 게 있었어요. 미국 사람들이나 유럽 사람들 그러니까 서양 사람들은 어떤 일상의 생활을 하기에 그런 철학을 만들어내나 하는 것이 가장 궁금했어요. 내가 공부하는 철학들을 머리로 이해하기는 해도 몸으로 실감할 수는 없는 겁니다. 그래서 그런 삶과 철학의 관계를 이해하는 데에 가장 적절한 모델이 되는 것이 프래그머티즘이라는 것인데, 미국 사람들의 삶에서, 개척자들의 문제 해결 과정에서 나왔다고 하니까, 그것이 궁금했어요. 공부하던 남일리노이 대학에 존 듀이 센터가 있었죠. 그이들의 삶과 철학이 어떻게 연결되는지 그 연결점을 직접 관찰할 수 있을 테니까. 그래서 가서 봤더니, 아, 정 선생님께는 "과학철학을 하겠습니다"라고 했어요. "과학철학을 하려면, 자네 같으면, 콜롬비아의 어니스트 네이겔이라고 하는 철학자에게 가시오. 성공할 수 있을 거요!" 나중에 그리로 가라고 하시더라구요.

그런데 가니까, 과학철학이나 논리학은 할 수가 없었어요. 너무 백그라운드가 없었다는 것이 드러났어요. 첫째는 수학이나 논리학을 더 공부해야 해요. 그렇지 않으면 2류, 3류의 공부밖에 못해. 오리지널 공부를 못해요. 둘째는, 그 때 당시가 뭐냐면, 미국 사회가 막 급격하게 변할 때예요. 미국에서 격렬한 문화혁명이라는 것이 있었던 겁니다. 비슷한 시기에 중국에서는 다른 의미의 문화혁명이 있었지마는, 모택동이 일으킨 홍위병들의 문화혁명이 있었지만 말입니다. 미국에서는 젊은 히피들이 주도해서 일으킨 문화혁명이라고. 그래 우리가 한국을 떠날 때는, 미국 가면 매일 면도해야 되고, 머리 이발은 한 달에 한 번 아니면 두 번 하고, 넥타이 매야 하고 …. 갔더니, 그게 아니야. 정말 거지처럼 하고 다녀 학생들이. 그냥 장발에다가 수염에다가, 그렇게 하고 다니더라고. 완전히 잘못된 정보를 갖고 간 거예요. 그런 문화혁명 가운데서 걔들과 어울리면서 거의 생활을 비슷하게 했다고 봐야지. 그 때 여기 학교에 노스웨스턴에서 학위하고 오신 물리학자 안세희 교수가 계셨는데, 교환교수로 그 학교에 오셔 강의하셨는데, 나를 몇 차례 보고 가셨고. 귀국하셔서, 미국에 가서 보니, 박동환이가 많이 변했다고 철학과에 알리셨다고, 후에 들었어요. (웃음)

김동규 어떻게 변했다구요?

최세만 그러니까 뭐, 히피나 이렇게 …. (웃음)

박동환 그 전에 알던 그런 아이가 아니라고. (웃음) 아마 그렇게 해서, 편지는 처음 한두 차례하고 안 했으니까. 그런 식으로 사는 모양이다, 이렇게 된 거죠. 그런 문화혁명의 폭풍 가운데서, 그리고 본래 철학에 대해 갖고 있는 거리감도 강하고, 과학철학은 고사하고 순수철학에서 점점 멀어져 간 겁니다. 서구식 문화혁명의 세례를 받은 겁니다. 그래서 순수철학이란 소용이 없는 게 됐고, 논문도 방향을 틀어서, 말하자면 그 후 공부한 게 정책 결정(decision making), 경영학, 외교 전략, 이런 걸 공부했어요. 그 때 마침 미국 사회과학 계열에서 갈등 해소(conflict

가에로의
끝없는 탈주

91

resolution)라는 하나의 종합 이론이 형성되고 있었어요. 그걸 전문하는 이론가들의 학회도 있었고, 저널도 있었고. 남북한 갈등에서 비롯하는 것 밖에도, 한국 사회에는 언제나 해결할 수 없는 영원한 갈등이 많잖습니까. 그런 문제의식도 작용하고 해서 외교 분석이니 정치학이니 정책과학이니 이런 분야에 관심이 불타고 있었죠. 그러니까 순수철학은 까맣게 잊고 있었어요. 정말 순수철학에서 찾을 수 있는 어떤 의미도 느낄 수 없었기 때문에 졸업논문도 그 방향으로 썼구요. 졸업논문을 쓰면 등록을 합니다. 취직을 하기 위해서도 그렇고, 논문 등록을 해요. 내가 거기다가 행정학 분야로 등록을 했어요. 나중엔 후회를 했어요. 철학이 하도 싫어가지고. 철학이 소용없음을 몸으로 느꼈기 때문에. 철학이 현실에 너무 무력하다는 걸 느꼈기 때문에. 내 논문은 행정학 분야라고 등록했다구요. 그 때 정책과학의 문제는 행정학과에서 많이 다뤘거든요.

그러고선, 귀국한 다음 그런 변화의 사정을 대강 짐작하시는 조우현 선생님은 틈이 날 때마다, 자네 같은 주제에, 주제라는 낱말은 안 쓰셨지만 의미는 그렇지. 자네 같은 성격에 철학 아니면 뭘 하려고 그랬냐고 계속 물으시는 거야. 대답을 못한다고. 왜? 감히 그때 속마음 돌아가는 것을 어떻게 털어놔요. 귀국해서 그렇게 1, 2년 다시 2, 3년 지나면서 결국에 다시 철학으로 들어서지 않으면 안 되는 그런 문제의 수렁으로 빠지게 되죠. 다른 데로 빠져 나갈 기회를 못 얻었어요. 국내에 와서 왜 다시 순수철학에 발을 들여 놓게 됐는가? 처음엔 사회철학, 정치철학, 그런 방면을 강의하면서 나아갈 방면을 찾아 얼마나 우왕좌왕했는지 모릅니다. 책을 낼 때, 또 논문 쓸 때마다 철학을 여러 차례 그만두려고 했던 그런 생각으로 이 글을 쓴다고 자주 말했죠. 철학이라는 것이 내게 안겨주는 무력감, 무의미에서 빠져나가려고 기회를 노리는 거죠. 그러니까 지금도 철학을 얘기하지만, 자기가 몸담고 있는 철학에 대한

−미안합니다− 경멸감을 몸으로 느끼면서 하는 거예요. 그게 다른 분들과 다르다면 다른 입장이어서, 그게 몸속에 박힌 과거 체험과 어떻게 연결되는가 하는 질문이 지금까지 나를 붙들고 있는 거죠.

최세만　그럼 철학의 무용성이라고 하면 철학이 어떤 실제적인 역할을 해야 된다고, 현실에 실재적인 도구가 돼야 한다고 보시는 입장이신가요?

박동환　그렇게 오해될 수 있는 게 문제죠. 그럼 그러한 순수철학과 현실 또는 세계라는 실재와의 관계는 어떤 건지, 역사와의 관계는 어떤 건지, 개인적으로 말하자면 자기 운명과의 관계는 어떤 건지, 이것이 다 연결이 돼야 한다고 보는 거죠. 그럼 너는 왜 가만히 방구석에만 앉아 있어? 현실에 대해서 아니면 역사에 대해서, 어떤 운동에 대해서 참여하는 태도는 안 취하고 방관하고 있는가, 그렇게 추궁을 할 수 있을 거예요. 그러면 철학의 무용성, 무의미를 어떻게 정의할 것이냐 하는 문제에 걸리는 겁니다. 무용성이란, 그러니까 자기가 쓰는 논리학이, 자기가 말하는 존재론이나 형이상학의 이론이, 또 서양철학의 그러한 이론들이, 중국철학의 그러한 사변들이, 지금 우리의 시장 바닥에서 아니면 개판처럼 돌아가는 정치에서 또는 한 사람이 겪는 생명의 위기에서 아니면 보다 거시적으로 본 우주와의 관계에서 어떤 태도와 해석을 제시할 수 있는 거냐 아니냐, 이런 문제의식을 가리키는 겁니다. 이렇게 무용성이라는 문제에 대한 나의 접근 방식이 있고, 다른 한 쪽에는 한국 지식인들 사이에서 그렇게 이해되듯이, 정 선생님께서 하신 것처럼, 이론적으로야 어찌 됐든 현실 참여의 행위로써 접근하는 길이 있다고 봅니다. 나는 내가 할 수 있는 방법으로 철학의 무용성에 대한 반응을 하고 있는 겁니다.

철학의 여정

최세만   그러면 이제 얘기가 자연스럽게 선생님의 개인적인 삶의 여정에서 선생님의 철학으로 옮겨오게 됐는데요, 미리 좀 말씀하셨지만 지금까지 선생님의 어떤 철학의 여정을 보면 몇 번의 굴곡이 있는 것 같거든요. 대학원 시절에는 순수이성비판에 관한 논문을 쓰셨고, 미국 유학 시절에는 지금 말씀하셨듯이 정책과학에 가까운 논문으로 학위를 하셨구요. 귀국 후 얼마 안 돼서는 어떤 이유로든지 순수철학의 문제로 생각을 바꾸셔가지고 그 다음에 몇 권의 저서를 출간하셨거든요. 『사회 철학의 기초』라는 책은 아마 미국 유학 시절의 생각을 정리하신 것 같구요. 그 다음에 돌아오셔서 초기의 생각을 정리하신 게 『서양의 논리, 동양의 마음』인 것 같고, 그 후에 『동양의 논리는 어디에 있는가』, 『안티 호모 에렉투스』 이런 책들을 출간하셨거든요. 그러면 이제 책을 내실 때마다 어떤 계기라고 할까요, 어떤 변화 때문에 조금씩, 물론 그 속에 어떤 일관성은 있겠지만, 어떤 계기로 조금씩 다른 저술을 하시게 됐는지 거기에 대해서 좀 말씀해 주세요.

박동환   그걸 전부 다 한꺼번에? (좌중 웃음) 지금 와서 보면 한 가지죠. 전혀 이해가 안 될지 몰라서 변명하는 것은요, 칸트에 대해서 쓴 게 아니고, 그 때 석사 논문이라는 게. 정석해 선생님이 칸트에 대한 강의를 많이 하셨고, 그래서 칸트에 대해서 거리를 매기는 그런 입장에서 쓴 거죠. 그 때 내가 관심을 가진 게 사회학이에요. 심리학이나 생물학 같은 것도 관심이 있었는데, 정확하게 말하자면 지식사회학에 관심이 있었어요. 왜냐하면 사회학적 분석이라는 것은 모든 사람들의 삶과 생각을 그가 담겨있는 사회적 맥락이 결정하는 것으로 보는, 그런 지식사회학에 관심을 갖고 있었어요. 지식이라는 게, 인간의 관념이라는 게, 인간의 이념이라든지 가치관이라든지 종교라든지, 철학까지도, 그것을 가진 자의 사회적 자리 매김에서 어떤 결정을 받는지가 연구과제였거든요. 지식사회학을 공부하고 싶은데, 할 수가 없는 거예요. 선생님께 여쭤 봐도. 정 선생님은 에밀 뒤르켐 같은 사회학자의 예를 들어 조금 말씀해 주실 수 있었어요. 그런데 관심은 없으셨어요. 원체 철학적으로는 주지주의적인 분이거든요. 그래 다른 분한테 지식사회학에 대해 여쭤 봐도 아무도 모르는 거야. 그런데 나는 그냥 주먹구구식으로 약간의 생물학과 심리학의 지식을 가지고 칸트의 범주 개념들을 해체해 보려는 거였어요. 그래서 이미 그 때 칸트로부터 벗어나기 시작하는, 말하자면 인간의 관념, 인간의 논리라는 게 인간의 사고라고 하는 게 외부 조건에 의한 어떤 피(被)결정성을 갖고 있는지, 그런 문제의식을 가지고 봤기 때문에 …. 그래서, 어떤 순수 철학 자체에도 발을 담그지 못하는 입장이에요. 왜 그러냐면, 어려서부터 그런 경험을 했잖아요. 뭐 국가나 이념 집단에 참여하는 게 문제가 아니야. 어떤 사상에도 발을 담글 수가 없더라고. 그러니까 나는 사람들이 어떤 한 철학자나 그 사상에 몸을 그렇게 쉽게 맡기는 게 너무나 이상한 거예요. 어떻게 그렇게 할 수 있는지. 나는 세상에 있는, 지금 이 시점에서도, 21세기까지 있었던 어떤 철학에 대해서도 나의 몸으로부터 나오는 동의를 할 수가 없는 겁니다. 왜?

　미국에서 어떤 원로 교수가 철학의 덕목에 대해 이야기 하는 걸 들었어요. 플라톤과 아리스토텔레스와 비트겐슈타인을 강의하는 교수인데, 그 분이 훌륭한 철학자예요. 그 분이 세 가지 덕목을 설명하더라고 하나는, 그 때는 분석철학이 지배적이었던 때예요. 'clarity', 명석해야 된다 이거야. 글을 쓴다면, 철학이나 자신의 사상을 그림처럼 보여주어야 한다. 하나는 'depth'—깊이. 또 하나는 'originality'—새로운 것, 독창적인 것. 그 후로 늘 생각하지요. 내가 어떤 철학에도 발을 담글 수 없다면, 내가 생각하는 철학은 어떤 기준 덕목에 맞춰야 하는지를. 그런데 나에게는 점점 그게 중요한 게 아니다, 이렇게 결론이 난 겁니다. 내가 한국 사람이기 때문에, 어떤 독립한 철학사를 갖지 못한 족속에 속하기 때문에 나의 기준은 다를 수밖에 없다, 이렇게 생각한 겁니다. 나에게는 제4의 덕목, 그러니까 그 세 개의 덕목보다 더 중요한 철학적 덕목은 'independence'다, 이렇게 된 겁니다. 독립이다. 나에게는 독립할 수 있는 철학적 기반을 찾는 것이 급선무인 겁니다. 독창성이니 깊이니 명석성이니 그런 것들보다 더 중요한 게 있다. 물론 앞의 세 가지 덕목을 기준으로 본다면, 하이데거나 사르트르도 불합격하는 점이 있지만, 하여튼 역사상 일찍이 한 번도 자체의 삶에서 철학의 역사를 만들어낸 적이 없는 무리에 속한 자로서 내가 모색하는 철학이 갖추어야 하는 덕목은 독립이라고. 그럼 내가 어떻게 해야 독립하겠는가. 내가 칸트나 사르트르나 프로이트나 헤라클레이토스를 만나 깊은 영향을 받았다고 해서, 또는 한때 중국에 가서 공자에도 논어에도 미쳐보고, 노자에도 미쳐보고 했지마는, 그건 전혀 나의 어떤 바탕이 될 수 없는 것이다. 내가 구축해 가는 삶과 생각의 어떤 벽돌 같은 부분이 될 수 있을 뿐이지.

1945년에 일제로부터 해방이 되고 독립을 했다고 그러는데, 독립은 무슨 독립이야. 한국 사회에서 가장 독립하지 못한 멘탈리티를 갖고 있는 사람들이 학자 집단이죠. 한국에서 경제가 돌아가는 것을 보고 매판 자본이다 말하기도 하고, 국제 정치를 보며 굴욕 외교다 말하기도 하지만, 그렇게 비판하는 이들은 누구인가? 깨어있는 지식인? 우리들 가운데 자기의 사상과 철학이 매판도 아니고 굴욕도 아닌 독자의 바탕을

박동환

갖고 있는 자가 누구인가? 외교를 하고 경제를 운영하는 자는 그래도 자기가 터를 잡고 있는 집단의 관점과 이해관계에서 결정하겠죠. 그러면 학자들은? 가장 독립의 기반이 없는 집단이다, 이렇게 봐요. 제 정신을 못 차리는 집단이다. 그래서 늘 이렇게 말하죠. 세종 임금만한 철학자가 없었다는 것이 한국 철학사의 문제다. 세종 임금은 정말 임금 치고는 뛰어난 인물이죠. 어떻게 임금 가운데 신하보다도 뛰어난 앞선 인물이 있었는지 나는 그게 경이롭다고요. 그런데 난 연대를 생각하면, 정 선생님 다음으로 언제나 머리에 감돌고 있는 분이 최현배 교수라고. 늘 캠퍼스에서 말씀하시고 강연하시는 걸 자주 들었으니까. 강의 신청은 한 일이 없지만 …. 그 분이 쓰신 아주 두꺼운 『우리말본』을 보면, 정말 새롭고 독자적인 면에 놀라요. 그 시대의 뛰어난 존재라고 생각 안 할 수가 없어요. 그 후에 우리 문법학계라든가 국어학계가 미국의 영향을 너무 받아가지고 오늘의 문법에 이르게 되었는데, 그것도 큰 문제예요.

　중국에 머무를 때 보니, 중국도 물론 주시경 선생께서 활동한 같은 시기에, 그러니까 20세기에 들어서며 중국에서도 한어(漢語) 어법(語法)이라는 것을 현대화하기 위해서 프랑스 같은 서양에서 공부하고 온 이들이 새 문법을 만들었더라고. 그런데 계속 시비가 있는 걸 보았어요. 이거는 한자(漢字)를 쓰고 있는 중국말에는 안 맞는 문법이다, 이렇게 계속 시비가 있는 거예요. 한국에는? 한국에는 그런 시비 논쟁이 없어요. 세종 임금이 발휘했던 자주 의식이 없는 거지. 중국에서 그동안 북한의 영향을 받고 있는 연변의 조선족 학자들을 만나보니까 그런 의식이 있더라구요. 차라리 북한의 문법책에는 그런 의식이 담겨 있습니다. 어떻게 한국말이 중국의 말과 다른지 그 차이점을 얘기하더라구요. 또 서양의 말 영어와는 어떻게 다른지. 차라리 그것이 내가 새로운 철학의 논리적 틀로 한국 사람들의 말본을 생각할 때 참고할 만한 거더라고. 그러니까 나는 철학에서는 최현배 선생님만한 개척자로서의 모델을 찾고 싶은 겁니다. 우리말본이라는 표현에서부터 그렇고, 품사 구별도 이름씨니 이음씨니 임자말이니 풀이말이니 그런 걸 아주 체계적으로 조직해 낸 분이니까. 세종임금이 한문에 매여 있는 조선 사람들의 말의 틀을 새로 만들어 가는 일의 시작을 이어가고 있는 겁니다. 그 때 조정에서도 정사를 논하는 대화에는, 조선의 말을 쓰면서 그걸 기록할 때는 모두 한문으로 했잖아요. 세종 임금이 그걸 바꾸려고 한 거 아녜요. 완전히 바꾸지는 못했지만.

박동환　　우리나라에서 이른바 한국철학이라고 부르는 걸 가지고는, 현대 세계에서 요구하는 한국철학을 찾을 수 없고, 세종 임금이 중국의 글자체계에서 벗어나기 위해 시도한 창안을 모범으로 삼는다면, 내가 세계 철학사를 향해서 던질 수 있는 자기의 존재론과 논리학, 자기의 사회학을 실험해 볼 수 있지 않겠는가 하는 생각을 하게 된 거죠. 한국철학의 새로운 출발점을 찾으려고 할 때 가장 주요한 고려 사항 하나는 한국 사람들이 쓰고 있는 말의 형식 곧 그 판단 형식입니다. 20세기, 21세기 한국에서 미래를 향한 철학을 생각하는 자에게는 말밖에 남아 있는 게 없다는 말이 무슨 뜻인가? 음식이 남아 있죠. 한국 사람들이 먹는 음식이 중국 사람들이 먹는 음식과 전혀 다르죠. 나는 중국에 가서 중국 음식을 먹으면서, 어떻게 우리 조상님들이 중국과 조선이 같은 문화권에 동거하는 것으로 생각할 수 있었는지 그 근거가 상상이 잘 안 됐습니다. 음악과 미술과 공예에서도 다르다고 그러죠. 그렇게 한국 사람들의 감각적 특징이 아직도 독특하게 남아 있어요. 그런데 한국 사람들의 생각 틀은 어디에 남아 있는가? 그래서 외국에 가서 가령 한국학 강의하는 분들을 만나잖아요. 내가 철학한다니까, 중국이나

매주 35시간쯤 3개 대학으로 아무 교재도 없이 강의하러 다닐 때(1974년 전후)

일본의 것과는 다른 한국 사람들의 고유한 사고와 사상은 뭐냐고 묻는 겁니다. 주변 철학과 다른, 한국 사상의 고유한 특징은 어떻게 소개하면 되냐고. 그냥 중국과 일본 사이에 끼어 있는 그런 흐름이 아니냐 하면, 그 분들의 질문에 대응하기에는 별로 독자의 것이 아닌 겁니다. 그래 나는 아직 한국 사람들이 독립이 안 됐다, 이렇게 생각하게 된 겁니다. 많은 방면에서 독립을 했지만, 한국에서 학자나 지식인으로 자처하는 생각한다는 집단이 가장 독립이 안 됐다, 어떤 독립의 바탕조차 마련하지 못했다, 이렇게 볼 수밖에 없지 않나 생각되는 겁니다.

최세만　　얘기가 조금 뒤로 돌아가는 것일 수도 있는데, 선생님은 그 전부터도 노자(老子)나 선(禪)불교 같은 동양철학에도 관심을 가지고 있으셨던 걸로 알지만 그래도 주로 서양철학을 연구해오셨는데요, 50이 넘으신 이후에 동양의 선진철학 전반을 집중적으로 연구하기 시작하셨 거든요. 헌데 이제 말씀을 듣고 보니까 결국 한국철학을 모색하기 위한 과정으로, 이런 서양철학이나 ….

박동환　거기에 단서가 있습니다. 한국철학이라는 이름을 붙이면, 너무 옛날에다가 맥을 잇는 걸로 들리고 좁아지는 면이 있고요. 한국철학 이라는 낱말에 대해 너무 오해가 많아서요. 대안으로 말하자면, 세계를 향해서 한국 사람들이 말할 수 있는 자기의 고유한 패턴이 뭐냐 하는 거죠. 서양철학사나 중국철학사를 읽고 난 다음에 거기서 독립해 나올 수 있는 한국 사람들의 생각은 무엇인가, 하는 거죠.

최세만　그럼 뭐 자생 철학이라고 할까요? (웃음)

박동환　아니, 그것도 진부한 낱말 같아요. 나를 여태까지 지배해 온 서양과 중국 전통에 대치하는 바탕을 확보하는 데에, 자생이란 너무 우물 안의 담론처럼 들립니다. 그 이른바 삼표의 철학이라는 것도 중국 전통이나 서양 전통에 대한 단순한 대안으로 들릴지는 모르지만, 제가 말하는 것을 보면, 오만인지는 모르지만, 그것이 향하는 야심은 서양철학 이나 중국철학에서 말하는 기본 범주 또는 개념들이 어떻게 삼표에서 말하는 기본 범주에서 파생되는 것인지를 말하고 싶은 겁니다.

최세만　예, 그런데 이제 조금 정리를 해서 여쭤보기 위해서, 먼저는 서양철학을 연구해 오시다가 동양철학으로 관심을 전환하게 된 계기가 있으셨는지, 그것부터 일단 말씀해 주시죠.

박동환　제가 당시에, 50이 지나면서, 중국철학을 하는 분들 또는 '한국철학'이라고 하는 것을 하는 분들에게서 듣고 싶었던 이야기가 있었어요. 세계적인 틀 안에서, 아니면 적어도 서양철학에 비추어 볼 때, 중국철학이나 한국철학이라는 것이 무엇으로 그 고유한 특징을 말할 수 있는지, 그걸 논리적으로 설명해 줄 수 있는 분이 없나 하는 막연한 기대를 하고 있었어요. 그런 비교 설명을 누군가 해 줄 수 있었다면 내가 중국철학을 직접 공부해 보겠다던가, 중국에 가서 그 곳 철학자들이 자기들의 철학을 어떻게 설명하는지 직접 들어보겠다는 생각을 안 했을 거예요. 그 때가 어느 시대이냐 하면, 박정희 정권 아래서 한국적 민주주의의 필요성에 대한 논의를 중심으로 해서 철학을 비롯한 각 방면에서 국학 연구에 대한 엄청난 지원을 하기 시작했어요. 그래서 국학 연구에 매달리는 인구가 늘어나기 시작했고, 따라서, 한국철학이나 중국철학이라는 것이 서양 문화와 사상에 대항, 배척하는 취지에서 이해되는 경향이 강해서 그 자체의 고유한 정신을 순수하게 파악하기가 어려웠다고 봅니다.

최세만　아, 그러니까 선생님이 모색하시는 독자의 생각이, 그런 통속적인 '한국철학'으로 오해될 소지를 꺼리시는군요.

박동환　그렇다고 볼 수 있죠. 그런데 그것보다도 더 중요한 문제는, 중국의 전통이라는 게 한국사를 최소한 몇 백 년을, 실로 몇 천 년이지만, 지배했고, 그 영향을 절대적으로 받았기 때문에, 내가 서양철학만 이해하거나 섭렵해가지고서는 독립된 어떤 입지를 찾는다는 것이 불가능하다는 걸 느꼈어요. 중국 전통의 정신이 뭔지를 알아야겠더라고요. 그래서 그 때 중국에 가 보고 싶다 하게 된 동기는, 중국 사람들이 어떻게 자기 역사를, 중국철학사를 다시 서술하고 있는지를 확인하고 싶었어요. 그게 공부의 방향을 전환하게 만든 동기가 됐어요. 뭐냐면 공산주의 정권이 들어서면서 자기들의 전통을, 중국철학사를 완전히 새로이 해석했잖아요. 공자, 노자에 대한 평가를 다시 하고, 철학사를 다시 썼다구요. 그 전에 이미 일가를 이루었던 풍우란(馮友蘭) 같은 철학자도 그의 중국철학사를 다시 쓸 수밖에 없었다구요. 그게 궁금하더라고. 그이들은 지금 20세기에 와서 자기들의 전통과 철학을 어떻게 다시 보고 있는지, 그걸 봐야만, 나도 내가 소속한 조선사에 자주적인 철학사는 없지마는, 여태까지 그들 나름의 역사를 살아온 한국 사람들의 생각 틀을, 생각의 역사를 어떻게 다시 평가해야 할지 이야기할 수 있겠더라고 공산주의, 사회주의 관점에서 중국 전통의 철학사를 어떻게 새로 이해하는지가 가장 관심이 많았어요.

그래서 새로운 공부를 시작하게 됐어요. 그렇게 해서 어학당에서 중국어를 공부했어요. 그 때 중국과 수교가 이루어지기 전이었는데 마침 중국 북경에서 온 중국어 교수에게서 중국어를 배웠고, 그 분을 통해서 북경대학 교수 한 분을 소개받았고, 초청장을 마련해 주어서 갈 수 있었지요. 그 전에도 단체 연수단에 끼어서 중국 여러 도시를 돌아 봤는데 정말 좋은 인상을 받았어요. 그 때는 지금 중국 현실과는 달라서 교수들도 다 인민복을 입고 있었고, 공부밖에 할 것이 없는 순수한 분들에게서 무척 감명을 받았습니다. 요즘은 혼란스럽죠. 교수도 수입의 정도와 같은 일에 관심을 가져야 하니까. 그런데 중국어, 아니 한어(漢語)를 공부하다 보니까 한어의 어법이 다르더라고 영어와도 다르고 한국어와도 전혀 다르다는 깊은 인상을 받았어요. 그런데 한어를 그런 비교 의식을 가지고 공부하는 가운데 한어, 중국어가 지닌 특별한

박동환

어법의 논리적 구조가 중국철학이 보여주는 어떤 고유한 특징을 그대로 대표하는 면이 있더라 그겁니다. 중국철학의 어떤 논리 구조가 한어 어법에 집약되어 있는 그런 점을 발견할 수 있었어요. 그러니까 한국에서 중국철학하는 분들이 그런 종류의 얘기를 나에게 해 줄 수 있었다면 내가 굳이 그 어려운 중국 유학을 나이 먹어 갈 이유가 없었을지도 모르죠.

거기서 한어 공부를 하는 사이에 만난 어떤 교수가 너의 관심을 근본적으로 캐려면 고대 한어를, 그리고 갑골문을 해야 된다고 그러더라고. 한어에 얽힌 근본 형식과 사상은 공자나 노자 이전 시대 곧 은대(殷代)의 고대 한어 곧 갑골문 자료를 가지고 공부해 보는 게 어떠냐 그런 암시를 받았어요. 고대 한어를 가르치는 교수를 소개 받았고. 다시 얼마 후에 갑골문을 북경대 한어과에서 강의하는 교수를 소개 받았어요. 그러니까 갑골문과 고대 한어 자체에 대한 관심보다도, 선진(先秦)시대 노자나 공자가 그러한 철학사상을 갖게 되기까지의 중국 사람들의 역사와 원시 사상이 갑골문으로 기록된 자료들에 관심이 있는 겁니다.

그런데 중국에 가면은 고고학을 하는 이들로부터 나오는 논어나 도덕경이 성립하기 이전의 역사에 대한 글이나 자료들을 만날 수 있죠. 공자나 노자가 최초의 철학자가 아니라고 생각할 수 있는 거죠. 공자가 늘 언급했던 주공(周公)의 통치 사상이라든가, 또 노자의 사상은 그가 주나라의 사관(史官)으로서 은대(殷代) 주대(周代)를 거치며 집약된 지혜의 사상을 전수 받은 것에 다름 아니라던가, 그런 이야기들이 있는 겁니다. 그렇게 철학사 이전에 형성된 그들의 경험과 사색을 통과해서 중국철학의 어떤 기본 틀을 찾고 싶었던 거죠. 그렇게 관심의 전환이 이루어진 건데, 갑골문으로 기록된 자료에는 철학이 있기 전에 중국인들의, 물론 당대의 정권을 쥔 집단에서 이루어진 생활과 사색의 기본 틀이 침착돼

가에로의
끝없는 탈주

103

있는 걸 보는 겁니다. 그런 걸 이야기하다 보면은, 그럼 서양철학과 그런 생각을 만들어낸 사람들의 생활 사이에도 마찬가지 관계가 있을 거라고 짐작하게 되는 거죠. 서양 철학자들도, 왜 고대 희랍 이전 역사로 자꾸 올라가느냐 하면, 그들의 철학 또한 그 이전에 이미 엄청나게 긴 문명사를 펼쳐온 주변 중동 문명권 사람들의 경험과 사색의 전통을 무시하고 이해할 수 없기 때문이죠. 이미 니체와 러셀이 20세기 초에, 또는 전에, 서양인들의 도덕 이론과 존재론과 형이상학이 인도-유럽어족의 오래된 발상에서 유래했다고 그렇게 말했습니다. 그래서 그런 반성 아래서 서구 형이상학을 비롯한 모든 분야의 문제의식 자체가 수정되지 않았습니까? 그럼 중국 사람들도 그렇게 자기 전통의 근본을 반성, 비판할 법한데, 중국에서 그런 정도의 비판과 전환점이 이루어지리라고 기대하기는 어려운 것 같아요. 아직 멀었어요, 아직. 왜? 중국은 너무 수세적인 입장에 놓여 있는 거야. 자기 것을 찾고 자기 것을 보호하는 데 급급하지. 그런 점에서 한국 철학계에서도 자기 전통 자체를 해체하거나 고발한다는 것은 기대하기 어려운 겁니다. 서양의 철학과 지적 전통에서처럼 치열한 자기 비판, 자기 해체를 할 여유가 없는 겁니다. 그런 모델을 찾으려고 해도 없는 거죠.

그럼 어떤 철학사의 전통도 배경에 갖고 있지 않은 내 입장에서 볼 땐, 한국 사람은 뭐지? 어떤 철학사의 전통을 바탕으로 설 수 있는 거지? 나는 정말 어떤 중국 철학자나 서양 철학자나 과거 조선 철학자의 생각 틀을, 21세기를 사는 나의 철학의 바탕으로 하고 싶지 않은 겁니다. 적수공권으로 싸우는 겁니다. 중국 문화, 서양 문화로부터 모든 영향을 받았어요. 그러나 내가 정말 바탕에서부터 우러나오는 한국 사람들의 기질과 그 표현을 대변하려면 그것을 어디서 찾아야죠? 한국 사람들이 받은 문화적 영향 안에서는 찾기가 어렵거든요. 그 모든 영향 하에 있음에도 불구하고, 한국에 살고 있는 철학자에게 아직도 남아 있는 그의 자산은 한국 사람들이 쓰고 있는 말과 글밖에 없어요. 말하자면 한국말 밖에 없어요. 그리고는, 한국 사람들에게 남아있는 특성을 간직하고 있는 것이 각각의 생명이다. 어떤 철학사의 전통에도 소속하기를 거부한 다음, 내게 철학적 자산으로 남아 있는 것은 수천 년, 수억 년의 기억을 압축하고 있는 나의 몸과 그리고 천 년 또는 그 이상 세계와의 관계 양식을 압축하고 있는 한국 말본이라고 생각하는 겁니다. 물론 그 말본을 무엇으로 잡느냐 하는 문제가 있습니다.

최세만　　방금 전에 중국에 가서 중국철학을 공부하게 되신 계기에 대해서 여쭤 봤습니다. 그 다음에는 중국철학에 대한 연구 결과하고, 그 이전의 서양철학에 대한 연구 결과를 소위 삼표의 철학으로 정리를 해주셨거든요. 그래서 저희가 보더라도 그 이전에는 선생님이 모색하시는 자기 철학이라는 것을 서양철학의 텍스트를 읽으면서 거기에 대한 안티테제로, 단편적으로 제시하거나 이런 식으로 이해가 됐는데, 그 이후에는 전체를 체계적으로 하신다는 느낌을 받았거든요. 그래서 저희가 보기에 삼표철학은 선생님 개인적으로 보자면 어느 정도 발전한 사상의 결실인 것 같고, 또 우리나라의 철학계로 봐서라도 최초의 한국적인 실험 철학이라고 많은 사람들이 평가를 하고 있거든요.

박동환　　누가 그렇게 얘기합니까? (웃음)

최세만　　선생님 철학을 아는 사람들은 다 그렇게 이야기합니다. (좌중 웃음)

박동환　　누가 그렇게 인정하는지 모르겠네. (웃음)

최세만　　그래서 이 삼표철학을 구상하시게 된 과정, 내용, 의의, 그 다음에 이제 또 한국어의 구조와도 관련이 돼 있을 텐데요, 그걸 종합해서 거기에 관해서 좀 말씀을 해주시죠.

박동환　　요점은 이거예요. 오늘 토론 주제로 드린 원고도 근래 한두 달 사이에 하고 있는 생각의 정리거든요. 그 전 것들은 제가 체계적이지를 못해가지고, 쓴 것들이 엉망이에요. 그래서 며칠 동안의 메모를 거기다가 종합해 봤는데, 지금 삼표철학 생각하는 시기는 좀 지났는데, 그 변화 전개 선상에서 보면 이렇게 생각을 할 수 있어요. 전투가 벌어지고 있는 두 방면이 있어요. 한쪽으로는 철학사를 정리해야 되거든요. 그런데 정력이 다른 분들에 비해 너무 떨어지기 때문에 도대체 많이 쓸 역량이 없어요. 저보고 미니멀리스트다, 이렇게 이름 붙이는 분도 있는데, 힘이 없어서 그런 거예요. 힘이 없으니까 요점만 쓸 수밖에 없는 거죠. 그걸 장황하게 설명할 힘이 없는 거야. 힘이 없기도 하고, 그렇게 장황하게 늘어놓는 게 적성에 안 맞고 원래 노자나 헤라클레이토스, 파르메니데스 같은 소크라테스 이전 철학자들의 스타일을 좋아합니다. 아마 힘이 있는 다른 철학자 같았으면 많이 썼을 거예요. 공자, 노자 이전 갑골문 시대 철학, 그 밖에 이른바 명가(名家)들을 공부했을 때도 그 개론을 썼을 테고, 데카르트나 라이프니츠 그 밖의 서양 철학자들을 공부할 때도 뭔가 해당하는 개론들을 썼을 텐데, 지금 내가 할 수 있는 한계 안에서 무엇을 해야 되겠는가, 이런 문제에 걸려 있는 거죠. 나 개인의 문제가 아니라, 지금 한국 사람들에게는, 중국의 절대적 영향권에서도 벗어나고 또 어떤 서양 사상의 절대 영향도 안 받는, 적어도 어떤 방향으로 나가도 사문난적으로 몰릴 가능성이 없는, 비로소 그래도 자유로운 21세기 한국에서 어떤 독립의 바탕 위에서 철학이 이루어지려면 무엇을 아래에 깔아야 하는가 하는 문제가 있는 겁니다. 물론 중국 철학사의 전통이나 서양 철학사의 전통에 대해서 어떤 해석, 평가할 수 있는 큰 틀이 있어야 하겠죠. 너희들의 철학 전통은 이러한 종류의 것이다, 그렇게 한 다음에 비로소 거기서 빠져나올 수 있잖아요. 제가 과거의 뛰어난 훌륭한 분들보다 시대적으로 유리한 입장에 있는 것은, 조선시대의 기라성 같은 유학자들이나 신라, 고려시대의 고명한 불가들이나 세종 임금이나 최현배 선생님이나 말입니다. 나는 21세기 이 시점에서 세계사를 바라볼 수 있다, 세계에서 이루어지고 있는 걸 전체적으로 볼 수 있잖아요. 아니죠, 지금은 우주와 인간, 무한과 개체의 관계가 하나의 거대하고도 치밀한 구도 안으로 통합되어 가고 있거든요. 각 분야에서 업데이트된 우주와 자연의 이론이라든가 모든 문명권에서 이루어진 유수한 철학의 체계들의 대강을 리뷰할 수 있잖아요. 만약에 제가 헤겔 같은 정력과 설명 능력을 가졌다면, 자기 이전의 모든 철학들을 서술하면서 그것들이 어떻게 자기 체계로 수렴되고 재배치되는지 전체를 서술할 거예요.

그런 접근의 관점이 있고 또 하나는 모든 가지들을 쳐버린 핵 개념이나 보편의 응용성을 발휘하는 틀을 가지고 접근할 수 있어요. B.C. 5세기쯤에서 숱한 그리스 철학자들이 등장을 했는데, 그게 그냥 난데없이 나온 게 아니고, 그 이전까지 중동 지역의 메소포타미아, 이집트에서 다양한 문명 사상들이 이루어졌었죠. 그 땐 천문 기상 관측이 국가 통치와 생활 규범에 중요했을 테죠. 그렇게 천문학이나 지리학이나 그 밖에 인문 사상이 발달했죠. 그렇게 이루어진 주변 문명의 영향 아래에서 희랍 사람들의 자연관과 인문 사상이 출발했다고 봐야겠죠. 탈레스의 위대한 물의 지배 이론이라든가, 아낙시만드로스의 무한과 대립자 개념이라든가, 피타고라스의 윤회와 상기설이라든가, 헤라클레이토스의 불과 모순 개념이라든가, 그렇게 세상에서 처음 듣는 사상들이 다 주변의 영향 하에서 이루어졌다구요. 그런데 그 때 희랍 사람들의 기적 같은 업적이 뭐냐면, 아놀드 토인비가 감탄하는 게 뭐냐면, 그러한 영향을 그냥 다만 보존적, 보수적으로 받아들인 것이 아니고, 희랍인들의 자연 조건과 시민 정치의 경험을 토대로 재구조를 했다는 데에 그들의 세계사적 기여가 있는 거 아닙니까? 그렇죠? 그 재구조, 재창조의 방법은 무엇인가? 그들은 주변의 문명권에서는 일찍이 볼 수 없었던 새로운 핵 개념, 새로운 틀, 새로운 논리를 창출해낸 것이죠.

말하자면 그들에게 전해진 수천 년의 역사들을 새로운 핵 개념, 틀 또는 방법으로 정리했다고 볼 수도 있고 청소해 버렸다고 볼 수도 있습니다. 내가 한국에 태어난 철학하는 자로서 이 시점에서 시도하는 것은, 바로 그 때 희랍의 천재들이 감행했던 이전의 문명과 역사에 대한 정리와 청소하는 방법을 찾는 것이라고 볼 수 있습니다. 한국 사람들이 가지고 있는 천재성을, 세계 사람들이 해 온 것들을 복제하거나 답습하거나 혓바닥 수술하고 영어 배운다고 조기유학 같은 거 하는 데만 쓰지 말고, 더러는 지금까지의 문명과 역사를 새로 정리하고 청소하는 방법을 생각해 볼 수는 없겠는가 하는 겁니다. 그렇게 고대 희랍의 천재들은 그들의 자연학과 철학과 문학 가운데서 그 이전의 문명과 역사가 보여주지 못한 새로운 개념과 이론적 방법, 새로운 국가와 개인의 관계, 새로운 삶의 모델을 보여주었다고 볼 수 있죠.

그런데 또 한 번의 그런 창작의 시대가 있었는데, 나는 데카르트를 그런 면에서 굉장히 중요하게 봅니다. 데카르트는 자기 이전의 스콜라 철학을 어떻게 정리, 청소해야 되는지를 얘기해 준 사람이거든요. 그렇

박동환

죠? 데카르트가 학교에서 배운 건 스콜라 전통의 철학이죠. 그런데 그걸 어떻게 정리할 수 있겠는가, 그냥 한 손에 정리하는 방법을 생각해낸 거라고. 그래서 데카르트를 이해하려면, 물론 철학사적으로 이해하려면 그 이전 스콜라철학의 전통과 연결해야 가능하겠지만, 새로운 시대의 핵 개념과 방법으로서 데카르트의 철학을 이해한다면, 스콜라철학을 다시 답습할 필요가 없게 된 겁니다. 차라리 해석기하학을 공부한다든가 아니면 당대의 물리학을 공부한다든가 하면 돼요. 그것이 정리하고 청소하는 방법이라고. 자기에게 주어진 전통을 어떻게 자기 시점에서 정리하느냐 하는 게 문제예요. 그렇다면, 세계에서 파도처럼 밀려오는 모든 사상과 철학이라는 것들에 대해서 한국의 학자라는 이들이 어떤 입장에 서야 하느냐 하는 문제가 있는 거죠. 모두 어떤 구석에 박혀 있는 전문가가 돼서는 한국철학의 미래가 없다, 이렇게 보는 겁니다. 데카르트와 헤라클레이토스와 노자의 전공이 뭡니까?

　하여튼 그래서 그러면 어떻게 해야 되겠느냐. 고대 희랍의 철학자들과 데카르트에게서 무엇을 배울 수 있는가. 가장 작아야 가장 많은 것을 포섭할 수 있잖아요. (미소) 그걸 물리학에서 배웠어요. 가령, 빅뱅 이전엔 뭐가 있었죠? 물리학자들이 말하는 입자도 법칙도 없었다구요. 그리고 언제나 지금까지도, 아무리 복잡한 생명체도, 인간조차도, 아무리 복잡한 특성들을 가지고 있고 정신활동을 하고 있는 존재도, 하나의 세포에서 시작한다고요. 물질의 형태로 나타나기 이전의 어떤 모양으로 압축된 정보죠. 지금 와서 도가니 유가니 그리고 그 이후에 여러 갈래로 전개된 중국철학의 발전과정이나, 서양철학에서 소크라테스 이전부터 현대철학까지 내려오는 과정들 전체에 대한 자리매김을 하지 않고, 그런 배경 정리가 없이, 이것이 '우리 철학이다', '한국철학이다!' 하면 세상에서 그 객관성을 어떻게 이해할 수 있겠어요. 그래서 내가 '자생철학'이니

'한국철학'이라는 이름을 공유하기를 꺼리는 겁니다. 한국철학이 아니고, 희망적으로 말한다면, 이것을 말해서 어떻게 세계철학사의 갈래들을 정리하고 청소할 수 있겠는가 하는 문제의식이 있고 그것이 꿈이다, 이렇게 볼 수 있죠. 그러나 나는 능력이 모자라기 때문에 그걸 완전히 실현할 수는 없을 것이다. 이렇게 보지만, 아이디어는 그것이다 이거죠. 말하자면 어떤 '핵 개념' 또는 어떤 미니멀 포인트(minimal point)를 잡아야, 중국 철학사의 갈래로 이러이러한 철학자가 있고, 서양철학사의 갈래로 이러저러한 철학자가 있다, 그렇게 정리할 수 있지 않겠나, 말하자면 지금까지 있었던 모든 계통의 철학들이 다 어떤 핵 개념 또는 미니멀 포인트에서 갈라져 나가는 파생 현상으로 정리되지 않겠나, 이렇게 말할 수 있는 한 원점을 발견해야 하지 않겠나, 이렇게 생각하는 거죠.

그래서 오늘 원고에 드린 것처럼, 임시 가설로 그 미니멀 포인트를 'Xx'로 한 겁니다. 거기에 뭘 참고했느냐 하면, 현대 수리논리학자들이 끊임없이 전통 논리학자나 철학자들에게서 공격을 받을 때, 말하자면 왜 너희들은 그렇게 무의미한 기호를 쓰느냐 비판할 때, 스콜라철학 시대에도 문제됐던 것이지만, 기호를 쓰는 이유는 일상 언어의 개념이 전달하는 의미가 너무 특수하고 일반성이 없기 때문이다, 그래서 너무 임의적인 해석을 낳기 때문이다. 마찬가지로 Xx의 X와 x는 가장 근본적인 것에 대한 모든 특수하고 임의적인 해석을 거부하려는 겁니다. 그래서 Xx를 가지면 모든 갈래로 파생해 나간 세상의 체계들을 압축할 수 있다, 이겁니다. Xx를 가지고 내가 실험하는 게 뭐냐면, 그것으로 기왕의 모든 철학자들이 말했던 기본 개념이라는 것, 근본 실재라고 하는 것들을 다 정리, 청소하겠다는 겁니다. 무한, 존재, 무, 전체, 부분, 타자, 자아, 개체, 경계, 관계, 이런 게 모두 다 거기에서 파생하는 걸로 보는 겁니다.

박동환

가령 이데아라든가, 절대 이성이라든가, 존재와 무라든가, 물질과 관념이라든가 이런 거 아무리 얘기해도, 그 당시일 뿐이지 시간이 지나면 다른 천재들이 나와서 이전의 모든 것을 상대화시켜버리고 또 새잡이로 대안의 개념을 내놓는 일을 되풀이 하죠. 참고할 수 있는 관행은, 서구에서 철학자들은 언제나 당대의 업데이트된 과학을 참고했고 그런 과학과 경쟁도 했죠. 데카르트도 그랬고, 아리스토텔레스도 그랬고, 칸트도 그랬고 니체, 러셀도 그랬고 요즘도 마찬가지고. 그렇잖아요? 그래서 현대 물리학과, 특히 생물학을 보면 Xx가 아마 맞을 것이다, 이렇게 생각하는 겁니다. 말하자면 개체가 무한에 대해 갖는 관계, 또는 도대체 개체 존재란 무엇이냐, 전체라는 것은 무엇이냐, 자아와 타자의 경계는 어디에 있는가, 이렇게 많은 재래의 개념들이 20세기를 통과하면서 모두 흔들리게 됐죠. 그건 논리학자들에 의해서 비판됐고, 존재론 차원에서 비판됐고, 생물학자들의 설명 가운데서 해체됐고. 그러니까 젊은 사람들한테 내가 그러잖아, "이봐, 철학사에 너무 매달리면 철학자가 될 수 없어요. 철학책을 읽고 철학자가 되는 거 아니야!"

개체가 하나의 세포야, 박테리아야? 인간도 세포와 박테리아의 집합으로 이루어진 개체인데. 한 개체 존재로서 하나의 세포와 하나의 박테리아와 하나의 인간과 그리고 언제나 운명을 같이 하는 하나의 족속 집단이 어떻게 다른 것인가? 그리고 이 하나의 개체 또는 집단 안에서 얼마나 많은 투쟁이 일어나고 있는지, 투쟁이 잘못 나가면 내부에서 암이 일어나는 거고, 투쟁이 질서가 되게 일어나면 건강과 평화가 오는 거고. 그러니까, 개체가 뭐야? 그럼 개체라는 건 언제부터 언제까지 존재하는 거야? 지금 생물학자는 이미 개체 존재라는 것을 언제부터 언제까지 이어지는 것으로 봐야 하는지, 삶과 죽음의 경계를 어디에 놓아야 하는지, 그런 질문을 일으키고 있는 거죠. 철학자들이 겨우

천 년, 이천 년의 생각 변화를 답답하게 만지작거리는 사이에 생물학자들은 생명 또는 그 운명을 만 년, 억 년을 단위로 생각하고 있다고.

그래서 철학자들이 지금까지 붙들고 있는 모든 기존의 기본 개념들을 파생시키는, 만 년, 억 년을 단위로 진행되는 모든 존재하는 것들의 변화 아래에서 움직이는 것이 뭔지를 생각하며 Xx라는 관계식을 말하게 된 거죠. 그러니까 어떤 이에게는 절대적인 불가지론으로 보일 수 있어요. 철학자가 상상하는 빅뱅은 Xx라는 관계식에서 시작한다, 이렇게 보는 겁니다. 그러니까 불가지론은 아닙니다. 저는 바다를 좋아하며 그립니다. 바다를 바라보며 떠올리는 생각, 그 성분과 입자와 끝없이 이어지는 파도의 관계라는 것이, 하나의 입자와 무한으로 이어지는 파도의 관계가 Xx입니다. 개체란 무엇이냐, 억의 사람이 있으면 각각 억의 개체성을 가지고 있는 거 아닙니까. 억의 관점이 있고. 각각 지닌 하나의 관점이나 개체성이 불멸하는 영원의 시간에 대해 어떤 관계를 갖고 있나, 이 문제에 집중해 생각할 때 나에게 남아 있는 유일한 철학자는 헤라클레이토스예요. 어떻게 그 때 이미 그렇게 얘기했는지 ···. "소멸하는 것들은 불멸하는 것의 삶 가운데서 죽고, 불멸하는 것은 소멸하는 것들의 죽음을 산다." 물론 헤라클레이토스의 많은 말들은 당시 문화적인 한계 가운데서 이루어진 것이지만, 모든 철학자의 말들을 말소해도 그는 나에게 마지막 화두 하나를 남긴 것 같군요.

나종석   동서양철학사에서 헤라클레이토스만 살아남았습니다.

김동규   그는 불사조가 됐군요. (웃음)

박동환   아, 그리고 잊어버리기 전에 ···, 프로이트와 사르트르를 근래

박동환

에 다시 봤거든요. 프로이트에게서 얻은 주제는 '기억'인데, 기억이 단지 우리 의식 가운데에 있는 기억이 아니고, 또 무의식 가운데 있는 기억도 아니고, 그걸 물론 무의식 가운데 있는 기억이라고 볼 수는 있지만, 그것이 만 년, 억 년의 단위로 해서 올라가는 기억이에요. 말하자면 태초로부터 만 년, 억 년을 거쳐 쌓여온 기억이지. 한 개체의 몸이라는 게 그렇고, 몸을 이루는 물질과 특성들도 그런 기억의 압축이죠. 물리학자들은 기억이란 말을 싫어하죠. 그이들에게는 기억이 아니라 법칙이지만, 빅뱅 이후에 입자들이 생기고 그것들과 함께 법칙들이 생겼겠죠. 자연의 법칙이란 자연이 반복하는 행위가 지금까지 쌓여 경화된 습관이라고 볼 수 있거든요. 자연의 생명, 개체 생명들은 각각 그 다른 형태와 기능 가운데에 억 년의 반복된 습관 곧 기억을 압축하고 있는 것으로 볼 수 있죠. 그래서 유전 형질이 간직하고 있는 정보 그것이 압축된 기억이죠. 또 한 사람의 개성이, 누구에게는 까다롭게 나타나고 누구에게는 서글서글하게 나타나고 그렇게 타고 나는 특성들이, 수억 년 생명이 겪으며 축적한 기억들을 재현하고 있는 거 아닙니까. 개체 생명을 실현하는 특성들은 그렇게 축적되고 압축된 억 년의 기억을 그 때의 조건에 따라 그 개체를 매체로 하여 재현하고 있는 거죠.

상상에 대해서는 사르트르에게서 얻은 바가 많지만, 상상의 활동을 모든 개체 생명이 각각 높고 낮은 다른 모양으로 간직하고 있는 활동 능력이다, 말하자면 동물에게도 있고, 식물에게도 있고, 태초부터 적어도 모든 개체 생명에 상상의 능력을 갖추지 않은 것은 없다, 이렇게 보게 된 겁니다. 사르트르는 물론 거의 모든 철학자들이 그리고 거의 모든 생각하는 사람들이 상상력을 인간에게만 고유한 능력으로 보는 것이 저에게는 불편한 현상이에요. 어찌 인간에게만 상상의 능력이 있다고 주장할 수 있는가? 왜? 모든 개체 생명이란 수억 년 축적된 과거 생명의 기억을 그 때의 조건에 따라 재현하여 나타나는 것이라면, 각 개체 생명이 다만 그 안에 압축하고 있는 기억, 그것이 유전 정보이든 그 밖의 어떤 특성이든, 그것을 다만 반복 재현하는 데 그치는 걸까요? 개체 생명이 그 일생을 통과하며 치열하게 벌이는 생존 활동이 다만 그가 지닌 유전 정보라는 기억의 반복 재현에 지나지 않는 걸까요? 기억의 단순한 반복 재현으로는 어떤 개체 생명도 다만 얼마 동안이라도 살아남을 수 없을 겁니다. 모든 형태의 생명이 그 일생을 살아남는 데에는 기억된 정보만으로는 불가능하고 거기에 반드시, 그 수준이야 천차만별이겠지만, 그것이 발휘할 수 있는 상상의 능력이 따라다녀야 할 것이라고 보는 겁니다. 기억과 상상은 한 개체 생명 안에서 서로 배척하는 관계일 수도 있고 협조하는 관계일 수도 있다, 이렇게 보는 거죠. 기억과 상상, 반복과 탈출 또는 지양(surpass), 이것은 한 개체 생명이 일생을 살아가는 형식이죠. 가령 화학의 성분들이 자연 가운데서 살아가는 모양을 보면, 어떤 원자가 어떤 원자와 결합하고 다시 분리할지, 이렇게 하는 과정에서조차 각 원자가 타고난 기억으로서의 성질과 그것이 발휘할 수 있는 상상으로 어떤 다른 원자와의 결합과 분리를 실행한다고 볼 수도 있지 않겠습니까? 지나친 공상입니까?

그런 연장선 위에서 어떤 세포가 어떤 세포와 만나서 한 개체 생명을 이루는지, 가령 미토콘드리아가 어떤 박테리아 안에 들어가 공생 관계를 이룰지, 그것은 그것이 지닌 오래된 기억과 그리고 관계해야 할 짝 또는 대상에 대한 인식 곧 상상이 움직여야 되는 일이라고 보는 겁니다. 그것들이 수억 년에 걸쳐, 서로 잡아먹고 먹히다가 나중에는 공존하는 방법을 찾았는데, 그 관계를 구축할 수 있었던 것은 기억과 상상의 기능이 움직인 때문이겠죠. 인류만이 기억과 상상을 발휘해서 문제를 해결하고 살아간다고 보는 것은 편협한 자기중심주의 세계관이다, 이렇

박동환

게 생각하는 겁니다. 인간만이 창조적으로 문제를 해결하고 다른 것들은 그저 과거의 기억을 반복할 뿐이다, 이렇게 보는 것은 어처구니없는 독단입니다. 세상에 있는 모든 것들은 그것들이 의식할 수 없는 영원의 기억과 그리고 엄청난 상상을 발휘하지 않으면 이렇게 무한히 반복되는 우주의 파노라마에 참여할 수가 없겠죠. 왜 어떤 것과 어떤 것이 한 쪽으로 싸우면서 한 쪽으로 어울리는지, 애초에 왜 서로 다른 미생물들이 모여 다세포 생물이 됐는지, 단순한 기억의 반복으로 그런 일이 일어날 수 있는지, 그런 의문이 있는 겁니다.

　나무는 언제 싹을 트고 어떤 방향으로 가지들을 뻗어 나갈까요? 동면을 끝낸 나무는 봄을 기억하며 상상하고 있지 않을까요? 나무가 싹을 틀 때 봄을 상상하고 있는 거죠. 제가 그래서 글 마지막에다 뱀의 얘기를 썼죠. 어느 날 우연히 본 BBC 다큐멘터리에서 한 뱀의 긴 여정을 보여주더라구요. 그 뱀이 자기 처소에 침입한 다른 뱀과 한참 싸우더라고. 그러다가 힘이 달리니까 쫓겨난 겁니다. 자기 짝도 빼앗기고 도망칠 수밖에 없었어요. 도망치면서, 산과 들을 돌고 돌다가 어디쯤 가서는 자리를 잡더라고. 바위로 둘러싸인 굴 같은 데 들어가 잠시 있다가 다시 나오더란 말입니다. 나오더니 몸을 높이 세워 주변을 두리번거리며 한참 관찰하더라고 뭘 보는 거야? 공격 받은 경험을 기억으로 되살리며, 그 놈이 또 나타나지 않을까, 여기는 그런 적들로부터 안전한가, 상상하는 거지. 또 그런 힘센 놈이 나타나 공격해 오면 어떡하지. 모든 생명의 경계 동작은 기억과 상상이 결합한 양가(兩價) 행위 아닙니까? 언제 다시 있을지 모를 공격과 위기에 대한 경계와 대비, 그것은 기억과 상상에 의한 거죠. 대부분의 기억과 상상의 기능은 모든 개체 생명의 몸 가운데에 무의식으로 저장 압축되어 있는 걸로 보는 겁니다.

최세만　그런데 조금 전에 기억의 재현이 상상이라고 하셨나요?

박동환　아, 기억의 재현에는 상상이 참여할 것이다, 이렇게 보는 겁니다.

최세만　그 재현이 무슨 의미인지 잘 파악이 안 돼서요.

박동환　사람이 지금 가지고 있는 어떤 능력을 발휘하잖아요. 그 능력이란 몸에 압축되어 있는 기억에 다름 아니죠. 생물학에서는 그걸 유전 프로그램이라고 말할 수 있죠. 그 능력 또는 기억을 세상에다 실현하려면, 현재의 조건에 대한 상상이 발휘돼야 하는 거죠. 말하자면, 지금 가지고 있는 것을 어떤 가능한 방향으로 던질지, 외적으로 주어지는 조건에 어떻게 조준할지, 거기에 상상을 동원하겠죠.

최세만　기억에 없는 새로운 요소가 상상 아닙니까?

박동환　그런 부분도 있겠죠. 그런데 그게 통속적인 관념일 수 있어요. 과연 상상이 기억에 없는 요소인지, 기억과 상상의 관계는 그것들이 다 생명의 과정이므로 딱 분리되는 것은 아니다, 이렇게 봅니다. 상상이란 기억된 어떤 생명의 능력일 수도 있는데, 다만 기억이라는 것이 대부분이 고정된 형태로 저장된 것이라면, 상상이란 그 고정된 끈을 풀어버릴 수 있는, 그래서 탈출을 할 수 있게 해주는 그런 열린 활동 그것이 상상이다, 이렇게 보는 거죠. 기억은 반복하는 보수 성향으로 움직이지만 상상은 그런 반복과 보수에서 탈출 지양(surpass)하는 운동이다, 이렇게 보면 됩니다. 그걸 드린 글에다 대강 썼어요. 말하자면,

유전 프로그램 안에서 예상하는 바가 아무것도 없겠느냐, 유전 프로그램에는 변화 가능한 상황에 대한 아직 미결정이라는 예상치가 들어있다, 이렇게 보는 거죠. 그러니까 어떤 것은 고착된 행동 패턴으로 주어져 있고 어떤 것은 변화하는 상황과 조건에 대응해서 움직이게끔 열려있는 것이죠.

최세만　　그게 중요할 것 같은데요, 상상이 기억의 제약을 받느냐, 아니면 받지 않는 부분도 있느냐 하는 게 상당히 결정적으로 중요할 것 같은데, 왜냐하면 상상의 가능성은 기억에 제약된다고 할 것 같으면, 그건 완전히 이제 아리스토텔레스의 가능태와 현실태의 이론을 ….

박동환　　그것을 그래서 감시와 탈출의 관계라고 보는 이유가 있는 겁니다. 상상이 기억으로 제약될 수 있죠. 기억에 의해서 상상이 제약될 수 있겠죠. 아마도 생물학자들은 그렇게 말하고 싶을 거예요. 기억 가운데에 상상의 능력이 있는 걸로 보고 싶어 할 수 있죠. 그러나 나는 그 점에서 사르트르를 따르고 있는 것이, 아무리 기억된 프로그램이라지만, 창조적 능력, 상상 능력이라는 것이 타고난 기능일 수 있지만, 언제나 무조건 탈출의 가능성도 있다 이거죠. 상상의 활동이란 어떤 제약도, 그것이 기억이든 유전 특성이든, 조건 없는 탈출을 감행할 수 있는, 그래서 모든 현실의 계기를 무화(無化)할 수 있는 마지막 가능성을 언제나 보유하고 있다, 이렇게 보는 겁니다. 적어도 사르트르에 따르면 인간에게 무모한 짓 하는 놈도 있으니까. 무모한 짓도 할 수 있으니까, 인간이. 모든 관행에 때로는 자기 생명에 어긋나게 감행할 수도 있으니까. 그래서 인간의 발달 단계라는 것은 기억의 감시를 적극적으로 탈출하는, 거부하는, 이런 단계까지도 온 것이라고 보고, 사르트르는 아마도 그런 발전

단계에서 인간의 상상력이 어느 정도로 발휘되는지 가장 극단의 예를 보여주고 있다, 이렇게 이해할 수 있죠. 그러나 사르트르는 너무 극단으로 흘러서 상상이라는 것이 기억의 감시를 전적으로 거부할 수 있는 것으로 본 것은 자연의 궁극적 감시체계를 간과한 거다, 이렇게 생각하고 있습니다.

최세만　그런데 아까 김귀룡 선생과도 얘기했지만, 사르트르한테도 한계상황이란 게 있어서 어느 정도 한계를 설정해 놨다, 이렇게 볼 수도 있고.

박동환　사르트르의 정신에 어긋나는 이해일 수 있죠. 다만, 존재 자체, 즉자 존재와의 관계가 또는 타인과의 관계가 한계라고 잠깐 인정할 수는 있겠죠. 그렇지만 사르트르가 심리학과 현상학에 관한 초기 이론에서, 그리고 『존재와 무』의 처음 부분에서 의식과 상상은 내 앞에 닥친 어떤 현실, 있는 것 자체를 무화(無化)하는 능력을 발휘한다고 봅니다. 가장 놀라운 무(無)의 가능성을 발명한 철학자다, 이렇게 봅니다.

최세만　그런데 그 말씀을 하시는 게 개체의 존재론에 관련된 것이잖아요.

박동환　기억은 만물의 것이니까. 기억과 그 탈출의 가능성을 개체에다가 ….

최세만　그러니까 우리가 경험적인 실재라고 할 수 있는 …. 하여튼 우리가 무엇으로 볼 수 있으려면 개체화되어야지 '무엇'으로 볼 수 있는 거 아니겠습니까? 그런 의미에서 개체를 …, 선생님이 Xx라는 관계에 대해 쓰신 것도 기억과 상상이 개체의 두 가지 조건이라고 하신 걸로 알고 있거든요.

박동환　　그래서 Xx의 관계에 대한 이해가 어려운 게, 그게 개체와 전체가 아니거든요. 그 전체의 한계를 알 수 없는 자연 안에서 모든 성분들이 일으키는 관계에 Xx를 적용하는 이유가, 그럼 작은 x가 어떤 종류의 개체냐, 모든 가능한 부분에 개방해야 하고, 큰 X는 전체도 아니란 말입니다.

최세만　　그런데 어렵다고 말씀하시는 건 그 개체가 뚜렷한 규정성이 없기 때문에 개체라고 할 수 없다고 하시는 거 아닙니까?

박동환　　그렇기도 하고, 작은 x가 큰 X와 관계함에서 어디에 경계를 두고 있는지, 또는 큰 X라는 것이 개체라고 이름 하는 것과 어디에서 만나고 있는 건지 그런 문제를 생각해야 하는 겁니다.

최세만　　그러면 큰 X 작은 x 할 때, 그것 자체로 보면 주술 구조를 형상화한 것으로 보이거든요.

박동환　　에, 그렇게 이해할 수도 있겠죠. 또 그렇게 이해하는 게 우선 하나의 이해 방법이겠죠. 그러나 그 관계라는 것이 주술 관계에 한정되는 것인지, 그건 변수의 범위를 제한해서 그 관계식이 뜻하는 바를 축소하는 거죠. 말하자면, 이런 관계식에 이르기까지 네 개의 사례 항목에다가 Xx의 관계를 매겼듯이, 그 관계식이 우주 안의 모든 맥락을 입을 수

가에로의
끝없는 탈주　　　　　　　　　　　　　　　　　119

있기 때문에 그걸 단순한 주술 관계로 한정하는 것은 현대논리학에서 하는 것 같은 너무 형식적인 해석이 되겠죠. 그렇다면, 현대논리학의 기술이 Xx가 가리키려고 하는 무한과 그 성분이 맺는 관계의 다양한 실상을 이해하는 데 방해를 하고 있는 겁니다. 다시, 망망대해에서 하나의 물 분자가 끝없이 이어지는 파도에 대해 이루는 관계를 생각해 보면 좋을 것 같군요.

최세만　　그런데 선생님께서 그걸 처음에 제시하고 설명하실 때, 한국어의 구조에 관한 얘기부터 하셨는데, 그 때 한국어의 특징은 주어가 필수적으로 적시되는 것이 아니고 술어에 의해서 간접적으로 추정되거나 하는 것일 뿐이다 ….

박동환　　예. 오히려 주어가 이름받기를 거부하는 걸로 이해했죠. 그 문제를 생각하는 가운데 받은 힌트로, 때로는 서양 사람들이 한국 사람들을 보는 측면에 흥미로운 점이 많더라구요. 책 제목이, *The Scrutable Oriental*이라고 하는 책을 쓴 분인데, 70년대에 아일랜드에서 한국에 파견된 신부님이에요. 화양리라는 서울 주변에서 봉사하던 분인가 봐요. 그런데 그 분이 쓴 아티클 가운데 하나는 *"Deference to the unknown"*이라는 제목을 가졌는데, '미지'에다가 책임을 전가하는 한국 아줌마의 태도에 대해 썼어요. 자기 숙소에 와서 일하는 아줌마가, 어느 날 화장실에 수건이 없길래, "수건이 없네요!" 말하니까, 아줌마의 답이 "아니, 수건이 어디로 갔지?" 그런데 서양 사람인 그의 생각에는 '수건을 자기가 빨아가지고 어디 다른 데다 놓았으니까 없겠지', 그런데도 아줌마는 "수건이 어디로 갔지?" 그런다는 거야. 그리고 아침에 먹을 수프를 갖다 준대. "수프가 차갑네요!" 그러니까, 아줌마가 "이상한데요, 수프가 왜 그러지?

　　　　　　　　　　　　　　　　　　　　　　박동환

여태까지 난로에서 끓였는데 …." 이런대요. 그러니까 그 신부 이야기는, '아, 그야말로 책임을 회피하는 굉장히 좋은 방법이구나!' 이렇게 생각할 수밖에 없대요. 행위 주체로서 져야 할 책임이, 자기 책임이 아니잖아. 수건이 어디 갔는지 내가 어떻게 알아. (웃음) "이게 왜 차갑지?"라고 하는 건, 자기가 일을 했는데도 불이 수프를 덥히는 일을 제대로 안 한 거니까 그렇게 말할 수 있는 거다. 그런 아줌마의 표현에서 신부는 한국 사람들의 사고방식에 대한 어떤 아이디어를 얻은 거예요. 말하자면 한국 사람들이 말하는 법을 보니까, 궁극적으로 원인이 되는 것에 대한 명백한 지시가 없더라, 이렇게 본 거지요. 그래서 미지(the unknown)에다가 결과의 마지막 책임을 전가하는, 탓을 돌리는 것으로 보이는구나.

그래서 한국 사람들이 쓰는 말에서, 왜 행위의 주체를 담아야 할 주어의 자리가 이렇게 비워질 수도 있을까, 그런 생각을 안 할 수가 없는 거죠. 그런데 요즘 서양 문법의 절대적 영향을 받고 있는 문법학자들에 의해서, 그리고 국어 선생님들에 의해서, 주어 자리에 있는 것이 지고 있는 자세가 자꾸 바뀌고 있는 거야. 중국에 가 봐도 그렇더라고요. 공산권에서는 스탈린, 모택동, 김일성 같은 이가 언어학에 대한 교시까지도 하잖아요. 스탈린도 언어학 논문을 썼고 …. 자기가 썼는지는 모르지만. 모택동이 지시한 한어(漢語) 표현법에 대한 교시를 보면, 중국인들이 주어를 빼먹고 말하는 습관 때문에 늘 표현이 무책임하고 흐리멍덩하다, 고쳐야 한다, 이렇게 교시하고 있죠. 일리 있는 지적이기도 하지만 한어의 표현에 잠재돼 있는 중국인들의 사고와 철학의 뿌리 깊은 전통에 대한 이해와 반성은 간과하는 거죠. 우리도 마찬가지로, 영어와 그 밖의 서양 문화가 지배하는 세상에 살다 보니까 자꾸 원인과 책임 주체를 대표하는 주어를 강조하게 되는데, 그러는 가운데서 자기들의 삶에 깊이 뿌리내린 사물에 대한 이해 방식, 세계에 대한 판단 형식을 스스로 돌이켜 보고 발견하는 기회를 영영 망각해 버리게 되는 겁니다. 그러니까 죽기 전에 그런 점에 대한 문제의식도 기록해놔야 하지 않겠는가 하는 생각이 있어요. 아, 한국 사람들의 표현 가운데에 숨겨진 이런 판단 형식과 세계관이 있었구나. 그런데 이런 철학적인 문제는 최현배 선생님이 연구하신 시대에서 아직 드러나기 어려웠던 거라고 봅니다. 그 분이 일본에서 사범학교 교육을 받으셨기도 하구요. 서양 문법을 모델로 하셨을 거라고요. 그런 시대의 한계는 20세기 중국 문법학계에서도 똑같이 지적되고 있는 겁니다. 그런데 한국 문법학자들은 그런 20세기에 시작된 우리 문법의 한계에 대한 고민이 있는지 알 수가 없어요. 전혀 계통을 달리하는 한국말의 문법을 어떻게 다듬어야 하는지. 저는 문법학자가 아니니 말할 자격이 없어요.

하지만 철학하는 사람으로선 분명 한국 사람들의 판단 형식과 그 세계관, 한국 사람들이 세계를 향해서 말할 수 있는 자기의 존재론, 논리학, 사회학, 윤리학, 정치철학 같은 것이 어떤 모양을 갖출 수 있는지, 아무도 걱정하지 않는 게 한심스럽게 느껴지는 현상입니다. 서양 사람들이나 중국 사람들의 도덕 규범과 판단 형식에 따라, 또는 그 사람들의 사회학과 정치철학, 존재론과 논리학에 따라 살 수 없는 한국 사람들을 욕만 할 게 아니란 말입니다. 수입한 이념과 우리의 현실이 너무 떨어져 있기 때문에 수습할 수 없는 혼란한 상황이 각 방면에서 벌어지고 있는 거죠. 정석해 선생님께서 강의하신 독일철학, 프랑스철학, 과학철학이, 선생님께서 고치려고 참여하신 한국 사회의 현실에서 얼마나 떨어져 있는 것인지, 그 간격을 검토해야 할 단계가 되었는데, 조선의 학풍이라는 것이 원체 수백 년 동안 중국의 문·사·철(文·史·哲)에 일방적으로 지배 받은 전통이다 보니 지금도 대국 앞에서 오금을 못 펴는 거죠. 지금 서양풍의 문·사·철을 하는 많은 분들도 서양의 대국 전통에

박동환

스트로를 대고 명맥을 유지하고 있는 거 아닙니까? 미안하고 주제넘기는 하지만, 이것이 저의 문제의식이고 과제거든요.

Xx라는 관계에서 작은 x 자리에 놓일 수 있는 무수한 것들 가운데 하나가 주어일 수 있고, 큰 X 자리에 놓일 수 있는 무한한 것들 가운데 하나가 아일랜드 신부가 착안한 것 같은 미지(the unknown)를 가리키는 술어일 수 있습니다. 그런데 말입니다. 큰 X와 작은 x는 다른 것일까요? 큰 X와 작은 x 사이에 어떤 경계를 그을 수 있을까요? 큰 X와 작은 x가 대표하려고 하는 그것에 어떤 다른 이름을 붙일 수 있을까요? 많이 생각을 해야 할 문제입니다.

김귀룡　　그 전에 이야기 되었던 가면적 독립자라고 하는 것은 여기서 어떻게 풀이가 되나요? 어떻게 바뀐 거죠?

박동환　　그건 옛날의 표현이죠. 가면적보다도 임시적이란 표현이 좋을 것 같군요. 임시적이란 말은 시간과 조건의 함수라는 뜻을 갖고 있었죠. 다 임시적 주체이고 임시적 독립자이고, 그렇다면 어떤 의미에서 주체냐 독립체냐 두 가지로 얘기할 수 있겠지마는, 급한 대로 일차적으로는 개체성이란 것을 어떻게 이해하느냐에 달려 있는 것으로 보는 겁니다. 억의 개체 존재가 세상에 있으면, 그들 가운데 어떤 두 개체도 완전히 동일할 수 없을 것이다. 어떤 한 개체도 다른 어떤 개체와 모든 것을 공유할 수 없다면, 모든 개체들은 각각 다른 개채성과 다른 관점을 가질 수밖에 없을 것이고, 따라서 각 개체성과 관점은 시간과 조건의 함수일 수밖에 없는 임시의 주체인데, 고정시킬 수 없는 무한의 시간과 조건 곧 큰 X에 달려 있는 작은 x 자리에 놓일 수 있는 것 그것이 임시의 주체에 해당할 것 같군요. 왜 사람들이, 한국 사람들이 그렇게 끈끈한 관계, 온갖 연고관계에 호소할까요? 인생이 무한의 시간과 조건 위에 놓인 임시의 존재이기 때문이겠죠.

가(邊方)에서 바라본 세계 질서

최세만　그런데 그 얘기는 뒤에 다시 돌아서 해주시기로 하구요, 삼표의 철학에 대한 얘기를 좀 해주시는 게 좋을 것 같은데요.

박동환　삼표의 철학에서 찾으려고 했던 것은, 한국 사람들이 가지고 있는 역사의 체험을 토대로 해서 어떤 독립할 수 있는 세계관을 세울 수 있는가 하는 문제인데요. 단순히 삼표라는 것이 일표, 이표에 대결한다든가 하는 의미가 아니고, 일표, 이표 전통에서 나온 철학들이 존재의 근본을 생각한 철학은 아니다 하는 비판에서 출발하는 겁니다. 그 철학들은 애초에 국가 통치에 쓰일만한 질서 개념에 바탕을 두고 있는 겁니다. 그래서 제가 생각하는 삼표의 철학은 그런 통치 목적이 전제된 이념이 아니고, Xx의 관계에 따르는 우주관에서 개체 존재들이 어떤 자리를 찾을 수 있는지 하는 문제로부터 생각하고 있습니다. 그러니까 사람들이 한국철학, 뭐 자생 철학도 그렇고, 그런 걸 말할 때, 한국 사람들만의 무엇을 찾는다 이렇게 이해하는데, 난 거기서 빠져 나왔어요. 한국 사람들만의 철학이다, 한국 사람들의 무엇이다 이런 게 아니고, 한국 사람들의 경험과 사색에 비추어 볼 때 세계를 향해 내놓을 수 있는 대안의 세계관은 무엇인가 이런 걸 찾는 겁니다. 한국 사람들이야말로, 1표, 2표에서 이뤄지는 것 같은 제국주의 세계관의 철학에서 빠져나와 대안을 찾고 있는 사람들을 대변할 수 있는 입장에 놓여 있지 않은가 하는 겁니다. 변방에 놓인 주변자의 역사 체험과 세계 인식을 가지고, 제국주의 통치 체제의 세계관에서 밀려난 사람들의 입장을 대변해야 되지 않겠나 하는 희망이 있는 거죠. 그게 삼표의 철학이 가고 있는 방향입니다.

최세만   헌데 앞에서 말씀하신 걸 보면, 중국철학을 보니까 중국어 언어구조 속에 들어있고, 서양철학도 결국은 서양 언어하고 관련된 게 아니냐 말씀하셨잖아요. 그렇게 보면 선생님의 Xx라는 것은 한국어의 구조를 반영하고 있다고 보시는 거니까, 그게 중국 사람이나 서양 사람들이 보기에는 한국 사람의 철학이 될 거 아니에요?

박동환   그렇게 보이겠죠.

최세만   예, 보편철학이라고 하지 않겠죠.

박동환   그런데 말입니다. 그게 하나의 논쟁이 될 수는 있겠죠? 중심을 점령하고 있는 자와 변방으로 밀려난 자의 갈등이 될 수 있습니다. 그러면, 과거에 수천 년 동안 중국에서 온 철학을 우리 조상님들이 공부하면서 그게 보편철학이다 라고 생각하고 그 정치 질서와 도덕관을 일반 백성들에게 강요했잖아요. 또 근래에는 현대 정치니 경제니 교육이니 이게 보편 진리다 하며 모두 서양풍으로 하고 있잖아요. 그리고 많은 철학자들이, 진리는 보편적인 거라고 믿고 있잖아요. 그럼 어떤 게 보편적인 거냐 하는 겁니다. 그 보편적이라고 주장하는 것들을 다 파생적인 것으로 밀어낼 근거로 Xx를 말하고 있는 겁니다. 그리고

Xx의 관계를 가장 가깝게 대표하는 것이 한국 사람들의 말본 곧 그 판단 형식이다, 이런 생각을 이번에 드린 글에서 약간 쓴 겁니다. 그래서 Xx를 가지고 이렇게 말하는 겁니다. 보편의 진리란 인간의 입으로 말할 수 있는 게 아니다. 모두 주변 존재일 뿐이다. 그렇게 모두 평등한 존재다. 통치 이념을 가지고, 그게 고대 희랍철학에 뿌리를 두는 것이든 고대 선진철학에 뿌리를 두는 것이든, 무슨 근본의 철학인 것처럼 말하지 말자.

최세만 그러니까 제가 말씀드린 건, 한국 사람만이 말할 수 있는 철학에서 빠져나왔다고 하는 건, 제가 조금 잘못 이해한 것 같은데, 한국어의 언어 구조가 가장 보편적인 원초적인 존재론을 반영하고 있더라 하는 것을 발견하셨다는 그런 말씀인 거죠?

박동환 그렇게 이해될 수 있겠죠. 그러나 한국 사람들이 갖고 있는 판단 형식이 상징하는 것을 잘 풀이하여 보니까, 당신들이 말하는 보편의 진리라는 것이 제국주의 통치 이념에서 파생하는 것일 뿐이다, 이렇게 되는 거죠. 그런데 말입니다, 세계 사람들이 말하는 보편의 진리를 대체해 줄 Xx라는 것이, 한국 사람들의 말본에 조회를 할 수 있는 부분도 있지만, 한발 물러서서 통치 체제의 중심에서 변방으로 밀려난 모든 사람들과 함께, 주변자로서 겪은 역사 체험에서 출발한다고 보아야 합니다. 제가 늘 이야기 하죠. 주변 존재가 동의할 수 없는 어떤 것도 보편 진리가 아니라고.

최세만 아까 그 말씀을 더 여쭤볼게요. 아까 이 자리에 오면서 김귀룡 선생님과 나눈 얘기가 뭐냐면, 선생님이 이번에 보내신 「Xx에 대하여」라는 글에서 개체의 위상이라고 할까요, 개체의 존재양식이라고 할까 하는 것이 그 이전하고 변했냐 안 변했냐를 가지고 의견이 조금 갈렸었거든요? 김귀룡 선생은 좀 변했다, 변한 것 같다 하는 거고, 제가 생각하기에는 변하지 않고 더 구체화하신 것 같다는 것이었거든요. 어떤 편이신지?

박동환　　어느 정도 수정됐겠죠. 변함없는 것도 있겠지만, 개체에 대해서 어떤 절대 규정도 불가능하다는 데서는 마찬가진데, Xx에서 매겨진 개체의 위상이 미지의 근본에서 바탕을 얻은 바가 있지만, 개체 존재가 미지의 근본에 대해 유지하는 경계가 언제나 고쳐지는 개방 상태에 놓이게 된 거죠. 개체 존재와 그 밖의 개체들의 집단, 그리고 무한의 것과의 경계가 닫혀 있으면서 열려 있는 겁니다. 그리고 그 경계를 언제나 고쳐가는 것이 인생이며 역사라는 겁니다. Xx에서 보면, 내가 만물과 또는 무한과 하나라는 경지에 이를 수도 있지만 현대 생물학자와 심리학자들이 말하는 개체의 유일성과 함께 개체의 다중성 또한 엄연한 현실로 인정하는 겁니다. 인간뿐만 아니라 모든 개체 존재의 일생을, 그리고 일생이 끝나 다른 일생으로 넘어가는 과정까지를 상상할 때, 개체 존재의 영원한 일생이라는 것은 언제나 경계 고침을 수행하는 과정에 다름 아닌 것이다, 이렇게 보는 거죠. 삶과 죽음 그리고 죽음 다음의 어떤 모양의 삶 또한 항상 경계 고침이라는 수행 과정이죠. 그렇게 모든 개체 존재들이 그 밖의 무한의 것들에 관계하며 투쟁하는 과정 곧 경계 고침의 관계식을 Xx로 대표하고 있죠. Xx의 관계식이 개체 존재로서의 인간에게 불안과 혼란을 가져다줄까요? 아니죠. 각자에게 유일한 개체성과 관점 그리고 무한으로의 개방성을 보장하지 않습니까? 만물일여를 말하는 장자와 철저한 개인주의 실존주의자 사르트르 사이에서 전혀 모순을 느낄 필요가 없는 거죠.

최세만   지금까지 선생님 말씀을 들어보면, 「Xx에 대하여」라는 글이, 선생님이 지금까지 생각해 오신 철학을 총정리하신 것이라고 말씀하셨는데, 그러면 정석해 선생님에게 가졌던 의문 같은 것이, 거기에서 다 이제 어느 정도 해결됐다고 생각을 하시는 것 같거든요? 그러면 거기에서 나올 수 있는 행동철학이라든지, 사회참여의 원리나 원칙이라든지 하는 건 어떻게 말씀할 수 있을까요?

박동환   지금까지의 이야기에서 보면, 주변 존재의 투쟁에 어떤 정당성을 줄 수 있는가 하는 것이죠. 그래서 "투쟁은 정의다"라고 말한 헤라클레이토스의 논거에 전적으로 동의하죠. 보편 진리의 이름으로 세계 질서를 정의하는 데서 제국주의 지배가 이루어지는 것을 지적하며 경고하고 있는 겁니다. 지금까지 여러 해 동서철학사를 공부하면서도 어떤 나의 철학자도 만날 수 없었던 이유를 이제야 말할 수 있게 된 겁니다. 임진란과 병자란과 6·25 전쟁의 역사를 다시 보며, 짓밟혀 살았던 백성들, 주변 존재들에게 어떤 새로운 세계관, 말하자면 주변 존재에게 똑같이 자격이 주어지는 존재론과 논리학과 사회학의 가능성이 있는지를 찾으려는 겁니다. 그러니까 여기서 정 선생님께서 남긴 이론철학의 문제 곧 역사 체험의 표현 형식을 풀고 있는 것이지, 그분의 사회참여 정신을 이어가고 있는 것은 아니죠. 실천이 없는 이론은 소용이 없다 같은 명제는 제 귀에 들어오지 않습니다. 저는 어떤 보편의 진리라는 이름으로 강요되는 도덕이나 관습에서 자유롭기를 시도하는 겁니다. 4·19 혁명 때도 그랬으니까요. 그 때 정 선생님께서 수업에 들어오시면 거의 매 시간 야단치셨어요. "당신들은 뭘 하는 거요? 이렇게 앉아만 있으면 어떻게 하겠단 말이오!" 그래도 난 이렇게 속으로 생각했어요. '나를 야단치시는 건 아닐 거야.' 하여튼 나는 어쩔 수가 없었다고

운동에 참여하는 것보다 더 급한 일이 있다고 생각했으니까.

문제의식의 레벨이 다른 겁니다. 정치철학이나 윤리학은 고사하고, Xx에서 풀려나오는 존재론과 논리학과 사회학에 대한 각론은 어떤 것인가라고 물어도, 그걸 왜 지금 내가 말해야 하나 이런 답이 나올 겁니다. 헤라클레이토스와 파르메니데스와 노자와 공자가 새로운 시대를 개척할 당시에 그런 물음이 시기상조인 것처럼 말입니다. 중국철학이나 서양철학 전통의 힘이 소진되어 가고 있는 이 시점에서, Xx의 모델 곧 그런 핵 개념을 가지고 보면 다시금 엄청나게 다양한 백가들이 나올 수 있다, 이렇게 보는 겁니다. 그러니까 전혀 새로운 시대의 백가를 예상하고 있는 것이지, 내가 각론에 들어가서 교육은 이렇게 하고 정치는 어떻게 하고 어떤 덕목을 제시하고 이런 레벨에서 이야기 하려는 것이 아니다 이거죠.

최세만　　그럼 앞으로는 Xx의 철학을 구체화하시는 것이 과제겠네요?

박동환　　지금은 시대가 새로운 단계라는 거죠. 거기서 연역을 해서 나오는 구체화라는 것이, 그런 유(類)의 모델 자체가 어떻게 동양, 서양 전통의 철학을 대체하며 살아남을 수 있겠는가에 대한 대안의 실험이 있을 수 있겠죠. 21세기에서, 헤라클레이토스나 노자가 살았던 개벽 시대의 문제를 다시 만나는 겁니다.

김동규　　그런데 일단 큰 X와 작은 x가 각각 어떤 것이고, 그들의 관계가 어떤 것인지 말씀을 해주시는 게, 그리고 그게 어떤 위상과 의미를 갖는지 말씀을 해주시면 ….

박동환   되풀이 되는 이야기지만, 그래서 이미 드린 단편에 보면, Xx를 몇 가지 다른 맥락 또는 사례에서 해석을 하고 있지 않습니까? 제가 이야기를 구체화하는 방법은 그런 식일 거예요. 말하자면, 그것을 모든 가능한 방면에서 해석을 하고 검증을 거쳐 갈 수 있는 것이다, 이렇게 봅니다. 그러니까 X와 x를 마치 현대 논리학에서 요구하는 것처럼 정의를 하라든가 이런 식으로는 이해할 수는 없을 것 같은데요. 앞에서 이야기 한 모든 걸 종합해 보면.

김동규   그래도 선생님 글 속에서 큰 X하고 작은 x가 쓰이는 문맥에서 어떤 의미로 이해되어야 하는 그런 의미는 있을 거 아닌가요, 사실. 그러니까 그런 의미들을 ….

박동환   좋아요. 이미 드린 단편에서도, 오늘 이야기에서도 드러난 것이지만, 다시 추궁할 수 있겠죠. 그런데 비트겐슈타인이 뭐라고 했어요. "의미를 찾지 마라. 의미를 찾지 말고, 용법을 찾아라(Don't ask for the meaning; ask for the use!)" 이랬죠. 마찬가지로 이것이 어떻게 쓰이는지, 오늘 이야기에서 더 나아가 수많은 사례들을 찾아서 Xx를 풀이하는 일이 우리 앞에 놓인 거죠. 그렇잖아요? 게임(game)이라고 일컫는 것도 무한히 많은 사례가 있어서, 어린애들의 놀이에도 있고, 사람과 사람이 대화하고 협상하는 데도 있고, 그리고 윷 놀고 화투치는 데도 있고, 야구나 축구하는 데도 있고, 물리학자들이 갑론을박을 하면서 하나의 결론을 도출해가는 과정에도 있으니까, 그런 가능한 모든 사례들을 보면서 점점 더 넓고 깊은 이해를 하게 되겠지요. 게임이라고 하는 것이 이러이러한 범위에서 이루어지는구나. 그러니까 게임이 뭐야? 이렇게 다급하게 묻고 대답할 수가 없는 거죠. 마찬가지로 Xx라고 하는 것은, 제가 이야기 한 것들을 모아서 다시 생각하며 그 밖의 가능한 무한 사례들에 비추어 사색을 할 필요가 있는 겁니다.

나종석　아까 그 말씀 정말 재밌기도 하지만, 학자로서 귀담아들어야 할 바 같습니다. 아까 제도권 교육에 찌들려가지고 인간의 상상력이나 창조력이 고갈되는 측면이 많이 있잖습니까. 그 말씀도 상당히 학자가 걸어야 될, 가져야 될 덕목 중의 하나인 것 같은데요. 기존의 것들을 괄호 칠 수 있는 능력들. 거기엔 굉장한 모험이라든가 그런 것이 필요하지 않습니까? 용기도 필요하구요.

김동규　저는 선생님이 겸손하게 말씀하시고, 다양하게 지금까지 철학을 원래 하지 않으려고, 때려치우려고 했다는 걸 말씀하셨는데도 끈질기게, 그리고 누구보다도 더 열정적으로 철학하시는 모습을 보면서, 그 원천이 어디에 있을까, 그 열정의 힘이 어디에서 나오는 걸까, 또 그렇게 버리려고 버리려고 하면서도 끝까지 잡고 있는, 철학하는 사람으로서의 그 무언가가 어디에서 나오는가, 저는 그것이 참 궁금합니다.

박동환　그게요, 지금 와서 보면, 어느 쪽을 바라보든 모든 것은 철학으로 가는 길이기 때문에 벗어나지 못했을 거예요. 다른 것을 하려고 해도 결국은 타고난 성질이 그렇기 때문에 다시 철학밖에는 할 게 없었던 거예요. 좋게 말하면, 어떤 것이든지 근본적으로 생각하면 철학이기 때문에 내가 못 빠져나왔을 것이다, 이렇게 보거든요. 그런데 빠져 들어가는 방면에 대해 말하자면, 그 관심은 정말 어떤 것도 관심 안 가졌던 게 거의 없을 거예요. 호기심 때문에 몸이 바쁘고 힘들죠. 그걸 단순히 지적 호기심일 것이다, 이렇게 나를 고상하게 생각하지 마세요.

말하자면 방황을 창피할 정도로 많이 했고 그러니까 공부하는 분들에게 제가 전할 수 있는 게 없어요. 우리가 학문이라고 하는 것을 다가갈 때 전공이라는 게 있죠, 그 자기의 전공, 전문이라는 것을 늘 바깥에서 접근할 필요가 있다, 이게 제가 할 수 있는 유일한 권고일지도 모르는데요. 그것조차도 오래 관찰을 해 보면 사람의 타고난 적성과 기질에 달려 있더라구요. 저 자신을 보면 갈지자를 그으며 왔다 갔다 하는 수평형인데 …. 그래서 저는 무슨 업적이 없어요! 전혀 학자의 자격이 없어요. 어떤 이들을 보면, 옆을 보지 않고 파고드는 수직형이더란 말입니다.

김동규   밖에서 본다는 것의 의미가? …

박동환   떠나서, 아니 그것도 타고나는 습관이겠지만, 말하자면 철학을 떠나서, 철학과 전혀 다른 데로 떠났다가 다시 돌아왔다가 다시 다른 데로 갔다가 … 이렇게 하는 거죠. 다른 방면도 마찬가지겠죠. 가령, 오늘 한국 문법을 연구하는 이라면, 촘스키 문법을 배웠다든가, 미국서 공부해 봤다면, 그것만 파지 말고 밖에서 다시 봐야죠. 중국에 가서 보기도 하고, 아니면 시골에 가서 거기 사람들이 말하는 스타일도 들어보고 그래서 수입한 문자나 지식을 모르는 주변의 밀려난 사람들이, 내가 전공하는 이야기의 공허함을 흔들어서 주는 다지기가 될 수 있거든요. 조선의 학자들이 수백, 수천 년 동안 밑바닥에 사는 백성들의 이야기에서 사상과 방법을 끌어내질 않고 언제나 문명 대국에서 수입해서 그걸 백성들에게 주입하고 그걸 가지고 군림하고 통치하지 않았는가, 이렇게 반성할 수 있는 겁니다.

김귀룡　작은 x가 큰 X에 대해서 질문을 던지는 주체일 수 있나요? 큰 X에 대한 작은 x의 종속성이랄까요.

박동환　작은 x라는 것은 Xx라는 우주적 관계 구조에 빠져있습니다. 아까 기억과 상상으로 모든 전통의 범주를 대체했다구요. 서양과 중국 철학사에서 보면 거기서 통용되는 기본 범주들이 있잖습니까. 존재와 역사와 운명을 설명할 때 동원하는 기본 범주들 또는 개념들을 다 포기하고, 기억과 상상을 기본으로 남긴 거예요. 기억과 상상이라는 두 개의 모티프를 가지고 Xx라는 관계식에서 개체들에게, 집단에게 가능한 자유와 독립을 찾는 거죠. 사르트르처럼 절대의 대자 의식 곧 상상을 발휘할 수는 있어도 영원의 기억이라는 강의 흐름 가운데서 헤엄을 치고 있는 겁니다.

나종석　아까 선생님이 말씀하시는 도중에 궁금해 가지구요. 저도 요즘 사르트르 책을 다시 읽고 있는데 새로운 의미가 다가오더라구요. 너무 빨리 잊혀진 철학자가 아닌가 했더니, 저는 개인적으로 굉장히 다시 좋아하게 됐는데, 선생님 책에도 보면 사르트르에 대해서 젊었을 때부터 관심이 계속된 것 같은데요.

박동환　의식적으로 그러지는 않았는데, 사르트르를 놓지 않고 있었거든요. 왜 그럴까요? 나를 누르고 있는 역사의 하중(荷重) 곧 과거로부터의 자유, 받아들이고 싶지 않은 나의 과거에 대한 부정이 강하게 작용한 것 같아요. 버트란트 러셀은 스피노자를 자기의 영웅이라고 말했는데, 저의 젊은 날의 영웅은 사르트르였습니다. 그러니까 상상과 탈출, 탈주라는 것이 저의 모색을 지배하는 모티프인 것 같군요. 관습과 통념과의 싸움에서 강력한 모티프를 주는 철학자입니다. 사르트르는 그러나 역시 고대 희랍에서 시작하는 서구 전통에 갇힌 철학자입니다. 행위하는 존재가 절대 벗어날 수 없는 무한의 조건을 그냥 외면한 사람입니다. 그이는 아버지가 일찍이 돌아간 것조차, 자유를 만끽할 수 있는 기회가 됐다고 말했죠. 사르트르처럼 부정의 자유, 무(無)의 자유를 주장한 철학자는 못 봤어요.

나종석　너무 행복한 경험으로 이해한 거죠.

연세대의 학풍: 지나온 길과 나아갈 길

최세만　그럼 이제 남은 얘기가 연세대학교 학풍에 대해서는 어떤 생각을 갖고 계신지, 연세대학교의 학문이 어떻게 나가면 좋겠다 하는 바람을 가지고 계신지, 거기에 관해서 하실 말씀이 있으신지요?

나종석　외람된 말씀이지만 서울대학교에 계셨다면 선생님 굉장히 어려우셨을 것 같은데요.

박동환　어떤 면에서 그럴 것 같은데요?

나종석　서울대학교는 제가 볼 때는 좀 상당히 문헌학 전통이 강하지 않습니까?

박동환　그런 느낌이 드는군요. 원래 전통이라는 게 그렇습니다. 문헌 중심의 강독을 하는 것, 철학사를 지배한 큰 철학자의 주요 저술을 정독하는 것, 이것은 서울대에서 하는 것 같아요. 옛날 학부 다닐 때는 서울대에서 연대로 강의 나온 교수님들이 많았습니다. 그 때의 경험인데, 한 학기에 헤겔의 역사철학 10페이지 정도 읽기로 끝나는 때도 있어요. 그게 그렇게 될 수밖에요. 원서를 축자해석(逐字解釋)을 하니까요. 엄밀한 학습 태도지요. 그런데 거기에 'imagination'을 발휘할 수 있는 여지는 없는 거죠. 여기는, 저 같은 '엉뚱한' ―이거 정석해 선생님의 평입니다.― 공상가도 살아남을 수 있는, 그런 분위기가 있었다고 봐야 돼요. 여기 학풍으로 말하자면, 대체로 '문제' 중심의 교육을 받았다, 이렇게 봅니다. 아마도 서양에서 온 자유 학습을 이해하는 선교사의 생각으로 시작했기 때문에 다른 분위기가 있었다고 봅니다. 여기 철학과 커리큘럼에서도요. 철학사 강의를 듣고 난 다음에는, 각 분야별로, 문제 중심으로 공부하는 그런 전통이 있었죠. 지금 예를 드시는 서울대학에 있으면서 저처럼 갈지자로 바뀌어 나가는 강의를 했으면 아마 쫓아버리려고 했을 거예요. 여기서도 옆에서 보는 많은 분들이 속으로 마땅하지 않게 생각하셨을지는 모르지마는, 하여튼 그렇게 하면서도 살아남을 수 있게 내버려둔 것은 연세대 특히 오래된 문과(文科)에 흐르는 자유로운 학풍이며 철학과에 계셨던 분들의 관용 때문이 아니었겠는가, 이렇게 돌이켜 생각하고 있죠.

나종석　철학자들 아니십니까? 서양철학 전공 하시는 전임 선생님이 동양철학 전공 되신 경우도 …. 어떻습니까, 그런 유례가 있었나요?

김귀룡　뭐 전공에 상관있으신가요? 전공이 없으시잖아요. (웃음)

박동환　　중국에 가서, 처음에 대학원 박사생들한테 한어 공부를 했거든요. 교수였다는 거 말하지 않고, 그이들에게 배우는 학생의 입장으로 얘기하니까, 어떤 이는 한참 가르치다가 박사자격고시는 언제 볼거냐고 묻더라구요. (일동 웃음) 저 박사 연수하러 온 줄 알고 그래서 그게 아니고 서양철학 강의하는 교수인데 새로운 관심이 생겨서 고대 한어를 공부하려고 왔다 했더니, 당신 생각 잘한 것 같다, 북경대 한어과에 왕리(王力, 1900~1986)라는 교수가 있었는데 그 분은 60세쯤에 베트남으로 월남 방언을 연구하러 갔었다고 말하면서 나를 격려해 주더라고.

최세만　　그럼 이전 질문에 대한 말씀은 다 끝나신 겁니까? 학풍이나 ….

나종석　　연대에 금칠하려는 건 아닌데요, 선생님 말씀 들으면서 연대는 두 가지가 다 있었던 것 같아요. 굉장히 개방적이고, 자유스러움이 허용되는 학풍인데, 선생님이 한 모델로 삼으셨던 최현배 선생님이나, 더 나아가면 정인보 선생님은, 다 국학 전통에 연결돼 있긴 하지만, 그런 자유로운 문과의 어떤 뿌리가 연대에 굉장히 강했던 게 아닌가, 그래서 선생님에게서 제가 오늘 뵈었습니다만, 그런 두 흐름이 결합돼 있는 것처럼 느껴졌습니다.

박동환　　그래요, 왜 국학이 강조됐는지, 국학 전통에는 아마 최현배 선생님, 김윤경 선생님 같은 분이 국어학으로서 공헌하셨고, 정인보 선생님은 조선 양명학을 비롯한 고전 문사철을 섭렵하신 분이고, 백낙준 선생님은 한국 기독교사를 개척하신 분이지만 국학 연구에 중요성을 인지하시고 국학연구원을 창설하실 만큼 국학 발전에 공헌하셨구요.

　　　　　　　　　　　　　　　　　　　　　　　　　　　　박동환

그 분들이 다 일제 통치 아래에서 국운의 명맥을 지탱하는 데에 국학의 연구와 진흥이 필요하다는 믿음을 갖고 계셨던 같습니다.

김동규 그런데 그런 학풍이라는 게, 선생님들이 어느 정도 의견 조율 같은 걸 하시는 건가요?

박동환 거 있죠. 요즘 방법론에서 회자되는, 밑에서 위로 올라(bottom up)가며 발현(emergence)하는 모든 과정에 대한 설명 형식이 있죠. 참여하는 구성원 또는 각 개체가 미리 합의하지 않아도, 모두 하나의 정신으로 규합하여 성원으로 되어가는 것이죠. 우리가 다닐 때는 노천극장에서 일주일에 한 번씩, 목사님들뿐만 아니라 각계에 활동하는 분들이 와서 채플 강연을 하셨는데. 다들 전쟁 후의 새로운 문화의 부흥에 대한 열망이 커서 큰 감동과 영향을 받았어요.

김동규 지금 최신 버전으로 큰 X와 작은 x의 관계, 여기에 이르기까지 구상을 하면서 좌절도 할 수 있고, 또 아주 심각하게 이 생각을 포기해야 될까란 고민도 했을 법한데, 그걸 어떻게 넘기셨는지요?

박동환 하도 갈지자로 왔다 갔다 해서 어떤 업적도 없잖아요. 전 사람들이 말하는 어떤 방면의 업적을 쌓아가는 학자로서의 자격이 없습니다. 가끔 TV 다큐멘터리에 보면, 온갖 밑바닥 잡역부로 전전하며 칠전팔기해서 어떤 창업에 성공하는 사업가들 있지 않습니까? 그런 이들이 저보다 나은 현실적 공상가라고 볼 수 있습니다.

최세만 그런데 이제 질문 내용은 거의 끝난 것 같구요. 저희가 준비를 할 때는 오늘 얘기가 삼표철학의 내용과 의의, 그게 중심이 될 거다 이렇게 생각을 했거든요. 그래서 선생님께서 「Xx에 대해서」라는 글을 보내주셨을 때에도, 그게 요새 관심을 가지고 하시는 것이기 때문에 삼표철학 뒤에 간단하게 얘기할 재료로 생각을 했는데, 신생님은 오히려 그걸 중심적으로 말씀을 하시고 싶어하는 것 같더라구요. 그 전에 의사소통이 좀 더 잘 됐다면 더 생산적으로 이야기가 될 수 있었을 것 같은데요. 그래서 마무리하는 시점에서, 그러면 삼표철학과 선생님의 지금의 최후 버전이라는 「Xx에 대하여」는 어떤 관계에 있는 건지 그걸 좀 말씀해 주시죠.

박동환   사실 솔직히 삼표를 끌어냈을 때에는, 우리 환경에서는 아무 얘기를 해도 그것을 자꾸 다른 철학, 다른 철학자들에 비교를 하고, 끝내 그런 기존의 철학 전통으로 매장시켜 버리더라구요. 제자라는 사람들이. 그래서 어떤 점에서 두 전통의 철학과 다른지를 말하고 싶어서 삼표를 세웠거든요. 그런데 그 때만 해도, 삼표라는 것을 세워서 어떻게 우리가 예속되어 있는 중국 문명권이나 서양 문명권으로부터 독립해서 새 터전을 잡을 수 있겠는가 하는 고심을 했거든요.

최세만   제3표에 관해서 전망이 없었다는 말씀이십니까?

박동환   삼표가 어느 정도로 독립의 원천으로 작용해서 백가의 출현을 예상할 수 있는 새 흐름을 이룰 수 있을지 ….

최세만   제3표가요? 세 번째 표 말씀하시는 거죠?

박동환   그래요. 중국철학사, 서양철학사의 흐름에서 빠져나올 뿐만 아니라 그걸 파생적인 것으로 만들어버리는 하나의 큰 흐름은 어떤 모양을 갖추어야 하나를 생각하는 거죠. 말하자면, 아직은 세상에서 사람들이 확보할 수 없었던 아르키메디안 포인트를 잡으려는 거죠. 그래서 난 학자가 아니라 공상가다, 이렇게 자처하는 겁니다. 그러니까 사학과의 김정수 교수께서 늘 하신 조크, 강의실에서 나오는 철학과 교수를 보면, "오늘은 얼마나 거짓말을 하고 나오셨어요?" 늘 폭소를 일으키는 물음이었죠. 그 물음이 머리에서 떠나지 않는 겁니다. 그래도 철학 교수들은 그렇게 큰 거짓말은 안 합니다. 적어도 다 역사에 기록으로 남아 있는 철학자들의 생각들을 소개하니까요. 나야말로 세상 어떤 곳에도 없는 새빨간 거짓말을 만들어 내고 있는 거죠. 그런데 역대의 철학자들도 언제나 마지막에 가서는 있는 걸 가지고 말했나? 한 철학자가 출현할 때는 세상에 없는 걸 들고 나올 수밖에 없는 겁니다. 아르키메데스의 포인트가 그런 거 아닙니까. 그런 세상에 있지 않은 지점을 잡아야, 지금은 어디 있는지 안 보이지만, 그 지점에 의해서 그 밖의 모든 것이 들어올려지는 세계의 판도를 잡을 수 있지 않겠는가 하는 거죠. 그래야 서양에 갔을 때 또는 중국에 갔을 때 느끼는, 한국에서 철학한다는 사람으로서 가지는 값없음을 해소할 수 있겠다, 이거 아닙니까. 앞으로 우리 후배와 후손들이 한국 사람으로서 세계 철학사에 또는 세계사에 기여하는 바가 있어야 하지 않겠는가, 그런 생각을 하는 거죠. 요즘은 그래도 좀 나을지 모릅니다. 뭐 삼성이니 LG니 그 간판들이 세계 곳곳마다 붙어있으니까, 아 그렇다할지는 모르지만, 세계를 철학한다는 한국 사람으로서, 무엇을 가지고 우리의 특이한 역사 체험에서, 그 특이한 삶의 바탕에서, 이것이 아직 당신들이 생각하지 못한 세계 이해의 틀이다, 이렇게 말할 수 있겠는가, 그걸 찾는 거죠. 그 마지막 정리로 삼표를 더 구체화한 Xx를 말하고 있는 거죠.

최세만　이제 마지막으로 미진하게 생각하는 부분이 있으면 여기 참석하신 분들이 생각나는 대로 질문을 해주시고 마치는 걸로 하죠.

김귀룡　소크라테스를 들여다보면, 소크라테스가 평생을 굉장히 힘들게 사는 것 같거든요. 머릿속이 늘 혼란스럽고 불안하고, 안정돼있지 못하는 상태에서 사는 것 같더라고. 선생님도 만만치 않으실 것 같거든요. 그런데 그게 소크라테스도 상당히 강인한 사람이기 때문에 그걸 버텨냈을 텐데, 선생님 고민의 지점도 그걸 지금 현재 얻은 바탕 위에서 나머지를 파생시키는, 그 밑에 있는 바탕의 구조 같아요. 그 바탕의 구조와 그 경계를 이제 어떻게 짜느냐, 하는 문제인 것 같거든요. 그게 굉장히 혼란스럽고 힘들고 어려운 상황인데, 그런데 그걸 어떻게 버틸 수가 있나 하는 게, 제가 올라오면서 들었던 의문이거든요.

박동환　혼란, 문제의식을 그렇게 느낄 수 있죠. 그러나 내 안에서는 혼란 상태나 버텨야 할 어떤 불안 같은 게 심하지는 않아요. 대개 평정 상탭니다. 다만 쉬지 않고 움직이는 갈지자 행보에 걸리는 시간과 주변 일들의 압력이 크죠. 시간과 주변의 일들에서 밀려오는 구속감을 물리치는 데 엄청난 에너지가 소모되죠. 그냥 이렇게 추상적으로 말하는 게 좋겠군요. (웃음) 사람들이 아, 박아무개는 사람을 싫어한다, 은둔자다, 이렇게 말하죠. 옛날에 학생들에게서 들려오는 소리, 박 교수는 자기들을 싫어한다, 방문하는 것도 싫어하고, 찾아가도 문전박대하더라, 이런 소문도 있더라고요. 이런 소문에 대해서도 그냥 추상적으로 말할 수밖에 없어요. 그거 다 지어낸 농담이다. 싫어하는 게 아니라, (웃음) 오히려 젊은이들을 배려한 나의 입장이고 철학이라고요. 설날에 찾아오고, 스승의 날에 소식 보내고, 그런 일이 나한테는 해당이 안 되기 때문이죠. (웃음) 사람이 사람에게 무릎 굽혀 절하는 관계가 생기는 걸 무척 싫어합니다. 그래서 신촌에서 만납시다 이렇게 말하죠.

김동규   그것과 관련해서 저도 궁금한 게 있는데요, 선생님 글이라든가 말씀을 죽 들어보면 어떤 때는 선사라든지 도통한 사람 같다가도, 어떤 때는 장난꾸러기 아이 같은 그런 느낌 같은 게 교차하는 때가 있거든요. 그러니까 제가 묻고 싶은 거는, 그게 어떻게 이해돼야 하는가, 그런 느낌이요. 그러니까 제가 드렸던 질문 중에 한용운 시에 보면 모순 속에서 비모순을 찾는 가련한 인생이라는 말이 나오는데, 그러면서도 이제 모순은 사람을 모순이라 한다 라고 하는 구절이 나오거든요. 그래 이제 선생님이 아까 존재 자체가 혼돈이라고 얘기하시는 것처럼, 선생님 당신 자신이 모순이다, 이렇게도 …. 어떤 면에서는 선생님이 어떤 초월적인 그런 자리에 있으신 것 같으면서도 어떤 면에서 보면 아주 세속적이고 저자거리의 사람들이 얘기되는 그런 모습이라든지, 아니면 정말 순진무구한 아이의 모습까지도 보여주시고 하는데, 이걸 어떻게 통일적으로 좀 이해를 해야 될지가 제가 좀 궁금했었거든요.

박동환   그러니까 Xx에서 얘기한 것처럼, 그것이 정말 세상의 마지막 틀이거든요. 거기에서처럼, 김 선생이 나한테 준 글에서처럼, 모순의 문제를 한동안 생각했지만, 모순이 사람이 만들어낸 관계에 지나지 않고, 비모순도 그렇고. 모순이든 비모순이든 궁극에 가면, X와 x의 관계 또는 경계에서 일어나는 문제거든요. X와 x 사이에 어떤 관계가 있을까요? 거기에 초월과 투쟁, 평정과 불안이 함께 있는 겁니다. 세상의 개체 존재는 무한의 것과 어떤 경계가 있는 것일까요? 모든 개체 존재는 죽는 것일까요? 모두 영원의 기억을 자체의 몸 가운데에 압축 저장하고 있는 것 아닙니까. 그러니까 죽음과 경계와 모순을 다시 이해할 필요가 생기는 거죠. 그것을 나는 현대 물리학자와 생물힉자들의 노움으로 깨달았거든요. 그리고 다시 한국 사람들이 세상에 대해서 말하는 형식을 보며 암시 받을 수 있었거든요. 그 결과가 Xx이죠.

최세만   자 이제 시간도 많이 지났는데, 그만 하기로 할까요?

나종석   예예.

일 동   수고하셨습니다. (박수)

박동환

박동환 교수 학력 및 경력, 주요 저서

■ 학력

1963 연세대학교 철학과(학사)
1965 연세대학교 철학과(석사)
1971 미국 서던일리노이 주립대(Ph. D)

■ 주요 경력

1976~2001 연세대학교 교수
1981~1982 네덜란드 라이덴 국립대학과 암스테르담 자유 대학 연구교
　　　　　수
1993~1994 베이징대학에서 방문교수

■ 주요 저술

• 박사학위 논문
Value Theory and the Policy Science, Ph.D. Dissertation, Southern Illinois University
　　　at Carbondale, 1971.

• 저서
『社會哲學의 基礎: 哲學改造의 바탕으로서의 政策科學』, 東明社, 1975.
『동양의 마음 서양의 논리』, 까치, 1987.
『동양의 논리는 어디에 있는가』, 고려원, 1993.
『안티호모에렉투스』, 길, 2001.

• 논문
「한국 사회과학에 있어서 보편 특수 논쟁」, 『延世論叢』 14-1, 1977.

"East and West on Conflict Resolution," *Journal of East & West Studies. Institute of East and West Studies*, Vol.8. No.2, Yonsei University, 1979.

「논리-역사 방법논고」, 『현상과 인식』 3-1, 1979.

「논리의 질서와 신의 섭리」, 『現代無神論』, 분도출판사, 1980.

「禮의 논리적 근원」, 『人文科學』 43, 1980.

「개방사회와 한국사회의 문제」, 『현대사회와 철학』, 문학과지성사, 1981.

「中國的 世界觀의 不變系統」, 『東洋哲學』 6, 한국동양철학회, 1995.

"Korean Thought: its Development Pattern Examined in the Context of Social Circumstances", *Korea Journal*, Vol.21. No.10, Korean National Commission for UNESCO, 1981.

"Paradigms of Rationality", *Development and its Rationalities*, Amsterdam: Free University of Amsterdam Press, 1985.

"A Logical Picture of Disorder Process", 『人文科學』 59, 1989.

박동환

실천하는 문인, 성찰하는 학인의 자취

국문학자 이선영의 삶과 학문

이선영 ▪ 한국문학 연구자

서은주 ▪ 연세대학교 국학연구원 HK연구교수, 한국문학

인터뷰 날짜 ▪ 2011년 1월 31일

인터뷰 장소 ▪ 연세대학교 국학연구원

인터뷰를 시작하며

회강(晦岡) 이선영 연세대학교 국어국문학과 명예교수는 한국전쟁 중이던 1951년에 피난지 부산의 가교사 시절, 연희대학교 문과대학에 입학하면서 연세와의 오랜 인연을 맺게 되었다. 연세대 대학원 시절은 가장으로서의 책임과 국어교사로서의 직분이 중첩된 힘든 시기였다면, 1965년 석사 졸업 후부터는 평론가로 등단하여 연구와 비평을 겸한 왕성한 문학 활동을 전개하였고, 마침내 1970년 연세대의 전임강사가 되었다. 폭력적 정치 현실에 민감했던 그는 진보적 문인단체, 학술단체에 참여하여 여러 시국선언 서명자로서 정치·사회적 발언을 주저하지 않았다. 그로 인해 1980년 평탄할 것 같았던 대학교수직에서 강제 해임되는 고초를 겪기도 했다. 민족문학과 리얼리즘의 당대적 역할을 중시했던 그는 복직 후 역사주의적 입장에서 카프문학 및 북한문학을 소개·연구함으로써 한국문학 연구의 외연을 확장하는 데 기여하였다. 그러면서도 1990년대에 들어오면 프레드릭 제임슨, 테리 이글턴과 같은 진보적 문학이론을 수용하여 '변증법적 연구방법'이라는 보다 유연한 태도를 취하였다. 그는 은퇴 이후에도 다양한 사회 참여와 연구를 병행하며 젊은 학자들보다 더 성찰적이고 열린 자세로 오늘의 '민족문학'에 접근하고 있다. 지금도 김영하, 박민규, 김애란 등의 젊은 작가의 소설을 읽는 그는 늙지 않는 현장 비평가이기도 하다.

이선영 교수와의 인터뷰는 2009년 6~7월에 걸쳐 진행된 '연세 인문학자 구술채록' 준비 모임에서 처음 기획되었다. 이후 구술팀 모임을 통해 생애와 학문적 편력을 연대기로 구성, 배치하는 방식으로 총 25개의 질문지를 작성, 점검하였다. 면접자는 2010년 봄에 평촌 자택을 방문하여

이선영

인터뷰의 취지를 설명하였고, 가을에는 수정·보완된 질문지를 전달하였다. 이 과정을 거쳐 2011년 1월 31일 연세대학교 국학연구원 부원장실에서 총 4시간에 걸쳐 인터뷰를 진행하였다. 인터뷰 이후 녹취된 내용과 이선영 교수가 메모한 답변지를 대조하여 정리·보충하였고, 최대한 원래의 의미와 어조를 전달하기 위해 수정을 최소화하였다.

이선영 교수와의 인터뷰에서는 연구자이자 교육자, 그리고 비평가로서의 개인의 삶이 사회적·역사적 경험으로 맥락화되는 지점을 포착하는 데 주안점을 두고자 했다. 식민경험과 해방, 한국전쟁, 4·19와 1960~70년대의 반체제운동, 1980년의 광주민주화항쟁 등의 역사적 현실이 견결한 학인의 삶을 어떻게 뒤흔들어 놓고, 또 어떻게 연대(連帶)의 장으로 견인해 내는지를 살펴보는 것이야말로 개인을 통해 시대와 사회를 읽어보고자 하는 구술의 취지에 부합하는 것이라 생각한다. 더불어 '국어학', '고전문학' 중심의 '국학' 연구 풍토에서 토대가 빈약했던 '현대문학'이 연세대 문과대학에서 하나의 분과학문으로 제도화되는 과정을 추적해보고자 하였다. 인터뷰 내용은 크게 세 부분으로 나누어 기록하였다. 전문 연구자가 되기 이전의 성장기를 '삶의 궤적과 학문적 토양'이라는 제목 아래 정리했고, 본격적인 연구자, 교육자, 비평가로 활동했던 시기를 '운동으로서의 학문과 리얼리즘'으로, 그리고 정년퇴임부터 현재까지를 '현재: 세기적 전환 속에서 희망을 놓지 않다'로 묶어 정리하였다. 지면의 제약으로 은퇴 이후의 다양한 행보를 충분히 질문하고, 기록하지 못한 아쉬움이 남는다.

삶의 궤적과 학문적 토양

성장기 풍경과 식민지 기억

서은주   1930년 경남 고성군 구만면 낙동에서 2남 2녀 중 막내(아버지 이예중, 어머니 이성수)로 태어나셨습니다. 이 지역은 작은 농촌마을로 일찍부터 서당이 있었고 교육열이 높은 지역으로 알려져 있습니다. 아버님은 구한말 영남 유학의 대표적 학자인 심재(深齋) 조긍섭 선생의 문하로 한학에 조예가 깊으셨다고 들었습니다. 선생님도 어린 시절 아버지로부터 천자문을 배우고 서당에서 『소학』을 공부하셨다고 알고 있습니다. 전통 유학의 기풍이 강한 환경에서 성장하셨을 것 같은데 어릴 때의 고향 마을의 풍경과 집안의 분위기를 소개해 주시기 바랍니다.

이선영   구만면은 농촌 마을들이 열 개 정도가 원을 그리며 모여 이루어졌는데, 그 가운데 우리 낙동 마을은 면사무소와 국민학교(지금의 초등학교)가 있는 곳이었습니다. 또 하나 교육 기관으로 주목할 것은, 지금은 없어졌지만 냉천서재(冷泉書齋)라는 이름의 서당입니다. 이 서당은 1930년대 중엽 우리 마을 이웃의 효대리라는 마을 뒷산에 이재 이종홍 선생이 세운 것으로, 이 서당의 경치는 매우 뛰어났습니다. 이 서당에는 초창기에 고성군내는 물론이고 인근 함안, 진주 등지에서도 공부하러 오는 서생들이 줄을 이었다고 합니다. 처음 이 서당을 지을 적에는 농악으로 지신밟기를 하여 동리 사람들로부터 돈과 곡식을 받아, 그것으로 서당 건립의 밑천을 장만하였다고 들었어요. 저는 어릴 때, 아버지와 그 서당의 정헌 곽종천 선생으로부터 『소학』을 배운 적이 있습니다. 당시 한문 공부는 책을 읽고 뜻을 풀이하는 것으로 끝나는 것이 아니라, 원문을 암송까지 하는 것이었습니다. 『소학』 가운데 지금도 기억에 남는 것으로 이를테면 '소학서제(小學書題)'와 '소학제사(小學題辭)'가 있습니다. '서제'에는 "고자소학(古者小學)에 교인이쇄소응대진퇴지절(敎人以灑掃應對進退之節)과 애친경장융사친우지도(愛親敬長隆師親友之道)하니 개소이위수신제가치국평천하지본(皆所以爲修身齊家治國平天下之本)이니라"는 말이 있고, '제사'에는 "원형이정(元亨利貞)은 천도지상(天道之常)이요 인의예지(仁義禮智)는 인성지강(人性之綱)이니라"는 내용도 있습니다.

물론 『소학』은 과거 유소년의 예절 교육에 그 주목적이 있었다고 하겠지만, 우리나라 명현들로 퇴계, 율곡 같은 분들은 한결같이 『소학』을 학문, 곧 유학의 기본서로서 중요하게 평가하였습니다. 현재에도 저에게 예절이나 사람의 도리에 대해서 생각하고, 사회나 국가를 걱정하기에 앞서 내 몸 닦기가 먼저라는 관념을 가지는 면이 있다면, 그것은 아마 어릴 때의 그런 유교의 수학과 무관하지 않을 것으로 생각합니다.

그리고 그 때는 천도(天道)니 인성(人性)이니 하는 것은 그 뜻을 제대로 알지 못하고 읽었지만, 그래도 그런 것들이 '하늘의 원리'라든가 '사람의 중심'이라는 것과 같은 것에 대해서 말한 것으로 알고, 『소학』 같은 책들이 우리가 사는 세상 내지 우리 인간에 대해서 굉장히 크고 중요한 근본 문제에 대해서 가르치고 있다는 것을 막연하나마 느끼기는 하였습니다.

호가 구봉(九峯)인 아버지께서는 미수를 누리셨지만 몸이 허약하셔서 잔병이 잦은 편이었습니다. 그러나 항상 꼿꼿한 자세와 맑은 정신의 선비로서, 한문 문집 다섯권(『구봉집』 4권과 『사어(私語)』 1권)을 남기셨습니다. 영남의 거유(巨儒) 심재 선생이 돌아가셨을 적에 아버지께서는 그 분의 제자로서 만장과 제문을 쓰셨는데, 그 글들이 『심재 선생 문인록』

에 수록되어 있습니다. 또 아버지께서는 동양 고전뿐만 아니라 노년기에는 다산의 『여유당전서』, 『정다산 전집』과 같은 우리나라의 실학 관계서 혹은 중국 근대의 학자인 강유위의 『대동서』라든가 양계초의 『음빙실합집』 같은 책들을 즐겨 읽으시는 것을 제가 자주 보았습니다.

할아버지 낙남 이우의께서도 개인 문집을 남기신 한학자이자 한의사여서 우리 집안은 유교적 가풍이 상당히 엄한 편이었지만, 가족 간의 사랑과 우애는 매우 돈독하였습니다. 가족예절 가운데는 특히 절대 욕설을 입에 담지 못하게 한 것과, 어른이나 손님에게 바른 인사법을 꼭 지키게 한 것이 기억에 남습니다. 그 결과로 저는 어려서 욕설로 싸움을 걸어오는 상대방에게는 속절없이 당하곤 했습니다. 입 밖으로 욕하는 말을 쉬 할 수가 없어 당황한 일이, 그것도 한번이 아닌 여러 번 경험한 일들이 있습니다. 그런데 그와는 반대로 멀리서 오신 손님한테서 인사를 잘한다고 칭찬을 듣고 심지어 상급으로 동전을 받아 좋아서 우쭐댄 적도 있긴 합니다.

고향에서의 생활과 관련하여 또 연상되는 것은 제가 체험한 '소먹이일'과 '못줄 잡기' 일입니다. 아직 객지 유학으로 중학교 생활을 시작하기 전인 초등학교 시절에 저는 우리 소를 몰고 들에 나가 소한테 풀을 뜯기거나 모심기 철에는 못줄 잡는 일로 농촌 일을 도운 경우가 더러 있었습니다. 그러나 농촌 출신이면서 농사 경험이 별로 많거나 길었다고는 할 수 없습니다. 초등학교를 마친 뒤로는 중·고교, 대학 시절과 직장 및 기타의 생활을 줄곧 도시에서 해왔으니까요. 하지만 지금도 잊혀지지 않는 농촌 고향사람들의 기억, 언제나 땀 흘리며 부지런히 일하던 모습과 어려운 가운데도 서로 도우며 함께 살아가던 마음들을 가끔이나마 귀한 추억으로 되새기곤 합니다.

이선영

서은주　선생님 어린 시절 이야기를 잘 들었습니다. 선생님께서는 식민지 교육체제가 정착된 1930년대 후반에 초등학교에 입학해 제도교육을 받으셨는데요, 일본어로 교육받던 시절의 경험과, 해방을 맞으면서 언어문제나 학교교육 제도와 관련해 겪었던 감회 혹은 혼란 등을 말씀해 주시기 바랍니다.

이선영　일제의 식민지 정책 내지 교육정책이 가장 포악한 본색을 노골적으로 드러내기 시작한 것은 아마 우리 민족이 해방되기 9년 전쯤부터가 아닌가 짐작됩니다. 1936년부터 41년까지 조선총독이었던 미나미(南次郎)는 일본 국내에서는 군국주의를 주장한 거물로 한반도에 대한 통치목적을 우리 민족의 황민화, 곧 일본사람 만들기에 두었습니다. 취임 후 식민지 교육 방침으로 국체명징, 내선일체, 인고단련을 내세워 우리 민족을 일본인으로 개조한 뒤에 그들의 욕심 채우기에 도구로 삼고자 한 것이죠. 때문에 '황국신민의 서사'라는 것을 제작해서 한마디로 우리 민족이 군주국 일본의 백성이 되어 그들에게 충성하고 자신들의 국위를 떨치게 할 것을 맹세한다는 것이었지요. 새삼 입에 담기도 부끄러운 이 말을 각종 집회나 학생조회 때마다 제창하게 하였던 것입니다. 1938년에는 '조선교육령'을 공포하여, 이른바 '내선일체'를 한답시고 그때까지의 학교 명칭을 바꾸어 보통학교를 심상소학교로(그 뒤에는 국민학교로), 고등보통학교를 중학교로 고치고, 이를 기회삼아 학교교육에서 '조선어 과목 폐지'를 단행해 버렸습니다. 또 조선에 대한 '징병제도'를 실시하고 '신사참배', '궁성요배'를 강요하고, 1940년에는 마침내 우리 민족의 성을 일본식으로 바꾸게 하는 그야말로 인류사상 유례가 없는 해괴망측한 '창씨제도'를 강행했습니다.

　그러나 그렇다고 일제가 조선인을 일본인과 차별 없이 대우했느냐

하면 그건 또 아닙니다. 같은 직장의 동일한 직급에 근무하고 있어도 조선인의 월급과 일본인의 월급은 큰 차이가 있었고, 곡물의 배급과 같은 것도 조선인에게는 여전히 차별해서 낮게 대우했습니다. 그리고 일제는 이 두 민족을 쉽게 구별하여 차별대우를 하기 위해서 창씨, 곧 조선식 성은 일본식으로 고치게 하면서 이름은 조선식 그대로 두게 하는 얕은꾀를 부리기도 하였던 것입니다. 이런 일련의 조치 곧 조선민족을 일본인으로 개조하고 우리 민족을 그들의 제국주의적 야망 채우기에 이용하는 식민지 정책을 강압적으로 실시하던 시기에 한편으로 학교에서 조선의 말과 글을 폐지시켰지요. 그런데 이 조선어 과목 폐지가 실제로 실시된 시기는 학교나 지역에 따라서 다소 차이가 있었던 것으로 압니다. 1938년부터 1941년 사이에 학교나 지역에 따라서 달리 시행된 듯합니다. 제가 다닌 구만국민학교에서는 1940년까지 조선어를 배운 것 같은데 그러나 당시까지의 조선어 과목 비중도 이미 일본어의 그것에 비해서 매우 낮아, 겨우 명맥을 유지하는 정도에 그쳤습니다.

제가 2학년 때 진주농업학교에 재학 중이던 저의 큰 매부에게 한글로 편지를 써 보내서 칭찬을 들은 일이 있었는데, 그것은 편지를 잘 써서라기보다 상용어인 일어가 아닌 조선어로 글을 썼기 때문이 아니었을까 여겨집니다. 사실 당시의 국민학교 2·3학년 학생의 조선어 실력은 지금의 초등학교의 같은 학년 학생의 국어실력보다는 훨씬 낮았던 것으로 기억됩니다. 식민지 말엽의 초등교육은 수신(修身)·국어(일어)를 비롯한 대부분의 과목이 일본의 군국주의를 미화, 합리화 하거나 일본의 과학발전을 자랑하는 경우가 많았습니다. 이를테면 교과서에 일본 군국주의를 대표하는 군인의 한 사람인 노기 마레스케(乃木希典)나, 유명한 세균발명가인 노구치 히데요(野口英世)를 곧잘 소개 찬양하였습니다. 이 시기에 제가 배운 것 가운데 그나마 감명 깊었던 것을 들라면 '이로하 노래(い

이선영

ろは歌)' 정도가 아닐까 생각됩니다. 일본 히라가나 47자로 된 이 노래는 동일한 글자를 한 번 이상 쓰지 않고 만든 것으로 창작 연대는 헤이안 시대 중엽(9세기 말부터 10세기 초엽 무렵)으로 알려져 있습니다. 고오보 (弘法) 대사라는 고승이 지었다는 설이 있지만 확실한 작자는 미상이라고 합니다. 불교의 열반경에 있는 "제행무상(諸行無常), 시생멸법(是生滅法), 생멸멸기(生滅滅己), 적멸위락(寂滅爲樂)"의 네 구절의 뜻을 서술한 것이라고 합니다. "이로와 니호헤도 치리누루오……"로 시작되는 이 노래의 내용을 우리말로 의역하면 이렇습니다.

아름답게 피는 꽃도 허무하게 져버리나니
우리네 세상 어느 누구도 영원불멸할 수는 없는 법
산다는 것은 덧없는 인생의 험난한 산길 넘는 것
세상 참 모습 알려면, 허망한 꿈에 빠지지도 취하지도 말아야지

일본 글자 히라가나에 관한 이야기를 한 셈인데, 여기서 생각나는 것은 일본 현대의 대표적인 문학평론가의 한 분인 가라타니 고진(柄谷行人)이 그 히라가나와 우리 한글의 근저에 대해서 한 말입니다. 그에 의하면 히라가나는 자연발생적으로 만들어졌고 거기에는 밑바탕, 곧 근저가 있지만, 한글은 인공적이어서 거기에는 근저가 없다는 것입니다. 그가 우리나라 윤흥길의 소설 『장마』를 논하는 자리에서 윤흥길의 이 소설의 근저에는 일본의 후카자와 시치로(深澤七郎)의 전쟁소설 『후에 후키가와(笛吹川)』의 근저에 있는 '자연'이 없다는 것입니다. 그리고 이어 가라타니는 이 논리를 일본 히라가나와 우리나라 한글의 차이를 설명하는 데 그대로 옮겨놓고 있어요. 그것은 곧 히라가나는 한자라는 근저를 가지고 자연발생적으로 만들어졌지만 그와는 달리 한글은 그런 근저가

부재하다는 것입니다. 그러나 한글이 그럴까요? 물론 그렇지 않습니다. 「훈민정음」 원본 가운데 제자해에 밝혀져 있듯이 훈민정음, 곧 한글의 제작 원리는 중국 송나라 성리학 이론을 섭취하여 태극, 음양, 오행과 결부된 언어관에 기초를 두고 있으며 구체적으로 글자를 만드는 데 있어서 상형의 원칙을 두고 있지요. 그래서 모음의 기본글자인 '·, ―, ㅣ'는 '하늘, 땅, 사람'을 본받아 만들었고 자음은 발성기관을 본받아 만들었다는 것은 훈민정음의 창제에 대해서 웬만한 상식을 가진 사람이면 다 아는 사실입니다. 그럼에도 불구하고 한글이 지닌 문자로서의 뛰어난 창조성, 과학성, 기능성 같은 것에 대한 언급은 일체 생략한 채, 사실과 다른 왜곡된 '제작 근저'의 부재 운운하는 것은 문제가 있는 발언이 아닌가 생각합니다. 그러나 여기서 자세한 이야기는 일단 줄이는 게 좋겠군요.

그 대신 해방 전 저의 진주사범 학생 시절을 되새겨 보겠습니다. 당시 진주사범에는 다른 지방의 사범학교와 마찬가지로 경남 각지에서 우수한 학생들이 모여들었습니다. 그것은 재학 중에 관비가 주어졌고, 졸업 후에는 직장이 보장되었으며, 입시 시기도 다른 중등학교보다 앞선 특차였기 때문입니다. 그러나 입학 후에는 대부분의 학생들이 자기의 실력과 재능을 자신하고 있음에도 불구하고 장래의 전망이 초등학교 교원으로 한정되어 있다는 사실에 답답함을 느꼈던 것 같아요. 더욱이 일제 말기 조선의 중등학교에서는 학과수업이 거의 전폐된 대신 학생들에게 힘든 근로봉사만이 강요되었지요. 그 기율 또한 엄격하고 가혹하기 짝이 없었습니다. 그 때 우리는 진주 이웃에 있는 도동면 들판에 나가 비행장 닦기에 동원되어 멀리 산기슭 흙을 져 나르는 힘든 역사에 어깨가 으깨지고 허리가 휠 지경이었지요. 그리고 줄설 때 줄이 약간 비뚤어지거나, 아니면 집합 시에 조금이라도 지각을 하게

이선영

되면 담임교사는 사정없이 체벌을 가하고 이른바 염마첩(원래는 염라대왕이 죽은 이의 생전 행적을 적어 둔다는 장부이지만, 여기서는 교사가 학생의 품행을 평가하여 적어두는 장부를 뜻함)에 기록하여 공포에 떨게 했어요. 어떤 일본인 교사는 기껏 유식하게 한다는 소리가 일본의 조선 통치 내지 제국주의를 합리화 한답시고 "대는 소를 겸한다. 마치 대변이 소변을 겸하듯이"라고 천박한 비유로 설명을 늘어놓더군요. 그러니까 큰 나라인 일본이 작은 나라인 한국을 다스리는 게 당연하다는 논리죠.

이처럼 고통스럽게 일정 말기 학생시절을 보내다가 해방을 맞았으니 갑작스런 사회환경이나 교육여건의 변화에 따른 혼란이 어찌 없었을까마는 저로서는 그보다는 역시 눌림으로부터 풀림에 따라 환희의 정도가 컸던 것으로 기억합니다. 개인적으로는 형님이 오늘 내일로 임박한 징병에서 놓여나고, 외종 이태길 형님이 감옥에서 석방된다는 것이 무엇보다도 기뻤어요. 특히 태길 형님은 일제 말엽에 '대구사범 항일학생 의거' 사건으로 인해서 함께 수감된 동지 35명 가운데 5명이 옥사할 정도의 모진 영어 생활을 이겨내신 분입니다. 태길 형님에 관해서 길게 소개할 수는 없지만, 다만 제가 우리 친척 가운데 가장 존경하는 분으로 재능이 뛰어나고 인품이 훌륭해서 지금도 그를 기리고 따르는 사람들이 많다는 것만 밝혀 둡니다. 금년 91세로 현재 부산에 계십니다.

문학청년기: 규범과 낭만 사이에서

서은주　　선생님께서 진주사범에 재학하실 당시 상당한 문학청년이라고 들었습니다. 문학청년의 감수성과 사범학교의 분위기는 다소 충돌하는 느낌인데, 이때 어떤 경향의 문학을 좋아하셨는지, 구체적으로 누구의 어떤 작품을 읽고 영향을 받았는지요.

이선영　　해방 직후 진주사범에서 제가 배운 선생님들 가운데 기억에 남는 분들이 있는데, 먼저 영어를 가르치신 변대식 신생님이 떠오릅니다. 당시 진주사범 건물 중 일부분은 미군이 사용하고 있었는데 어느 날 미군과 학교 당국 사이에 협의할 일이 생겨 변 선생님이 통역을 맡게 되셨어요. 그런데 영어회화에 대한 경험이 없으신 변 선생님은 구두로는 불가능한 통역을 부득이 필답으로 대신하시는 것을 목격한 일이 있습니다. 그 당시 독해중심의 영어 교육에서 변 선생님의 실력은 불편, 부족함이 별로 없었는데도 말입니다. 그리고 한문을 담당하신 박해권 선생님한테서는 사육신 가운데 한 분인 성삼문이 마지막 형장으로 끌려가며 읊었다는 한시 하나를 배운 기억이 아직도 생생히 남아 있습니다. "북을 쳐서 사람의 목숨을 재촉하는데 머리를 돌리니 해가 저물고 있구나. 황천에는 주막 하나 없으니 오늘밤은 누구 집에서 자리오(擊鼓催人命 回首日欲斜 黃泉無一店 今夜宿誰家)."라는 오언절구였죠. 우리 동창들은 지금도 그 뜻의 처절함을 떠나 그 한시를 입에 올려 학창시절을 회상하기도 하지요.

　해방 후 중고등학교에서는 대체로 국어, 영어 공부에 대한 학생들의 관심이 꽤 컸던 것으로 압니다. 그것은 국어웅변대회와 영어웅변대회에 대한 학생들의 높은 관심으로 표출되기도 하고, 한글맞춤법통일안 내지 말본 공부에 대한 열의로, 또 학교의 수업 진도를 앞질러 영어를 습득하는 경향으로 나타나기도 했어요. 진도보다 훨씬 앞서서 심지어 일학년이 이학년 영어 교과서를 공부할 정도로 영어에 대한 열의가 참 높았습니다. 당시 진주사범에서는 우리의 그런 국어 공부에 대한 욕망을 상당히 만족시켜 주신 분으로 김삼성 선생님이 계셨습니다. '문법'이 아니라

'말본'이라는 과목명으로 가르치신 그 선생님은 이 과목에 대한 따분한 선입견과는 달리 명쾌하고 요령 있는 솜씨로 배우는 우리 학생들에게 매우 흥미를 돋우어 주셨지요. 그리고 그 수업 내용이 외솔 최현배 선생의 『우리말본』의 체계를 따르고 있다는 것은 제가 대학에 와서 비로소 알았습니다.

그밖에도 잊을 수 없는 선생님으로는 이창극, 이수동 두 분이 계십니다. 사범 본과 상급반의 영어를 담당하신 이창극 선생님은 대구사범 출신의 수재로 전공수업뿐만 아니라 때때로 날카로운 사회비평과 깊이 있는 철학적 발언을 통해서 우리에게 많은 깨우침을 주신 분입니다. 여기서 자세히 말할 수 없어 아쉽지만 저는 개인적으로도 이 선생님의 각별한 사랑과 은혜를 입은 바 있어 지금도 가끔 생전의 선생님 모습이 떠올라 그리워질 때가 있습니다. 이수동 선생님은 국어를 가르치신 젊은 분으로 수업 시간 중에 학생들의 발표내용이나 문장 이해력 등을 예리하게 분석 평가하시고 교지나 학교신문에 실린 학생들의 문학 작품들에 대해서도 말씀하시는 경우가 있었어요. 그러시던 중 어느 날 국어시간에 학교 신문에 게재된 저의 시 「희망봉」인가 하는 것을 이 선생님께서 아주 고평을 하셨으나 저로서는 느닷없기 짝이 없었어요. 더욱이 그렇게 칭찬하기를 우리 반에 그치지 않고 다른 반에서도 계속 하셔서 한동안 제가 좀 난처해진 일이 있습니다.

이런 얘기를 하면서 생각나는 것은 실제로 그 무렵을 전후해서 제가 영국 시인 바이런과 독일 시인 하이네를 좋아하였다는 사실입니다. 그 중에도 바이런에 기울어진 정도는 탐닉의 수준이었다고 할 수 있어요. 현실에 안주하지 않고 끊임없이 그 때의 제도와 관습에 반항하는 낭만주의 시인 바이런은 10대 후반의 저에게 강력한 인상을 심어준 셈이지요. 아집이 세고 열정적이며 방종적인가 하면 정의감에 넘치면서 스캔들에 시달린 이 모순의 시인을 그 무렵의 저는 별로 따지지 않고 좋아했던 거예요. 그래서 그가 약간 절뚝거리며 걷는 모습도 저에게 멋있어 보였고 심지어 지나친 여성편력까지도 별로 문젯거리가 안 될 정도였으니까요. 특히 마지막으로 그가 터키의 지배에서 벗어나려고 벌인 그리스 독립운동에 뛰어 들었지만 질병으로 그 뜻을 이루지 못하고 쓰러지고 만 최후의 모습은 그의 전기를 읽은 젊은이들에게 큰 감명을 안겨주었습니다. 그러나 지금의 저로서는 그 때 바이런이란 사람 전체에 대해서 제가 왜 그렇게 편향적인 애착을 느꼈는지 도무지 이해가 되지 않을 때가 있어요. 그러나 가만히 되돌아보면 반드시 그렇게만 생각할 것은 아닌 것도 같아요. 바이런에 대한 이런 애착이나 탐닉은 저의 성장기 가정 분위기가 다소 엄격했다는 것과, 그 때 다니던 진주사범의 분위기가 꽤 답답했다는 것하고 어떤 관계가 있지 않았나 싶어요. 말하자면 바이런의 그 자유분방하고 제도 일탈적인 삶이 저로 하여금 엄격하고 답답한 삶의 틀에서 놓여나게 하는 데 일정한 역할을 하였을 것으로 생각된다는 말입니다.

이처럼 바이런은 그의 삶, 곧 전기를 중심으로 접근한 셈이지만, 하이네는 그것과는 달리 그의 시가 좋아서 가까이 하게 되었지요. 그 중에서도 작곡이 되어 널리 알려진 하이네의 시들 가운데 「노래의 날개에 실어」, 「로렐라이」 같은 사랑의 시들은 지금도 저에게 아련한 기억으로 남아 있습니다. 그 중에서는 가령 산봉우리 위에 있는 아름다운 선녀에게 홀린 라인강의 뱃사공이 암초에 부딪쳐 죽음의 소용돌이에 휘말리고 만다는 「로렐라이」 같은 시는 참으로 아름답고 슬픈 시였어요. 후일에 안 것이지만 이 시는 로렐라이가 길 잃은 기사들을 유혹하여 죽음에 빠뜨리게 했다는 독일의 동화에서 나온 것이면서, 또한 여기에는 하이네가 일찍이 아말리아라는 여자와 첫사랑에 실패하여 마음에 큰

이선영

상처를 입은 사실이 함께 겹쳐져 있습니다. 따라서 이 시는 그 동화에 나오는 죽음의 요정 로렐라이에다가, 하이네의 첫사랑이면서 그에게 아픔을 준 아말리아의 이미지를 부각시킨 것이죠. 따라서 이 시는 옛날의 동화에서 유래한다는 점에서 낭만주의적이면서, 실제로 하이네의 실연을 다룬 리얼한 작품이라고 평가되기도 합니다. 한편 시라면 으레 낭만주의적 서정시밖에 모르던 중등학교 시절의 저에게 하이네의 「독일, 어느 겨울 이야기」 같은 비판적 풍자시는 큰 놀라움으로 다가왔습니다. 그 세부는 이제 거의 다 잊었지만 저에게 아직 남아 있는 전체적 인상에 의하면 이 시는 당시 독일의 낡은 사상과 제도에 대한 날카로운 비판이 주를 이루고 있었어요. 이 시에 대한 지금의 저의 지식을 곁들여 한두 예를 들면, 그것들은 하프를 타는 소녀가 부르는 복고적이고 탈세속적인 '체념의 노래'를 통해서 가톨릭의 복고주의적이고 현실방관적인 교리를 비판한다든가, 그런 낡은 사상을 국가이념으로 삼은 프로이센 중심의 독일 통일을 반대한다든가 하는 것들입니다. 오늘날에도 리얼리즘 경향의 시인들에게 이 시는 참고가 되지 않을까 싶어요.

서은주　문학에 입문할 무렵의 선생님의 감수성을 짐작할 수 있을 것 같군요. 약간 시선을 돌려 질문해 보겠습니다. 식민지 경험과 해방 이후 좌우 갈등, 한국전쟁과 같은 역사적 사건은 그 시대를 살았던 개인의 삶에 큰 영향을 미쳤으리라 짐작되는데요, 선생님 개인의 삶에서 중요한 의미를 지니거나 영향을 미친 역사적 사건으로 어떤 것을 기억하고 계시는지요?

이선영　식민지 경험에 대해서는 이미 앞에서 상당 부분 언급이 된 셈이지요. 1930년대 후반부터 1940년대 초에 걸친 일제의 조선인 동화정

책의 주요 예들을 들어 그 야만적임과 교활함을 설명하였고, 또 식민지 중등 교육의 실상을 경험에 의거하여 그 비정함과 가혹함을 말했습니다. 이런 것들뿐만 아니라 그 밖에도 저는 물자와 식량을 강제로 바치게 한 공출, 즉 우리 가족과 이웃이 은수저, 놋그릇 같은 생활용품과 미곡을 비롯한 각종 곡물까지도 수탈당하는 그 현장을 직접 목격하였습니다. 그 중에서도 땀 흘려 가꾼 곡식을 거의 대부분 공출로 빼앗겨 한해의 살림살이를 걱정하시던 집안 어른들의 모습이 눈에 선합니다. 이처럼 일정 말기에 그들은 야만적 동화정책으로 민족의 주체를 크게 훼손하고 비정의 식민지 교육으로 민족의 자존심을 짓밟고 특히 무자비한 식량수탈로 민족이 기아에 직면하게 하였습니다.

물론 이 시기에도 일련의 항일운동, 예컨대 국외에서는 한국광복군, 조선의용군, 조선인민해방군의 투쟁이 있었고 국내에서는 해방에 대비한 여운형 중심의 비밀조직인 '건국동맹'과 앞에 든 대구사범 학생 독립운동 같은 것이 있었습니다. 그러나 해방 후의 정세는 그런 민족사의 올바른 흐름을 따르지 못하고 혼란에 빠지고 말았지요. 더욱이 그 혼란의 바람은 당시 중학생에게도 거칠게 휘몰아쳤지요. 저를 포함한 대부분의 선량한 일반 중학생들은 그야말로 무소불위의 일부 학련(학생연맹) 깡패들의 테러에 노출되어 있었던 거예요. 이 폭력배들은 함부로 일반 학생들로부터 금품을 빼앗고 이들에게 이유 없이 폭력을 휘두르며 심지어 칼부림까지 서슴지 않았습니다. 당시를 회상하면 지금도 소름이 끼칠 지경이지요. 견디지 못해 부산 등지로 전학을 한 친구들도 꽤 있었어요.

한국전쟁 기간에 저는 처음 1년 정도는 진주사범 학생으로, 다음 6개월 동안 고성국민학교 교사로, 나머지 1년 6개월은 연세대 학생으로 지냈지만 역시 전쟁으로 인한 물질적 피해와 정신적 충격은 컸습니다. 전쟁이 나자 학도병으로 나가 전사한 동창의 비극적 소식에 마음의

이선영

아픔을 누르기 어려웠습니다. 또 피난 생활에서 돌아와 폭격으로 전파된 진주. 그 아름답던 도시가 하루아침에 폐허가 되고 만 것을 보고 한동안 망연자실 했어요. 그리고 다니던 학교 역시 파괴되어 이전처럼 그 속에서 공부할 수도 없게 되었습니다. 그래서 늦가을 추운 계절인데도 불구하고 우리는 진주의 영남루와 북장대에서 힘든 야외 수업을 받아야 했습니다.

전쟁 이듬해인 1951년 7월에 진주사범을 졸업하고 9월에는 연세대 국문과에 입학했습니다. 이렇게 졸업과 입학 사이에 두 달의 간격이 있는 것은 전쟁으로 일시 수업이 중단되어 학제를 어쩔 수 없이 거기에 맞추어 고쳤기 때문입니다. 그러나 저는 1학년 1학기에는 휴학을 하기로 하고 입학 수속을 마쳤습니다. 사범학교를 나왔으니 처음부터 당국의 임명장을 받지 않고 거절할 처지가 아니었기 때문에 첫 학기에는 교편을 잡고 대학공부는 그 다음 학기부터 하기로 작정한 것입니다. 따라서 처음이자 마지막이 된 한 학기간의 국민학교 교원 생활은 가능한 한 온 정성을 다하려고 하였습니다. 이리하여 드디어 2학기에는 부산 영도에 있던 연세대 임시 가교사에 출석하여 교수님들의 강의를 듣기 시작했습니다. 그러나 그동안 계속된 전쟁으로 인해서 당시의 부산은 피란민들로 북새통을 이루고 있었습니다. 급박한 전세에 내몰려 급히 살던 곳을 맨몸으로 빠져나온 피난민들은 낯선 도시에서 살아남기 위해 힘든 일, 천한 일을 마다하지 않고 뛰어들었지요. 아이들은 길거리에 껌팔이를 하고 어른들은 시장에서 미군 부대 매점에서 나온 물건들을 팔아 겨우 연명하는 형국이었지요. 생각건대 제가 겪은 그동안의 우리 근대사는 주권을 빼앗긴 식민지 시기에는 일제 동화정책과 수탈정책으로 인해서 민족 전체가 치욕과 고통을 당했고, 해방 직후에는 폭력적인 극우세력에 의해 남한의 개인과 사회가 공포와 혼란에 빠졌으며, 한국전쟁 시기에는 우리의 생명과 직결된 물리적 빈곤과 정신적 황폐화가 극도에 이르렀던 셈입니다.

연세대 문과시절: 제도와 문화의 세례

서은주 자연스럽게 대학 시절 이야기로 넘어왔네요. 한국전쟁 중에 진주사범학교를 졸업하고 연세대 국어국문학과로 입학하신 것은 특별한 선택이었다고 생각됩니다. 그럴 만한 계기가 있었는지요?

이선영 진주사범에서 연세대로 진학하게 된 것은 무슨 합리적인 목적이나 동기가 있어서라기보다 그동안 수학해온 사범학교라는 일정한 틀과 한계 같은 것에서 벗어나 우리나라에서 가장 자유롭게 마음껏 공부할 수 있을 것 같은 대학으로 연세대를 생각해 오다가, 결국 이 대학을 지망한 것이지요. 전공 선택 역시 처음부터 분명한 이유나 목표를 가지고 정한 것은 아니었어요. 다만 앞으로 공부를 더 한다면 자연 현상을 탐구하는 것보다는 인간의 본성이나 문화의 현상을 연구하는 인문계로, 그 가운데서는 너무 추상적 이론에 치우칠 것 같은 철학이나 그와 반대로 구체적 사료에 매몰될 것 같은 사학보다 문학을 공부하는 편이 좋겠다고 판단했지요. 그것은 또한 문학이 사학처럼 구체적 사실에 기초하면서도 한편으로 철학처럼 인간이나 세계의 진실에도 접근한다고 보았기 때문입니다. 물론 이런 생각은 기본적으로 지금도 변함이 없지만 너무 단순 소박한 생각이었다는 느낌은 없지 않습니다. 그리고 문학 가운데 영문학, 불문학, 노문학 등과 같은 외국문학이 아닌 국문학을 택한 것은 외국문학을 일체 외면하고 우리 문학에만 배타적으로 매달리겠다는 것이 아니라, 다만 우리 문학을 중심으로 문학 공부를 하겠다는 뜻에서 그렇게 결정한 것입니다. 외국문학을 선택하지 않은

이선영

김윤경 선생 회갑 축하식에서 축시 낭송(1954년 6월 9일)

것은 그것이 싫기 때문이 아니라 제가 외국문학을 그 본토인처럼 잘하기 어려울 것 같고, 또 문학을 공부하는 데도 남의 것보다 제 것이 더 중요하지 않겠나 하는 생각이 강했기 때문이었습니다.

서은주　　연세대 재학시절 문과대학에는 김윤경, 최현배, 장지영, 최재서, 오화섭 선생님이 계셨습니다. 전후 새로운 학문의 형성기라고 할 수 있는 시기에 대학생활을 하셨는데 한국학의 거목이셨던 분들의 강의는 어떠했는지 궁금합니다. 또한 근현대 문학 분야는 주로 최재서나 오화섭 등의 영문학자들에게 교육받으신 것 같은데요, 당시의 문과대학 교수진, 교육 내용이나 교재 등에 대해 알려 주시기 바랍니다.

이선영　　저의 연세대 재학시절에 관해서 자세히 말하기는 어렵고 중요하게 생각되는 점들을 몇 가지만 이야기하겠습니다. 학부 시절인

1950년대 전반을 중심으로 보면 당시 연희대학교에는 어떤 일정한 분위기랄까 기풍이랄까 하는 것이 있었어요. 그것은 한마디로 말해서 자유롭고 개방적인 기풍 같은 것이 아니었나 느껴져요. 일반 학생들이 강의에만 집착하지 않고 이를테면 음악, 연극, 영화 같은 예술 분야나 농구, 축구, 당구 같은 체육 및 오락 분야에도 자유롭게 취미를 살려 공부하고 즐기는 경향이 있었어요. 또 그 때는 학생 수가 적었던 탓도 있었겠지만 같은 학과 학생이 아니더라도 서로 공통의 관심분야에 관해서 의견을 나누고 친분을 쌓아 나가는 비교적 개방적인 기풍도 있었지요. 하지만 당시 전쟁 중의 퇴폐적 분위기와 더불어 그런 자유와 개방의 기풍은 정도를 지나쳐 오락이나 유희를 선호하고 학업을 소홀히 하는 풍조도 없지 않았습니다. 그런데 그런 풍조에 강력히 제동을 가한 교수님들이 계셨으니 속칭 연대의 '3석두', 김윤경, 최현배, 정석해 선생님이 그분들입니다. 아시다시피 '석두'란 원래 융통성이 없는 완고한 사람을 일컫는 부정적인 뜻을 지닌 말입니다. 그러나 당시 학생들이 애용한 이 '석두'란 말은 물론 그런 부정적인 뜻이 없지 않았으나 다른 한편으로는 학생들 자신의 느슨한 자세를 무섭게 다잡아 주시는 존경스러운 선생님이라는 뜻도 은근히 지니고 있었지 않았나 싶습니다.

교수진에 관해서는 제가 배운 분들을 중심으로 이야기하기로 하지요. 국어국문학과의 교수들 가운데서는 먼저 떠오르는 분이 김윤경 선생입니다. 김 선생한테 저는 '국어문자사'와 '용비어천가' 등 여러 강좌를 수강했어요. 김 선생은 좀체 결강하지 않으시고 약속이나 규칙은 꼭 지키시며 강의 내용도 자세하고 충실하였습니다. 특히 따님의 결혼식 날에도 휴강을 안 하시고, 과제물은 정해놓은 제출 날짜는 물론이고 그 시간을 어겨도 받지 않으신 분이셨습니다. 최현배 선생은 당시 문교부에도 자주 나가시고 서울사대에도 시간으로 나가시고 하여 연대 강의는

이선영

학부 졸업을 앞두고 최현배 부총장님을 모시고(1955년 7월)

많지 않았지만 그러나 그 가운데 최 선생의 문법 강의는 저에게 기억으로 남아 있는 것이 하나 있어요. 그 시간에 최 선생은 좀 긴 문장이 기재된 종이를 학생들에게 나눠주시고 우리에게 그걸 품사 분류 하라고 시키셨어요. 저는 속으로 대학에서 무슨 품사 분류 같은 유치한 것을 다 시키시나 생각했는데 의외로 그 과제는 쉬운 것이 아니었어요. 그리고는 막상 이에 대한 설명을 듣고 제가 느낀 것은, 눌변인데도 최 선생의 그 설명과 평소의 강의는 항상 문제의 본질과 핵심을 찌르고 정확하다는 것이었습니다. 전공이 다른 저로서는 최 선생의 학문에 관해서 긍정·부정을 떠나서 말하는 것 자체가 적절하지 못할지 모르겠습니다. 그런데도 불구하고 한마디 하고 싶은 말은 적어도 해방 후 한참 동안 최 선생의 『우리말본』, 곧 우리 말과 글을 체계적으로 분류·정리한 거작이 없었더라면 당시의 국어교육 자체가 제대로 되었을까 하는 생각은 금할 수

실천하는 문인,
성찰하는 학인의 자취

없다는 것입니다. 다음, 이두를 맡으신 장지영 선생은 자상하고 구수한 말솜씨로 「대명률직해」를 가르쳐 수강생들의 이두 실력을 상당한 수준으로 높여주셨습니다. 그 밖에도 젊은 분으로 허웅 선생이 '국어음운론'을, 정병욱 선생이 '국문학개론(고전문학중심)'을, 그리고 현대문학 분야에 오직 한 분 박두진 선생이 '세계문예사조사'를 각각 강의하였습니다. 박 선생의 강의는 제가 졸업하는 마지막 학기(1955년도 1학기)에야 수강할 수 있었지요.

이처럼 국문과에 그동안 박 선생의 강의 한 강좌를 제외하면 현대문학 분야의 강의가 전무한 실정이어서 일찍부터 그 쪽에 관심을 가지고 있었던 저로서는 참으로 어려운 처지에 놓여 있었습니다. 그런데 이렇게 국문과의 현대문학 분야에 강의가 제대로 이루어지지 못한 것은 당시 학교 당국의 책임이라기보다 이 분야에 마땅한 교수를 모시기 어려웠기 때문이 아니었을까 생각됩니다. 그러나 그것은 어쨌건 저로서는 어쩔 수 없는 대안으로, 또 실제로는 그 쪽에 상당한 관심도 있어서 영문과 강의를 꽤 많이 들었습니다. 제가 실제로 수강한 영미문학 분야의 강의 과목 수가 교양필수로서의 영어 과목을 제외하고 10개나 되었으니 말입니다. 그것은 국어학 분야의 12개 과목 다음으로 많았고 국문 고전 과목 5개 보다 곱절이나 되는 셈이지요. 그러면 당시 영미문학 분야 강의 가운데 기억에 남는 권명수, 오화섭, 최재서 선생의 강의들에 대해서 말해보겠습니다. 권명수 선생은 조지 기싱의 영수필 『헨리 라이크로프트의 수기』를 강의하셨는데 다른 수강생과 마찬가지로 저도 재미있게 들었습니다. 그 수기는 우울하고 비관적인 기록이면서 낭만적이고 시적인 정서가 넘치는 작품이었어요. 또 그 강의는 권 선생이 이 수기의 주인공인 라이크로프트와 어떤 면에서 서로 닮았다고 해서 우리의 흥미를 돋우는 면도 있었지요. 귀족적이고 비사교적이면서 우수

이선영

에 젖은 모습이 양자가 유사하다는 것이었지요. 지금 와서 생각해보면 이 수기가 19세기 초 영국의 리얼리즘계 작품으로서 사회의 외면을 총체적으로 표현한다든가 사회의 내부를 뜻 깊은 통일체로 그려냄에 있어 모자람이 있는 것은 부정하기 어려울 것도 같아요. 그렇지만 이 수기는 인간의 추악함과 비속함에 등을 돌리는 의분이라든가, 사회의 혼탁함에 시달리면서도 별을 바라보는 가난한 사람들의 소망 같은 것을 통해서 단순한 이데올로기적 속박을 넘어서는 면을 보여줬던 것으로 생각됩니다.

다음 오화섭 선생은 당시 많은 영미 희곡과 소설을 강의하시거나 강독하셨습니다. 그 중에 제가 배운 것에는 셰익스피어의 『오셀로』처럼 17세기 초의 희곡도 있었지만 그 나머지는 골즈워디의 희곡 『정의』, 헤밍웨이의 소설 『무기여 잘있거라』, 아서 밀러의 희곡 『세일즈맨의 죽음』과 같이 모두 20세기 전반기의 작품들이었습니다. 이 가운데 두 작품, 곧 『무기여 잘있거라』와 『세일즈맨의 죽음』에 관해서만 조금 말하겠습니다. 영화로도 많이 알려져 있는 헤밍웨이의 이 작품은 특히 하드보일드한 문체로 유명합니다. 하드보일드라는 말은 아는 바와 같이 가급적 수식어를 생략하여 사실을 속도감 있게 그리는 비정한 사실주의적 묘사방법이지요. 이런 문체는 헤밍웨이의 이 작품 끝 부분, 곧 일인칭 화자인 헨리가 애인 캐서린의 주검 앞에서 느낀 것이나, 그걸 남겨두고 떠나는 헨리 자신의 행동에 대한 진술에서도 잘 나타납니다. '내'가 애인의 주검을 비애나 감상의 대상이 아니라 '조상'(인물을 조각한 형상)으로, 즉 비정하게 느낀다는 것이나, 또는 '내'가 그 주검을 놓아두고 "병원을 뒤로 하고 비를 맞으면서 호텔로 걸어 들어갔다."라는 말로 간결하고 냉철한 어조로 그리고 있는 것에서도 이 작품의 하드보일드한 문체를 느낄 수 있습니다. 그리고 이런 문체는 겉으로만 간결하고 냉철하고 비정하게 느껴지는 것이 아니라, 그것은 내적으로도 일정한 행동이나 사실을 말하지 않는 생략이 있고, 따라서 말과 말 사이에 공백이 있어 긴장미를 갖게 합니다. 이처럼 『무기여 잘있거라』를 비롯하여 헤밍웨이의 소설들은 작품의 내용보다 오히려 그런 문체의 힘이 돋보이는 경우가 적지 않습니다.

지금은 공연으로도 꽤 유명해졌지만, 오 선생이 강의하신 1953년, 54년 무렵까지만 해도 『세일즈맨의 죽음』은 우리나라에서 그다지 널리 알려진 희곡은 아니었던 것 같아요. 그 강의의 세부는 잘 생각나지 않지만, 그 핵심은 이 희곡이 '현대의 사회적 비극'이라는 것, 다시 말해서 인간을 사회라는 전체 속의 부분으로 파악하여 그 속에서 사는 주인공이 맞이할 수밖에 없는 비극적 운명을 다룬 것이라고 들은 것 같습니다. 그런 오 선생의 해설에 기초하여 저는 주인공 윌리의 죽음에 대해 다음과 같이 한마디 부연하고 싶어요. 윌리가 죽게 되는 것은 자본주의 미국 사회의 질서에 반항했기 때문이 아니라, 오히려 그것에 순응하여 자기희생을 감행했기 때문이라는 것이지요. 윌리가 서로 으르렁대고만 있었던 아들 비프와 화해한 그날 밤에 보험금을 노려 자동차 폭주로 자살하였다는 것은 무엇을 뜻할까요. 사실 그의 죽음은 자신만을 위한 사사로운 일이 아니지만, 그가 처한 왜곡된 사회제도와 관련되어 있는 거짓된 소망(보험금 타기)에서 빚어진 것이지요. 따라서 윌리의 비극은 고전 비극에서처럼 고귀한 인간의 고뇌에서 유래한 것이라기보다 잘못된 자기 생각에만 전적으로 매달린 데서 초래된 것입니다. 그러나 여기서 고려해야 할 것은 이 잘못된 생각이 그런 왜곡된 사회제도 아래서 누구나 피하기 어려운 '인식의 한계'와도 같은 것이라면 윌리의 죽음은 어떤 의미나 가치를 우리에게 보여주는 것이 아닐까 하는 것입니다.

이선영

그리고 1954년부터 시작한 최재서 선생의 강의는 그야말로 인기가 높았고, 강의실은 학생들로 넘쳤습니다. 최 선생은 그때 이미 귀걸이 마이크를 사용하셨고 대형 강의실에도 수강생을 다 수용할 수 없어 창문 밖에서 듣는 학생들도 많았어요. 제가 수강한 최 선생의 '문학개론', '영문학사', '영문학비평사' 가운데 개론 강의가 특히 그랬습니다. 여기서 그 강의들을 일일이 설명할 겨를이 없어 다만 아쉬운 대로 '문학개론' 강의의 일부분에 대한 단편적인 인상을 소개하는 데 그치려고 합니다.

최 선생은 영문학 강의에서 '신비평가들'의 대선배인 엘리엇과 리차즈의 비평이론을 많이 참고하셨습니다. 그 한 예로 리차즈의 유명한 비평이론서인 『문학비평의 제원리』의 심리주의적 입장에서 워즈워스의 시 「외로운 추수꾼」을 분석, 설명하신 것을 들 수 있습니다. 그 내용은 요컨대 '보라(Behold)'로 시작되는 이 시가 어떻게 독자들에게 흥미를 일으키고 충족시키면서 심리적 체험을 발전시켜 나가는가 하는 것, 곧 체험을 조직화, 질서화 하는 과정을 밝히신 것이었습니다. 그런 일련의 강의가 우리에게 상당히 강명 깊게 받아들여졌던 거죠. 시가 그처럼 심리적으로 분석적으로 읽혀질 수 있다는 것, 더욱이 문학공부에 대해 이렇다 할 교양이나 방법을 가지고 있지 못했던 우리에게 그것은 경이롭게 느껴지기까지 했어요. 뒤에 안 일이지만 그때 최 선생은 훌륭한 시란 가치 있는 체험을 전달한다는 것, 다시 말해서 우리 속에 들어와 무질서하게 작용하는 충동들을 질서화, 조직화, 체계화 한다는 리차즈의 비평원리를 잘 소화하여 강의하신 것입니다.

한편 엘리엇에 대한 최 선생의 입장 역시 마찬가집니다. 최 선생의 그런 입장은 예컨대 엘리엇이 자신의 평론 「전통과 개인적 재능」에서 강조한 '전통적 질서'를 적극적으로 해석하신 부분에서도 잘 나타납니다. 엘리엇이 예술가가 '전통적 질서'에 도달하고 예술가로서 진보하기 위해서는 끊임없이 자기를 희생하고 개성을 멸각해야 한다고 주장한 것을 최 선생은 소개하셨지요. 그러면서도 엘리엇이 개성을 전적으로 배제하는 것이 아니라 개성 가운데 존재적 체험적 개성은 비난하지만 기능적, 창조적 개성을 수용한다는 것까지 밝히신 데서 최 선생의 엘리엇 읽기가 얼마나 적극적이고 우호적인가를 알 수 있습니다.

이와 같이 최 선생은 리차즈와 엘리엇을 적극 수용하신 것은 물론이고 그 훨씬 앞 세대인 코울리지, 그리고 앞의 두 사람의 후배격인 엠프슨, 웰렉, 워렌 등과 같은 '신비평가' 그룹의 이론들을 일관하여 긍정적으로 참고하거나 받아들이셨습니다. 그 때 벌써 '신비평'을 받아들였어요. 여기서 '신비평'이나 최 선생의 비평이론에 대해서 제가 장황하게 다른 의견을 말하는 것은 적절한 것으로 생각되지 않습니다. 다만 저의 입장을 최소한 밝히고 싶은 것은 '신비평'이 대상작품의 역사적 사회적 배경이나 작자의 전기적 사실 등으로부터 작품을 분리시켜 오직 작품만을 비평의 대상으로 한다는 사실입니다. 다시 말하면 예술은 그 자체를 위한 독립된 작업이고 기술이라는 절대적 자율성을 주장하는 것이지요. 예술을 비예술에서 분리시킴으로써 정치성이나 사회성과 같은 외적 요소를 불식하고 현실생활의 오염을 씻어냄으로써 예술 내지 미적인 것의 자율성이 확보된다는 것입니다. 그러나 이런 주장은 저로서 수긍하기 어렵습니다. 왜냐하면 미적인 것은 현실생활 속에 녹아들어 있어 그 현실에서 떼어 내어 따로 독립시킬 수 없기 때문입니다.

하지만 그럼에도 불구하고 당시 최 선생의 강의, 곧 그 '신비평' 강의는 지금도 저에게 소중한 가르침의 하나로 기억됩니다. 그 중에서도 작품을, 통일성을 지니는 유기적 전체로 파악하여 그것이 가진 형식의 분석을 통해서 작품의 문학성에 접근하신 강의 내용은 저의 문학 연구에 값진 자양분이 되었다고 생각합니다. 그러나 안타깝게 생각하는 것은

이선영

일제 말기 최 선생의 반민족적 친일활동인데 정말 그것은 없었더라면 좋았을 텐데 ….

서은주   최재서 선생의 인기가 대단했던 것 같은데, 당시 학생들은 최재서 교수의 식민지 시기의 행적에 대해서 인지하고 있었는지요?

이선영   그 때 그런 내용을 아는 사람이 조금은 있었지만, 많은 학생들은 몰랐던 것 같은 분위기였어요. 그러나 알고 있는 학생들이 약간 있었던 것은 사실이지만, 해방 후 교단에 서지 않고 십년 가까이 칩거생활을 하신 최 선생에 대해서 특별히 문제를 제기하는 사람은 없었어요. 당시 들었던 바로는 학교의 강의를 백낙준 박사의 요청으로 나오게 되셨다는 거예요. 백 박사가 한 십 년쯤 그렇게 지냈으니 이제 학교에 나와서 강의 좀 하라고 부탁한 것이 주효했다는 설이 있었어요.

서은주   부산 피난시절을 접고 전쟁의 상흔이 가득했던 신촌 캠퍼스로 환도한 이후의 대학생활은 어떠했는지, 당시의 캠퍼스 풍경은 어떠했는지, 그리고 1950년대에도 '대학문화'라고 부를 만한 것이 있었는지, 이런 점들에 대해서 듣고 싶습니다.

이선영   부산 영도 피난시절의 가교사는 판자와 천막으로 되어 있어, 비가 오거나 바람이 불면 수업에 지장이 있을 정도로 몹시 소란했어요. 그러다가 환도하여 신촌 캠퍼스로 오니 일단 그런 불안하고 시끄러운 환경을 벗어날 수 있어 좋았어요. 하지만 한국전쟁 때 유명한 연희고지 격전지였던 신촌의 대학 구내 여기저기에는 전쟁의 상흔이 널려 있어 한동안 학교 분위기는 냉기가 돌고 스산했어요. 본관 앞의 언더우드

윤동주 9주기 추도회에서 조사 낭독(1954년 2월)

동상은 부서져 치워졌고, 그 받침대에는 수많은 총탄 흔적만 그대로 남아 있었으며, 건물 밖의 숲 속에는 아직 지뢰가 남아 있어 엄중한 금족령이 내려져 있는 상태였으니까요. 그러다가 차츰 학교의 체제가 정착되고 수업분위기도 호전되면서 문화행사 같은 것도 열리기 시작했습니다. 지금처럼 많고 활발했던 것은 아니지만 그런대로 문화행사라고 할 만한 것들이 시작이 됐어요. 이건 별로 알려져 있지 않은 건데 환도 다음해인 1954년에는 정병욱 선생의 지도로 국문과 학생들 중심의 윤동주 시인 9주기 추도회를 가진 바 있습니다. 강의실 교탁 위에 윤 시인 사진 한 장 모셔 놓고 그 아래서 그의 시를 낭송하며 추도문을 읽는 간소한 행사였지만, 그걸 통해서 우리는 연희의 정신적 전통과 민족문학의 긍지를 새삼 깨닫기도 하였습니다. 그리고 그 다음 1955년 2월 16일 윤동주의 10주기를 맞이해서는 문과대학 주최로 윤동주 시인 10주기 추도회를 개최했지요. 그 밖에도 환도 초기에 영문과에서는

이선영

오화섭 선생 주도로 가끔 영시 낭독회와 영어 연극발표회가 열렸었는데, 영시 낭독회에는 거기에 곁들인 영문과 변성엽 씨의 영어노래(성악)가 특히 인기가 높았습니다. 그리고 국문과 전영경, 사학과 정창범, 영문과 황운헌, 김정숙 씨 등이 이화여대생들과 함께 한 합동 시낭독회를 개최한 바 있습니다. 그리고 노천극장에서 행한 국내외 명사의 강연과 유명 음악가의 발표는 학생들의 관심과 흥미를 끌기에 충분했습니다. 또한 당시의 연고전은 단순한 양교의 행사 이상으로 전 시민적 관심과 문화축제로서의 의미가 있었지요. 연고전이 있는 날에는 서울 시가의 라디오는 온통 그 행사의 중계방송에 집중되었고, 경기 후에는 승패와 관계없이 양교의 응원단은 각각 서로 스크럼을 짜고 줄지어 서울 중심로인 종로길, 을지로 길을 행진하며 마음껏 젊은 열기를 발산하고 기염을 토했습니다.

서은주　1950년대는 전후복구와 더불어 대학교육에 대한 공급과 수요가 동시에 급성장한 시기라고 판단됩니다. 무엇보다 '입신출세'의 중요한 관문으로 대학이 부상했다고 할 수 있는데요, 그럼에도 문과대학은 이런 사회적 분위기와는 어느 정도 거리가 있었을 거라 생각합니다. 1950년대의 문과대학에서 공부하던 학생들의 경향이나, 관심 영역, 그리고 진로에 대한 생각은 어떤 것이었습니까?

이선영　휴전이 성립되어 신촌으로 돌아온 연희에서 제가 공부한 1953년부터 1955년 전반까지를 중심으로 보면, 당시 문과대학에는 국문과, 사학과, 철학과, 영문과 이외에도 정외과, 법학과가 있었어요. 그 가운데 다소 이질적인 정외과, 법학과의 두 학과를 제외하고 문·사·철에 속하는 나머지 네 학과 졸업생들은 소수의 대학원 진학생을 빼면 중고등학교의 교직을 비롯하여 신문사, 방송국, 출판사 등 다양한 분야로 진출했지요. 신문, 방송, 출판 분야 지원자는 교양 내지 상식 문제와 영어 문제로 시험을 치렀던 것 같고, 교직 희망자는 대학 재학 기간의 성적과 추천서 및 기타 탐문하는 방법으로 채용 여부가 가려졌던 것으로 압니다. 또 당시는 지금과는 조금 달리 취직할 수 있는 자리 수에 비해서 대학 졸업생 수가 그리 많지 않아 취직난도 지금처럼 심각하지 않았어요 따라서 학생들은 요즘과 같이 일찍부터 취직준비에 매달리는 일은 적었고, 오히려 시나 소설 혹은 역사나 철학과 같은 인문학 분야에 꽤 관심을 두지 않았나 싶어요.

여기서 옛날의 과거시험과 지금의 공무원 임용시험 및 회사원 채용시험을 비교해 볼 수도 있지 않을까 생각됩니다. 과거제도부터 보면 고려 초기부터 조선시대까지 약 1000년 동안이나 지속된 이 제도는 물론 시대에 따라 변화가 있었지만, 대체로 유교의 정통 학문인 경학과 문장 및 시부를 중요시하는 사장(詞章)이 중심이 되는 시험제도였습니다. 이 경학과 사장은 현대식으로 범박하게 말하면 유교적 철학과 문학 내지 인문학이라 할 수 있을 것입니다. 과거시험에서 다룬 중심내용을 이처럼 유교식 인문학에 관한 것이라고 할 때, 지난 1000년 간 우리나라를 다스린 엘리트 관료 선발에 그런 인문학은 결정적으로 중요한 구실을 했음을 알 수 있습니다. 물론 유교적 인문학을 오늘날 인물 등용에 그대로 적용할 수는 없지만 현대인에게 유익한 인문학적 소양의 유무는 지금도 여러 분야에서 인물채용 기준의 중요한 하나가 되어야 하지 않을까 생각합니다. 그런데 요즘 우리나라의 각종 취업 관련 시험은 전공분야와 외국어, 그 중에서도 영어 등과 같은 실용성, 도구성에 직결되는 지식이나 기술 위주로 치러지는 반면, 인문학은 무시되는 경향이 짙다고 봅니다. 그러나 인문학은 앞에 예시한 바와 같이 오랜 생명력을 지니고 있을 뿐만 아니라, 사람살이의 근본적이고 본질적인 문제 해결에 도움을 준다는 것을 우리가 잊지 말아야 하겠습니다.

운동으로서의 학문과 리얼리즘

한국 현대문학 연구와 교육

서은주　　대학졸업 후, 10년이 넘는 기간 동안 여학교의 국어교사 생활을 하시면서 대학원에 입학해 연구를 병행하셨습니다. 먼저 명문 여학교의 젊은 국어교사로서 인기가 많았을 것 같은데, 그 때의 인상적인 경험을 들려주시기 바랍니다.

이선영　　학부를 졸업하고 바로 대학원 진학을 하지 않은 데에는 저로서 두 가지 이유가 있었습니다. 하나는 대학원까지 부모의 도움으로 수학하기가 어려웠다는 것이고, 다른 하나는 당시 대학원 국문과에 현대문학 전공 교수가 전무하였다는 것입니다. 그래서 일단 취직하여 학비를 벌면서 조금 기다리면 대학원에 현대문학 전공 교수님들도 들어오시겠지 하고 기대했었지요. 그래서 1955년에 대학을 졸업하고 지금과는 상이한 학제에 따라서 중간 졸업자로서 8월 기말시험을 마치고 일요일 하루를 쉰 다음 9월 1일부터 K여중·고에 나가게 되었습니다. 수업은 물론 교과서로 진행했지만 때로는 교과서 밖의 문학작품들을 감상하게도 했어요. 그런데 반응은 교과서 밖의 문학작품 감상이 더 좋은 것 같더군요. 아무런 부담 없이 자유롭게 작품을 즐길 수 있었기 때문이 아니었을까 싶어요. 재임기간 중의 일로 기억에 남는 것은 반별로 실시된 합창경연대회와 연극경연대회입니다. 제가 맡은 중 2학년 5반의 합착곡

명은 '들장미 향기롭게 피었네'였고, 연극 제목은 오 헨리의 '마지막 한 잎'이었어요. 합창에서 입상이 되어 학생들과 함께 기뻐한 일이 생각납니다.

그러나 한편으로 이런 교사생활은 빨리 벗어나야 한다는 생각, 진학을 서둘러 스스로 공부할 때를 놓쳐서는 안 된다는 생각을 차츰 갖게 되었습니다. 그런데 개인적으로 공부를 하고 직장에 나가면서 대학원을 다니자면 아무래도 규율이나 분위기가 덜 엄한 학교로 직장을 옮길 필요가 있다고 생각했습니다. S여고로 근무처를 옮긴 것은 그런 점에서 여건이 다소간 좋을 것으로 생각되었기 때문입니다. 학교 당국은 고맙게도 저의 부탁을 들어 시간 소요가 많은 반 담임을 맡기지 않고 그보다 시간이 덜 드는 신문반 일을 맡도록 배려해 주더군요. 제명이 『숙란』인 그 신문은 지도교사인 저의 힘보다 신문사 학생들의 재기와 열의로 서울대 주최 전국 고등학교 간행물 콩쿠르에서 해마다 연속 1위의 영예를 얻기도 했지요.

서은주   1950년대 후반에서 1960년대 초반에 대학원을 다니셨는데 그 때 연세대의 대학원 교육은 어떻게 진행되었는지 궁금합니다. 학생수가 적었던 때여서 교수와 학생과의 관계가 굉장히 각별했을 것 같은데요, 기억에 남는 국문과 교수님들이 있으신지요.

이선영   당시 대학원에서 제가 수강한 것은 국문과 박영준 선생의 '현대소설론', 백철 선생의 '문학사조', 양주동 선생의 '고전시가', 영문과 이봉국 선생의 '영비평 연습' 그리고 한태동 선생의 '논문작성법' 등입니다. 박 선생은 자신의 창작경험에 비추어 한국 현대소설론을 펼치시는 한편, 학생들에게는 각자가 공부한 현대문학이론 발표를 많이

이선영

시키셨어요. 백 선생은 자신의 『조선신문학사조사』와 동일한 관점에서 우리 근대문학사의 주요 부분에 대한 재해석을 가하셨고, 개인적으로 저의 논문지도에도 따뜻한 배려를 아끼지 않으셨습니다. 양 선생은 제망매가를 비롯한 몇몇 향가의 내면에 있는 깊은 사상을 풍부한 고전지식을 곁들여 가르쳐 주셨고, 한편으로 당신께서 아무도 알아주지 않는 향가 연구를 식민지 하에서 어렵게 해내신 감동적인 경험담을 털어놓기도 하셨지요. 이봉국 선생은 데이비드 데이셔스의 「문학의 새로운 가치 기준」이라는, 일종의 맑시즘에 대한 통찰과 문학형식에 대한 관심을 결합한 논문을 교재로 하여 수강생이 돌아가며 해석하고 설명하는 형식으로 수업을 진행하셨습니다. 그리고 한태동 선생의 변증법적인 혹은 구조주의적인 새로운 논문 작성법에 대한 강의는 학생들의 주목을 끌었습니다.

당시 대학원의 분위기는 서로 끈끈하게 이어지고 묶여지기보다 각각 뿔뿔이 흩어져 개인적으로 바삐 돌아가는, 그래서 학생들 상호간의 관계가 약간은 성긴 느낌이 있었지요. 대부분 학생들이 생활이 어려워 직장생활과 학업을 병행하고 있었기 때문에 그만큼 시간적, 정신적으로 여유가 없었던 것입니다. 따라서 교수와 학생 간에도 특별한 용건 없이 수시로 만나 자유로운 시간을 갖는다는 것이 그리 쉽지는 않았던 것 같았어요.

서은주　　연세대 문과대학은 '국학'의 전통 속에서 국어국문학과 내부의 전공도 주로 국어학이나 고전문학 쪽에 집중되었던 것으로 압니다. 물론 이러한 경향은 이 시기 다른 대학도 마찬가지이긴 합니다만, 현대문학을 전공하게 된 특별한 계기가 있었는지요?

이선영　　솔직히 말해서 현대문학을 전공하게 된 특별한 계기가 일찍부터 저에게 분명한 모습으로 있었던 것은 아닙니다. 그저 좋아한 분야의 공부를 즐겨하다 보니 언젠가부터 현대문학을 전공하기로 마음먹게 되었다고 다소 모호하게 말하는 편이 더 정직, 정확한 표현이 되지 않을까 싶어요. 그러나 굳이 스스로 현대문학을 선호하게 된 배경을 생각해보라고 한다면, 뭐랄까 국어학은 아무래도 좀 딱딱해 보이고 고전문학은 시대감각에 덜 맞는 듯한 느낌을 떨쳐버릴 수 없었는데 다행히 현대문학은 그런 한계를 벗어날 수 있을 것 같아 그걸 선택하게 된 것이 아닌가 싶어요. 객관적으로 그런 느낌이나 판단이 옳고 그름을 제대로 따져보기에 앞서서 말이지요.

저의 이런 개인적 선택과는 별도로 우리나라 대학에서 현대문학은 국어학이나 고전문학보다 경시되고 국학으로서도 예외적인 것으로 소외되어 왔고, 지금도 그와 동일한 실정에 있다고 할 수 있다면 그것은 분명히 매우 잘못된 것이라고 봅니다. 아는 바와 같이 우리나라에서 국학의 범주에는 국어학, 국문학, 국사학이 포함됩니다. 그리고 국문학은 당연히 우리의 고전문학과 현대문학을 합친 개념이고 양자를 구분함에 있어 시기상의 다름은 있어도 질적인 차이가 있다고 볼 수는 없습니다.

그러나 우선 연세대 안에 국한하여 보면 연희전문 문과시절부터 국어학에 외솔 최현배 선생, 고전문학에 위당 정인보 선생, 그리고 경제사에 백남운 선생과 같은, 일제 강점 하에서도 민족의 주체적 학문을 크게 이루어 놓으신 훌륭한 학자들의 학풍은 물론 새롭게 이어받아 더욱 크게 발전시켜 나가야 할 책임이 우리 후학들에게 있다고도 하겠습니다. 하지만 그런 학풍 계승 문제가 곧 현대문학 연구의 가치나 위상을 폄하해야 할 이유는 될 수 없습니다. 오히려 현대문학 연구의 새로운 방법이나 성과가 그런 고전문학 연구의 발전적인 학풍 계승에 기여할

이선영

수도 있지 않을까 생각합니다.

서은주　석사논문을 「한국문학의 근대화와 러시아문학」으로 쓰셨습니다. 한국근대문학의 성립을 외국문학의 수용사와 관련해 연구하셨는데, 이러한 연구주제를 잡게 된 배경과 함께 러시아문학에 초점을 맞춘 이유가 있는지 설명해 주시기 바랍니다.

이선영　제목은 그렇지만, 거기에 덧붙인 부제는 '춘원과 톨스토이의 관계를 중심으로'입니다. 다시 말하면 이 논문은 일종의 '춘원의 비교문학적 연구'였던 셈이지요. 춘원을 특별히 선택한 것은 이 분에 대한 여러 사람의 다양한 해석이나 평가와는 달리 한국 신문학사상 그 영향력 면에서 대단히 중요한 작가로 보았기 때문입니다. 이 작가에 대한 본격적 이해 없이 같은 시기 다른 한국작가들을 공부하기는 어렵다고 생각했습니다. 그리고 애국계몽의 기치를 내건 신문학이 외국문학의 영향도 무시할 수 없는 요소라는 인식 아래, 특히 춘원 자신이 외국문학 그 가운데서도 톨스토이의 영향을 강조하고 있음에 유의하여 이 논문의 중심 곧 부제를 그와 같이 정한 것입니다. 중심을 그처럼 춘원에 있어서의 톨스토이의 영향이랄까, 부채랄까 하는 것을 고찰하는 데 두었지만, 부차적으로는 톨스토이의 영향을 받았으면서 춘원에게 영향을 끼친 일본 작가들, 예컨대 도쿠토미 로카(德富蘆花), 기노시타 나오에(木下尙江), 무샤노코지 사네아쓰(武者小路實篤) 등을 비교문학적으로 살펴보기도 하였습니다. 그 결과 이 논문은 사상과 문학에서 영향 받은 톨스토이에 대한 부채와 더불어 춘원 자신의 고유하고 독특한 문학세계가 무엇인지도 밝혀지게 되었지요. 그래서 흔히 비교문학이라는 것이 비교만 하고 영향만 따지고 하는 데 그치고 사람의 독창적인 세계를 놓치는 경우가 많아요. 저는 가능한 한 춘원의 독창적인 측면도 고찰해 보려고 하였지요.

서은주   석사 졸업 후 1966년부터 연세대에서 강의를 시작하셨는데, 1960년대 후반의 대학 분위기는 확실히 많이 달라졌을 것이라 생각합니다. 4·19, 한일협정 반대운동 등을 거치면서 대학생의 의식이나, 그들에 대한 사회적 인식이나 위상도 많이 변화했으리라 봅니다. 이와 관련하여 교육자로서 1960년대의 사회 현실에 대해 어떤 문제의식을 갖고 계셨는지 궁금합니다.

이선영   1960년대 전반에는 대학에 있지 않아서 그 분위기를 잘 알지 못합니다. 따라서 1960년대 후반의 분위기가 그 이전과 비교하여 어떻게 달라졌는지 명확하게 말하기는 어렵습니다. 다만 1960년대 전반에 4·19와 한일협정 반대 운동이 있었으니 그 시기 대학의 분위기는 이 두 운동에서 자유롭지 못했으리라는 추측은 가능합니다. 알다시피 4·19는 민주화 운동이요 통일운동으로서 혁명적 성격을 지니고 있지만, 그것은 한편으로 미숙과 좌절 그리고 미완이라는 한계도 지니고 있습니다. 다시 말해서 우리는 4·19혁명에서 학생들의 민주화와 통일 실현에 대한 강한 의지와 열정을 높이 평가하면서도 그 의지가 관념적 차원에 머문 미숙함을 아쉽게 느끼며, 더욱이 5·16으로 인한 혁명의 좌절을 억울하게 생각합니다. 그래서 4·19는 새 질서의 수립에는 이르지 못했지만, 그 후 민족 대다수를 차지하는 민중의 요구라고 할 민주화와 통일에 대한 꿈의 실현은 일시적 장애가 있었음에도 불구하고 큰 역사의 흐름에서 보면 오늘날까지 진전해 온 것을 부정할 수 없을 것입니다. 이렇게 볼 때, 4·19 운동은 지금도 민중의 가슴 속에 살아있는 미완의 혁명이었다

이선영

고 할 수 있을 겁니다.

1964년의 한일협정 반대운동이란 당시의 야당과 종교계, 문화계 및 대학생 등이 주도한 대일굴욕외교 반대운동입니다. 그 협정 가운데 '청구권, 경제협력에 관한 협정'만 보아도 그 굴욕성은 어느 정도 짐작됩니다. 36년간의 일제 강점 아래 그들이 우리에게 가한 탄압과 착취의 대가로 고작 3억 달러를, 그것도 사죄의 대가라기보다 시혜적 성격의 느낌마저 주는 '무상자금'이란 미명 아래 일본이 한국에게 선심 쓰듯 준 것이죠. 나머지 정부차관 2억 달러와 상업차관 3억 달러는 떳떳이 이자를 주는 조건으로 받았으니 이 차관 5억 달러는 우리 한국에 대한 일본의 과거 죄값으로는 생각할 수 없는 것이지요. 이와 같이 1960년대는 민주화와 통일이라는 4·19의 과제와 식민지 시대 청산에 관한 대일외교 문제가 제대로 해결되지 못하고 정부와 야권이 계속 갈등을 일으킨 시기였지요. 그리고 이 갈등의 불씨는 1970년대에 와서 더욱 강력한 민주화 운동, 반독재 운동의 형태로 나타났어요.

서은주 선생님께서 전임강사가 되신 것이 1970년인데, 그 시절에 주로 어떤 과목을 담당하셨으며, 강의 내용이나 주 교재는 무엇이었는지 말씀해 주십시오. 그리고 인문학 교양의 범주에서 당시 대학생들은 어떤 책들을 읽었고, 교수님들은 어떤 책을 학생들에게 읽으라고 하셨는지 궁금합니다.

이선영 전임강사 시절의 저는 교양학부 소속이었는데 거기에는 어학, 문학, 철학, 종교, 체육 전공 교수들이 있었습니다. 교양국어의 주교재는 처음에는 『대학국어』 하나였지만 뒤에 『대학작문』이 추가되었지요. 실제 '대학국어' 강의는 수강생 수가 많았기 때문에 부득이하게 교수가 그 교재에 수록되어 있는 작품에 대해서 일방적으로 말하는 형식이 주가 되었고, 학생들의 자발적 질문과 토론의 시간은 교수의 강의시간에 비해서 훨씬 적은 편이었어요. 학교의 재정문제와 관련된 대형강의 폐해의 단적인 예라 하겠습니다. '대학작문'의 경우에는 학생이 주어진 일정한 주제 아래 쓴 글들을 제출받아 그 하나하나에 대해서 문장 작법상 문제점을 서면으로 혹은 구두로 교수가 지적하고 고쳐주는 방식이었지요. 그 밖에도 한국의 주요 현대문학 작가들과 작품들에 대해서 학생들이 자유롭게 의견을 발표하고 그것을 서로 토론하는 기회도 가끔은 가진 바 있습니다.

당시의 학생들은 앞에 말한 바와 같이 현실참여적 정치운동에 과감하였습니다. 그러나 1970~80년대의 정치사회운동에 비해서 그 이전 세대인 1960년대 학생들의 정치운동은 앞서 말했듯이 의식화, 이념화란 점에서 아직 다소 미숙하였습니다. 그만큼 이전 세대는 이후 세대보다 의식화에 필요한 사회과학서적의 독서 같은 것도 적지 않았나 싶습니다. 그런데 그 시기에 학교에서 학생들에게 권장한 서적들은 거의 전부가 이른바 세계명저류에 속하는 고전들이었습니다. 학교에서는 그 가운데 공자의 『논어』를 선정하여 교양학부 학생들에게 보고서를 제출하도록 한 바가 있습니다. 보고서의 형식은 그 내용을 요약하고 감상을 곁들이는 것이었습니다.

비평활동과 사회적 참여

서은주　　이제 화제를 대학 밖으로 좀 바꿔 보겠습니다. 1966년 「아웃사이더의 반항」이 조연현 선생님에 의해 추천되면서 평론활동을 시작하셨는데, 당시 대학에 있는 문학연구자들에게 비평 활동은 자연스러운

　　　　　　　　　　　　　　　　　　　　　이선영

선택으로 여겨집니다. 등단 과정을 좀 자세하게 들려주시고, 학문적 글쓰기와 비평적 글쓰기의 차이, 혹은 그 역할에 대해 어떻게 생각하시는 지도 궁금합니다.

이선영   등단 과정은 외형적으로 말할 것은 별로 없어요. 그것은 단순한 의례적인 절차에 불과했으니까요. 다만 그와 같은 글을 쓰게 된 당시 저의 내면적 상황 같은 것을 말한다면 그것은 대체로 다음과 같이 설명할 수 있을 겁니다. 그리고 그런 사정의 설명을 위해서는 자연히 최소한 이른바 데뷔작품의 핵심 내지 특징을 먼저 말하고 아울러 그 글에 대한 지금의 제 생각도 첨가하는 것이 좋을 듯합니다. 그 글의 내용은 요컨대 제목이 가리키듯이 '아웃사이더의 반항'이 갖는 가치를 주장하는 것입니다. 즉 우리가 살고 있는 사회의 기존 질서나 삶의 조건이 부조리, 무의미하기 때문에 그런 질서나 조건에 순응하지 않는, 아웃사이더, 이방인, 단독자, 열외자로서의 실존적 자각과 반항이 갖는 의미를 부각시키고자 한 것이지요. 그런데 제가 이렇게 일종의 실존주의적 주체에 대해 관심을 갖게 된 것은 휴전이 된 지 십 수 년 후의 일이기는 하지만, 아무래도 참혹했던 전쟁체험의 트라우마로 인한 삶의 좌절감, 불안감, 허무감과도 무관할 수 없겠고, 또 당시 그런 관심을 뒷받침해 준 우리 문학작품들과, 국내에 때맞춰 들어온 외국의 실존주의적 작품들과 이론서들도 한 몫 했던 것이 아닌가 싶습니다. 그러나 돌이켜 생각해보면 제가 앞에 말한 것과 같은 내용의 글을 썼다는 것, 그리고 그것으로 추천을 받았다는 것은 지금 생각하면 계면쩍게 느껴지는 것을 부정할 수 없습니다. 특히 실존주의에 접근하는 방식에 문제가 있었던 것이지요.

그 방식을 두 가지로 나누어 손창섭이나 까뮈와 같이 실존주의적 형이상학을 내세우는 경우, 그리고 사르트르와 같이 실존주의를 현상학적으로 탐구하는 경우가 있다고 할 때 저는 후자를 택하지 않고 오히려 전자의 입장을 취했던 것이죠. 실은 삶이 부조리하고 허무하며 따라서 비현실적이라고 결론짓는 데 급급할 것이 아니라. 어째서 그런 실존주의가 당시에 가능했는지에 대한 역사적, 현실적 조건을 탐구하는 것이 그 때 저에게 훨씬 더 필요한 작업이었다는 것이 지금 제 생각입니다. 그리고 이 주제를 발전시킴에 있어 또 하나 생각되는 것은 삶이 유한하고 허무한 것은 사실이지만 그것을 단독자로서의 체험에만 맡기지 말고 참다운 공동체적 체험으로 높일 수 있는 길은 없었던 것일까 하는 점입니다.

　다음은 학문적 글쓰기와 비평적 글쓰기에 대한 이야기인데, 그 두 가지 글쓰기는 물론 다르지만, 그렇다고 다르기만 한 것이 아닙니다. 먼저 다른 점부터 보면 학문은 문학의 연속성에 있어서 의미 있는 변화와 흐름에 관심이 있지만 비평은 문학작품들 사이의 유사성이나 불변성에 관심을 기울입니다. 또 학문은 작품의 정확한 이해에 주력하고 비평은 작품의 해명과 평가에 힘씁니다. 그리고 학문은 작품의 원천과 발생을 추구하고 비평은 작품의 미적, 이념적 성질을 밝히는 데 힘을 기울입니다. 다시 말하면, 학문은 문학작품의 원천과 출처, 그리고 사상의 매개체로서의 기능과 같은 사실들을 연구하고, 비평은 세상에서 인정받는 작품의 진실 혹은 그 사실들이 형상화하고 있는 그 형식과 내용에 대해서도 주목합니다. 그러나 그런 다음에 우리가 유의할 것은 그런 학문과 비평을 구별하는 데 멈출 것이 아니라 비평이 힘쓰는 작품의 진실과, 학문이 강조하는 작품의 사실이 실제로는 불가분의 관계에 있다는 것입니다. 또 반대로 그런 학문적 사실은 그것이 지니고 있는 비평적 진실까지 밝혀짐에 따라 비로소 학문의 목적이 제대로

이선영

1970년대 말엽

달성될 수 있다는 것입니다. 이런 전제 아래 앞으로 문학을 연구하고 비평함에 있어 학문은 비평을, 비평은 학문을 높은 차원에서 수용하는 것이 옳다고 생각합니다.

서은주　1960~70년대 활발한 비평활동을 하시던 시기에 문단에서 주로 교류했던 분들은 어떤 분들이었는지요. 요즘 연구자들은 이 시기 주요 잡지를 중심으로 인적 네트워크와 문학권력이 형성되었다고 보는 견해가 있는데, 선생님은 그 당시 어떤 그룹과 주로 교류하셨는지요. 당시의 사회 현실과 관련해 문단 분위기 등을 들려주시기 바랍니다.

이선영　문단친구로는 김병걸, 김우종, 송원희, 남정현 같은 분들이 얼핏 떠오릅니다. 그 외에도 더러 있지만 이렇게 먼저 생각나는 사람들로 일단 줄이겠습니다. 그리고 당시의 주요 잡지 중심의 인적 네트워크라든가 문학권력이라든가 하는 것에 대해서는 잘 알지 못하고 또 깊이 생각해 본 바도 없습니다. 다만 그런 조직들이 있고 그에 따른 이른바 문학권력이 실제로 존재한다면 물론 그것들은 이전과는 다른 새로운 모습으로 바뀌어야지요. 패거리나 동아리끼리의 폐쇄적이고 배타적인 집단들이 되지 않도록 해야겠지요. 그래서 가능하다면 한 걸음 더 나아가 그 그룹들 각각의 문학적 입장과 이념이 서로 서로 진지하고 치열한 토론을 통해서 발전의 길을 열어나간다면 지금의 그룹들이 지니고 있는 그런 문제를 풀어나갈 길이 있지 않을까 싶습니다. 그룹들 사이에 존재하는 문학적으로 비생산적인 경쟁을 생산적 경쟁으로 나아가게 할 타개책 수립에 힘써야 한다는 것이지요. 그 무렵의 문학적 쟁점으로는 이미 알려진 바와 같이 '순수 대 참여 논쟁', '전통계승 대 전통단절 논쟁', '민족문학론' 등이 있었습니다. 그런데 그런 논의가 활발해지고 쟁점이 부각되기도 한 것은 당시의 역사적 상황과 관련이 없지 않아 보입니다. 오랫동안 이승만 독재 정치와 반공통일론 내지 반공이데올로기의 강요는 마침내 이 정권에 대항한 4·19혁명을 초래하였고 그 결과 사회현실은 한결 자유롭고 개방된 모습으로 변화하였습니다. 이로 인해서 문인들의 현실에 대한 인식과 인간 내면에 대한 성찰, 그리고 문학 자체에 대한 생각이 더욱 다양하고 새로워졌으며, 따라서 앞에 든 바와 같이 문학적 논의와 논쟁이 활발하게 전개되었다고 하겠습니다. 그런데 4·19 이후 불과 1년 남짓 지나 일어난 5·16쿠데타는 우리 문인들에게 상당한 시련을 겪게 하였습니다. 그러나 한번 일기 시작한 새로운 창작과 토론의 열기는 그 후 식지 않고 지속적으로 발전해 나갔습니다.

서은주   1960~70년대 비평이나 문학연구에서는 텍스트 중심의 분석주의, 혹은 구조주의적 아카데미즘을 비판적으로 수용할 것을 제안하시면서 본격적으로 리얼리즘론을 주장하셨습니다. 선생님이 생각하신 리얼리즘의 의미를 들려주시고, 1970년대 리얼리즘이 부상하는 사회적

이선영

맥락과 문단의 분위기에 대해서도 말씀해 주시기 바랍니다.

이선영　　언제나 문학과 예술이란 여러 가지 요소를 가지고 있게 마련이지만, 그 당시 우리 평단과 학계는 주된 관심을 문학의 예술성에 두는 쪽과 문학의 사회역사성에 두는 쪽으로 나뉘어져 있었지요. 구체적으로 말하면 한편으로는 텍스트 중심의 신비평 내지 구조주의적 방법과 다른 한편으로는 현실 반영적 리얼리즘 방법이 서로 맞서 있는 형국이었어요.

　　이와 같은 평단과 학계의 상황에서 저는 문학이 예술성 위주의 자율성 논리에만 빠지는 것은 옳지 않지만 그렇다고 그런 문학의 자율론을 부정하여 신비평 혹은 구조주의가 개발한 대상작품의 분석과 평가 방법을 전적으로 무시해서는 안 된다는 생각을 한편으로 가지고 있었던 거지요. 그러나 그럼에도 불구하고 저는 그때부터 이미 리얼리즘을 주장하는 비평방법을 선호한 것이 사실입니다. 그런 입장에 선 것은 한마디로 말해서 문학을 위한 문학이라는 이른바 유미주의가 아니라 예술성을 지닌 문학이면서도 인간의 삶에 기여하는 문학이어야 한다는 소박한 생각에서였습니다.

　　리얼리즘의 개념은 그것을 보는 입장에 따라 달라지는데, 그 대표적인 두 입장 가운데 하나는 리얼리즘을 적극적으로 보아 옹호하는 입장이고, 다른 하나는 그것을 소극적으로 보아 부정하는 경우입니다. 후자는 리얼리즘이 현실을 있는 그대로 그린다고 하지만 실제로 그것은 오히려 사실의 환영을 보여줄 뿐이며, 또 사실을 객관적으로 그린다고 하지만 그 사실이란 작가가 주관적으로 선택한 것일 따름이라고 합니다. 물론 리얼리즘이라고 해서 절대적 사실성이나 절대적 객관성을 보장할 수 있는 것은 아닙니다. 그러나 문학의 원근법과 기법의 관점에서 볼 때,

리얼리즘 이상으로 사실성과 객관성을 제대로 주장하는 것을 달리 생각할 수는 없지 않겠어요. 한편 리얼리즘을 적극적으로 해석하여 옹호하는 입장에서는 그런 사실성이나 객관성을 중시하면서도, 작가의 얼굴을 보이지 않게 하는 몰개성화나, 어떤 장면을 실제 그대로 재현하는 자연주의적 기법을 소홀히 하지 않지만, 그렇다고 그런 답답하고 경직된 규칙에 언제까지나 묶여 있을 수는 없었습니다. 일찍이는 발자크부터 늦어도 루카치 이후 리얼리즘은 현실 내지 인간의 삶을 그리되 무엇보다도 총체성을 느낄 수 있게 하는 것을 소중히 생각하게 되었습니다. 다시 말해서 리얼리즘 문학이나 예술은 그 속에 있는 모든 것을 인간의 개인적인 생활과 체험이라는 관점에서 느낄 수 있게 하는 동시에 그 생활과 체험을 총체성으로서 느낄 수 있게 한다는 말입니다. 그 생활체험에서 생긴 사건이나 사실 내지 요소는 어느 것이나 총체적 과정의 부분으로 파악될 수 있게 한다는 것입니다. 따라서 리얼리즘 문학에 등장하는 인물들은 누구나 자기만의 개인적인 운명보다 더욱 뜻이 크고 깊은 무엇, 곧 총체상, 전체상을 나타내려고 하는 것입니다.

1970년대 리얼리즘론자의 한 사람으로서 제가 강조하고 싶었던 것은 그와 같은 현실의 전체상과 더불어 그 전체상에 대한 작가의 태도, 외면적인 관찰이나 정태적인 태도보다 사건 속에 직접 개입하는 열정적이고 동태적인 태도 내지 현실참여적 태도였습니다. 이런 주장의 시대적 배경으로는 당시 우리 현실의 상황을 떠올리게 됩니다. 그것은 한마디로 독재체제 대 반독재 내지 민주화운동 사이의 대립 상황으로 요약될 수 있습니다. 1970년대 들어서면서 통화는 팽창하고 수출은 부진해져서 경제상황이 매우 악화되었지요. 더욱이 노동자와 도시빈민의 생활조건은 극도로 어려워졌고요. 전태일의 경우로 대표되는 노동자의 분신사건과 노동운동이 일어나고, 도시빈민의 생존을 위한 투쟁이 발생하였던

이선영

때죠. 이를 막기 위해 박정희 정권은 국가비상사태를 선언하고(1971. 12.), 드디어 대통령의 절대권력 장악을 보장하는 '10월 유신'을 단행하여 (1972. 10.), 파쇼정권을 유지하려고 하였습니다. 하지만 그런 엄혹한 상황에서도 유신헌법 반대운동은 끊이지 않았으며, 결국 우리 문인들도 '자유실천문인협의회 101인 선언(1974. 11. 18.)'을 하였고, 저도 그 협의회 간사 자격으로 선언에 참여하여 중앙정보부원에 의해 가택수색을 당하는 등 약간의 수모를 겪었습니다.

서은주　군사정권 시절 여러 문학인의 역할은 상당히 선도적이고 실천적이었습니다. '자유실천문인협회' 간사를 맡으셨는데 학교에 몸을 담고 있으시면서 '운동으로서의 문학'을 실천하시면서 많은 어려움이 있으셨으리라 짐작됩니다. 군사 정권 하에서 비평가로서, 학자로서 겪은 일들을 좀 더 자세하게 들려주시면 좋겠습니다.

이선영　앞에 말한 것처럼 박 정권의 독재와 반민주 혹은 부정과 부패에 맞선 국민의 저항운동은 끊임없었는데, 그 중에서도 자유실천문인협의회(이하 자실)의 '101인 선언'은 박 정권이 예상하지 못한, 당시 가장 강력한 유신반대운동이라고 할 수 있습니다. 왜냐하면 그 선언의 내용이 살얼음판인 유신상황에서 이를테면 김지하를 비롯한 양심수 석방과 언론출판의 자유 보장, 민중의 생존권 보장과 노동관계법 개정 그리고 당시로서는 범법행위인 헌법 개정 등을 요구했으니 말입니다.
　한편 자실의 간사로서 많은 어려움이 있지 않았느냐고 하지만, 사실 저는 그런 말까지 들을 만한 입장에는 있지 않았습니다. 저는 간사직에 있었지만 특별히 한 것은 별로 없었으니 말입니다. 정말 자실 운동사에서 기억되어야 할 분으로는 처음부터 철저히 일을 계획하고 실천에 옮기는

데 중심 역할을 한 고은, 신경림, 백낙청, 염무웅, 조태일, 이문구, 황석영, 박태순 등이라고 생각합니다. 하지만 그 뒤에도 저는 박 정권의 계속된 독재와 탄압을 방관하지는 않았습니다. 자실의 '101인 선언' 이후 꼭 한 달 만에 저는 교수 34인의 '교수자율권선언' 발표에 참여하였습니다. 선언문 발표의 계기는 당국이 부당한 이유로 교수들을 대학에서 물러나게 하였기 때문이었지요. 당시 국민의 뜻을 대변할 수 있는 사회지도층이 망라된 '민주회복국민회의'의 선언문 발기인으로 경기공전의 김병걸 교수와 서울대학교의 백낙청 교수가 참여하였는데 그것이 정권의 비위를 거슬러 두 교수가 파면이라는 가혹한 처벌을 받은 것입니다. '교수자율권선언' 발표는 바로 이들 교수에 대한 정부의 부당한 탄압이 계기가 된 것이지요.

진보적 문학연구 주도, 새로운 연구방법론의 개발

서은주 1980년 '지식인 134인 시국선언'과 관련해 대학에서 해임당한 일에 대해 여쭤보고자 합니다. 시국선언에 참여하실 때의 정황과 심경은 어떠셨는지요. 그 사건이 선생님의 학문적 삶이나 개인사에 미친 영향이 컸을 것이라 짐작하는데 이에 대해 말씀해 주시기 바랍니다.

이선영 1979년의 10·26 사건으로 박 정권이 무너진 다음, 1980년 초엽에는 바야흐로 '서울의 봄'이 시작되는 것으로 느낀 사람들이 적지 않았습니다. 그러나 그것은 많은 사람들의 기대와는 달리 착각에 불과했습니다. 이미 그 이전에 전두환, 노태우 등을 중심으로 한 신군부가 형성되었고, 그들은 계엄사령관 정승화가 박정희 살해사건에 관련되었다는 핑계로 그가 있는 공관을 습격하고 그를 체포한 12·12사태를

이선영

일으켰던 것입니다. 그 뿐만 아니라 1980년 4월경부터 저는 개인적으로 가까이 지낸 신문사 친구들로부터 곧 군 본연의 임무에 복귀하겠다던 신군부의 최근 움직임이 심상치 않다는 말을 자주 들었습니다.

이렇게 정국이 혼란하고 자칫 역사가 잘못된 길로 나아가려 할 때 이른바 지식인으로써 제가 할 수 있는 일이 무엇일까를 생각했지만 뾰족한 대책이 떠오르지 않았습니다. 이리하여 스스로의 무력함을 느끼고 있던 차에 마침 선배 교수인 신과대학 서남동 선생이 제 방으로 찾아오셔서 하신 말씀을 통해서 지식인 시국선언발표가 실제로 추진되고 있음을 알았습니다. 다소 불안한 느낌이 없지 않았지만 마음으로부터 그 뜻에 공감하여 서명하게 된 것이지요. 그런데 이 시국선언이 1980년 5월 15일에 발표된 후, 광주민중항쟁을 비롯하여 큰 사건들이 계속 일어난 때문인지, 두 달이 넘도록 그 서명자에 대해 당국에서 아무런 말이 없었습니다. 어쩌면 그냥 넘어갈 수 있겠다고 생각되기도 했지요. 그런데 7월 20일 드디어 합동수사본부로 경찰관에게 연행을 당하여 수일간 취조를 받은 다음 사직서를 쓴 후에야 석방이 될 수 있었습니다. 그 후 연세대에서 사표가 수리되고 몇 가지 퇴직절차까지 모두 끝내고 나니 정말 앞으로 살 일이 막연하더군요. 게다가 몇 개의 사찰기관에서 벌인 감시와 보호(?) 역시 썩 기분 좋은 일은 아니었지요. 그것은 물론 우리 해직교수 전원이 공통적으로 겪은 곤욕이었을 겁니다. 그러나 그렇게 감시받는 억압적 상황에서도 우리는 해직교수협의회를 만들어 정부와 사회에 대해 협의회의 입장을 시국선언서 형식으로 계속 발표하였습니다.

그런 결과인지는 모르지만 해직 교수에 대한 정권의 태도가 달라지기 시작했습니다. 우리가 해직된 지 만 3년만입니다. 그리고 그 변화된 태도에서 나온 첫 번째 지시가 다른 대학에로의 전직 권유였습니다.

저에게 그런 권유를 직접 한 분들로는 예의 그 사찰기관원으로부터 시작하여, 과거 연세대에 같이 있었던 교수, 그리고 연세대의 주요 보직에 있는 분 등까지 있었으니, 당시 정부의 지시가 얼마나 철저하고 강력했는지 짐작할 만했지요. 물론 저는 그 권유를 단호히 거절했고 그 뒤 약 1년 만에, 해직 후로는 만 4년 만에 원래 있던 연세대로 복직할 수 있었습니다.

그러나 그 4년간을 뒤돌아보면 당시 억울하고 섭섭했던 일들은 이제 거의 사라지고 오히려 고맙고 흐뭇한 일들이 많이 떠오릅니다. 그렇다고 부당한 이유로, 즉 군정을 단념하고 민정을 하라는 성명서를 발표했다고 강제로 해직교수로 만들어 여러 해 동안 본인과 본인의 가족을 괴롭힌 정권의 횡포까지도 없었던 사실로 하자는 말은 물론 아닙니다. 다만 저는 그와 같은 파란을 겪으면서도 이를테면 염량세태의 야박한 인심보다는 더불어 사는 세상 사람들과의 유대랄까 정 같은 것을 더 많이 경험한 데서 흐뭇함과 자랑스러움을 느끼고 있다는 것입니다. 특히 선배·동료교수들과 대학제자들로부터 받은 물심양면의 도움은 지금도 잊을 수 없습니다. 한편 전공이 다른 해직교수들과 자주 만나 뜻을 나누고 교분을 쌓아가며 저 자신의 부족한 점을 채울 수 있었던 일도 가슴 뿌듯한 추억거리입니다. 아무튼 그동안 상아탑의 세계와는 다른 살아있는 현실에 직접 부딪쳐 부대끼며 싸우는 중에 저의 삶에도 어떤 변화가 있었을 것입니다. 그러나 그 변화를 스스로 가늠하여 말하기는 어렵고 다만 앞에서 진술한 저의 체험이나 생각의 연장선상에서 그 변화는 짐작될 수 있지 않을까 싶습니다.

서은주   1984년 복직 이후부터는 대학의 한국문학 교육과 연구의 장에 카프문학을 비롯해 월북문인들의 작품을 본격적으로 도입, 소개하

이선영

셨습니다. 소위 좌익문학 관련 주제를 공식적인 학위논문의 연구 대상으로 수용함으로써 1980년대 후반 이후 진보적 국문학 연구를 선도하셨는데, 학교에서나 혹은 보수적 연구자들로부터 반발 같은 것은 없었는지요. 당시의 정황을 말씀해 주시기 바랍니다.

이선영　　복직이 되고 나서 대학원에서 처음으로 카프문학과 북한문학을 다루기 시작하였습니다. 카프문학은 국문학도이면 누구나 알다시피 엄연한 우리 문학임이 틀림없음에도 불구하고 냉전적 반공이데올로기에 묶여 제대로 조명을 받지 못했을 뿐이었죠. 그 무렵에 저는 그 족쇄를 풀 때가 되었다고 보았고 실제로 그 후 3~4년 만에 정부에서도 납북·월북작가의 작품 및 카프문학 등에 대해 해금조치를 내렸던 것으로 압니다. 또한 북한문학에 대해서는 다소 위험을 무릅쓰고 그것을 정식 교재로 다루기 시작했는데, 그렇게라도 해서 남북 간 분단문학을 극복하고 통일문학을 이룩하는 데 미력이나마 힘이 되고자 해서였습니다. 서로 벽을 쌓아놓고 적대관계만 지속한다면 우리 민족문학 발전은 물론 민족사의 앞날에도 결코 유익할 것이 없다고 보았기 때문입니다. 한편 그러한 강의를 진행한 과정에 교내외의 어떤 사람이나 기관으로부터 특별히 간섭을 받은 일은 없었습니다.

　그리고 그밖에도 1980년대 후반기에 기억할 만한 일로 '한국문학연구회'의 창립(1987년 2월 16일)을 들어야 하겠습니다. 발기인 모임은 그보다 3개월 가까이 앞선 1986년 12월 22일에 있었지요. 그런데 그 기관지인 『현대문학의 연구』 창간호가 나온 때는 이 연구회가 창립된 지 2년만인 1989년이었으니 첫 아이의 출생이 매우 난산이었던 셈이지요. 필요한 연구 인력을 처음부터 거의 학내에서 해결하려고 한 데 무리가 있었고, 또 연구회의 발족에 앞서 준비를 철저히 하지 못한 데에도 문제가 있었던 것으로 생각됩니다. 그래도 그 시기를 전후하여 대학원생들의 학구 열기는 한층 높아지기 시작한 것으로 기억합니다. 강의시간에 과제를 많이 요구하면 학생들이 약간 힘들어 하면서도 오히려 의욕이 넘치는 표정들이었으니까요.

서은주　연결해서 말씀드리자면 선생님 문하에서 공부했던 제자들이 '민족문학론'의 핵심 연구자로 현재 학계에서 중요한 역할을 담당하고 있습니다. 이와 관련해 지금까지도 제자들과 연구 모임을 갖고 계신 것으로 알고 있습니다만, 보람이나 자부심이 각별하실 것 같습니다. 복직하셔서 본격적으로 연구와 교육에 전념하셨던 1980년대 후반~1990년대 전반에 이르는 시기 가르쳤던 연대 국문과 제자들에 대해 한번 회고해 주시기 바랍니다.

이선영　1990년 전후 10년간 연세대 대학원에서 한국 현대문학을 전공한 학생들로서 현재 우리 학계와 문단에서 활발한 활동을 하고 있는 연구자들이 꽤 있는 것으로 압니다. 그것은 물론 반가운 일이지요. 그런데 여기서 잠깐 짚고 넘어갈 일은 첫째 그 공은 결코 저 혼자 내세울 일도, 그런 생각을 스스로 할 입장도 아니라는 것입니다. 그런 성과를 낸 데에는 저 이외에도 다른 교수들의 영향도 없지 않았을 것이고, 무엇보다 연구자들 각자가 그동안 열심히 공부한 결과라고 봅니다.

다만 그런 연구자들 가운데 민족문학론 내지 리얼리즘론 계통의 연구자들은 당시의 저와 시각상의 친연성이 있다고 할 수 있지요. 당시 저는 실제로 그런 원근법이나 기교를 좋아하였고 강의 역시 그런 입장에서 했던 것으로 생각합니다. 최근에 와서 제자 학자들 가운데 학계에서

이선영

두각을 나타내는 경우도 있고 왕성한 활동상을 보이는 경우도 적지 않아 그들을 가르친 한 사람으로 보람을 느끼는 것이 사실입니다. 되돌아보면 그들이 대학원에서 한창 공부하던 시절, 게오르그 루카치, 미하일 바흐찐, 테리 이글턴, 프레드릭 제임슨 등의 난해한 문학이론들을 열심히 이해하려고 했고 카프 작가들의 소설과 평론뿐만 아니라 북한의 장편소설들, 이를테면『피바다』,『꽃 파는 처녀』,『한 자위단의 운명』,『청춘송가』등을 공들여 분석, 평가하기도 했지요. 당시 학생들의 이런 일련의 작업에 대한 열의가 20여년이 흐른 지금에 와서 좋은 결실로 나타나고 있는 것 같아, 그들과 학연이 있는 저로서는 깊은 감회를 느끼게 됩니다.

서은주　　임형택, 김시업, 최원식 교수와 함께 문학 연구단체인 '민족문학사연구소'를 창립하여 한국의 진보적 문학 연구자들의 연대를 가능하게 하셨고, 이 공간을 통해 고전/현대라는 국문학 연구의 이분법적 경계를 극복하는 중요한 계기를 마련하셨습니다. 연구소를 설립하기까지의 과정과 연구소의 초기 풍경에 대해 말씀해 주십시오.

이선영　　먼저 '민족문학사연구소'의 창립에 참여하게 된 저의 입장부터 밝혀두는 것이 좋겠습니다. 이미 말씀드린 바와 같이 저는 1984년 9월 해직교수의 신분으로 묶여 있다가 풀려나 원래 있던 대학으로 돌아왔습니다. 복직이 된 뒤 저는 앞으로 교육과 연구 내지 연구 활동을 어떻게 펼쳐나갈 것인지를 생각한 일이 있습니다. 그런 생각들 가운데 하나는 제가 그동안 진행해 온 연구의 방향과 방법을 어떻게 발전시키느냐는 것이었고 다른 하나는 학생들, 특히 대학원생들이 공동으로 학문을 연구할 수 있는 모임을 마련하는 것이었습니다.

　　그 중에서 연구 모임의 경우 그것은 아무래도 연세대 테두리 안에서부터 시작하는 것이 좋을 것으로 생각하였고, 그 다음에는 다른 여러 대학들과 공동으로 연구하는 모임으로 넓혀나가는 것이 자연스러운 순서로 여기고 있었지요. 그런데 앞에서 말한 바와 같이 1989년에는 이미 학내의 연구모임인 '한국문학연구회'가 기관지를 두어 권 낸 바 있지만 좀 더 회원들의 연구 활동 내지 그 역량을 발전시키기 위해서는 더욱 크고 포괄적인 연구모임이 필요한 형국이라고 보았습니다. 그 때가 아마 1990년 초쯤이 아니었던가 싶은데, 그 무렵의 어느 날 마침 임형택 선생께서 제 대학 연구실로 찾아오셔서 새로 창립되는 문학연구회에 동참을 권유하셨습니다. 그때 저는 임 선생을 비롯하여 몇 분이 중심이 되어 연구모임을 가지고 있는 것을 알고는 있었지만, 그 모임을 발전적으로 해체하여 새로 개설하는 연구소에 저 자신까지 동참할 것인지는 뜻밖의 문제로 생각되어 처음에는 주저하기도 하였습니다. 물론 한국문학연구회 회원들 가운데 희망자들이 자진해서 새 연구소에 들어가는 거야 적극 권정할 일로 보았지만. 그러나 그렇다고 그 참여권유를 제가 거절할 이유 또한 별로 없었습니다. 또한 이 새 연구소를 이끌고 나갈 분들은 그 면면으로 보아 평소 제가 친근감을 느끼고 있던 분들이었습니다. 더욱이 그 분들의 연구방향이 저의 경우와 가깝다고 본 저는 드디어 그 창립멤버가 되는 것을 흔쾌히 결정하게 되었습니다.

그리고 초기의 연구소 회원들은 각자 그동안 공부해온 환경과 역점이 다른 만큼 서로 잘 어울려 공부한다는 것이 쉽지 않았을 겁니다. 그럼에도 불구하고 그런대로 '선의의 경쟁과 공동체로서의 협력'이 생각보다 잘 되었다고 봅니다. 그런데 질문에서는 고전과 현대의 이분법적 경계 허물기가 잘 되었다고 하는데 실제로는 연구소에서 그게 이미 잘 되었거나 지금 잘 되어가고 있다고 보기는 어렵지 않을까 싶어요. 따라서 고전과 현대의 단절이나 경계를 제대로 극복하기 위해서는 먼저 거기에

이선영

따른 올바른 입장과 접근방법을 고민할 필요가 있다고 생각합니다. 예컨대 고전과 현대 사이의 단절이 아닌 지속(전통)이 있다고 할 때 그 전통은 어떤 미학적 형태와 인식론적 내용을 지니고 있는지를 밝힐 필요가 있을 것입니다. 또 접근방법도 때로는 현대 전공자가 고전문학을 연구하고, 반대로 고전 전공자가 현대문학을 연구할 때 피차 자신의 연구방법을 더욱 발전시킬 계기가 마련될 수 있지 않을까, 그 경계 허물기에도 도움이 될 수 있지 않을까 하는 생각이 듭니다. 그리고 양자가 같은 주제로 연구하되 그중 한쪽이 일단 연구한 논문요지를 만들어 발표하고 다른 한쪽이 거기에 대한 의견을 개진한 다음 그것을 반영하여 최종원고를 작성해보는 것도 한 방법이 되지 않을까 싶습니다.

서은주　오랜 준비 기간을 통해『1895~1999: 한국문학논저 유형별 총목록』1~7권과『한국문학의 사회학』을 발간함으로써, 한국문학 연구에 새로운 관점과 방법론을 제시하셨는데, 이 기획은 어떻게 시작하게 되셨는지요? 그리고 그 작업을 할 때 자료 수집과 정리에 있어 기술적 한계 등으로 어려움이 많았던 것으로 아는데 그 과정에 대해 말씀해 주시면 좋겠습니다.

이선영　흔히 말하듯이 교수가 하는 일은 교육과 연구입니다. 그리고 이 두 기능을 수행하는 데에는 필요한 재료들이 여럿 있습니다. 학생을 가르치기 위해서는 교육재료, 즉 교재가 있어야 하고, 학생을 포함한 연구자를 위해서는 선행연구논문과 저서의 목록 같은 것이 필요합니다. 국문학 교수인 저는 1980년대 초엽과 중엽에 각각『문학비평의 방법과 실제』및『문예사조사』를 교재로 엮어내었습니다. 전자인 비평이론서는 문학을 연구하고 비평하는 데 필요한 이론적, 방법적

안목을 높일 수 있도록 꾸며진 책입니다. 따라서 그것은 현대 세계의 대표적 문학비평의 이론과 방법을 그 유형에 따라 설명하고, 그 각각의 이론과 방법을 수용한 국문학 논문들을 예로 제시하는 기준에 맞춰 책을 구성하였습니다.

그런데 『문학비평의 방법과 실제』의 중심내용은 앞에 말한 바와 같이 문학비평의 '이론과 방법'이라고 한다면, 다음의 『문예사조사』역시 그 내용상 특색으로 문학연구 내지 비평의 '이론과 방법'이 없지 않습니다. 그러나 『문예사조사』는 문학유파의 변천과 그 사상적 흐름에 무게중심이 있다는 점에서 문학의 '이론과 방법'을 가장 중시하는 문학 비평서와는 구별됩니다. 요컨대 『문예사조사』는 문학의 사상성과 예술성, 정신적 지향성과 예술적 기법이 시대에 따라 어떻게 바뀌고 이어지는가에 주목합니다. 따라서 이 두 권의 책은 각각 비평의 이론과 방법, 혹은 문예사조의 흐름을 이해하게 함으로써 학생들의 문학공부에 도움이 되고자 꾸민 것입니다.

이와 같이 이 두 권의 교재는 학생과 연구자의 문학공부를 돕고자 꾸몄지만, 지금 이야기할 논저 목록은 그 목적이 조금 다릅니다. 논문을 쓸 때 기초자료 수집의 안내역을 할 수 있도록 편찬한 것이지요. 여기서 '기초자료수집의 안내'라는 것은 선행업적인 한국현대문학관계의 논문, 저서, 평론(논저)의 목록들을 수집한 다음, 그것들을 몇 가지 유형별로 분류, 정리해서 연구자의 필요에 따라 편리하게 참고하도록 안내하는 것입니다. 이렇게 만들어진 『한국문학논저 유형별 총목록』에는 1895년부터 1999년에 이르는 105년간, 해당 논저 73,541편의 목록들을 수집하여 그 목록들을 첫째, 연도별과 장르별로, 둘째, 연구 대상의 작가론, 작품론 별로, 셋째, 논저의 필자, 저자별로 정리하여 수록함으로써 연구자들이 편리하게 사용할 수 있도록 했습니다. 이리하여 이 논저목록은

이선영

4·6배판 크기와 권당 평균 페이지 수 982쪽에 전 7권 분량의 꽤 큰 규모가 되었지요.

이런 결실을 보기까지는 많은 시간과 인력이 소요된 것도 사실입니다. 7권 가운데 처음 1990년에 제 1·2·3권이 나오기까지에도 십 수 년의 시간과 지속적으로 20여명의 인력이 필요했어요. 더욱이 아직 컴퓨터 자체의 기능과 그 이용자의 기술 수준이 그리 높지 못한 1980년대에 이 기계를 국문학 논저목록 작성에 활용하는 데 따른 문제들은 결코 간단히 해결될 수 있는 것이 아니었습니다.

그래도 당시 어떤 신문(『전산신문』)에서는 우리의 이 작업을 컴퓨터를 이용한 국문학 연구의 좋은 사례로 칭찬을 아끼지 않았지만, 그러나 실제로는 작업 도중 몇 번의 시행착오와 의외의 시간 및 노력의 소비를 감수해야 했지요. 그 밖에 자세한 이야기는 줄이고 한 가지 첨가할 것은 이 논저 목록이 1994년에 나온 제 4권과 2001년에 나온 제 5·6·7권에 서는 북한의 『조선문학』과 『문학신문』에 발표된 북한문학 관계 주요 논저들의 목록을 추가로 수용하여 대상논저의 범위를 북한으로까지 확대하였다는 사실입니다.

아무튼 거듭 말해서 이 논저목록 편찬의 목적은, 한국문학 연구자들이 선행업적을 보지 못해서 초래하게 되는 비능률과 시행착오를 미연에 방지하는 것이지요. 그리하여 그들이 바라는 생산적이면서도 질 높은 연구의 결실을 가능하게 하는 데 일조하는 것이었습니다. 연구의 양적 증가와 질적 향상에 미력이나마 도움이 되었기를 기대했던 것이지요.

서은주 이러한 목록화, 분류화 작업을 토대로 통계 등의 사회학적 분석 방법을 문학연구에 도입하셨는데요, 그러한 작업의 성과를 요약해 서 설명해 주시기 바랍니다.

이선영　　저는 앞에서 말한 직접적인 효과를 기대했는데, 한편으로 그 부산물로서의 성과도 실제로 거둘 수가 있었습니다. 이 논저목록들을 통해서 의미있는 문학독자(연구자)의 경향을 발견하게 되었다고 할 수 있죠. 그런 현상들 가운데 한 예로서 연구자들이 다룬 대상작가의 작품론·작가론의 수량에 의거해서 그 작가들의 순위를 결정할 수 있었다는 것입니다. 그런데 그 순위는 20세기 100년간의 종합순위도 주목되지만, 또 그것과 20세기 마지막 9년간의 순위가 다르다는 점도 흥미를 끄는 현상입니다.

종합순위는 이광수, 이상, 염상섭, 채만식, 한용운, 서정주, 김동인, 김동리, 윤동주의 순서로 나타납니다. 여기서 이광수는 흔히 말해지듯이 근대소설을 개척한 계몽주의자라는 이유로, 또 근대한국작가 가운데 제일 일찍 등단했다는 이유 등으로, 비록 현대 소설독자의 감수성에는 덜 맞지만 종합순위 1위를 유지한 것으로 이해됩니다.

그 밖에 종합순위 10위 내에 드는 작가들에서 특히 주목되는 점은 이상, 서정주, 김동리 등과 같은 모더니스트들이 압도적 우세를, 염상섭, 채만식과 같은 리얼리스트들이 그 다음을 차지한다는 사실입니다. 또 한용운, 윤동주가 전자에 가깝다고 한다면 모더니스트의 우세 경향은 더욱 강해집니다.

더욱이 20세기 마지막 9년간에 이상, 정지용, 서정주, 김동리, 이태준, 박태원이 각각 1, 2, 3, 5, 7, 8위인 것을 보면, 연구자들의 관심이 얼마나 모더니스트들에게로 집중되어가고 있는지가 한층 분명해집니다. 또 이 마지막 9년간에 종합순위 1위의 계몽주의자 이광수가 9위로, 3위의 전통적 서정주의자인 김소월이 10위로 물러앉은 것도 그런 추세와 무관하지 않을 것입니다.

그런데 그 9년간에 리얼리스트들의 모더니스트들에 대한 상대적

　　　　　　　　　　　　　　　　　　　　이선영

열세가 더욱 뚜렷해지긴 하지만 염상섭, 채만식의 변함없는 4, 5위 유지는 리얼리스트에 대한 연구자들의 확고한 지지를 시사하는 것으로 읽힙니다. 시대의 바뀜에 따라 연구자의 감수성과 가치관에 변화와 지속이 있음을 보여주는 이런 사례는 그러나 이 논저목록의 여러 부산물 가운데 하나에 불과합니다.

현재: 세기적 전환 속에서 희망을 놓지 않다

서은주　　이제 은퇴 이후의 얘기를 좀 해볼까 하는데요. 사실 앞에서 말씀하셨듯이 1995년 은퇴 이후에도 '총목록'을 계속 발간하셨고, 쉼 없이 학술지에 논문 발표도 하고 계십니다. 특히 연세대의 제자들과 함께 '문학과 사상연구회'라는 연구모임을 만드셨고, 그 모임에서의 연구 성과를 지속적으로 출간하셨습니다. 그 모임에 대해 소개해 주시기 바랍니다.

이선영　　'문학과 사상연구회'를 만들게 된 것은, 제가 연세대 교수직을 정년으로 퇴임한 1995년 9월 이전부터 몇몇 젊은 학인들이 공부모임을 만들자고 제안을 해왔기 때문입니다. 연세대에 학연이 있는 이들의 그 제안은 정년 후 그리 바쁘지 않을 저로서는 안성맞춤의 소일거리로 생각되었습니다. 무엇보다 그 제안에는 진정과 열의가 있었고 따라서 이들의 가능성도 의심할 필요가 없었습니다. 이리하여 시작한 이 모임은 특별히 회칙 같은 것은 만들지 않았지만 같이 공부할 공동주제와 그 분담 문제에 관해서는 처음부터 회원들의 의견조율이 있었습니다. 일정 기간 회원 각자가 하나의 큰 주제를 몇 개의 소주제들로 나누어 적절히 분담해 공부하기로 한 것입니다. 이에 따라 분담한 일정한 소주제에 관해서 논문초고를 작성하면 그 작성자는 이 초고를, 정해진 날짜에 발표하여 토론을 거친 다음 최종 수정본으로 완성하게 됩니다. 이렇게 완성된 여러 사람의 원고들을 모아 한 권의 책으로 출간하는 일을 지난 십 수 년간 반복해왔지요.

　회를 운영하는 데 따른 특별한 재정적 문제 같은 것은 거의 없었고, 경비래야 식비와 찻값 정도인데 그것은 그때그때 회원 각자 약간씩의 추렴으로 충당하거나 회원 가운데 학술진흥재단의 연구비를 받는 사람이라도 있을 때에는 그가 그 비용을 맡아 지불하는 것이 관행처럼 되었습니다.

서은주　1990년을 전후한 사회주의권의 붕괴는 민족문학, 혹은 리얼리즘문학의 범주 속에서 살아온 한국의 진보문학 진영에 많은 혼란을 준 것이 사실입니다. '운동으로서의 문학'을 추구해온 분으로서 그 상황에 대한 소감을 듣고 싶습니다. 이 부분은 1990~2000년대로 이어지는 현실의 변화에 대한 선생님의 생각과도 연결될 수 있다고 보는데요, 간단하게라도 말씀해 주시면 좋겠습니다.

이선영　1990년을 전후하여 동서 베를린 장벽 철거와 미·소 정상의 냉전 종식 선언, 서독의 동독 흡수 통일, 그리고 소련연방의 해체 및 그 위성국가들의 분리 독립 등의 소식을 접하면서 저는 바야흐로 이른바 '세기적 대전환'을 실감하였습니다.

　그러나 당시의 저로서는 그 전환의 의미와 전망을 제대로 파악하기는 어려웠습니다. 다만 냉전이 종식되어 탈냉전으로 접어들게 되면 무엇보다 우리의 소원인 남북통일이 가능할 수 있지 않겠는가. 혹은 소련과 동구권 사회주의 체제의 몰락이 자본주의 구미권의 일방적 세계지배를 거침없이 용납하게 되지 않을까. 그 무렵의 저는 이런 희망과 우려가 서로 교차하고 부딪히는 혼란한 심적 상황에 놓여 있었던 형국이었습니다.

그러나 그 전환의 결과는 아시다시피 희망은 가뭇없고, 우려를 넘어 실망으로 내리막길에 들어서 좀체 헤어나지 못하고 있습니다. 탈냉전과 민족통일은 당시는 물론이고 아직도 우리에게 이루어내야 할 미해결의 과제로 남아있고, 미국 중심의 자본주의 세계화는 빈부의 양극화를, 한나라 안에서, 또는 여러 나라들 사이에서 극단으로 몰아가고 있으니 말입니다. 하지만 혼란의 상황이 실망의 상황으로 바뀌었으니, 앞으로 조만간 그 실망의 상황은 다시 희망의 상황으로 전환하여 발전할 것을 기대하고 있습니다.

서은주　현재에도 '민족문학사연구소'나 '한국문학작가회의' 등을 매개로 원로 문인이자 학자로서 지속적인 사회 활동을 하고 계십니다. 최근의 근황을 말씀해주시는 것으로 마무리를 하겠습니다.

이선영　최근에 별로 활동이라 할 만한 것은 없었지만, 앞으로 문학을 공부하는 문인으로서, 인생을 공부하는 학인으로서 할 일이 있다고 생각합니다. 예컨대 오늘날 우리 문학은 정치, 사회 그리고 생산양식의 구조적 변화에 상응하여 어떤 징후를 보이고 있는지, 따라서 민주주의의 후퇴 및 분단장벽의 고착화에 의해 한국 문학은 어떤 특징을 보이기 시작하고 있는지, 신자유주의의 전 지구적 팽창과 부자 편중의 국내 정치에 따른 빈부의 양극화 심화 현상이 우리 문학과 어떤 관계에 있는지, 현대의 사회와 문화, 그 중에서도 후기자본주의 생산양식의 심층적 구조 변화의 증세로서 우리 문학의 경향은 어떻게 나타나고 있는지, 그 밖에도 문학작품에서 내면 탐구와 현실 표상이 가지는 각각의 특징과 서로의 관계를 어떻게 평가하고 해석할 것인지, 그리고 오늘날 우리 문학이 나아갈 수 있는 소망스러운 방향과 관련하여 문학이 할 수 있는 것과 할 수 없는 것은 각각 무엇인지 ….

이런 과제들을 쓰기보다 읽기에 더 많은 시간을 들이는 연구자이자 비평가의 한 사람으로서 떠올리게 됩니다. 그리고 오래 살아온 학인으로서 저는 적어도 남은 삶에 대한 자세를 분명히 할 필요가 있겠습니다. 이를테면 떳떳하지 못한 과욕을 피하는 것은 물론이고 운명에 순응하는 너그러운 마음을 갖자고 속으로 다짐하고 있습니다. 운명에는 죽음까지 포함되는 것이니 이런 순응의 자세가 지켜지면 세상에 두려울 것이 무엇이 있겠습니까. 그러나 그런 중에 소망 하나가 있으니 십 수 년 전부터 지속하고 있는 제 호흡법의 경지가 제대로 의식을 집중시켜 마음대로 무의식을 지배하는 수준에까지 이르렀으면 합니다. 이렇게 최근의 제 정신적 상황의 일단을 밝히면서 말을 마치겠습니다.

서은주　　　눈이 내리는 궂은 날씨에 멀리 평촌에서부터 오셔서 긴 시간 인터뷰 하시느라 정말 애쓰셨습니다. 이 인터뷰를 위해 오랜 시간 기억을 더듬고 자료를 찾아 답변을 준비하신 선생님께 깊이 감사드립니다.

이선영

이선영 교수 학력 및 경력, 주요 저서

■ 학력

1951	진주사범학교 졸업
1955	연세대학교 국어국문학과 졸업(학사)
1965	연세대학교 대학원 국어국문학과 졸업(석사)
1982	건국대학교 대학원 국어국문학과 졸업(박사)

■ 주요 경력

1955~1969	경기여고, 숙명여고 교사
1966~1970	연세대학교 강사
1966	평론(「아웃사이더의 반항」)으로 『현대문학』 등단
1970	연세대학교 교양학부 전임강사
1974~1978	연세대학교 교양학부 조교수, 자유실천 문인협회 간사
1977	현대문학상 수상
1978~1980	연세대학교 문과대학 부교수
1980	'지식인 134인 시국선언'에 서명한 후 당국에 의해 교수직을 해임 당함
1982~1984	한국방송통신대학교 연구교수
1984	연세대학교 문과대학 부교수로 복직
1985~1995	연세대학교 문과대학 교수
1986~1999	한국문학연구학회 초대회장
1987~2000	민족문학작가회의 이사
1988~1997	단재문학상 운영위원
1989~1993	한길문학 편집위원
1990~2000	민족문학사연구소 공동대표
1991~1992	미국 인디애나 주립대학교 교환교수
1992	만해문학상 운영위원

1995	연세대학교 정년퇴임, 대통령 표창, 제9회 심산상 수상
1995~1998	학술단체 협의회 자문위원
1995~현재	연세대학교 명예교수
1999~2003	통일문학전집 기획위원
1999~현재	한국지도자육성장학재단 이사
2000~현재	민족문학작가회의 고문
2000~현재	민족문학사연구소 상임고문

■ 주요 저술

• 석사학위 논문
「한국문학의 근대화와 러시아문학」, 연세대학교, 1965.
• 박사학위 논문
「한국 근대문학비평 연구: 그 초창기를 중심으로」, 건국대학교, 1982.

『소외와 참여』, 연세대출판부, 1971.
『상황의 문학』, 민음사, 1976.
『현대한국작가연구』(공저), 민음사, 1976.
『작가와 현실』, 평민사, 1979.
『문학비평의 방법과 실제』(편), 동천사, 1983.
『문예사조사』(편), 민음사, 1986.
『윤동주 시론집』(편), 바른글방, 1989.
『한국근대문학비평사연구』(공저), 세계, 1989.
『1930년대 민족문학의 인식: 회강(晦岡) 이선영교수 화갑기념논총』(편),
        한길사, 1990.
『1895~1999: 한국문학논저 유형별 총목록』 1~7권, 한국문화사, 1990·1994
        ·2001.
『한국문학의 사회학』, 태학사, 1993.
『리얼리즘을 넘어서: 한국문학 연구의 새 지평』, 민음사, 1995.
「20세기 한국문학의 특성과 과제」, 『실천문학』, 1998.
「한국문학연구 10년의 반성과 전망:『민족문학사연구』를 중심으로」, 『민족

이선영

문학사연구』, 2000.

「문학연구의 새 지평: 변증법적 소설연구방법론」, 『현대소설연구』, 2002.

「한국근대문학의 감성과 정치적 무의식: 이태준의 경우」, 『민족문학사연구』,
　　2007.

열린, 윤리 공동체를 꿈꾸는
성찰하는 '지성인'의 초상

사회학자 박영신의 삶과 학문

박영신 ▪ 사회학 연구자
김영선 ▪ 연세대학교 국학연구원 HK연구교수, 역사사회학
인터뷰 날짜 ▪ 2011년 9월 29일
인터뷰 장소 ▪ 일산 주엽동 자택

들어가며

박영신 연세대학교 사회학과 명예교수는 1956년 연세대학교 문과대학에 입학하여, 학사와 석사를 교육학과에서 마쳤다. 1966년 도미하여 캘리포니아 대학 버클리에서 사회학 박사학위를 취득한 후, 1975년 9월부터 2002년 2월까지 연세대학교 사회학과 교수로 재직하였다. 학문에의 마음가짐을 소명(calling)으로 표현하며, 학인으로 사는 삶에 깃든 어려움과 두려움을 오래 전, 출사표처럼 『현상과인식』 통권 제2호 (1977.6) 노트에 다음과 같이 남긴 바 있다. "학인(學人)들은 깊은 학문에의 기대와 정열에 찬 소명의식을 가지고, 어느 한 곳에 빠져 다른 것을 못보는 좁은 생각에서 벗어나는 열린 마음을 서로 자극해 나누어가져야 한다." 연세대 재직 시절을 전후하여 9권의 단독저작과 함께 수많은 번역서와 공저서, 그리고 2권의 기도집을 발간했으며, 현재도 『현상과인식』을 비롯한 여러 학술 저널들을 통해 학계와 사회에 발언하고 있다. 또한 '노인시민연대' 공동대표와 '녹색연합' 상임대표로서의 활동을 통해 한국 사회운동의 이론과 실천의 문제를 여전히 깊이 고민하고 있으며, 자기 교회건물을 갖고 있지 않은 예람교회에서 공동목사로 재직 중이기도 하다.

박영신 교수의 연세대 재학시절(1956~1966)은 이승만 정권부터 4·19 혁명, 박정희 쿠데타 등 급변하는 정치·사회적 격동기였으며, 예일과 버클리를 거쳐 귀국을 결심했던 그때는 금방이라도 곧 터질 듯한 긴장감이 팽배했던 숨 막히던 유신의 한복판이었다. 인터뷰는 해방 이후부터 본격적으로 현대화되기 시작한 연세 인문학 제도화의 특장을 긴 시간대와 넓은 척도의 역사·사회적 맥락에서 살펴보기 위해서 기획되었다.

박영신

개인 삶 속에 배태된 '사회적인 것'(the social)을 재구성하기 위해서, 학생과 교수로서의 공·사 경험과 이에 대한 자기 해석을 면밀히 기록함으로써, 특정 시대, 특정 세대의 정신과 삶의 방식을 구조화한 공통 요소들을 추출함과 동시에 차이를 구성해내는 개인의 독특한 행위자성을 보고자 했다.

면접자는 지난 2009년 6~7월에 걸쳐 52개 세부 항목의 상세 질문지를 작성한 후, 2009년 8월 16일과 23일 예람교회 주일예배에 참석하면서 박영신 교수와 라포(rapport)를 형성하고, 9월 29일 일산 주엽동 자택과 11월 17일 연세대 국학연구원 부원장실에서 2회에 걸쳐, 총 8시간의 인터뷰를 진행했다.* 녹취된 내용은 세 소절로 범주화하여 제시하였다. 첫째, 삶의 자취와 지적 발전의 중요 계보에 대해 유년기와 연세대 재학기, 미국 유학기의 소항목으로 나누어 정리했다. 둘째, 연세 인문학의 맥과 사회학의 관계를 보기 위해, 연구와 교육, 지식인 네트워크 구축을 열쇠말로 삼아, 교수로서의 삶과 함께 국학연구원 (부)원장 시절 꿈꾸었던 한/국학의 비전에 대해서 기록했다. 마지막으로는 은퇴 이후, 목회자의 삶과 함께 시민운동에 헌신하는 자기 생(生)의 의미와 목표에 대해서 질문했다. 생애주기를 따라 일어난 박영신, 개인 삶의 사건들을 한국의 거시 사회변화와 교차하여 질문한 인터뷰의 가독성을 높이기 위해, 최종 녹취록에서 드러난 유사/중복 내용을 융합하여 재정리했음을 밝힌다.

----

* 면접자는 기존 문헌자료 검토와 더불어, 숭실대 기독교학과의 박정신 교수, 연세대 사회학과의 김동노 교수와 사회학과 BK사업단의 이승훈 박사와의 예비 면접을 통해 질문지를 완성하였다. 이를 꼼꼼히 살펴보고 조언과 격려를 아끼지 않았던 세 분께 지면을 빌려 진심으로 감사를 표한다. 또한 박영신 교수와 처음 만나 인터뷰 수행의 의미와 일정 등에 대해 논의할 때, 예람교회까지 동행해주신 스탠포드대 사회학과의 신기욱 교수께도 감사드린다.

삶의 궤적과 지적 발전의 중요 계보

성장기: 고향과 가족

김영선　　　예수교 장로회 합동총회 제70회 총회장을 역임하신 고 목민 박명수 목사님(청량교회)의 7남매 중 장남으로 문경의 삼대째 기독교 집안에서 태어나셨습니다. 선생님의 기도모음집 『가난한 영혼을 위한 노래 I, II』(1995, 나눔과 섬김)의 서문에 의하면, 아명이 '보라'(保羅, 바울의 한자이름)였으며, 어려서부터 가족과 친지들은 선생님이 목사로 살아갈 것을 기대하셨다고 쓰셨습니다. 집안의 '기독교 유산'이 선생님의 삶에 끼친 영향력에 대해서 말씀해 주십시오.

박영신　　　제가 자란 데가 아주 조그만 동네죠. 시골이었는데, 여유 있는 사람보다는 여유 없는 사람에 대한 관심을 언제나 지켜가면서 살아가려는 집안에서 제가 자랐습니다. 그래서 기독교의 정신을 지닌 우리 집안은 좀 어려운 사람, 그늘에 좀 가려진 사람, 좀 강하게 이야기하면 기존의 사회에서 짓밟힌 사람들에 대한 관심을 언제나 지켜가야 하는 그런 분위기였습니다. 내가 다른 것보다는 목사가 되면 좋겠다는 분위

모교 사회학과에서 가르치던 때(1980)

기에서 자랐죠. 그것은 나의 뜻하고는 아무 관계가 없었습니다. 철들기 전에 보라라고 이름을 붙여주셨고 그런 분위기 속에서 나는 목사가 될 사람이다, 그렇게 생각하며 어린 시절을 보냈죠.

우리도 다 가난했지만 그렇다고 가난이라는 것을 삶의 가장 기본되는 가장 중요한 조건이다, 이렇게 집안에서 배우지는 않은 것 같아요. 전부 가난한데 '그 가난 속에서 어떻게 정말 의미 있게 살아가는가', 이런 것이 언제나 집안에서 얘깃거리가 되지, 가난 때문에 아무것도 하지 못하고, 가난 때문에 경제를 살려야 되고 뭐 그런 이야기는 별로 나오지 않았습니다. 저의 아버지도 살면서 검소하게 사시고 어떤 분들이 생각할 때는 지나치리만큼 아주 검소하게 사셨는데, 돌아가시면서 또 돌아가시기 전에도 그랬지만은 모든 것을 당신에게 속한 것이다, 그렇게 생각하신 적이 없는 것 같아요. 그것은 저희들도 다 이어받았습니다. 그래서 적든 많든 가진 것은 모두 바친다는 그런 삶의 뜻이 저는 아주 소중하다고 생각해요. 사실 우리 아버지께서 마지막 돌아가신 다음에 자신의 몸까지도 의과 대학에 기증하시겠다, 그런 생각을 하시고 실천하셨는데 저도 마찬가지 생각을 갖고 있습니다.

김영선　　문경 서중과 대구 계성고등학교를 졸업하셨습니다. 고향이었던 경북 문경의 향토적 특색과 대구에서의 학창시절 중 가장 인상적인 교육 체험은 무엇이었나요?

박영신　　저희 아버지가 일제 강탈기에 경성신학교를 다니시다가 신사 참배 문제가 있어서 학교가 문을 닫게 됐죠. 낙향하셨다가 광복 이후에 학교가 문을 열어서 다니셨는데 그러다가 인천의 송현교회에서 몇 년 동안 목회를 하시게 됐습니다. 6·25사변 직전에 고향 교회에서 아버지를 아주 간절하게 부르셔서 아버지가 내려가셨지요. 거기 중학교가 바로 옆에 생겨서 제가 거기를 다녔는데 아주 조그만 중학교였습니다. 제가 3회 졸업생이니까 학교가 생긴 지도 얼마 되지 않았죠. 근데 다 좋았지만 제가 아주 어려운 경험을 한 것이 있는데 주일이 되면 중학교에서 학교에 오라고 해요. 저는 학교에 가지 않지요. 그러면 월요일에 학교에 가서 훈육주임에게 아주 구타당하는 그런 일을 제가 많이 당했습니다. 제가 학교에서 일하는 게 싫어서 안 나간 것이 아니고 주일날에는 바깥하고 관계를 좀 끊고 교회 중심으로 살아가야 되는 그런 집안의 전통 때문에 그랬던 것이죠. 제가 찾아 갈 수 있는 상급학교는 대구에 있는 계성학교였습니다. 역사가 깊은 학교였습니다. 그래서 저는 계성학교에 들어가서 굉장히 행복한 고등학교 시절을 보냈습니다. 그 학교는 기독교 학교로서 개화를 빨리 한 학교입니다. 경상도가 개화가 좀 늦다 이런 이야기를 하는데 계성학교는 그 와중에 근대의 바람을 불러일으키는 데 앞장을 섰던 그런 학교지요. 그리고 교장 선생님과 선생님들 가운데 기독교에 깊이 관여했던 분이 많이 계신데 그 분들이 교장 선생님의 뜻을 따라서 요즘 식으로 이야기하면 민주식이라고 할까요, 열린 학교가 돼서 아주 좋은 학교, 고등학교 시절을 보냈습니다. 그리고 제가 거기 간 이유 가운데 하나는 그때만 하더라도 고등학교를 졸업한 학생 중에 우수한 학생을 미국으로 유학을 보내준다고 하는 조건을 갖고 있었습니다. 그 당시에. 저도 열심히 하면 미국에 갈 수 있는 기회가 있겠구나 하고 계성학교에 갔는데 제가 졸업할 그 당시에 법이 바뀌었습니다. 고등학교만 졸업해서는 미국에 가지 못하고 대학교 2학년까지 다녀야만 갈 수 있도록 법이 바뀌었어요.

그리고 그때 한국전쟁 이후가 돼서 서울에서 피난오신 분들이 많이 계셨는데 그 가운데에는 대학에서 가르치셔야 될 분인데 혼란기라고등학교에서 선생님을 하실 수밖에 없는 그런 분들이 몇 분 계셨습니다. 그리고 제가 고등학교 1학년 때 담임을 하셨던 선생님이 이성화 선생님이신데 그 분이 아마 고2 때쯤 미국에 가셨을 거예요. 그리고 제가 연세대학교 3학년 때 연세대학교 교육학과 교수로 오셨어요. 제가 고1 때 담임선생님을 교육학과에서 만나 뵐 수 있는 그런 기회를 가졌어요. 연세대학교 이야기만 하면 정외과에 이극찬 선생님이 계셨지요. 제 고등학교 때 요즘 식으로 이야기하면 일반사회 과목을 가르치셨어요. 아주 좋은 선생님들이 계셨습니다. 뭐 영어 선생님도 나중에 대학으로 가셔서 영문과 선생님이 되셨고 …. 이런 분들이 여러 분 계셨지요. 대학 입학이 당시에는 그렇게 어려운 것이 아니었기 때문에, 어지간하면 자기가 가고 싶은 데 다 갔기 때문에 입학을 위해서 좁은 공부를 시키지 않는 아주 넓은, 좋은 교육을 받았습니다. 거듭 말하지만 계성학교에서 행복한 시절을 보냈습니다.

김영선　　많은 노장 학자들께서 식민지 경험과 한국전쟁을 개인의 삶과 거시 역사가 만나는 중요 매개 고리로 회고하고 계십니다. 고희를 지내신 선생님의 삶을 되돌아보실 때, 역사적 사건과의 조우라면 무엇을 꼽으십니까?

박영신　　우리의 어린 시절은 아주 짧죠. 기억나는 것은 우리 아버지가 작은 시골 동네에서, 기독교 배경을 갖고 있었기 때문에 언제나 일본 당국의 요주의 인물이었던 것 같아요. 순사들이 찾아와서 아버지를 데려가고 하는 것을 어린 나이에 자주자주 봤습니다. 언제나 감시의 대상이 되고 억압의 대상이 되고 혐의를 언제나 씌울 수 있는 그런 분위기가 있어서 저는 일본에 대해 좋은 생각을 갖기 어려운 그런 어린 시절을 보냈습니다. 6·25사변 전에 인천에서 문경으로 갔죠. 인천에 그대로 있었으면 제가 어떻게 되었을지 모릅니다. 아버지가 아시는 분들이 서울에도 계시고 북쪽에도 계셨기 때문에 피난을 오셔서 우리 집으로 많이 찾아오셨고 물론 교회이기 때문에 전연 모르는 사람도 교회에 와서 피난처를 구한 그런 경우가 있죠. 제가 어린 시절에 일제 강탈기에도 그렇지만은 한국전쟁을 경험하면서 참 우리가 힘없는 나라구나, 그리고 우리가 단독으로 할 수 있는 것이 없고 요즘 식으로 이야기 하면 세계 체제라고 할까 그런 속에 한 부분으로 움직이고 있구나, 하는 것을 많이 느꼈습니다.

그리고 우리 아버지가 영어를 잘 하시는 분은 전혀 아닌데 사전을 들고 다니시면서 그 당시에 문경이라는 공동체와 UN군과의 사이에서 조그마한 소통의 다리 역할을 하신 것 같아요. 그래서 지금 중공군이 내려오고 있다든지 아군은 어느 정도라든지 그런 최소한의 필요한 정보를 얻어서 문경 공동체 분들에게 알리시는 그런 일들을 하게 되고 또 교회 목사이기 때문에 군대의 중요한 부서의 책임을 진 사람들이 자주자주 방문을 해서 함께 의논을 하고 자문을 구했던 그런 기억이 납니다. 일제 강점기의 부도덕함 …. 어떻게 아버지를 저렇게 시도 때도 없이 불러서 데려 가는가, 어린 나이에 겪어야 되는 그런 아픔, 분노, 이런 것이 침전되어 있었던 것 같고, 한국전쟁을 통해서는 그 속에서 세계라는 것이 내가 통제하기 어려운 힘에 의해서 움직이고 있지 않나 …. 한편에서는 그렇게 돌아가지만, 다른 한편에서는 나로 하여금 세계를 넓게 볼 수 있는 데 좀 자극을 주었을 것 같고, 나로 하여금 좀 깊이 있게 세상을 들여다 볼 필요가 있다는 것을 깨우쳐 주지 않았을까 그런 생각을 해봐요.

연세대 재학기: 1950~60년대 문과대 학제와 경험

김영선　　1956년 연세대학교 문과대학으로 진학하여 학사, 석사를 모두 교육학과에서 마치셨습니다. 진학과 관련해서 연세대를 선택하게 된 가장 큰 동기는 무엇이었습니까? 1950년부터 신입생을 뽑기 시작했던 교육학과는 당시 사범대학이 아닌 문과대학에 소속되어 있었습니다. 이 점이 다른 대학과 차별화되는데, 재학 당시의 교육학과 커리큘럼은 어떤 특징이 있었습니까?

박영신　　대학도 기독교 학교였으면 좋겠다는 것이 제 속에 강하게 깔려 있었던 것 같습니다. 또 하나는 소년소녀 잡지에서 페스탈로치의 짧은 전기를 읽은 적이 있습니다. 아, 이 사람은 정말 특별하게 산 사람이구나. 가난한 아이들을 위해서 이렇게 일 하신 분이구나! 나도 페스탈로치 비슷한 사람이 되면 어떻겠는가. 어린 마음에 참 주제넘게 그런 생각을 한 적이 있어요. 그것이 제 맘속에 떠나지 않고 있다가 내가 전공을 택할 때 페스탈로치는 교육자고 사회사업가, 사회개혁가이기도 한데 그런 공부를 어디서 할 수 있을까 … 생각하게 되었습니다. 서울대학교에는 교육학과가 사범대학에 있었습니다. 교육과가 사범대학에 있다는 것이 페스탈로치가 되는 것과 좀 거리가 있는 것 같고 사범대학이 왠지 좀 비좁은 학교인 것 같고 그냥 단순히 중고등학교 선생을 배출하는 그런 학교라는 인상이 짙어서 광범위하게 내가 관심을 확장시킬 수 있고 또 인접한 다른 인문학과 소통하면서 내 관심 세계를 넓힐 수 있고 깊게 할 수도 있지 않을까, 그렇게 생각하는 차에 연세대학교는 기독교 학교에 교육학과가 문과대학에 있다는 것을 알게 되었습니다. 그때 우리가 대학에 들어갈 때는 학과별 모집이 아니고 요즘 식으로 이야기하면 문과 계열별 모집이었던 것 같아요. 들어가서 2학년이 될 때 자기가 자유스럽게 학과를 선택하게 됐습니다.

김영선   선생님의 연대 재학 시절(1956~1966), 대학 학사 운영에 있어, 식민지 시기 전후 일본 학제에서 훈련받은 교수진들과 미국 학제에서 훈련받은 분들은 교육철학 및 방법(론)에서 서로 다른 경험의 차이를 가졌으리라고 추측됩니다. 이러한 '다름'이 당시 실제 교육 현장에서 어떠한 방식으로 드러났습니까? 기독교계 민학이었던 연세 대학교의 학사관리 방식은 어떻게 운용되었습니까?

박영신   저는 4·19를 대학에서 맞지 못했습니다. 대학원에 입학해 놓고 4월 10일인가에 군대에 갔죠. 내가 페스탈로치를 배우고 싶은데 연세대학교 교육학 학부만 가지고는 페스탈로치가 되기 어려운 것 같았어요. 그래서 대학원에서 공부를 하면 페스탈로치에 좀 가까워질 수 있지 않을까, 그렇게 생각해서 대학원에 들어가게 됐어요. 근데 그때만 하더라도 우리 연세대학교는 (학부 입학) 전부가 무시험이었거든요. 우리가 입학할 때. 전체 무시험 특차였습니다. 전부. 우리가 첫 번째였어요. 몇 년 계속 되다가 ─소문으로 듣기로는─ 고등학교 성적과 대학교 성적의 상관관계를 통해서 학생을 뽑았는데 연세대학교의 입학이 무시험이기 때문에 학교성적을 위조한다, 그런 이야기가 많이 있어서 더 이상 연세대에서 고등학교 성적을 믿지 못하게 됐습니다. 이 제도가 오래 갈 수 없었지요. 저는 무시험으로 연세대학교에 들어갔는데 대학원은 무시험이 아니었어요, 그때. 시험을 쳤어야 됐습니다. 영어 시험, 논문 시험, 전공 시험, 제2외국어. 그러기 위해서 제가 4학년 여름방학 이후 대학원 입학을 위한 준비를 했을 겁니다. 제가 군대에 갈 때 친구들이 군대에서 대학원 공부를 할 수 있다, 그러면 대학원은 2년인데 군대 3년 복무하고 …. 그럼 결국 1년인데 월급도 받고, 경력도 다 인정받는다, 이런 달콤한 이야기를 많이 했지요. 그래서 갔는데, 서울대학교는 군대에서 자기가 마음만 먹으면 석사를 다 끝냈습니다.

그때 대학원이라는 것이 지금과 달리 허술하고 참 엉터리였지요. 등록할 때 등록금 내고 선생님한테 얼굴 보이고 그 다음에 학기말 되어서 보고서 하나 써내고 그러면 학점이 나오고 …. 그렇게 해서 2년을 하고 논문 쓰면 석사가 되었습니다. 당시에 아마 한태동 박사님이 교학과장으로 행정을 보셨던 것 같아요. 제가 "저 대학원 복학하러 왔습니다." 그렇게 말씀드리니 좋게 격려하시는 게 아니고 아주 호되게 나무라셨어요. 뭐, 보기를 들어서 "박 군, 대학원을 어떻게 생각하나, 연세대학교 대학원을 어떻게 생각하나?" 제 말로 바꾸면 그런 것이었습니다. "대학원 공부는 전념을 해도 될까 말까 하는 공부인데 군대에 있으면서 네가 대학원 다닌다는 것이 말이 되는가?" 그래서 제가 변명조로 다른 대학은 되는데 왜 연세대학교는 안 되는가 말씀 드렸습니다. 그런데 한 박사님은 아주 단호하게 "다른 대학은 다 되어도 연세대학교는 안 된다." 그런 투로 말씀 하셨던 것 같아요. 그때만 하더라도 연세대학만이 일제 강탈기의 잔재가 남아 있는 다른 모든 대학과 달리 미국 대학을 빠른 걸음으로 뒤쫓아 가고 있었다고 할 수 있지요. 이 점에서는 연세대학교가 가장 뚜렷했습니다. 깐깐하고 출석 부르고 학생들을 못살게 굴어 '신촌 고등학교'라는 이야기까지 나왔을 정도니까요. 당시의 대학이라는 것이 학교도 별로 나가지 않아야 하고 그리고 또 많이 빼먹어야 하고 적당히 리포트 내면 학점이 나와야 되는데 연세대학은 그런 게 아니었죠. 그래서 저는 군대에 있으면서 대학원을 다니지 못했습니다. 교육학과는 그때 교육학 박사가 별로 없습니다. 지금은 대학

교육학과 대학원 시절, 연세대학교 교정에서

선생이 다 박사학위를 갖고 있지만 그때 교육학 박사가 아마 제 기억에
한 다섯 명이 있었을까 싶네요. 그런데 연세대학교에 세 분이 와 계셨어
요. 물론 한 분은 심리학이었지만. 미국에서 공부한 분이셨고, 선생님들
이 다 깐깐하고 원칙에 따라 학교가 운영이 되기 때문에, 일제 강탈기의
찌꺼기가 남아 있는 모든 대학의 행태를 바꿔 보려고 했던 분들이지요.
말하자면 개강을 늦게 하고 종강을 빨리 한다든지 … 이런 것이 도저히
용납되지 않는 학교였습니다. 저는 아주 의미 있게 받아들여요.

김영선　　복학하신 후, 선생님의 학문적 관심은 교육학과 사회학의
접합 지점으로 옮겨가셨습니다. 제출된 석사학위 논문의 제목은 '선교교
육과 한국 근대화의 한 연구: 선교교육의 기능적 접근: 1884~1934'였습
니다. 학위 논문으로 위와 같은 주제를 잡게 된 구체적 맥락에 대해서

　　　　　　　　　　　　　　　　　　　　　　　박영신

말씀해 주십시오.

박영신   이 세계가 좀 어우러질 수 있도록 만드는 것이, 그리고 좋든 나쁘든 변화의 한 씨앗이 될 수 있는 것이 기독교 같은데 기독교는 그 가운데서도 교육을 통해서 많은 변화를 일으키지 않았을까, 그리고 그것이 우리 사회에서는 어떤 모습으로 나타났는지 그런 것에 대한 관심이 있었습니다. 그걸 좀 더 구체화시키다보니까 지난 100년을 이야기하는 것이 아니고 기독교가 여러 가지 어려움을 겪기 이전까지를 제가 잡아보려고 했죠. 근데 군대 갔다가 연세대학교에 돌아오니까 학원의 민주화라든지 하여 학교에 혼란스러움이 많아 선생님들이 다 떠나셨습니다. 임한영 박사님도 안 계시고 그 다음에 고1 때 담임선생님이셨던 이성화 선생님도 교무처장의 일을 잠시 하셨는데 학교의 여러 가지 혼란스러움을 이기지 못하시고 미국으로 돌아가셨지요. 나머지 선생님들도 다른 학교로 가셨습니다. 선생님들이 다 바뀌었지요.

    제가 군대에 있을 때부터 사회학을 독학했습니다. 페스탈로치가 사회에 대한 관심을 가지고 있었기 때문에 군대에 있으면서 사회에 대한 책을 제가 찾아 읽었지요. 사회주의에 대한 책도 제가 읽게 되고, 사회주의라는 것이 북한이나 러시아의 사회주의가 아니고 영국의 페이비언이라든지 영국의 노동당에 대한 책을 접할 수 있는 좋은 기회가 되었어요. 제가 그런 것을 통해서 스스로 사회학에 한 걸음 한 걸음 다가가고 있었는데 복학을 떡 해보니까 도저히 제가 관심을 갖는 어느 것도 지도받을 수 없을 것 같더군요. 한 분을 찾았습니다. 그 분께 지도를 받은 처음이자 마지막 학생이 제가 아닐까 싶은데 몇 년 전에 세상을 떠나신 원일한(元一漢) 선생님이십니다. 제가 "선생님, 지도해 주시면 참 고맙겠다"고 말씀드리니까 한참 여러 가지를 질문하시더니 지도해주시켰다고 했어요. 오래 전부터 한 과목 정도는 언제나 가르치셨던 분이지요. 그러나 학교 행정이나 이사나 이런 걸 하시고 선교사이기 때문에 한 학기에 세 과목씩 가르치신다든지 그런 건 안하셨을 거예요. 제게는 아주 적절한 분이시죠. 굉장히 엄격하시면서도 저한테 혜택을 베풀어 주신 것은 그 분 서재를 자유롭게 쓰게 했어요. 충분히 제가 활용하지 못했지만 좋은 자료들을 쓸 수 있었어요. 아주 좋은 지도 교수님이셨습니다.

미국 유학기: 교육학에서 사회학으로의 전과

김영선 석사 학위를 마치신 후 미국 유학길에 오르셨습니다. 로버트 벨라(Robert Bellah) 교수에게 사사 받기 위하여 예일 시절에 그와 편지로 접촉하셨고, 그가 하버드에서 버클리 대학으로 옮긴다는 소식에 따라, 선생님도 서부로 이주하셨습니다. 사회학으로 전공을 바꿔 버클리에서 박사학위를 마치셨는데 내 인생의 멘토 한 분을 뽑는다면 지도교수였던 벨라 교수를 꼽으십니까?

박영신 유학을 갈 때는 우리나라 대학보다는 미국 대학이 훨씬 여러 면에서 체계가 잡혔을 것이라는 생각과 미국에서는 장학금을 받고 공부할 수 있다는 그런 이유가 컸습니다. 선생님들 가운데 박사들이 많지 않으시니까 박사를 언제 받을 수 있을 것인지 이런 것도 불확실하고 그때는 옛날 제도에 의해서 우리 교수님들이 박사를 받아야 하는 그런 시절이었기 때문에 유학을 결정했습니다. 제가 1968년도에 예일에서 버클리로 옮겼으니까 아마 67년 가을쯤 아닐까 싶습니다. 예일대 신학대학 종교학과 사회학 프로그램의 데이비드 리틀(David Little) 교수를 통해서 벨라 교수를 소개받게 됐습니다. 아시다시피 동부에서 서부로 옮긴다는 것이 만만치 않은 일입니다. 문은희 씨와 결혼한 지 1년이 됐을 때인데, 제가 운전면허를 받고 4주 후에, 1천 699달러 99전짜리 새 자동차를 사서 동부에서 서부로 대륙횡단을 했습니다. 그때 버클리라는 것은 아마 지금의 버클리하고 다를 겁니다. 그때는 아주 출중한 학교였습니다. 제가 다닐 때에는 타의 추종을 불허하는 그런 시절이었어요. 특히 사회학과는 그랬습니다.

저 같은 사람은 사회학과를 못 들어갑니다. 받아줄 수가 없지요. 그래서 벨라 교수가 안을 낸 것은, "1년은 네가 와서 학교도 봐야 되고 나도 네가 어떤 사람인지 봐야 되지 않겠냐"고. 사회학과에는 넣을 수 없기 때문에 아시안 스터디스 프로그램에 저를 1년 동안 넣었어요. 동양학과에. 동양학이라는 것은 저한테는 아주 좋은 것이었습니다. 학제 연구 프로그램이었으니까요. 역사학, 사회학, 정치학, 인류학 다 할 수 있는 것이니까요. 거기에 저를 배치시켰습니다. 그때 제 기억은 정말 두문불출이에요. 전혀 누구도 만나지 않고, 도서관, 강의실, 집 그거 외에는. 참 부끄럽습니다만 교회도 한 1년쯤 제가 안 나갔던 것 같아요. 집에서 성경 읽고 그랬지요. 왜냐하면 사람 만나는 것에 대한 부담이 컸었거든요. 한국 사람이 여기 왔다는 것을 누구도 모를 정도로 그렇게 집중했어요. 그렇게 하다 보니 점수가 다 잘 나온단 말이죠. 1년 후에 사회학과에 정식 학생이 되면서 좀 여유가 생기게 됐습니다. 거기서 사람들도 보게 되고 교회도 열심히 나가고 그렇게 됐지요.

김영선　　　내 삶을 바꾼 한 권의 책으로서 벨라의 『믿음을 넘어서』를 소개하신 바 있습니다. 이 책의 일부는 선생님 번역으로 『사회변동의 상징구조』(삼영사, 1991)로 소개된 바 있습니다. 그러나 학문의 긴 여정에서 여러 책들로부터 영향을 받으셨으리라 믿습니다. 어떤 책들이 있었는지 궁금합니다. 혹시 선생님의 학문 세계가 깊어지시면서 새로이 영향을 미친 학술 이론가나 고전, 저작들이 있으시면 연대기 순으로 소개해 주십시오.

박영신 벨라 교수가 다른 사회학자와 다른 점이 여러 가지가 있죠. 그 가운데 하나는 정말 사회를 깊이 있게 보려고 하는 그런 점이에요. 깊이 있게 본다는 것은 어떤 상징이라든지 가치라든지 의미라든지 종교라든지 이런 것을 보는 것이라고 생각합니다. 그 분이 주로 사회학이론을 강의했는데 제가 그의 강의를 들었고 일주일에 한 번씩 그를 만나는 '인디펜던트 코스'를 열어 배웠습니다. 한 학기는 막스 베버, 한 학기는 에밀 뒤르켐, 이런 식으로요. 그 분이 가르치는 과목은 종교라는 이름이 붙지 않고 그런 이론 세미나였지요. 학부과목인 '재패니스 소사이어티', 일본 사회에 대한 것도 가르치셨습니다. 동양에 대한 관심을 갖게 만드는 그런 과목이지요.

그 다음에 또 하나 그 분의 특징은 한국식으로 말하면 감투를 쓰지 않는 겁니다. 그런 데서 제가 많은 것을 배웠습니다. 벨라 교수의 글을 제가 많이 옮기지 못했습니다. 『믿음을 넘어서』의 일부는 옮겼지만 "Civil Religion in America"는 굉장히 중요한데 제가 빼놓았지요. 그 다음에 『도쿠가와 종교』는 나중에 제가 옮겼습니다. 아직 옮겨지지 않은 것이 또 벨라 교수가 미국 건국 200돌이 될 때쯤에서 내놓은 *The Broken Covenant*입니다. '카버넌트'라는 것이 신, 아니면 미국의 이상, 비전과 약속한 것을 뜻하지요. 그런 것이 깨졌다는 뜻에서 '더 브로큰 카버넌트' 라고 말한 것입니다. 미국이라는 나라가 200년 전에 만들어졌을 때는 그런 비전, 이상, 가치를 가지고 세워졌는데 200년 후에 이것이 다

224 박영신

깨져버렸다고 하는 내용이 담긴 두껍지 않은 책입니다. 그 책은 미국의 역사를 예찬하는 것이 아니고 그것을 깊이 성찰하고 자기비판하는 것이지요. 그래서 우리나라의 사회과학도나 인문학도들이 이러할 수 있는 학문의 세계를 받아들이면 어떻겠는가 하는 생각이 들어요.

그러니까 우리 사회를 덮어놓고 미화하려고 하는 것이 아니고 우리 사회의 문제가 무엇인지를 밑뿌리부터 되살펴보려고 하는 그런 공부, 그것이 저는 진정한 지성인이라고 생각하고 싶어요. 베버에 대한 생각, 베버의 글, 그리고 뒤르켐의 글 이런 것이 저한테는 중요합니다. 요즘 무슨 새롭게 '이 사람의 책이 인기가 있다', '저 사람의 책을 읽어야 한다'는 이야기가 많이 있지만 저는 여전히 사회학의 창건자가 가지고 있던 생각, 맑스든 베버든 뒤르켐이든 이 사람들이 가지고 있던 생각의 울타리에서 많이 벗어나지 못하는 이 삶의 세계 속에서 우리가 살고 있기 때문에 그 분들과 많은 대화가 필요하다, 그런 생각을 저는 갖고 있지요.

김영선　선생님께서 미국에서 공부하셨을 즈음, 한국 사회학계는 농촌사회학, 정치사회학, 산업사회학, 계층연구 등의 전공자들이 많았고 또 주류를 형성하고 있었습니다만, 선생님께서는 그 분야를 자기 전공으로 선택하지 않으셨습니다. 그 이유는 무엇입니까?

박영신　뒤늦게 저는 사회학을 했는데 그때 제가 사회학을 공부해보니까 미국에서 한 과목만 들으면 (내가 과도한 표현이 아니길 바래요.) 그때에 한국에서 사회학과 학부를 나오는 것 이상으로 공부한다고 생각하게 됐어요. 왜냐하면 미국에서는 한 과목만 들어도 읽을거리가 그렇게 많지 않습니까? 우리나라 교재라는 것이 그때 형편없었던 시대 아닙니까? 저는 아주 자신만만하게, 내가 사회학을 공부하면서 학부를 한국에서 안했기 때문에 하고 주눅 드는 게 추호도 없었고 한국의 사회학계를 아주 무시했지요. 특히 깊은 이론에 대한 이해가 부족했던 것 같았고, 그것은 언어 장애가 많이 있기 때문인 것 같았어요. 그래서 한국 학계를 이끈 사회학은 소셜 서베이입니다.

제가 이론을 공부하다보니 정말 한국 사회학은 이렇게 표피이고 이렇게 참 수준 미달이고 …. 이런 생각을 많이 하게 돼서 한국 사회학에 대해서 별로 높이 평가하지 않게 됐고요, 제가 그렇게 사회학회를 평가하고 있는데 주변 분들이 사회학회에 나가자고 그래요. 인사도 할 겸 나가자고. 제가 나가고 싶지 않았습니다. 뭐, 인사라는 것이 무엇을 위한 인사인지 …, 나가고 싶지 않았는데 자꾸 나가자고 해서 동료 때문에 제가 나갔어요. 제가 사회학회에 가니까 그 발표회 내용도 그렇지만 그때 구성원들이 너무도 재미가 없어요. 뭐 말하자면 특정학교의 선후배들의 모임 같은 것 …. 저는 학회라고 생각하지 않았습니다. 학회가 이럴 수 없다 …. 그래서 저는 한 번 나가고는 안 나갔을 겁니다. 근데 사회학회가 대학을 돌아다니면서 회집을 해야 했습니다. (중략) 제가 76년부터 80년까지 사회학과 과장 일을 하게 됐는데 그때 연세대학교에서 사회학회를 한 번 연 적이 있습니다. 그때 제가 할 도리는 다하고 위원도 제가 하고 했을 거예요. 학과 과장들이 다 자동으로 들어갔기 때문이지요. 그때 '추계'학술대회라고 하지 않고 '가을철'학술대회라고 이름을 바꿔서 연세대학교에서 연 기억이 납니다.

박영신

사회학 연구와 교육, 지식인 네트워크의 형성

지식인의 사회적 역할을 고민하다.

김영선　박사학위를 마치신 후, 미국에 남지 않고 귀국하셨습니다. 그 문제에 대해서 고민이 없지 않으셨을 것 같습니다.

박영신　제가 학위를 끝내고 돌아올 때는 75년도였는데 유신의 절정기였죠. 그래서 그곳에 남을 생각을 했습니다. 왜냐하면 제가 8월말에 한국에 왔는데 그때 제 논문의 초고는 74년도 11월, 12월에 선생한테 다 주었지요. 그런데 그때 동아일보 광고 사태가 벌어졌습니다. 이럴 때 우리도 광고를 좀 내야 되겠다, 해서 제가 돌아다니면서 모금 활동을 한 적이 있습니다. 그때 한국을 가야 할지 말아야 할지 고민을 많이 했는데 그러다가 '내가 이때 가지 않으면 아마도 미국에서 일생을 살 수밖에 없을 것'이란 생각이 들더라구요. 왜냐하면 거기 남아 있으면 열심히 공부해서 종신재직권(tenure)도 받아야 되고 그러면 책도 나오고 그러면 내가 거기서 정착하는 것이고 …. 굳이 한국에 나올 필요가 없으니까요.

　그런데 '정말 내가 이러기 위해서 공부를 했는가, 내가 받은 달란트가 작지만 한국에 돌아가서 젊은이들에게 공부는 이런 것이라는 것을 알리는 수많은 목소리 가운데 한 목소리라도 내야 하는 것 아닌가.' 하는 생각이 들었습니다. 그리고 평소에 백낙준 박사를 귀하게 높이 우러러 봤는데 백낙준 박사 같으신 분이 행정을 하시지 않고 예일에서 박사학위 하시고 한국에 돌아와서 역사학만을 연구하셨다면 '아직도 우리가 미국에 역사학을 공부하기 위해서, 다른 학문을 공부하기 위해서 많은 유학생들이 가야했을까, 안 가도 되지 않았을까.' 저는 이런 생각을 많이 하게 되었어요. 그래서 이때 안 나가면 '나는 미국 대학에서 가르치는 자리를 갖게 될 것이고 테뉴어 받게 되고, 아이들 크게 되고 그러면 나는 못 나간다. 만약 나간다면 나는 정말 우리 선배들, 우리 선생님들, 백낙준 박사도 하시지 못했던 그런 것을 이루는 데 조금이라도 기여하면 좋지 않을까. 다른 것 하지 않고 선생으로 지내고 정치 활동, 아니 민주화 이런 것도 내가 양보하면서 가야하지 않을까.' 뭐 이런 복잡한 생각이 있었어요. 제 아내의 오빠가 되는 문익환 목사, 문동환 목사가 서서히 표면에 나타나기 시작했습니다. '저분들이 하시는데 나까지 한국에 가서 그 일을 할 수는 없다. 만약에 그 일을 한다면 나는 미국에 앉아서 민주화 운동을 해야지 한국에 가서 할 필요는 없다. 한국에 간다면 순수하게 대학의 울타리 속에 남아 있는 것이다. 다른 것하고 담 쌓고.' 뭐 이런 생각으로 제가 한국에 나오게 됐습니다.

김영선　1975년 2학기에 연대에 부임한 후 초년교수 시절, 『현상과인식』통권 2호(1977.6)의 노트에 선생님께서는 학문에의 마음가짐을 소명 (calling)이라고 표현하셨습니다. 소명으로서 학문을, 또 직업으로서 학문을, 또 교수가 되겠다는 결심을 굳히게 된 시점은 언제였습니까?

박영신　전 사실 교수가 되려고 마음먹고 언제부터 열심히 이 길로 가야 되겠다, 하는 것이 또렷하지 않습니다. 목사가 되고 싶은데 목사가 되기 위해서는 이런 준비, 이런 공부를 해야 되지 않을까. 그런 생각을 하다가 점차 제 관심이 특별한 데로 옮겨 가면서 제 나름으로 학문에 빠져들게 되고 또 흥미를 갖게 되고, 또 그 학문을 추구하는 데서 보람을 느끼게 되고, 그렇게 하다가 사회학으로 박사를 하게 되고 그렇게 해서 또 가르칠 수 있는 기회가 생기고 그렇게 해서 자연스럽게 …, 말하자면 공부가 좋아서 그 길로 가다가 보니까 그런 과정을 밟게 되고, 학위를 끝내게 되고, 또 가르칠 기회를 얻게 되고 …. 뭐 그렇게 된 것 같아요.

김영선　　대학 교수에게는 여러 역할들이 주어집니다. 이 가운데에서 가장 중요한 것은 무엇이라고 생각하시며, 연대 사회학과 교수직을 수행하시면서 개인적으로 부딪쳤었던 가장 어려운 점은 무엇이었습니까?

박영신　　선생은 연구하고 가르치는 것, 이런 것을 아주 깊은 뜻에서 즐길 수 있어야 된다고 생각합니다. 저도 그런 것을 즐기게 된 것 같아요 아주 보람 있다고 생각하고. 그런 과정에서 좋은 학생도 제가 많이 만났고 지성의 면에서도 그렇고 또 성품의 면에서도 그렇고 또 판단력이나 비판력에 있어서도 훌륭한 그런 학생들을 제가 많이 만난 것, 제가 아주 자랑스럽게 생각합니다. 그런데 그 가운데서 제가 불편한 점이 있었다면 어떻게 하면 −좁게는 이 사회학과에 넓게는 대학 전체겠지만 − 훌륭한 교수를 모셔오는가, 이런 문제에 대해서 참 우리나라 대학이 바른 길로 간다고 제가 당당하게 이야기하기 힘들 것 같아요. 어떻게 하면 우수한 교수를 뽑을 수 있는가. 거기에서 견해의 차이를 많이 겪었습니다. 그게 참 대학에서 굉장히 어렵고 불편하고 때로는 견디기 어려웠던 것이었습니다. 그것을 빼두고는 대학생활은 정말 아주 보람된, 즐겁고, 그런 기쁜 인생이라고 생각해요.

　저희 사회학과는 세워진 지 얼마 안 되기 때문에 아주 좋은 학과를 만들 수 있었습니다. 왜냐하면 오래 전부터 사회학과가 만들어져서 자격 없는 사람들이 위에 들어와 있으면 어려운데 우리는 시작한 지

얼마 안 되기 때문에 아주 출중한 교수들을 모셔올 수 있었다고 생각해요. 그건 우리나라에 있는 사람들뿐만 아니고 우리나라 밖에 있는 사람들을 다 망라해서요. 우리학교에서 출중한 교수를 모셔 오면 그건 한국 학생들에게도 귀하고 한국 학문에게도 귀하고 또 사람을 뽑는 형태에서도 연세대학교 사회학과가 모범이 될 수 있다, 전 그런 생각을 했는데 그런 것이 잘 안 되었다고 느껴집니다. 특히 초기에는 그렇게 될 수 있는 과정이 되었어요. 왜냐하면 그때는 모두가 만장일치제가 되어야만 사람을 뽑을 수가 있었습니다. 만일 거기서 합의가 안 되면 사람을 못 뽑지요. 그런데 그 제도가 문제가 있기도 하기 때문에 다수결에 의해서 사람을 뽑게 되는 그런 제도로 바뀌어 가면서, 그냥 다수에 의해서 사람이 들어오는 그런 판국이 되어 저는 좀 불만스러운 경험들을 했습니다.

김영선   권력의 주변을 맴돌며 사는, 지식을 출세의 도구로 삼으려는 행위에 대해서 날카로운 비판 입장을 견지하시면서, 지식인은 "경고와 예언의 능력을 지닌 카산드라와 같이 파국을 외치며 살아야 할 운명과 함께, 지식의 우리 안에 갇혀 있기를 거부하고 상상과 비전의 사람으로서 살아야 한다"(『대한매일』 2003년 8월 25일 칼럼)고 쓰신 바 있습니다. 선생님께서 생각하시는 지식인의 참모습은 무엇입니까? 지식인이 현실 인식과 참여의 일환으로 실물 정치에 뛰어드는 것에 대해서는 개인적으로 어떻게 평가하십니까?

박영신   우리 공부하는 사람, 생각하는 사람, 올곧게 살려고 하는 사람들은 지성의 문제에 대해서 계속 관심을 가질 수밖에 없고 그런 삶에서 자기를 분리시키지 못할 것입니다. 다만 주어진 상황에서 어떻게 사는 것이 정말 지식인으로서 지성인으로서 의미 있게 사는 것인가. 그런 갈등과 긴장과 논쟁 이런 것이 가능하겠지요. 우리나라에서 이것을 어떻게 옮기느냐 하는 문제가 있는데 대개 '지성인'으로 옮기다가 한동안 또 '지식인'으로 부르게 됐습니다. 저는 지식인이라고 하는 것은 현대사회가 되면서 점차 분화되는 과정에서 전문 지식을 강조하는 뜻을 담고 있다고 봅니다. 분화된, 분절화된 전문 지식에서 일정한 인정을 받는 경우를 저는 지식이라고 이야기하고, 그런 것과 구별되는 것으로서 우리 삶에 대하여 깊은 수준에서 비판을 할 수 있는 그런 능력을 갖춘 사람을 지성의 사람으로, 저는 이렇게 보고 싶었어요.

그런데 그 지성은 우리가 다 알다시피 19세기 후반에 프랑스의 드레퓌스 사건과 관련되어 참여했던 여러 뜻있는 지성의 사람들로부터 출발했죠. 그래서 단순히 대학을 졸업했기 때문에 지성인이 된다든지 또 대학교수는 자동으로 지성인이다, 전 그렇게 생각하지 않습니다. 대학교수는 전문 지식 때문에 교수가 된 사람들이지요. 그러니까 그 사람들이 자동으로 지성인이 되는 것이 아니고 지성인은 그것 플러스, 아니 그것과 근본에서는 상관없이 우리 사회에 대해서, 오늘날의 삶의 정황에 대해서 깊은 수준에서 비판할 수 있는 능력이 있는 그런 사람이라고 생각합니다.

그래서 이 지성인은 자기 삶의 조건과 일정한 거리를 두고 살아야 될 것 같아요. 유착해서 살 수가 없지요. 그것이 정치이든 경제 제도든. 또 무슨, 무슨 분위기든 그 어떤 것이든 자기가 들어 있는 어떤 상황 또 자기가 속해 있는 어떤 집단과 일정한 거리를 두고 그것을 깊은 차원에서 새롭게 볼 수 있고 비판해 볼 수 있는 그런 능력을 갖춘 사람이 지성인이다, 지성의 사람이다, 저는 그렇게 보고 싶습니다. 이 지성의 사람은 정치에 참여할 아무런 필요가 없지요, 참여할 수가 없지요. 정치와 영원한 불화를 가지고 살 수밖에 없기 때문입니다. 지식의 사람은 전문 지식을 가지고 정치권에 들어가서 일할 수 있을 것입니다. 왜냐하면 정치권은 전문 지식을 필요로 하기 때문에. 그러나 정치권에서는 정치권 자체를 비판의 눈으로 바라다보는 지성인을, 지성의 사람을 필요로 하지 않지요. 그러니까 여전히 불화한 채로 갈 수밖에 없는, 그리스 신화에 나오는 카산드라처럼 언제나 사회의 앞날을 경고하는 그런 것을 사명으로 생각할 수 있는 사람, 그 사람이 지성인이라고 저는 생각하고 싶어요.

김영선   그러면 이른바 '폴리페서 교수'에 대해서는 어떻게 바라보십니까?

박영신   그런 사람들은 대학에서 떠나야 된다고 생각합니다. 양다리 걸치고 사는 것이 아니고, 자기가 일차의 헌신 대상을 학문으로 삼고 있는가 아니면 정치권력에 지향되어 있는가, 이것을 빨리 자기가 결정해서 어정쩡하게 저것도 이것도 아닌, 대학에서 연구도 제대로 안 하고 학생들에게 진지한 삶을 가르쳐줄 수도 없는 그런 경우라면 대학에 있어서는 안 된다고 저는 생각하지요. 특히 인문사회과학에서는 그렇다고 생각합니다.

교육자와 연구자로서 '연세' 사회학을 꿈꾸다.

김영선   1980년대 연세대학교 문과대 필수 교양강좌로 지정된 '사회과학의 이해' 과목을 공동 강의(co-teaching) 하셨습니다. 당시 수강생들(현재 40대)의 공통 기억 속의 박영신 교수님의 모습은 "학사관리에 무척이나 엄격하셨던, 강의 때마다 무작위로 학생들을 지목, 난상 질문을 던져 공포분위기를 조성하셨던, 그러나 항상 환한 웃음을 띤 하얗고 동그란 얼굴의 스코틀랜드 신사 스타일을 고수하셨던 깐깐한 분"입니다. 강의와 관련, 선생님이 지니셨던 대원칙은 무엇이었습니까? 문답식 강의방식을 고수하셨는데, 그 이유가 따로 있으셨습니까?

박영신 　대학이 대학다우려면 무엇보다도 대학이 공부하는 곳이어야 한다, 또 대학생은 무엇보다도 공부를 해야 한다, 이런 생각을 하고 있었기 때문에 제가 연세대학교에 들어와서 이 학교가 다른 대학과 달리 뚜렷한 대학으로 좀 변화되었으면 하는 그런 생각을 갖고 있었지요. 그런 생각 때문에 교양과목 하면 그냥 건성으로 쉽게 생각하는 틀에 박힌 생각을 뜯어 고치고 싶었습니다. 그 어떤 전공이든 상관없이 밑바탕에 교양이라는 '이해'가 단단히 자리하고 있을 때 전공의 높은 건물을 지을 수가 있다, 단단한 건물을 지을 수가 있다, 이런 생각으로 교양과목을 아주 강조했습니다.

　학생들의 기대와 다르기도 하고 또 교양과목이라는 이름하에 아주 쉽게 적당히 넘길 수 있는 그런 것이라는 생각에 대한 제 나름의 도전이라고 할 수도 있지요. 그러니까 학생들은 어렵기도 하고 기대와 다르기 때문에 굉장히 불편해 했으리라고 생각해요. 아주 혹독하게 학생들을 다룬 기억이 납니다. 교양과목이면 주로 큰 교실이기 때문에 큰 교실에서 정말 아무 일 하지 않고 건성으로 넘어갈 수 있는 것이 아주 가능하지요. 그런 것을 제가 좀 헤쳐 나가기 위해서 매 시간마다 단 한 쪽으로라도, 그때 우리가 쓴 것이 초등학교 1학년이면 다 아는 '쪽글'이라고 해서 쪽에다가 글 써가지고 오는 것, 그런 것을 제가 요구했지요. 물론 저도 읽기도 하고 조교가 읽기도 하고 피차 나누어서 읽기도 해서 그 다음 시간에 가서 쪽글 가지고 이야기도 하고 그래서 학생들이 남의 것을 베낄 수도 없게 그렇게 완전히 자신의 쪽글을 쓰게 했습니다. 그리고 강의실이 크다보니까 자리를 전부다 정해줘서 언제나 이 강의실에는 자기 자리가 정해져 있죠. 그리고 이름과 번호가 다 써 있는 자리표에 따라서 학생들에게 질문도 해서 강의 시간이 느슨하지 않게 긴장의 도가니 속에서 50분이 지나갈 수 있게 그렇게 제가 계획을 했기 때문에 학생들이 굉장히 부담스러워 했을 것이고 당연히 그런 것을 견디지 못한 또 아니면 익살스럽게 그것을 좀 빗대어서 저에 대한 이런저런 평이 많았으리라고 생각됩니다.

아까 또 이야기했듯이 학생들에게 질문도 하고 학생들이 답변도 하고 또 학생들 사이에 서로 이야기할 수 있는 그런 토론의 장을 제가 만들지요. 말하자면 김 군이 이렇게 이야기했는데 이 양은 어떻게 생각하는가? 그가 '잘 못 들었다'고 하게 되면 그 이 양은 아주 큰 수모를 당합니다, 저한테. 그러니까 서로 동료들이, 친구들이 지금 발언하고 있을 때 경청하여 서로 존중하는 태도를 보여주는 것, 이런 것이 전부 다 삶에 대한 태도라고 생각하고 있거든요. 이런 것을 제가 귀하게 생각했습니다. 강의실 안에서도 서로 존중하는 태도, 지성의 차원에서 대화하고 아주 엄격한 논쟁을 벌일 수 있는 그런 훈련을 받으면 좋겠다고 생각하고. 저도 학생을 일방으로 가르쳐 준다는 그런 생각이 아니고 학생들과 더불어서 수평의 관계에서 서로 이야기를 나누고 서로 존중해 주는 이런 것이 젊은 시대에 갖춰야 될 바람직한 마음가짐이라고 생각하고 그게 또 오늘날 넓게 생각하면 시민으로서 가져야 될 마음가짐이 아닌가. 저는 그런 생각을 하고 있습니다.

김영선　　자기 원칙에는 충실하지만 동시대 분위기에 휩쓸리지 않은 채, "오직 앎만을 바라보고 천박한 삶을 멀리"하려는 박영신 교수님의 소신과 비타협적 태도가 연대 사회학과와 한국 사회학계 안에 소위 '비주류'로 위치지었다 라는 주변 이야기가 있습니다. 학자, 교육자, 실천가로서의 일관성과 인격에 대한 존경과 동시에, 선생님의 협상을 불허하는 경직성과 답답함에 대한 평가는 상당히 이중적이기도 합니다. 이 같은 양극화된 평가에 대해 선생님은 어떻게 생각하십니까?

박영신　　저는 비주류라는 것에 동의합니다. 아까 지성의 사람에 대해서 이야기했지만 저는 사회의 중심 가치를 존중하고는 싶어요. 그런데 그 중심 가치가 왜곡이 될 수 있습니다. 어떤 특정 세력에 의해서, 다수에 의해서, 그 시대의 분위기에 의해서. 왜곡되지 않은 어떤 중심 가치를 우리가 찾아서 중심 가치를 우리가 다시 밝게 세워야 될 책임이 우리한테 있지요. 그런데 많은 경우에는 그 중심 가치가 이제 막 말씀드렸던 그런 다른 요인에 의해서 뒤틀려져 있습니다. 억압받고 있습니다. 그것을 살리려고 하는 것은 주도 세력에 빌붙어 있는 다수의 세력에 의해서 언제나 비주류가 되는 것이지요.

　그러니까 그런 뜻에서 비주류이고 비주류가 돼야 되고 비주류로 사는 것을 저는 의미 있게 생각하고, 그런 가치를 세우지 않고 이 시대의 흐름에 뒤쫓아 가는 그것을 다라고 생각하면 진실된 삶이라고 하는 것은 참 찾아보기가 힘들 것 같아요. 진실된 삶에 대한 감수성을 갖고 있는 사람은 소수일 수밖에 없다고 생각합니다. 그것은 다수에게 언제나 불편한 사람들이고 불편한 주장이기 때문입니다. 그러나 그것을 우리가 살릴 수밖에 없지요, 살려야 되지요. 그것을 다수의 사람들은 비주류라고 이야기합니다만 사실은 억압된 가치의 눈으로 보면 그것이야말로 중심 가치라고도 할 수 있는 것 아닌가 그렇게 생각해요.

김영선   저서 목록을 살펴보면, 단독 저작이 총 9권이며, 수많은 번역서와 공저서들, 그리고 2권의 기도집이 있으십니다. 현재도 『현상과인식』을 비롯한 여러 학술 저널들을 통해 학계와 사회에 발언하고 있으십니다. 이 같은 글쓰기를 지속하게끔 하는 에너지와 열정의 원천이 궁금합니다.

박영신   제가 부끄럽습니다. 제가 더 정말 좋은 선생이 됐었어야 되고 좋은 연구자가 됐었어야 되고 좋은 지성의 사람이 됐었어야 되는데 정말 그 질문 앞에 제가 사뭇 부끄러운 느낌이 듭니다. 그러나 제가 거둔 열매는 별 것이 아니지만 그런 일에 주저함이 없이 또 포기함이 없이 내가 참여하게 할 수 있게 한 그런 나를 떠미는 힘이 무엇인가, 만일 그런 것을 이야기할 수 있다면 이제 금방 질문의 형태로 말씀하신 그런 이야기와 다 통하는 것이라고 느껴요. 그것은 대학 선생이 된 이상 내가 이 학문영역에 들어선 이상 나는 여기에 헌신할 수밖에 없고 충실할 수밖에 없습니다. 제가 아까도 말씀드렸다시피 그 결과물은 초라하다고 하더라도 적어도 저는 그런 마음을 가지고 있었고 그런 마음을 놓치지 않았습니다. 그래서 이제 부족한 능력으로 그것을 최선을 다해서 표현하고 싶은 그런 것이고 되도록이면 잡문을 쓰지 않고 공부한 사람이 쓸 수 있는 그런 글을 쓸려고 제 나름으로는 노력을 한 것인데 그것이 이제 금방 말씀드렸던 대로 좀 과도한 표현이라고 생각하지만 제가 가지고 있는 삶에 대한 뭐, 태도 이런 것이 여러 가지 이름으로 표현이 되었는데 그런 것과 이런저런 면에서 연결돼 있지 않을까 그렇게 생각됩니다.

그러니까 공부라는 것은 끊임없이 변방을 향해서 가는 것이고 주변을 향해서 가는 것이고 지금까지 잊히고 짓눌렸던 것을 찾아내는 것이기 때문에 언제나 외로운 소리를 낼 수 있어야 되고 언제나 다수와 다른 생각을 할 수 있는 그런 공부, 그걸 강조했다고도 할 수 있고 그런 뜻에서 다수를 향한 어떤 계몽의 생각을 가지고 있었다고 할 수 있죠. 다수가 이렇게 가느냐, 한국 사회학회가 이렇게 가느냐, 거기에 대한 제 나름의 소리, 그런 것이 아무리 외롭다고 하더라도 그런 것을 발언하고 싶은 그런 뜻이 있긴 있었습니다.

김영선　　연대 사회학과의 제도/학문 정립과 관련해 가장 중요한 기여는 당대 서구 사회(과)학 이론들에 대한 소개와 함께 많은 후학들을 길러내신 것이라고 들었습니다. 제자그룹으로서는 김중섭, 조성윤, 정갑영, 민문홍, 정수복, 차성환, 박희, 이홍균, 정재영, 이승훈, 이황직 박사님 등이 꼽힙니다. 또한 제자훈련과 관련하여, 학위 지도교수로서 선생님은 어떠한 원칙과 기대지평을 가지셨는지요?

박영신　　이 외에도 제가 기억나는 것은 가톨릭대학의 조돈문 선생, 그 다음에 배재대학의 김우승 선생, 그 다음에 동의대학에 조영훈 선생, 그 다음에 한세대학의 백진아 선생. 이런 젊은이들이 좀 생각이 나요. 근데 아까 이야기했던 그것에 더해서 제가 지도교수였다면 극히 제한된 뜻에서 자기 연구하는 것에서 변두리로 나가는 어떤, 옆으로 좀 나가서 지금의 생각의 폭을 넓힐 수 있는 그런 것을 쓰지 않으면 학위 논문으로서 가치가 없다, 그런 생각을 제가 끊임없이 주지 않았나 싶습니다. 그러니까 그 논문을 쓴 사람은 그 영역에서 기존의 생각 틀을 어느 만큼 바꿔 놓을 수 있는, 좋은 뜻에서 학문의 자극, 학문의 압력 그런 것을 젊은이들에게 불어넣으려고 했습니다. 그 내용에 대해서, 형식에 대해서 좀 엄격했다고 할 수 있습니다.

김영선　모든 근대 분과 학문의 제도화는 과(department) 시스템을 기반으로 하고 있습니다. 지식은 그 시대의 요구와 맥락에 의해서 구성되며, 그 지식은 다시 그 시대의 에피스테메를 재구성해내는 즉, 변증법적 관계가 있지만, 행위자(agent) 역시 근대/학문의 제도화에 중요한 기축이라고 할 수 있습니다. 교수-교수의 관계 및 교수-학생의 관계가 그 행위자성(agency)의 실질적 내용을 채워감에 있어 중요 변수가 된다고 가정한다면, 대학 교육 제도화의 역사는 결국 학과의 교수 채용의 역사라고도 말할 수 있을 것 같습니다. 한국 대학의 교수채용방식에 대한 선생님의 생각은 어떠신지 말씀해주십시오.

박영신　90년대 초반인가 연세대학교 장기원 기념관에서 이런 문제로 제가 발표한 적이 있습니다. 대학 개혁을 주제로 삼아서 총장 두 사람이 발표하고 아마 평교수 두 사람이 발표하지 않았나 싶은데 그때 저도 발표를 했지요. 발표한 내용이 교수채용에 관한 것이었습니다. 그때 아마 발표한 내용의 일부가 일간지 어디에 보도가 된 것 같아요. 하루 전인가. 그런데 장기원 기념관에 그때 이른바 문자 그대로 입추의 여지가 없을 정도로 사람들이 많이 모였습니다. 그것은 현직에 있는 교수도 오고 … 교수들 가운데 정말 한국대학의 교수를 이런 식으로 채용해서는 대학에 희망이 없다고 하는 것을 깊이 느끼는 사람이 참, 먼 데에서도 많이 오셨던 것 같아요. 앞으로 대학교수가 되려고 했던 사람들도 많이 와서 매우 숙연한 발표장이었던 그런 기억이 납니다.

　　그런데 거기서 이야기했던 그대로 우리나라에서 대학교수를 ─요즘 제가 어떤지 좀 연구를 해 보아야 되지만 그 당시에는─ 주로 연줄로 대학 선생들이 많이 들어오지 않았나 싶었습니다. 우선 자기 학교 출신들을 그렇게 쓰는 것, 자기 학교 출신이라는 것은 그 선생과의 학연을 이야기하는 것이겠지요. 그 과의 학연과 관련될 것이고요. 그런 사람들이 대학에 들어오는 이상은 대학에서 참 좋은 사람을 쓰기는 어렵다. 그렇게 되면 끼리끼리 되는 것이니까 그 다음에 그런 선생이 들어와서 학문의 다양성, 이질성을 통한 학문의 다양성을 높이기는 어려운, 비슷비슷한 사람들이 들어오는 그런 것이 문제다 하는 것을 이야기하게 됐습니다. 그것을 사사로운 자리에서는 다 이야기를 하더라도 공공의 수준에서 발표한 것은 별로 없지 않았나 싶어요. 그래서 그것을 학술지에도 발표했지만은 그 당시에 제가 주장한 것은 그런 것에서 벗어날 수 있는 제도의 장치를 우리가 만들지 않으면 안 되겠다는 거지요. 그걸 저는 그렇게 생각했습니다. 어느 한 사람을 지목해서 '이 사람을 넣자.' 이러지 말고 우수한 사람들의 폭을 조금 넓혀서 누구라도 공감할 수 있는 사람을 우리가 선출해서 거기서 하나하나 잘라낼 수 있는 그런 방식, 그것은 학연과도 관계없고 혈연하고도 관련 없고 지연과도 관련 없는, 정말 우리 학과에서 어떤 사람을 필요로 하는가, 한국 학계에 이 사람이 들어와서 얼마큼 기여할 수 있는가, 전공이 무엇인가, 뭐 이런 것을 좀 존중하는 다양한 선생들을 우리가 뽑아야 된다, 이런 주장이지요. 그러니까 비슷비슷한 사람이라든지 끼리끼리라든지 이런 데서 우리가 벗어나는 색다른 사람을 우리가 존중할 수 있는 그런 대학교수 진영이 짜여질 때 그게 학문에도 건강하고 배우는 학생들에게도 또 이로운 것 아니겠는가, 이런 주장인데 이것은 참 원칙의 문제이지 어떻게 제도화 시켜야 되는가 하는 것은 많은 논의가 필요하겠죠.

김영선   특정 시기 시기마다 천착하셨던 선생님의 연구 주제들은 한국 사회의 급격한 정치, 경제, 사회적 변동에 대응하고 있으며, 또 그 시대가 연구자에게 해결을 요구하였던 문제들과 맞물려 있습니까?

박영신　　아무리 무슨 연구를 하는 학자라고 하더라도 그 시대의 흐름에 유행에 뒤쫓아 갈 가능성이 많이 있습니다. 지식의 사람들이 빠지기 쉬운 것은 뭔고 하니 어떤 식민지 상황에서 눈여겨 봐야할 것이 있는데도 이건 보지 않고 지식의 중심부라고 할 수 있는 서구에서 어떤 것을 관심의 대상으로 생각하고 있는가, 그런 것에 대해서만 눈을 돌려서 그것을 하루 속히 소개하는 것을 능사로 삼는 그런 것입니다. 저는 그런 것을 몹시 못마땅하게 생각했습니다. 그건 물론 중요하지요. 세상이 어떻게 돌아가는지 우리 사회 바깥에서 무엇이 돌아가고 있는지를 재빨리 우리가 확인하는 것은 중요합니다만 그것을 가지고 유행의 한 깃발로 삼고 그것을 가지고 지식의 사람이 득을 보고 있다면 문제라고 생각합니다. 제가 이론에 대한 관심을 갖는 이유는 깊은 문제, 그런 표피의 문제가 아닌 깊은 질문을 던질 수 있기 때문입니다.

　그런 뜻에서 고전 이론가들, 말하자면 사회학을 창건한 사람들 맑스, 베버, 뒤르켐, 혹은 토크빌 이런 사람들의 질문은 지금도 우리들에게 유효하고 의미가 있을 수 있다고 봅니다. 그것은 깊은 질문이며 시대가 바뀌었음에도 불구하고 우리가 피해갈 수 없는 질문입니다. 그래서 30여 년 동안 학계에 발붙이고 있으면서 제가 시대 흐름에 얼마만큼 변화했는가 하는 것을 제 스스로에게 묻는다면 제가 그런 것에 대해 오히려 저항했다, 이렇게 이야기할 수 있지 않을까 싶어요. 그래서 근본의 문제가 무엇인가 물으면서 그것과 씨름하기보다는 재빠르게 시대의 흐름을 타고 우리 사회의 대중매체를 통해서 유명인사로 올라서는 것, 그것이야말로 학문의 정신에 위배되는 것이다 하는 생각을 가졌습니다. 또 하나는 고전이론에 대한 관심을 가지면서도 —제가 두고두고 이야기하는 것이지만 그 사람들에게서 배울 것이 너무도 많이 있음에도 불구하고, 그 사람들 앞에서 나의 초라함을 고백할 수밖에 없지마는—

그 사람들이 우리 사회의 정황에 대해서 나처럼 고민하지 않았으리라고 생각해요.

한국 사회에서 태어나서, 한국 사회에서 살아가고 있고, 한국 사회에서 가르치고 있는, 나의 고민을 그 사람들이 대신해줄 수는 없다고 생각했습니다. 그래서 한국 사회에 대한 내 나름의 깊은 문제를 던져서 그 뿌리를 캐보려고 한 것이죠. 그것이 자주 이야기하는 바대로 우리 사회의 가족중심의, 혈연중심의 생각 또 경제중심의 생각, 이 두 가지가 서로 만나서 비좁은 자기의 이해관계로 움직이는 우리의 행동을 주목해 왔습니다. 아주 비열한 이 삶의 형태를 많은 지식인들이 문제시하지 하고 있지 않다는 것에 저는 문제를 던지면서 이런 것을 이야기해야 하는데, 이것은 고전 사회학 이론가들이 저를 대신해서 대답해주지 않고 저를 대신해서 질문 던지지 않습니다.

아무리 시대가 바뀌었다고 하더라도 시대가 바뀐 표면의 문제를 제가 분석해보면 결국 우리 사회의 밑뿌리에는 밀양 박씨 중심의 생각에 얽매여 있고, 그것이 학연이든지 지연이든지 이렇게 연결될 것입니다. 그러나 특히 조국의 근대화 이후에 잘 살아보자고 하는 물질지향의 생각이 어우러져서 굉장히 비좁은 생각에 얽매여 있는 것, 지식인들이 이런 것을 질문하지 않는 것, 지식인들이 오히려 이 흐름에 편승해서 자기 이득을 보는 것, 이런 데에 대한 질문을 해야 합니다.

그 다음에는 우리 사회의 문제를 표피의 문제로서 열 가지로도 이야기할 수 있고 열다섯 가지도 이야기할 수 있지만 그 모든 것의 밑뿌리는 이 두 가지에 다 이어져 있는 잔뿌리에 불과하지 않는가, 뭐 이런 생각으로 시대의 흐름에 별로 그렇게 장단 맞추려고 하지 않으려고 했던 그런 기억이 납니다. 그러니까 환자가 있으면 그 환자의 증상, 병의 증상만 가지고 이야기 할 것이 아니고 증상 밑뿌리로 들어가서 병의 근원을 잘라내는 것이어야 하는데 우리나라 학계라는 것이 이런 근본의 문제를 이야기하지 않고 증상만 가지고 이야기하고 있다 하는 것에 대한 불만 이런 것이 저에게는 있습니다.

김영선   지식의 탈/식민성의 이슈와 관련하여, 미국 사회학의 영향과 함께 토착적 한국 사회학을 둘러싼 논쟁들이 과거 몇 차례 있었습니다. 이러한 논의들에 있어 선생님의 입장은 어떠하였습니까? 또한 미국에서 오랜 기간 공부하셨고, 서구 사회학 이론을 지속적으로 한국에 소개하신 학자로서, 만약 인문·사회과학의 '토착화'가 필요하다면, 그것은 관점과 방법론을 전혀 새롭게 구성해 한국 사회 문제를 분석해야만 한다고 보십니까? 아니면, 소위 '서구지식'의 권위에 대한 우리의 과도한 의존과 맹목적 추수를 비판적으로 성찰하는 것과 연결된다고 생각하십니까? 어느 쪽의 입장에 더 가까우신지요?

박영신   국내에서 사회학을 안했다는 것이 굉장히 강점으로 다가옵니다. 내가 국내에서 사회학을 했다면 적어도 지금은 다르겠지만, 75년도 그럴 때에는 굉장히 부자유했을 것 같아요. 저는 제 스스로를 어떤 매개·맥락에서 파악하지 않았습니다. 저는 그 어떤 연하고 아무 관계없이 제 스스로를 자유스럽고 독립된 존재로 파악할 수 있는 그런 이점을 가지고 있었다고 생각해요. 그리고 그 당시 사회학의 수준이라는 것이 대단하지 않았기 때문에, 그리고 그 다음에는 다양한 학문의 배경을 가진 사람들이 다양한 학문을 접할 수 있는 그런 관심의 확장의 경험 이런 것이 중요한데 그렇다면 학부를 사회학을 하고 안하고는 전혀 관계없는데도 불구하고 우리나라의 비좁은 그 생각들에서 벗어나지 못한 사람들은 학부에서 무엇을 전공했는가를 자꾸 따지는데, 그렇게 하기에는 학문의 세계가 너무도 광범위한 배경을 필요로 하고 있습니다. 대화를 필요로 하고 있기에 오히려 다양한 것을 해야 될 것 같고요.

그리고 토착화 문제, 이런 것은 우리의 감정을 자극할 수 있는 좋은 구호일 수 있습니다. 토착화. 근데 그 토착화가 무엇을 뜻하는가, 거기에 많은 논쟁이 필요할 것 같아요. 어떤 것을 토착화라고 이야기할 것인가. 근데 저는 이제 막 이야기했듯이 우리 사회를 괴롭히고 있는 문제가 무엇인가, 우리 사회를 이끌어가고 있는 이 조직의 원리가 무엇인가, 이러한 것을 제 나름으로 이러이러한 것이다, 라고 이해해보려고 했습니다. 또 그것이 그냥 주장만하는 것이 아니고 그것을 위한 경험의 자료들도 제 나름으로 역사 사회학을 통해서 제가 제시하려고 했지요. 그러니까 토착화라고 하는 것은 거의 그 말 자체가 불필요할 정도로 내가 살고 있는 이 땅의 사람들이 겪어야 되는 아픔이 무엇인가, 어려움이 무엇인가, 무엇 때문에 우리 사회는 이런 상황 속에 빠져들었는가 하는 그 밑뿌리의 문제를 두고 그것을 해결하고 치유하려고 하는 그것은 필요한 모든 자원을 동원해야 될 것 같아요. 그것은 꼭 무슨 미국의 전통이라든지 불교의 전통이라든지 뭐, 뭐 기독교의 전통이라든지 그럴 것이 아니고 모든 데서 이런 것을 우리가 끌어들여서 활용할 수 있어야 된다고 생각합니다. 그런 뜻에서 바깥 나라에서 들어오는 학문의 접근 방식이라는 것에 대해서 우리가 터부시할 것은 없다 그거지요. 자유스럽게 다만 우리 사회를 괴롭히고 있는 이 문제를 그 어떤 것이 잘 풀이하는 데 도움을 줄 수 있는가 하는 것을 우리가 서로 대화하면서 경쟁할 수밖에 없는 것 아니겠습니다. 저는 그런 생각을 갖고 있습니다.

김영선 연대 사회학과의 계보를 살펴보면, 1세대로는 네 분의 교수님 (전병재, 안계춘, 송복, 박영신). 김용학 선생님부터 그 이후는 2세대로 묶여집니다. 그리고 3세대들이 제도권 학계에 자리 잡기 시작하고 있습니다. 1972년 설립된 연세대 사회학과의 경우, 서울대, 경북대, 이화여대에 사회학과가 설립된 한참 이후에 과가 만들어졌으므로, 일종의 '후발주자'라고 할 수 있습니다. 한국 사회학 지형도에서 연세 사회학의 위치는 무엇이었으며, 선생님께서 은퇴하시기 전에 연세 사회학의 목표로 중요하게 설정하신 것은 무엇이었습니까?

박영신   제가 연세대 사회학과를 대변할 수 있는 자리에 있지 않습니다. 뚜렷한 분들이 여럿 계셨는데 저는 그 가운데 한 사람이었습니다. 제가 연세대학교에 와서 만장일치가 되지 않으면 선생을 우리가 모셔올 수 없는 그런 제도가 살아있을 때까지는 어떤 뜻에서는 저의 발언이 일정한 무게를 지니고 있었다고 할 수 있습니다. 그때 연세대학교는 우리나라에서 가장 뚜렷한 사회학과가 아니었을까 싶어요. 적어도 80년대 초반까지는 그랬습니다. 또 바깥에 계신 여러 선생으로부터도 그런 평을 저는 직접 들은 바 있습니다. 그때 이론 중심이었고, 그 다음에 역사·비교연구 중심이었습니다. 그런 뜻에서 연세대학교의 특징이 있었지요.

제가 조금 더 강조해서 말하자면 그 밑바탕에는 −제 표현대로 한다면− 우리 사회의 문제가 무엇인가, 우리의 문제는 무엇이고 앞으로 우리 사회는 어디로 가야 되는 것인가에 대한 근본의 질문을 가지고 논의한 사람들이 우리 사회학과에 있지 않았을까. 그것이 특징이었다면 특징이었다고 생각이 됩니다. 그러다가 80년대 후반이 되면서 다수결에 의해서 선생들을 뽑게 되는 그런 상황이 되면서 점차 연세대학교의 특징은 어떤 뜻에서는 줄어들었다고 할 수 있습니다. 그래서 연세대학교 사회학과의 특징이나 다른 대학교의 사회학과의 특징이 별로 크게 다르지 않는, 물론 강조점이 조금씩 다를 수 있을는지 모르지만, 그 당시로서는 그것이 특징이 아니었습니다. 그것은 근본의 뜻에서 근본의 문제를 질문할 뿐만 아니고 근본의 문제를 질문한다는 뜻에서 당연히 비판 지향의 사회학이 아니었을까 그런 생각을 합니다.

김영선　연대 사회학과의 문과대 존속과 더불어 사회학과 인문학 분과학문들(특히, 문·사·철)과의 학제 간 대화 주장에는 선생님께서 지향하시고자 한 사회학의 모습이 담겨 있다고 봅니다. 과학성과 객관성을 중시 여기는 사회과학으로서의 사회학보다는 인문학적 특성을 가진 사회학을 염두에 두신 것이 아닌가 싶습니다. 사회학과 인문학이 상호교류로 인해서 얻어지는 새로운 학문 영역의 개척과 통합 관점, 그리고 학과의 좁은 틀을 깨는 노력들은 궁극적으로 한국학계에 어떤 시너지 효과가 있을까요?

박영신　제가 자주 학생들한테도 이야기하고 제 스스로를 향해서도 이야기하지만 저는 철모르고 사회학을 택한 것이 아니고 학문에 궁극의 뜻이 있어서 방황을 거친 다음에 사회학으로 간 사람인데요, 그러니까 학부 때부터 사회학을 한 사람보다는 다른 학문을 좀 더 많이 접한 사람이 아닐까 싶습니다. 그래서 다른 학문이 갖고 있는 강점도 다른 학문의 중요성도 어느 정도 알기 때문에 그 어떤 학문도 그 학문 하나만으로 현상 전체를, 본질 전체를 파악할 수 없다고 생각합니다. 그래서 어느 학문이든 그 학문은 인접한 이웃한 학문과 더불어서 현상과 실체를, 본질을 파악할 수밖에 없는 그런 자리에 서 있는 것이지요. 그래서 학문 자체는 다른 학문과 대화할 수밖에 없습니다. 문을 열 수밖에 없고 그런 점에서 저는 학제 간을 강조하지요. 여러 학문과

학문 사이에 칸막이를 좀 떨쳐 버리는 대화를 해야 되고 …. 그렇다고 해서 전공을 약화시키는 것이 아니고 자기 진가를 갖고 있어야 되겠지요. 자기 소금의 맛을 낼 수 있어야 되겠지요. 분과 학문으로서 자기 본질은 갖고 있어야, 그럴 때 자기가 기여할 수 있지요. 그런 것을 갖고 있으면서도 그것이 다가 아니라는 생각으로 옆 학문들하고 계속 대화를 해야 되겠지요. 그래야만 현상과 실체, 본질을 더욱더 온전하게 파악할 수 있기 때문이죠.

그런데 그러려면 서로 교류도 해야 되지 않습니까. 그럴 수밖에 없는 것이, 우리 삶에 대한 연구이기 때문에 그렇습니다. 우리 삶, 우리 한국 사람들이 살아가야 되는 삶, 또 한국 사람은 500년 전의 삶이 아니고 현대라는 이 속에서 살아가는 이 삶을 연구하려면 여기에 관심을 가지고 있는, 여기에 일정한 기여를 할 수 있는 여러 학문들이 만날 수밖에 없겠죠. 우리 국학 연구도 그런 것 아니겠습니까. 우리나라의 문제를 두고 반드시 역사학 하는 사람이 전담할 수 있는 것도 아니고 반드시 한국철학 하는 사람들이 독점할 수 있는 것도 아니고 …. 이런 데에 대한 고민을 담고 있는 사람들이 모두가 함께 머리를 맞대고 연구할 수밖에 없는, 그러니까 학제 간의 연구가 될 수밖에 없습니다. 그 다음에 학제 간, 이것도 어느 뜻에서는 한계가 있을 수밖에 없죠. 학문의 테두리를 고집하는 데서 벗어나야 된다는 뜻에서 초 학제간, 초 학문분과, 이렇게도 이야기할 수 있을는지 모릅니다. 그렇게 해서 전부다 힘을 합해야만 우리, 우리 사회에서 문제가 되고 있는 것을 우리가 제대로 알 수 있겠죠. 그러면 이것을 통해서 학문 자체에 기여할 수 없는가. 저는 학문 자체에 기여할 수 있다고 생각합니다.

서로 날카롭게 자기가 갖고 있는 그 학문 방법이 지닌 어떤 강점을 서로 이야기하면서 그 한계도 느낄 뿐만 아니라 그것을 통해서 다른

박영신

학문이 볼 수 없는 것을 비쳐볼 수 있는 그런 뜻에서 그 학문을 더욱더 심화시키고 발전시킬 수 있는 여지가 있다고 생각하고 그런 것을 통해서 우리 사회를 보기 때문에 서양 사람들이 미처 생각하지 못했던 것도 우리가 볼 수 있지 않을까 이런 기대를 저는 갖고 있습니다. 저는 최근에 사회과학의 전반으로 그렇겠지만 사회과학이 이렇게 굉장히 분절화되면서 전문 지식을 가지고 뻐기지만 실제 놓치고 있는 것이 많이 있지 않을까 싶습니다.

그 가운데 하나가 도덕에 관한 관심, 어떻게 사는 것이 올바르고 어떻게 사는 것이 바람직하지 않은 삶인가에 대한 논의를 우리 사회과학에서 찾아보기가 대단히 힘듭니다. 근데 이런 도덕의 관심을 이야기하지 않고 연구자는 그 관심을 감추고 있습니다. 자기가 주장하는 바가 있죠. 자기의 가치가 있죠. 그것을 노출시키지 않고 은밀한 가운데서, 그것을 전문 지식의 깃발 밑에서 강화시키지 말고 노출시켜서, 당당하게 공개된 데에서 어떻게 사는 것이 정말 바람직한 것인지, 우리 사회의 문제는 무엇이고 우리 사회의 문제를 해결하려면 어떤 도덕관심을 가지고 행동해야 되는가, 이런 데에 대한 논의가 굉장히 빈약한 것 같아요. 이러려면 당연히 인문학과의 대화를 할 수밖에 없습니다. 굉장히 가까워야 되는 것이지요. 이게 이 이야기와 얼마큼 관련이 될지 모르지만 저는 연세대학교 사회학과가 문과대학에 있어야 된다고 수차 주장을 했습니다. 그런데 지금 문과대학이 아닌, 인문학이 아닌 다른 데에 가 있지요. 거기에 있으면서도 인문학과 많은 만남이 있기를 저는 바라고 있습니다.

김영선　　선생님의 사회학 세부전공으로 사회학 이론, 비교·역사사회학, 사회운동, 종교사회학 등을 범주화해 볼 수 있을 것 같습니다. 초기,

미국의 당대 사회학 이론들의 소개에서부터 시작하여, 한국의 전통사회
와 현대사회와의 지속과 단절을 비교·역사 관점에서 살펴보셨고, 또한
90년대에는 지역적 범위를 확장해 유럽사회와 사회주의 지적 전통을
탐구해 한국사회의 대안 모색에도 열중하셨습니다. 교수들은 보통 안식
년을 전후하여 자기 연구 패러다임의 전환을 모색하고 결과물을 내어
놓습니다. 선생님의 안식년 경험들은 어떠하셨는지요?

박영신　　　저는 미국에서 조금 공부를 했기 때문에 안식년을 미국 이외의
다른 나라에서 보내고 싶었습니다. 그래서 미국 교육이 갖고 있는 강점에
도 불구하고 미국 교육이 담고 있지 않은, 또 그다지 강조하고 있지
않는 다른 나라의 관점을 접하고 싶었기 때문에 유럽 쪽으로 가고
싶었습니다. 영국에서 안식년을 보내게 되었고, 독일에도 잠시 들리게
되고, 독일의 경우에는 방학을 거기에서 보낸 적도 있습니다. 길다면
긴 30년의 세월 가까이 대학 선생 노릇을 하면서 지난날을 되돌아보면,
근본에서의 변화는 안식년하고는 그다지 관계없었던 것 같습니다.

정말 기대하지 않게 제가 연세대학교 선생이 됐는데 그로부터 한두
해 후에, 동유럽 연구팀이 동서문제연구원에 만들어졌고 제가 그 일원이
되었습니다. 그때 우리 사회가 유신 절정기가 돼서 동유럽에 대한 책도
자유롭게 볼 수가 없었는데, 당시 남한에서는 특별하게 분류되었던
동유럽에 대한 책들을 볼 수 있는 특권을 제가 누리게 되었지요. 그렇게
되면서 전혀 생각지도 않았던 동유럽에 대해 눈을 돌리게 되었습니다.
제 관심이 사회운동, 사회변동 이런 것이었기 때문에 공산체제 하에서
어떤 방식으로, 어떤 사람들이, 어떤 조건 밑에서 반체제 운동을 일으켰
는가, 그것이 어떤 변화를 가져왔는가. 이런 이슈들에 관심을 가지게
된 것이 연구자로서의 제 관심 내용을 확장하는 데 도움이 되었고요.

박영신

이어 유럽에서 안식년을 보내고 있는 동안에 그리고 또 방학 동안에 외국에 머물면서 제 관심을 더욱 다듬고자 했습니다.

김영선　　해외여행 자유화 조치 이후에는 훨씬 쉽게 국외로 나갈 수 있게 되었지만, 과거 대학교수들이 가졌던 특권들 중에 하나가 안식년을 외국에서 보낼 수 있었던 것 같습니다.

박영신　　그랬습니다. 제가 첫 번째 안식년을 가진 것이 1981년 여름입니다. 제가 머물렀던 옥스퍼드 대학에는 한 서른다섯 개의 칼리지가 있지요. 그 가운데 맨스필드 칼리지에 소속되어 일 년 동안 머물렀습니다. 거기서 좋은 사회학자를 만날 수 있었지요. 스티븐 룩스(Steven Lukes)와 존 골도프(John Goldthorpe)와 같은 학자들을 만날 수 있었고 그 다음에 제가 연락을 해서 캠브리지에 가서 안토니 기든스(A. Giddens)를 만났지요. 그와도 긴 이야기를 나누었습니다. 몇몇 사람들과는 녹음기를 두고 인터뷰를 한 적이 있습니다. 기든스는 고전 이론의 비적절성을 강조했던 것 같고 저는 고전 이론의 적절성을 기든스보다는 좀 더 강조했던 기억이 납니다. 어떻든 다른 나라에서 사회학하는 사람들의 시각, 이런 것을 접함으로써 행여 내가 갖고 있는 관심의 한계를 좀 넓힐 수 있지 않을까, 벗어날 수 있지 않을까 그런 생각이 있었습니다. 영국에만 머문 것이 아니고 독일 튀빙겐에 가서 베버 연구에 아주 출중한 업적을 남긴 텐브루크(F. Tenbruck) 교수와도 사귐을 가졌습니다.

　안식년과 연구 영역의 변화와 관련해서, 제가 유럽에 있는 동안에 많은 동유럽 관련 자료를 접할 수 있었고, 한국에서는 전혀 상상할 수 없는 매체들의 보도가 아주 활발했기 때문에, 영국에 있는 동안에 '솔리댈리티' 운동에 대한 관심을 더 확장해 볼 수 있었지요. 제가 옥스퍼드에 있었습니다만 사실 가고 싶었던 대학은 스코틀랜드에 있는 글라스고 대학이었습니다. 왜냐하면 글라스고 대학은 아담 스미스의 모교이기도 하고, 또 그가 가르친 대학이기도 하고, 그곳에는 소비에트 및 동유럽 연구소가 있었습니다. 아주 유명한 연구소였지요. 거기 가고 싶었는데 당시 저에게 안식년을 허락한 문교부에서 옥스퍼드에 가는 것이 좋겠다고 해서, 그렇게 됐습니다. 우리나라 사람이 옥스퍼드나 캠브리지에 별로 안 갔기 때문에 권했던 것 같아요.

옥스퍼드에 있으면서 영국 사회주의에 대한 관심을 갖게 되었습니다. 사실 사회주의에 대한 관심은 대학 졸업 직전에도 조금 가지고 있었습니다. 소비에트 체제와는 달리 노동당의 밑바탕이 될 수 있는 '정신'으로서의 사회주의 그런 데에 대한 관심을 갖고 있었습니다. 제가 공군사관학교에서 군복무 하던 때 공군대학 안에 좋은 자료들이 조금 있었고 그것들이 영국 사회주의에 대한 것이었어요. 이런 자료들을 읽은 과거가 있었기 때문에 옥스퍼드에 있을 때, 영국 사회주의에 대한 관심을 다시 갖게 됐지요. 사회주의는 사회학과 긴밀한 관계를 갖고도 있습니다.

영국에서는, 그러니까 영국에서 사회학을 하는 사람들은 사회 불평등, 계층 문제를 누구라도 한번씩 거쳐 가야 될 만큼 영국 사회의 문제에 대해서 많이 생각하게 되고, 그렇게 분석하게 되면 평등사회를 지향할 수밖에 없고, 그렇게 되면 당연히 사회주의 정신과 만나는 것이고. 그런데 그 사회주의가 소비에트 체제와 서로 다른 점은 굉장히 윤리지향의 사회주의라는 점입니다. 그것은 폭력에 의해서 체제를 바꾸는 것이 아니라 시민들의 생각을 자극함으로써 사회주의 체제를 만들려고 하는 것이지요. 그런 데에서 자극을 받고 새로운 눈을 뜨게 되고, 그것이 나중에 제 관심과 이어지는 공동체주의와도 연결되는 것이라고 생각합니다. 많은 사람들이 공동체주의를 일종의 무슨 보수파 이념처럼 생각하

박영신

는데 저는 사회주의와 맞닿아 있는 그런 공동체주의를 귀하게 생각하는 입장에 서 있지요. 그것도 안식년을 통해서 자극을 받은 것이 아닐까, 정리해 볼 수 있을 것 같습니다.

김영선 선생님의 삶은 기독교인과 연세인, 학인(사회학자)의 세 꼭짓점을 연결하는 정삼각형의 구조를 형성하고 있다고 봅니다. 선생님의 종교적 신념이 과학적 분석을 토대로 하고 있는, 주관성이 철저히 배제된 사회과학의 인식론 및 방법론, 글쓰기에 있어, 혹시 긴장을 일으키거나 충돌하는 지점은 없는지요?

박영신 아마 김 박사님도 그런 경험을 하셨을 거고 우리 공부하는 사람들이 그런 경험을 했을 텐데요. 정말 자기의 가치를 얼마나 완전히 통제하면서 연구할 수 있었겠는가, 이런 질문 앞에 당당하게 '나는 모든 가치를 배제한 채 객관성을 가지고 중립성을 가지고 연구했다.' 이렇게 말하기는 참 어렵지 않을까 생각합니다. 우리가 이런 문제에 대해서 끌어낼 수 있는 사회학자가 막스 베버인데, 베버의 가치중립성, 가치 자유, 이런 것을 좀 더 엄격하게 우리가 생각해 볼 필요가 있고 베버도 이런 데에 대해서 의미 있게 이야기 한 바 있지만, 문제를 던지게 되는 것, 거기에는 가치가 들어갈 수밖에 없겠지요. 내가 한국 사람으로 이 땅에 태어나서 이 땅에서 고통하고 이 땅에서 고민할 수밖에 없는 이 삶에 대해서 내가 문제를 던진다면 이 땅에 살고 있는 우리 삶에 대한 어떤 판단이 있었기 때문이겠지요. 그런 관심 때문에 내가 이 문제를 가지고 씨름할 수밖에 없겠지요.

그런 뜻에서 어떤 학문도 베버의 표현대로 처녀탄생은 없습니다. 거기에는 다 원인과 조건이 있는 것이지요. 그러니까 객관성, 중립성 때문에 우리의 가치를 제거한다고 하는 것은 자연과학자들일 뿐, 좁은 뜻에서 자연과학자들 이외에는, 인문사회과학을 하시는 분들은 가치의 문제에 대해서 완벽하게 자유롭다고 이야기하기는 힘들 것 같고요. 이런 것을 우리가 인정하고 가치자유라는 것은 불가능하다는 것을 전제하고 다만 그것을 비밀스럽게 감춰두지 말고, 곧 자기가 기독교에 대한 관심을 갖고 있는데 그것을 비밀스럽게 감춰두고 마치 다른 종교의 교도인 것처럼 중립성을 행사하는 그런 시늉을 하기보다는 그런 것을 전제하고, 자기한계를 이야기할 수 있는 것이면 해요. 저뿐만 아니고 모든 사람들이 그렇게 할 수 있으면 좋지 않겠나, 이런 생각이 하나 있구요.

그 다음에는 이것이 설교여야 하는가, 학문이 설교인가, 불교의 설파여야 되는가, 유교의 가르침이어야 되는가, 이런 것과는 달리 학문은 학문의 낱말로써 누구라도 이 삶의 공간에서 통용되는 낱말과 개념으로써 표현하는 그런 것은 필요하지 않을까, 대개 그런 생각을 저는 가지고 있습니다. 학문에서 가치 판단으로부터 자유하다고 하는 것을 신앙하는 것은 일종의 허구이고 신화에 불과하다, 이런 생각을 저는 하고 싶어요.

연세 국학의 지식생산과 제도화에 헌신하다

김영선　　선생님께서는 연대 국학연구원 12대 부원장(1980.3~1985.2, 원장: 이종영)을 거쳐 16대 원장(1994.9~1996.8, 부원장: 설성경)을 역임하셨습니다. 국학연구원의 전신이 동방학연구소였습니다. 여기서 '국학'의 자기 학문에 대한 범주 구성과 성격은 어떻게 변화하게 되었는지요? 또 사회학자로서 국학연구원의 원장으로 부임하시게 된 배경도 이야기해주십시오.

박영신　제가 듣고 기억하는 대로 이야기한다면 이렇습니다. 하버드 옌칭 인스티튜트가 주로 중국을 중심으로 해서 동양연구를 많이 했지요. 그래서 훌륭한 중국연구가들이 미국에서 많이 생겼습니다. 공산화되면서 중국에 바로 들어갈 수 없게 됐죠. 그래서 그 관심을 확장할 수밖에 없는 상황이 하버드 옌칭 인스티튜트에 있었을 겁니다. 그때 연세대학이 아마 서구 일반, 특히 미국과의 관계가 다른 어떤 대학보다는 활발할 수밖에 없었습니다. 관립대학교 같은 경우는 일제 강탈기에 일본에서 공부한 사람들이 주축을 이루었기 때문에 미국과의 관계, 서양과의 관계라는 것이 연세대학처럼, 연희대학처럼 그렇게 활발하지 않았겠지요. 총장으로 계셨던 백낙준 박사님이 미국과 원활한 관계를 맺고 있었을 뿐만 아니라, 동양학 및 한국학에 대한 관심을 많이 갖고 역사학의 배경을 갖고 계셨기 때문에 연세대학교에 하버드 옌칭 인스티튜트와 협력하는 연구소가 만들어질 수밖에 없었을 것입니다. 그게 동방학연구소였지요.

　그것이 제일 처음에는 아주 활발하게 시작되었지만 전쟁도 있고 수복 후의 피폐한 상황에서 이 연구소가 바람직한 수준으로 그렇게 잘 움직이지 못했다는 인상을 제가 받았고, 또 그런 것을 다른 분들로부터 들은 바가 있습니다. 그러던 차에 1975년에 새로 총장이 되신 이우주 박사께서 연세대학교가 관심을 많이 쏟아야 될 것, 여러 가지가 있지만 특히 인문사회과학 쪽에서 우리나라를 연구하는 '국학' 곧 일제 강탈기부터 연희전문이 앞장서서 이룩해놓은 국학의 전통이 있다는 것을 생각하시게 됐습니다. 이미 동방학연구소와 동서문제연구원이 있었지요. 동서문제연구원은 연구의 또 다른 축으로서 비교연구를 하는 연구소로 활발한데 동방학연구소가 그렇게 활발하지 못했기 때문에 이것을 새롭게 발전시킬 수 있는 가능성은 없을까, 그렇게 생각하신 나머지

국학연구원이라는 것을 만드시게 됐지요.

그래서 한쪽의 날개는 동서문제연구원, 다른 한쪽의 날개는 국학연구원, 그렇게 됐습니다. 제가 거기 부원장으로 갔을 때가 80년 3월인데, 기억하시겠지만 80년도 5월에 광주민주화운동이 있을 때고요. 그러면서 연세대학교 안에도 여러 가지 문제들이 일어나게 됐습니다. 그리고 행정 담당하는 분들도 많이 바뀌게 되고 …. 제가 부원장이 된 것은 연세대학교 국학연구원으로서는 새로운 것이고 낯선 것이었습니다. 왜냐하면 동방학연구소의 후신으로 나타난 국학연구원이 주로 동방학연구소에서 일하시던 분이 주축이 돼야 되지 않습니까? 사실 그렇게 됐죠. 제일 처음에 연구원이 문을 열면서. 그래서 원장과 부원장이 동양사를 하시던 분이 들어서셨습니다. 그런데 연구원의 활동은 사회과학까지 포함하는 것으로 되어 있었습니다. 그때 저도 사회과학분야의 연구원으로 이름이 올라가 있었으리라 생각해요. 저도 관심이 많았기 때문에 ….

한 기가 지나서 두 번째 기였으리라고 생각해요. 제가 그때 부원장이 됐는데 그게 어떤 점에서 낯설었던 것이지요. 지금까지 국문학과나 사학과, 또는 철학 쪽의 동양철학이나 한국철학하시는 분들이 행정을 맡으셔야 하는데 어떻게 사회학한 사람이 부원장이 되었는가에 대해서 의아스럽게 생각한 사람이 많이 있었을 것입니다. 사회학하면 주로 서양에서 공부했기 때문에 우리나라에 대한 연구와는 아무 관계가 없는 것이라는 잘못된 생각들이 있을 때 제가 연구원으로 왔는데 저는 한국에 대한 관심을 꾸준히 가지고 있었고요, 이미 『동방학지』에 독립협회에 대해 발표한 적이 있는 사람이었습니다. 물론 대학원에서 나오는 논총에도 한국 사회에 대해서 글 쓴 적이 있고요. 『인문과학』에는 일본 '무교회 운동'의 창건자인 우치무라 간조에 대해서도 논문으로 발표한 적이 있었습니다. 이건 사실 의미가 있는 것인데 광복 이후에 일본에 대한 연구라는 것이 경제협력이나 외교관계에 대한 것이 아니면 인문학 쪽에서 일본에 대한 연구를 한 것이 별로 없었으리라고 생각되기 때문입니다. 그런데 제가 일본의 지성사에 대한 글을 77년에 발표했으니 특별하지요. 어떻든 그런 배경을 갖고 있는데 그것을 알고 있던 사람이 별로 없었던 것 같았습니다. 그런데 총장되시는 이 박사님은 '국학연구원이 좀 더 활기차게 범위도 넓힐 필요가 있다, 여러 가지 학문차원에서 한국을 연구할 필요가 있다 ….' 아마 이런 안목을 갖고 계신 분이라고 생각해요. 그 점 저는 기억해두고 싶습니다.

그래서 제가 부원장으로 와서 일을 하게 됐는데 이제 금방 이야기했듯이 학교가 굉장히 소란했어요. 인사이동도 많이 있었는데 그때 원장으로 계셨던 이종영 선생님이 총무처장을 겸하시게 됐습니다. 학교 살림을 다 맡아서 하시게 됐지요. 그래서 제가 실제로 원장의 일을 하지 않으면 안 되는 상황이 됐습니다. 제가 공식으로는 원장이 아니기 때문에 이종영 선생님과 언제나 의논을 해서 연구원을 사무상으로 이끌어가지 않으면 안 되게 됐지요. 참 이종영 선생님이 훌륭한 분이세요. 저는 그분으로부터 학문에 대한 생각에서, 국학의 전통에 대해서, 또 행정에 대해서 많이 배웠고 또 인간의 차원에서도 많이 배웠습니다. 저는 이종영 선생님과의 관계를 참 귀하게 생각하고 있습니다.

김영선 1948년, 출범할 당시 동방학연구소의 '동방'의 의미가 현재 지역학 연구 분야에서 통용되는 특정 '지역'의 개념을 내포하고 있었나요?

박영신 아, 저도 그런 것 가지고 선배 선생님들하고 이야기해본 적이 있었지요. '동방학연구소라고 할 때 한국을 연구하는 것입니까, 동아시아를 연구하는 것입니까' 하는 물음에 대해서, 선생님들은 '동방의 등불'이라고 할 때 '동방'은 반드시 동아시아가 아니고 한국일 수 있다는 그런 생각을 강조하셨습니다.

김영선 당시에 대외적으로는 Far Eastern이라고 드러냄으로써 연구대상의 범위를 전략적으로 넓히지만, 내부적으로 가졌던 연구소의 학적 정체성은 처음부터 한국을 중심으로 생각했다고 동방학연구소의 초기 설립 배경을 이해하면 될까요?

박영신 네. 한국을 중심으로 삼아서 동아시아를 보는, 동방을 보는, 중국에 대한 것도 볼 수 있고, 그런 것으로 동방을 매개해서 한국을 보는 이런 쪽이 아니었을까 싶습니다. 물론 국학연구원이 만들어지면서 『국학기요』인가 해서 한 번 그런 게 나왔었죠. 그러나 『동방학지』로 통일하면 좋겠다, 그것이 한국을 중심으로 보는 것이기 때문에 한국학으로 보는 것이 좋겠다고 했습니다. 이렇게 생각하고 제가 있을 때 영어 표제도 *The Journal of Korean Studies*로 바꾸었을 것입니다. 분명하게 국학연구원이면 한국학을 중심으로 하는 것, 우리나라의 역사와 문화 전통을 갈고 닦는 것이 아닌가, 그렇게 해서 'Korean Studies'로 못을 박은 것이죠. 그렇다고 해서 중국을 팔다리 자르듯이 잘라내서 할 수 있는 것은 아니지 않습니까. 핵심은 우리나라에 대한 것이라는 것이죠.

김영선 동방학연구소의 출발이 당시 동아시아를 둘러싼 지정학적·인식론적 변화 속에서 만들어졌다면, 1977년 국학연구원으로 개명한 시기는 박정희 유신시대였습니다. 아시다시피 지금의 한국학중앙연구원의 전신인 한국정신문화연구원이 같은 해에 설립되기도 했고요. 혹시 지식 생산에 있어, '한국적' 국가 정체의 확립을 위한 정치의 개입이라는, 당시의 특정 맥락 속에서 동방학연구소가 '국학'연구원으로 해체·변신하게 된 것은 혹시 아닌지요?

박영신　좋은 질문인데요. 그렇지만 제가 느끼기에는 그런 것하고는 아무 관계가 없습니다. 연세대학교의 전통 가운데 우리가 지켜야 될 것은 무엇인가 하는 것은 동방학연구소가 있었음에도 불구하고 그것은 언제나 국학의 관점에서 생각을 했죠. 정인보 선생이라든지 외솔 최현배 선생이라든지 그런 분들이 긴, 일제 강탈기에 어떤 고등교육기관에서도 관심을 갖지 않았던 그런 것을 우리 연희에서 관심을 가지고 있었기 때문에 이것이 우리가 지켜야 될 가치고 이것이 우리가 내세울 수 있는 전통이기도 하고, 이것이 값지고 귀한 것이라는 생각이 언제나 있었죠. 동방학연구소가 됐음에도 불구하고 이 가치를 언제나 마음에 새기고 있었던 것이죠. 그것을 이제 아예 표면에 내걸고 여기에 집중하는 것이 어떻겠는가. 그렇게 해서 동방학연구소에서 국학연구원으로 갔습니다. 연구비와는 아무 상관이 없습니다. 제가 이해하기로는 정부에서 받은 것은 아무것도 없습니다. 이런 것을 정부쪽에서 한다면 관학 쪽에서 하는 것이지요. 우리 연세대학에는 오랜 일제 강탈기부터 내려오는 전통을 좀 더 힘차게 이어 가자고 하는 그것 외에는 특별한 것이 없었습니다. 정부에서 오히려 이것에 자극을 받고 정부쪽에서 그 사람들의 관심에 따라서 연구원을 만들고 펀드를 다른 대학교에 줬는지는 모르지만 우리하고는 관계가 없습니다.

　요즘 시대가 바뀌어서 국학이라는 말이 혹시 어떤 사람들에게는 굉장히 국수주의 냄새가 나는 것 아닌가, 그렇게 생각해볼 수 있지만 그것이 아닙니다. 오히려 우리의 이야기, 우리 삶의 이야기, 역사의 줄기를 따라서 영글어진 우리 삶의 이야기를 얼마만큼 의미 있게 잘 담아 낼 수 있고, 또 그 이야기에서 우리가 어떻게 새로운 이야기를 만들어가야 할 것인지, 여기에 뿌리를 두는 학문, 이것을 우리가 세워가야 하지 않을까 싶어요. 그러려면 여러 군데 문도 열어놔야 되고 또 우리 것이라고 해서 무조건 예찬만 하는 이런 좁은 틀에서도 벗어나야 되고 …, 뭐 이런 생각을 지켜가야 하지 않을까 싶어요.

김영선　　1995년 당시, 김석득 교학부총장을 위원장으로 하는 9인의 연세이념심의원회 활동을 하셨습니다. 1970년 초에 제정된 연세교육이념 중에서 새로운 교육환경의 변화에 따라서, 그리고 다가오는 21세기 국제경쟁시대에 효과적으로 대응하기 위해서 기존 이념을 수정, 보완하려 하였습니다. 선생님께서 생각하시는 연세교육이념의 핵심은 무엇이라고 생각하십니까? 그리고 초기 연희전문시절부터 현재까지, 그리고 미래에도 그 정수로서 남아 있어야할 가치는 무엇이라고 생각하십니까?

박영신　　아마 박대선 총장 때 이 연세 교육 이념에 대한 논의가 있었을 것입니다. 그때 철학과 이규호 박사께서 기여를 크게 하시지 않았나 싶습니다. 그러나 연세대학교 전체 수준에서 합의된 바가 없이 논의하는 과정에서 끝났습니다. 그러다가 송자 총장 때지요, 연세대학교 교육의 어떤 목표, 이념, 비전, 선언 이런 것이 없는데 이런 것을 우리가 만들면 어떨까 해서 위원회가 만들어졌는데 저도 그 위원 중에 하나지요. 여러 논의가 있었습니다. 과거에 논의된 것도 우리가 보고. 그러나 과거에 논의된 것은 집약되지 않았다는 그런 느낌이 있었어요. 그래서 많은 논의를 하다가 논의는 그만하고 표현해보는 것이 좋겠다, 그래서 초고의 집필을 제가 맡게 됐습니다. 초고를 만들어서 김석득 선생님과 의논을 하고, 김석득 선생께서 국어학을 하셨으니까 국어학 상으로 얼마나 정확한 표현이 되는지 검토를 한 다음에 전체 위원회에 돌렸지요. 전체 위원회에서 한두 가지 이야기가 있었습니다. 그 이야기 가운데는 '비판'이라는 표현이 너무 강하다는 이야기가 있었던 것을 제가 기억하고. 그 다음에는 '하늘', '하나님'이라는 말 대신에 '하늘'이란 것을 이야기했는데 신과대학 쪽에서 마땅치 않다는 이야기가 있었던 것을 기억합니다. 사실 '연세의 노래'에서도 '하늘'이라는 말이 나오는데 너무 좁게 생각하고 있지 않는가, 그런 생각을 했지요. 그 정도만 제외하고는 거의 초안 그대로 통과된 것으로 기억합니다.

그런데 그 내용에서 이야기한 것은 연세 교육 목표이기도 하고 또 제가 이해하는 교육 지향점이기도 하다고 생각했습니다. 연세대학은 이러이러한 탄생의 이야기가 있다. 기독교 정신에 터해서 세워진 배움터이다. 그게 제일 처음 문장에서 나올 것이고 그 다음은 국학연구원의 전통하고도 관계되는 데 오랜, 겨레학문, 겨레의 학문, 이런 것을 갈고 닦는 그런 데 우리 사명이 있다고 했지요.

그 다음에는 연세전통이라는 것이 다른 대학과는 달리 세계의 학문에 대해서 우리가 일찍 눈을 뜬 그런 학문의 전통을 가지고 있기 때문에 값진 인류 문화, 문명을 접하고 그것의 이치를 캐는 그런 학문을 강조했지요. 두 학문의 날개지요. 하나는 국학에 대한 전통이고 하나는 세계 학문에 대한 전통, 이것을 우리가 존중해야 한다는 뜻이었습니다. 그러면 이 학문만 가지고 되느냐? 그것이 아니고 연세대학은 기독교 정신에 터해서 세워진 배움터이기 때문에 여기서 공부한 사람은, 여기서 가르치는 사람은 반드시 좁은 뜻에서의 지식이 아닌 '그런' 삶의 의미를 깨우쳐야겠죠. 그게 뭔가 하니 옳고 그른 것을 판별할 수 있는 그런 능력,

그것은 도덕과 윤리에 대한 차원에서 이야기할 수 있는 것 아니겠습니까? 그리고 그것을 배우는 것에서 끝내는 것이 아니고 그것을 활용해야겠죠, 적용해야겠죠, 실천해야겠죠. 그런 뜻에서 박애와 봉사의 정신, 이런 것을 귀하게 생각하는 사람들이 모여 있는 배움의 공동체가 연세대학이고 여기서 배우고 가르치는 사람들은 이런 사명을 가지고 일하고 살아가야 된다. 이게 저의 생각이고 그 선언에도 그렇게 나와 있을 것입니다.

사실 이것은 학문과 실천에 대한 문제지요. 대학이 그냥 지식만 전달한다, 그것이 아니고 연세대학이 기독교 대학이라는 것이 도대체 무슨 뜻인가. 그것은 서양학문을 빨리 받아들이는 그런 게 아니고 실천의 어떤 동력을 불어넣을 수 있는 것이 기독교 대학의 특징이어야 된다는 것이었지요. 그건 지식을 가지고 바깥에 나가서 이웃에게 봉사하고 헌신해야 되는 것이죠. 이런 것이 저는 연세대학이 지켜야하고 내세워야 하는 교육의 목표라고 생각합니다. 그런데 지난 이천 년대 들어와서인지 언제인지 이념의 내용이 많이 바뀌었습니다. 어떻게 바뀌었는지에 대해 자세하게 들여다 볼 수 있는 기회를 갖지 못했어요. 다만 수첩에 나와 있는 것을 보면 표현에서 저는 동의하지 않는 것이 몇 군데 있습니다.

김영선 교육 이념의 내용이 새로 바뀐 것을 말씀하시는 것인지요?

박영신 그게 언제인지는 모르겠는데 하여간 몇 년 있다가 내용이 바뀌었습니다. 바뀌었는데, 원래의 것에서는 왜인 투의 '적'(的)자가 없습니다. 한국적, 뭐 보편적 이런 '적'자가 없는데 '적'자가 들어가 있었고요. 처음 통과된 문서에서는 '번영'이라든지 '지도자'라든지 하는 표현이 없습니다.

꼭 대학에 들어오면 지도자가 되어야 됩니까? 연세대학이 흔히 그렇게

박영신

이야기 합니다만 연세대학은 좋은 일꾼을 만드는 것이지요 좋은 봉사자를 만드는 것이지요 좋은 이웃을 만드는 것이지요 근데 여기서 지도자가 된다? 어디 가서 우두머리만 꼭 되어야 한다고 저는 그렇게 생각하지 않습니다. 모든 대학이 주로 지도자를 양성한다, 이러는데 그러지 말고 좋은 인간을 만들면 되는 것 아닌가. 지도자 아니면 어떻습니까? 좋은 시민으로 살면 어떻습니까? '지도자'니 '지도적'이니 하는 말이 나오는데 좀, 상투성이 강해요. 모든 대학이 지도자를 이야기하는데 우리까지 지도자 이야기할 것 뭐 있습니까?

지도자가 아니고 좋은 인간, 좋은 연세인, 그게 지도자가 될 수 있고 지도자가 아닌 좋은 협력자가 될 수 있고 좋은 후원자가 될 수도 있지…. 지도자는 무엇을 이야기하는 겁니까? 그런 생각입니다. 그 다음에 '번영'이라는 말도 아주 고루한 표현이라고 생각해요. 뭐 '번영에 이바지한다.' 아, 이웃에 이바지하면 됐지. '번영', '번영'이 뭐 물질로 잘 살면 그 나라가 번영하는 것입니까. 우리가 아프리카를 '번영'시킨다는 것이 무엇을 뜻합니까? 저 개인으로는 이런 등속의 표현이 틀에 박힌 것이고 참신하지 못하고 또 원래 연세정신에서 그것이 벗어나는 것 아닌가하는 생각이 듭니다.

김영선   96년도에 연대 총장 출마를 결심하고 실행에 옮기셨는데, 결정을 내리시게 된 데에는 많은 고민이 있으셨을 것 같습니다. 선생님께서 지켜 온 삶의 원칙의 연장선상에서 이루어진 것인가요? 이에 대해서 자세한 이야기를 듣고 싶다는 분들이 있습니다.

박영신   이에 대한 자세한 자료들이 어딘가에는 조금 담겨져 있을는지 모릅니다. 저도 찾지를 못하는데 제가 그때 조그만 글로 '나는 연세대학을 이렇게 생각한다', 이렇게 쓴 것이 있습니다. 제가 그 글을 어디에 두었는지 나중에 찾아 볼 수 있기를 바라고요. 그런데 왜 갑자기 총장이냐? 사실 저도 갑자기라고 생각합니다. 제가 다른 분들을 조금 낮추어 생각하거나 동료 교수들을 좀 무시하는 태두 그런 것하고는 아무 관계없이 그때 주변에서 몇몇 분들이 총장후보로 나오는 몇몇 사람들이 연세대학을 새롭게 발전시켜나가는 데는 적절하지 않다, 이런 생각을 했습니다. 그분들이 꽹장히 실망한 태도로 제게 와서 지금의 후보들과는 다른 대안의 후보로서 내가 나가면 어떻겠는가, 그렇게 이야기를 했고 또 학생들 가운데 그런 학생들이 있었고. 그렇게 해서 제가 생각을 좀 하게 됐죠.

이제 방금 이야기한 연세 교육 이념의 일 그 이후 −교목실에서 주관하는 것인데− 교수 수양회가 있었습니다. 그 수양회에서 제가 연세대학교의 학문 진작을 위해서는 이러이러한 마음가짐을 가질 필요가 있다, 이런 것을 발표한 적이 있습니다. 부산 해운대였던 것 같아요. 그 이후에 '박영신이가 갖고 있는 연세대학을 생각하는 마음, 연세대학의 오늘과 내일을 바라보는 눈이 좀 특별하다.' 이렇게 생각하는 사람이 많이 생겼던 것 같습니다. 그래서 이제 제가 그런 것을 염두에 두고 마음에 새기고 있는 것을 펼치기 위해서는 뜻있는 몇몇 교수들, 또 학생들이 힘을 합해서 이 방향으로 가야 되지 않겠는가하는 생각에 제가 설득 당하게 됐습니다. 그 이후에 저는 특별한 경험을 했는데요, 많은 선생들을 만나게 됐습니다. 왜냐하면 선생들이 표를 찍기 때문에 선생들을 만나야 된다는 주변의 이야기도 있었고 또 '박영신이 어떤 생각을 하는지 직접 이야기 듣고 싶어 하는 사람들도 많이 있다'는 소식도 접하게 돼서 제가 시간 나는 대로 많은 선생들을 만났습니다. 만나서 저녁을 하거나 점심을 하거나 하는 그런 것이 아니고 그들의 연구실에서 만났습니다. 연구실에서 만난 분 가운데는 캠퍼스에서 자주 부딪히는 사람도 있었지만 전혀 생소한 사람도 또 많이 있었습니다. 거기서 저는 '연세대학의 오늘이 이렇고 나는 연세대학의 내일을 이렇게 생각하고 있다'고 하는 것을 이야기하면서 정말 의기상투하는 것을 경험하게 됐습니다.

정말 좋은 선생들이 곳곳의 연구실에 있는데 이런 것을 담아 낼 수 있는 학교 행정 책임자가 있으면 얼마나 좋겠는가. 서로 협력해서 연세대학을 한 차원 높은 곳으로 만들어가자. 연세대학 교육 목표에 나와 있던 그런 내용을 살려가려면, 반드시 우리나라의 몇몇 대학을 경쟁의 대상으로 생각하지 않고, −연세대학의 목표가 뚜렷하기 때문에 이 목표가 지향하는 바가 다르기 때문에 주변의 다른 대학이 우리의 모범이 될 수 없기에− 그 지향하는 바를 살리기 위해서는 한 줄로 설 것이 아니라 스스로 특별한 모범으로 생각하는 그런 대학, 특별한 대학 이런 것을 만들어 가야 되지 않겠는가. 이런 것을 제가 설득하기도 하고 강화시키기도 하고 뜻을 같이 하기도 하는 좋은 경험을 하게 됐습니다. 그래서 그런 것을 총장 후보를 선정하는 위원회에서 제가 발표를 했습니다. 질문을 받기도 하고…. 아마 그 문건이 이사회에도 올라갔으리라고 생각합니다. 그래서 저는 좋은 경험을 했고, 평소 연세대학을 사랑하는 −연세대학을 사랑한다는 것이 연세대학의 무슨 산천을 사랑하는 것이 아니고 연세대학의 어떤 건학정신을 사랑했기 때문에− 그 사랑을 표현하기 위해서 제가 총장 후보, 그렇게도 한번 해 봤습니다. 뭐 이건 특별한 것이 아니고 연세대학의 건학정신을 살리기 위한 그 열정의 연속선상에서 제가 그런 것도 해본 경험이 있습니다.

연구자 네트워크를 만들다. 학술실천을 함께 하다

김영선   1991년 진덕규, 김학수, 윤여덕, 정인재 4명의 교수님과 함께 대학의 반지성 문화에 대항해 '작은대학'을 만드셨습니다. '작은대학 운동선언문'은 그야말로 순수한 열정과 힘이 넘치는 문장으로 쓰여 있으며, 그 속에 담겨 있는 문제의식은 제가 생각하기에도 지금까지 변함없이 유효하다고 봅니다. '작은대학'의 설립정신과 실험들이 대학의 제도교육 개혁과 관련하여 어떤 방식으로 결합 가능할까요?

박영신   아까 영원한 '비주류' 이런 이야기를 했지요. 그래서 그런 주변의 작은 목소리가 제도 속에 들어가서 제도가 되고 재제도화가 되고 …. 제도의 수정과정이 있어야 되겠죠? 그러나 그 제도는 또 영구한 완벽한 제도로 있을 수가 없지요. 상황이 바뀌고, 요구의 내용이 달라지고 제도 자체가 낡아지고, 타락할 수도 있고 그러니까 영구한 비주류가 필요하겠죠. 반제도화의 목소리가 필요하겠죠.

'작은대학'은 어떤 뜻에서는 제도에 대한 도전이라고 할 수 있습니다. 그렇다면 무슨 변화가 있었는가 그 이후에. 이것도 많은 사람들이 생각해 봐야 될 문제이지만, 한 생각은 대학에서 전혀 없었던 것은 아니지만 -개인 차원에서 있었겠지만- 대학의 제도 수준에서 고전을 읽어야 된다는 그런 움직임이 커졌다는 것입니다. '작은대학' 때문에. 제도권에서 담아내지 못하는 것을 바깥에서 하고 있기 때문에 우리 제도권에서 이런 것을 해야 하지 않나 해서 '읽기'에 대한 관심이 많아져서 어떤 대학에서는 책을 선정을 해가지고 읽게 한다든지, 이런 것이 과목으로 인정받는 그런 변화가 일어났지요. 그것이 '작은대학'의 기여라면 기여일 수 있고요.

또 그것은 이제 금방 이야기했듯이 제도권의 대학이 그렇게 한다면 또 그것이 갖고 있는 한계도 있을 터이니 그런 한 '작은대학'의 목소리는 살아 있을 것이고 또 제도권과 함께 비제도권의 생각들이 같이 두 바퀴로, 또 여러 바퀴 중에 하나로 굴러갈 수는 없을까. 다른 대학에서 하긴 하지만 이 '작은대학'처럼 그렇게 엄격하게 하는 것 같지는 않아요. 이것은 소수의 사람들이 모여서 고전을 가지고 생각을 나누는 것입니다.

김영선 한국 사회학계에서 주로 교류하셨던 분은 같은 연배의 서울대의 김경동, 한완상, 신용하 교수님이라고 들었습니다. 학회활동과 관련해서 한국사회학회를 활동의 장으로 선택하시지 않고, 한국사회이론학회와 한국사회운동학회를 창립하셨고 또 두 학회의 초대회장을 역임하셨습니다. 그 배경에 대해서 설명해주십시오.

박영신 제가 그렇게 사교성이 없습니다. 사교성이 없어요. 특히 나이든 사람들하고 잘 못 지내요. (큰 웃음) 나보다 나이가 뒤인 사람들하고 더 친한 것 같아요. 이분들 가운데에는 제가 자주 만나는 분도 있고, 또 자주 만나지 못하는 분도 있지만 마음속에는 언제나 가까운 느낌을 갖고 있고 존중하는 태도를 지켜 오고 있는 것이 솔직한 제 마음입니다. 그런데 이런 분들 이외에 제가 학문의 차원에서 귀하게 생각하는 분은 최재석 선생이었어요. 고려대학교에서 은퇴하신 분, 꾸준하게 공부하시지 않았는가 하고 생각합니다. 그 분의 공부 경력에서 뒤로 오면 제 관심과 점점 멀어집니다만 70년대 중반에 이를 때까지의 그의 관심은 저와 가까이 만날 수 있는 좋은, 훌륭한 학자분이었습니다. 그런 분을 귀하게 생각하면서 지내지 않았나 싶습니다. 태생이 그런 것일 수도 있고 지향하는 점이 그런 것일 수도 있는데 어떤 비좁은 학문의 칸막이 속에 들어가는 것이 정말 답답하기 이를 데 없다고 생각해서 칸막이를 깨는 데 저는 의미를 두고 있습니다.

이론에 대한 관심은 있긴 있는데 그 당시에 또 지금도 그렇겠지만 한국사회학회에서 이론에 대해서 관심을 꾸준히 지켜가는 사람들이 그렇게 많지 않고 그것도 극히 제한되어 있고, 자기가 A라는 대학에서 A'라는 것을 전공했다면 다른 것과도 대화해야 하는데 그렇게 마음 문을 잘 열어두지 않는 그런 류의 이론이 아닌, 정말 털어 놓고 다른 이론과 대화하고 싶은 분들과의 만남의 자리, 이런 것이 필요하지 않나 해서 "사회 이론"이라는 것을 의미 있게 생각했습니다. 그래서 사회 이론은 반드시 사회학뿐만 아니고 정치학이나 법학이나 심리학이나 경제학이나 경영학 모든 것을 다 아우를 수 있는, 또 인문학 쪽에서도 사회 이론에 관심 있으신 분들을 함께 만날 수 있다면 얼마나 좋을까 하는 생각을 했습니다. 철학 쪽의 사람도 우리가 만나고요.

그래서 사회 이론, 이 자체를 특정 학문 영역에 가둬두지 않는 그런 뜻에서의 이론에 대한 관심을 가진 분들, 어떤 뜻에서 매우 제한된 분들의 제한된 모임이었습니다. 그것은 다른 뜻이 아니고 우리가 특정한 사람들에게 호소해서 그분들을 중심으로 하는 소수의 학회를 만든 것이지요. 한 영역에 한 사람이나 두 사람 정도가 참여할 수 있게 그런 특별한 학회를 만들었는데 그 이후에 이것이 바뀌어서 학술진흥재단에 등재된 학술지가 되면서 지금은 열려있게 되었습니다만. 지금도 그 관심은 살아있고요. 그 다음에 사회운동에 대한 것, 연세대학이 사회운동 연구에 핵심이지 않았나 싶어요. 저도 사회운동에 대해서 관심을 쭉 지켜왔고 우리 졸업생 가운데도 많은 분들이 관심을 갖게 되었지요. 그래서 사회운동학회를 함께 만들게 됐는데 사회학과 출신이어야만 사회운동을 볼 수 있는 것은 아니지 않습니까? 사회운동에 대해서 여러 영역의 사람들이 관심을 갖게 되었습니다. 그러니까 이것도 학문의 칸막이를 벗어나는 것이어야 되고 또 하나 중요한 것은 사회운동 연구는

박영신

반드시 학계에 있는 사람들만이 하는 것이 아니고 실제 운동에 참여하는 운동가들과 함께 할 필요가 있다고 보아, 연구자의 엘리트 의식을 벗어날 수 있는 그런 대화의 마당이 되는 것 그것이 사회운동학회의 특징이라고 할 수 있습니다. 그것을 의미 있게 생각하고 지금도 작은 연구모임이 이어지고 있는 것으로 알고 있습니다.

김영선　　『창작과 비평』, 『문학과 지성』 등의 문예비평지가 나오던 시기, 국내 최초의 순수 인문·사회과학 학제 학술지를 진덕규, 오세철, 임철규, 박동환 등의 동인과 함께 만드셨고 1977년 4월, 제1권 제1호를 내셨습니다. 많은 분들이 학술지의 창간 및 변함없는 헌신을 박영신 교수님의 여러 활동 중에서 가장 인상적인 일로 꼽고 있습니다. 동인지로 시작한 학술지가 제도화되고 규격화되어가는 과정에서 빚어진 득과 실에 대해서 평가해 주십시오. 잡지 발간을 위한 재원은 어떻게 조달하셨는지도 알려주십시오.

박영신　　오세철 선생의 활동이 대학 바깥으로 넓어졌기 때문에 『현상과인식』 사무까지도 제가 맡게 됐지요. 그 이후에 재정이 어려웠습니다. 어려워서 여러 가지 생각을 했는데 그 가운데 하나는 그때는 기금이 조금 있으면 은행 이자가 괜찮을 때였어요. 그래서 평생후원이사라는 제도를 만들어서 기금을 좀 모으면 어떨까 했죠. 그것을 제가 생각하고 제 아내하고 의논했습니다. 그래서 제 가까운 친구에게 연락을 해서 평생후원이사 후원금 100만 원을 내면 우리는 학술지 뒤에다 이름을 달고 그 감사함을 이 학술지가 존재하는 한 기억할 것이고 또 당신은 이 학술지를 후원하는 것을 의미 있게 생각할 수 있다, 그렇게 제가 전화해서 거부한 사람은 제 기억에는 한 사람도 없습니다. 그렇게 해서 저와 가까운 이상주 박사, 그때 그가 울산대학교 총장이었는데, 그런 사람들한테 전화해서 제가 당장 허락을 받고 또 우리 친척들 가운데 연락을 해서 어떤 사람은 100만 원 내고 또 200만 원도 내고 또 가까운 기업인 한두 사람한테서 후원금을 받기도 하고, 그러니까 다른 대학 총장은 후원이사로 모시면서 왜 연세대학교 총장은 빼놓느냐 그래서 또 연세대학교 총장한테 이야기하니까 당장 자기도 100만 원 내놓겠다고 했죠. 그렇게 해서 금방 사람이 열 사람이 넘어갔습니다.

그 다음에 제 아내가 연세대학 의과대학 본과 2학년을 끝낸 다음 그만둔 경력 때문에 자기 친구 가운데 의사가 있습니다. 마침 미국에서 방문한 재미교포 의사였습니다. 요새 내가 어떻게 지내느냐고 묻기에 학술지 이야기를 하여 그 분도 평생후원이사가 돼 달라고 하니까 또 즉석에서 허락을 했습니다. 기금이 이렇게 만들어지게 됐습니다. 그분들한테 원금은 우리가 쓰지 않겠다. 이자로만 쓰겠다. 그렇게 약속했습니다. 그렇게 좀 여유를 찾았습니다. 그 다음에 또 하나는 얼마 지나지 않아서 이것도 이름을 거명하는 것이 좋을 것 같은데 김지한 군이라고 사회학과 82학번입니다. 김지한 군이 특별한 사람이에요. 어떻게 그가 경제 여유를 갖게 됐습니다. 그걸 좋은 일을 위해서 쓰고 싶어 하는 사람이에요. 자기 후배들을 귀하게 생각해서 좀 어려운 친구가 있으면 등록금도 보태주고 생활비도 보태주고 또 공부할 공간도 마련해주고 …. 뭐 이런 것은 제가 뒤늦게 알게 됐습니다. 그가 저한테 『현상과인식』에 대한 이야기를 들으면서 특별히 관심을 갖게 돼서 후원을 하게 된 경우도 있습니다.

특별한 것은 『현상과인식』 20돌맞이 때 김지한 군이 그 당시에 천만 원을 내어 박사후 연구자들에게 이백 만원씩 줘서 글을 쓰게 한 것입니다. 그런 것은 그때 참으로 귀한 것이었습니다. 그게 1997년이었지요? 아주

박영신

귀한 것이었습니다. 그런 도움이 있기도 하고 …. 그렇게 해서 이제
겨우겨우 학술지는 돌아갔습니다. 그때는 적지만 원고료도 줄 때입니다.
가까운 사람들은 원고료를 받지 않고 그렇지 않은 사람들은 원고료를
우리가 다 주면서 학술지를 꾸려가게 됐습니다.

그런데 이제 학회가 되어서 등재지가 되어야 된다. 그렇지 않으면
대학에 있는 사람이 글을 쓰지 않는다. 이런 이야기가 나오기 시작했습니
다. 참 난감하게 됐습니다. 지금까지는 우리가 특집을 만들 때 우리의
생각을 담아서 특집을 만들 수 있었는데 이제 모든 것이 학회로 넘어가면
모든 결정은 학회 임원이 하게 되기 때문에 난감했습니다. 하지만 많은
사람들이 학술지로서 학진에 등재되지 않으면 글 쓸 사람이 점점 줄어들
기 때문에 학회의 학술지가 되어야 한다고 했습니다. 그렇게 해서 이제
학회를 만들게 되고 제가 초대 회장이 되고 등재지가 되기 위한 길로
들어서게 됐지요. 그러니까 지금까지는 학술지의 특집을 만들 때 우리가
재미있는 글을 청탁해서 실을 수가 있었는데 학회지가 되면서는 학회
회원들 사이에 주로 쓰게 되니까 재미있게 의미 있는 글을 쓸 수 있는
사람을 우리가 나서서 선택하기가 좀 어려워졌습니다. 특집의 중요성을
지키기는 지키고 있지만 우리가 원하는 필자를 우리 의도에 따라서
자유스럽게 쓰게 할 수는 없는 상황이 돼 버렸다는 뜻에서 재미가
좀 줄어들었다면 줄어들었다고 할 수 있지요. 중요한 주제가 덜 다루어지
고 있지 않나 이런 생각도 하게 됩니다. 지금도 잘 되고 있지만요.

그러나 하나의 좀 특별한 점은 학회지가 되니까 돈이 안 들게 됐습니다.
옛날에는 원고료도 주고 제작비도 마련해야 했는데 이제 학회 회원들이
회비를 내서 학술지를 만들기 때문에 재정문제는 아무, 아무 문제가
없게 그렇게 됐습니다. 학술지 『현상과인식』이 처음부터 한국인문사회
과학원이라는 이름으로 등록이 되어 있었기 때문에 그것이 아직도

제 이름으로 되어 있습니다. 그러나 이 학술지가 한국인문사회과학회의 공식 학술지로 등재되어 있기 때문에 학술지의 기능은 그것대로 아주 잘하고 있다고 할 수 있습니다.

은퇴 이후: 목회자의 삶과 시민운동에로의 열정

김영선　노장 학자들이 '생물학적 늙음'을 자기 사유의 중요한 화두로 삼고 있습니다. '나이듦'과 더불어 '은퇴'라는 공·사 영역에서의 삶의 전환이 선생님께는 어떠한 의미입니까?

박영신　저는 은퇴 이후에 −정말 입 발린 소리가 아니라− 아주 자유스럽게 의미 있게 지내고 있다고 생각해요. 물론 제가 내일 어떻게 될지 모릅니다만 아주 자유스러운. 그렇다고 해서 연세대학에서 보낸 지난 한 30년 그 세월이 아주 불쾌한 것의 연속이다 그런 이야기가 아니지만요. 지난날에 비춰보면 삶의 품위가 떨어진다, 그런 것이 아니라 아주 특별한 뜻에서 자유를 만끽하며 지내는 것이다, 그렇게 이야기를 해 볼 수 있습니다. 언제인가 동료 후배교수들이 은퇴하고 어떻게 지내는가 하고 묻기에 '이렇게 자유롭고 좋을 수가 없다.' 이렇게 이야기하니까, 모두들 놀라면서 대개 은퇴하면 좀 측은하게 생각하는 경우가 많은데 '어떻게 좋다고 생각하는가?' 그렇게 다시 물어서 제가 다시 이야기했습니다.

　좀 웃음이 나올 정도로 제가 왜곡했는지 모르지만 그러나 핵심이 있는 말을 건넸습니다. 만나고 싶지 않은, 더 강한 표현으로 하면 보기 싫은 사람을 안 만나도 되는 그런 자유함을 누리고 있다고 말하니까, 동료 후배교수들이 '아니, 선생님도 보기 싫은 교수가 있었습니까?' 하고 놀랍다는 듯이 또 물었습니다. '아니, 나도 보기 싫은 교수, 만나고 싶지 않은 교수가 있었다.'라고 하면서 함께 웃은 적이 있습니다. 은퇴하기 전에는 의도하든 의도하지 않든 부딪혀야 하지 않습니까? 그런데 은퇴하니까 그런데서 자유함을 누리는 거예요. 그래서 우리 후배교수들이 아주 놀라고 재미있어 했던 그런 기억이 있는데 은퇴해서 저는 공부는 공부대로 제가 할 수 있는 껏 하면서 발표하고 또 가서 듣기도 하고 논찬도 하고 비판받기도 하는 그런 과정은 계속 이어가면서도 제가 자유롭게 활동할 수 있는, 어디 얽매이지 않는 삶을 살고 있습니다. 인생이라는 것이 죽을 때까지 다 얽매일 필요는 없는 것 같아요. 어느 시기까지는 제도 속에서 살다가 어느 시기 이후에는 제도로부터 좀 풀림을 받는 그런 삶을 누릴 수 있어야 하는데 저는 그것을 잘 누리고 있는 것 같습니다.

김영선　　지난 2000년도부터 현재까지 녹색연합의 상임대표로서 활동하고 계십니다. 환경운동연합과 함께 대표적인 한국의 환경단체인 녹색연합 활동은 선생님의 세부전공이신 사회운동 분야에 대한 '이론과 실천'이라는 측면에서 내적 연결성이 있습니다. 생태주의는 결국 우리 공동체 삶의 조건을 다음 세대까지 지속가능하도록 하는 가장 중요한 선행가치라는 생각이 듭니다. 녹색연합을 자신의 중요한 사회운동의 실천의 장으로서 삼은 개인적 동기는 무엇이었으며, 한국의 NGO 운동에 있어 가장 중요한 비전은 무엇이어야만 할까요?

박영신　　제가 녹색연합에 관계하게 된 것은 2000년 봄이지요. 그런데 녹색연합 사람들하고 만나서 이런저런 이야기를 시작한 것은 1999년 겨울 들어서면서였던 것으로 기억합니다. 그때 저는 사회운동을 꾸준히 가르쳐왔던 사람이고 사회운동을 가르치면서 여러 운동을 강의에서 이야기해야 되고 또 제가 여러 운동을 관찰하고 분석한 글을 발표해야 되고 그 가운데 당연히 녹색환경운동도 들어가 있었고. 그렇게 하다가 알음알음 제가 녹색정신, 생태에 대한 관심 이런 것을 갖고 있다는 것이 녹색연합 사람들에게 알려졌지요. 그 가운데 이 일에 중요한 역할을 했던 사람이 정수복 박사입니다. 저는 사실 학교 담 밖에서 활동하는 것을 의미 있게 생각하지 않고 글로써만, 말로써만 이야기하려고 했는데 그런 상황이 돼서 제가 공동대표로 들어가게 되고 공동대표가 되니까 또 상임대표를 하라고 해서 상임대표로 열심히 활동해 왔습니다. 녹색연합이 내세우는 강령은 녹색으로 세상을 보는 것이지요.

이것은 무슨 몇몇 사람들의 이익을 위한 개발에 의해서 우리가 이익을 얻는 그런 좁은 시각이 아니고 올 세대에 대한 관심까지를 다 아우를 수 있는, 개발보다 더 큰 비전을 가지고 삶을 바라보아야 한다는 것입니다. 그런 녹색주의 강령 플러스 그 다음에, 이 모든 우리 삶의 문제를 몇몇 사람들이 결정할 것이 아니라 모든 시민들이 참여해서 벌이는 논쟁 가운데서 우리가 결정을 하는 그런 사회를 만들어야 된다고 주장합니다. 권력자들이 결정한 것에 의해서 권력이 없는 힘없는 자들이 언제나 피해를 봐 왔기 때문에 이런 간격을 좁혀서 시민들이 함께 참여하는 그런 사회를 만들어야 한다는 것입니다. 그것은 쉬운 것이 아니죠. 당장 결말을 볼 수 있는 것은 아니죠. 그러나 그렇게 되지 않으면 언제나 전문가라는 이름 밑에 정치는 정치인에게 맡겨야 하고 경제는 경제인에게 맡겨야 한다면서 시민을 따돌려버리는 어처구니없는 사회가 되고 맙니다. 그러한

박영신

생각에서 벗어나서 정치도 '우리'가 함께 걱정해야 될 문제고 경제도 '우리'가 함께 결정해야 할 문제라고 여기게 되는 이런 시대가 되어야 할 것 같아요. 그렇지 않으면 언제나 힘 있는 사람들이 자기들 눈에 의해서 세상을 엮어가기 때문에 시민이 서로 기대어 함께 결정하는 이런 비전을 향해서 우리가 함께 나아가야 된다고 생각합니다.

김영선　2008년, 취임 100일을 맞는 이명박 대통령과 정부를 향한 사회 원로 100인 시국 선언에 서명하셨습니다. 비판적 지식인의 사회적 역할과 관련, 서명이라는 정치행위도 하나의 실천 작업일 수 있습니다. 이명박 정부 출범 그 이전 시기에도 지식인 서명 작업에 동참하신 적이 있으셨습니까? 있으셨다면, 어떤 이슈에 자신의 정치적 의견을 내셨습니까?

박영신　결혼을 통한 그런 특별한 집안의 관계 때문에 대학 바깥에서는 제가 일언반구하지 않고 지내겠다, 이렇게 생각했는데 '6·29 선언'이지요? 그것을 촉발하게 된 것이 86년, 87년인데 거기에 중요한 우리 사회의 변화가 있었지요. 말하자면 군부독재정권을 마감하게 된 그런 소용돌이 치는 시대였습니다. 어느 이른 아침이었습니다. 외솔관으로 들어가는데 문 앞 바깥에 큰 붓글씨로 쓴 큰 벽보가 붙어있는 것이 보였습니다. 그것은 헌법을 개정하자는, 헌법을 바꾸자는 고려대학교 교수들의 주장이었습니다. 그때 헌법이라는 것은 대통령을 체육관에서, 장충 체육관에서 뽑는 것이었습니다. 그걸 바꾸자는 주장을 담은 글이었고 거기에 교수들의 이름이 있었습니다. 제가 아주 큰 자극을 받았습니다. 그 이름 가운데는 제가 가까이 지내던 교수 이름들도 있었습니다. 지금 고려대학교 총장인 이기수 교수의 이름도 거기 있었어요. 그는 제가 82년 옥스퍼드에 있는 동안에 튀빙겐 대학에 잠시 가 있었을 때 가깝게 지냈던 분으로, 그때 법학과에서 논문을 쓰고 있던 분이었습니다. 아주 좋은 분이었지요. 가까이 아는 사람의 이름이 거기 올라와 있었습니다. 그 외에도 몇몇 분들이 제게 익숙한 이름이었습니다.

그래서 제가 자극을 받고, 고려대학교 교수들 참 훌륭하신 일을 했는데 여기서 끝나면 이것이 무의미하게 지나갈 수 있기 때문에 다른 대학에 있는 선생들도 재빠르게 이런 주장에 동참해서 이 주장의 폭이 넓다는 것을 보여줄 뿐만 아니라 앞서서 고려대학교 교수들이 한 이 일을 보호해줄 수도 있다고 하는 그런 생각을 하게 됐어요. 그래서 연세대학교에서 이것을 누구하고 의논해야 하는가? 저희들은 그때 전화기라는 것을 믿지 못했습니다. 전화, 전화로 뭐 이런 것을 이야기한다는 것이. 전화로 이야기하기가 힘들다고 많은 사람들이 생각했습니다. 근데 그때 『현상과인식』을 같이하고 시국에 대해서 누구보다 자주 이야기하는 사람이 경영학과의 오세철 교수였어요. 전화로 우리가 제대로 이야기는 못했지만 제가 이런 것을 의논하려면 오 교수와 해야 될 것이다, 그렇게만 생각하던 차 하루 이틀 지난 다음에 오 교수가 전화를 했습니다. 전화로 자세한 이야기는 할 수 없었으나 말의 톤이나 그 말을 둘러대는 내용은 시국의 문제에 대해서 우리가 발언해야 되지 않겠는가, 하는 것이었습니다. 그렇게 해서 오 선생을 만났습니다.

연세대학교 선생 몇 분들이 더 참여하게 됐지요. 정외과의 이신행 선생, 사학과의 박영재 선생, 이렇게 네 사람이 만나서 서명할 사람을 우리가 모으면 좋겠다고 여겨 여러 사람을 접촉하게 됐습니다. 그런데 자꾸 늦춰지게 됐습니다. 이미 다른 대학은 교수 서명이 나오기 시작했는데 연세대학교는 늦게 됐습니다. 소문은 기독교 대학인 연세대학이 많은 교수를 참여시키기 위해서 시간이 늦어지는 모양이구나, 그렇게 생각했는데 실은 서명하는 사람이 많지 않아서 우리가 그 숫자를 늘리고자 하여 시간을 끌었습니다. 어떤 분은 서명하고 그 다음날 '내 이름 빼 달라'고 하기도 해서 우리가 차질을 빚게 된 일이 있었지요.

그때 우리가 헌법 개정을 주장하는 성명서에 서명을 했습니다. 그 다음에 이 군사정권에서 엄포를 놓고 나왔습니다. 지금까지는 관대하게 봐주었지만 앞으로 헌법에 대해서 다른 비판의 소리가 있게 되면 가혹하게 대처하겠다고 했습니다. 그럴 때 또 대학에서 서명하기 시작했습니다. 대학교수에 대한 정부의 압력이 있은 다음에 연세대학에서 또 한 번 서명하게 됐습니다. 그래서 제가 정말 하고 싶지 않았던 것이지만 이때 우리가 하지 않을 수는 없겠다, 해서 저도 그렇게 참여하게 됐지요. 그 다음 녹색연합에 들어가 활동하면서 여러 차례 서명하는 일이 벌어졌습니다. 완전하지는 않지만 민주화가 됐고 자유스러운 시대를 우리가 경험했지요. 어떤 분들은 '잃어버린 10년'이라고 이야기하지만 저는 그래도 민주화를 경험한 의미 있는 10년이라고 생각하는데, 그렇다고 녹색연합의 눈으로 보면 그 10년이 결코 아름답다거나 대만족이라거나 그렇지는 않습니다. 개발주의에 대해서는 여전히 우리는 비판의 시각을 갖고 있기 때문입니다. 그러나 자유롭게 표현할 수 있는 그런 시대였죠.

이명박 정부가 들어서게 되자 『환경과 생명』이라는 데서 저보고 이명박 시대를 어떻게 평가하는지 글을 써달라고 해서 제가 글을 쓴 적이 있습니다. 어떻게 해서 우리가 이명박 대통령을 뽑게 됐는가, 어떤 생각을 가졌기에 이명박 씨를 우리가 대통령으로 뽑았는가에 대한 제 나름의 생각을 쓴 것이지요. 그 이후 녹색연합에서 하는 서명은 그렇게 어렵지 않았습니다. 왜냐하면 저는 녹색연합의 강령을 따르는 사람이기 때문에 그 강령과 위배되는 것이라면 언제라도 서명할 수 있습니다. 그 이후에 서명한 것이 몇 차례 더 있을 것이에요.

김영선   현재 예람교회에서 공동목사로 재직 중이십니다. 예일 시절 목회필수과목을 이수한 적이 있으셨으며, 연세대에서의 은퇴를 전후해서 총신대에서 필요 과목을 모두 채우고 목사 안수를 받으신 것으로 알고 있습니다. 노 교수님께서 나이어린 학생들과 함께 수업을 듣는다는 것은 쉽지 않은 선택이셨을 것입니다. 목회자의 길을 가겠다는 결단은 언제 내리셨으며, 그 동기는 무엇입니까?

박영신   제가 어릴 때로 돌아가는 것입니다. 목사가 되어야 된다는 어릴 때의 생각을 제가 떨쳐버릴 수 없었던 것 같아요. 계속 그런 것을 지켜왔는데 그러면 목사였을 때하고 목사가 아니었을 때 무엇이 차이가 있는가, 이렇게 물어볼 수 있는데 저는 대학 선생을 하면서 어떤 뜻에서는 목사의 가운을 걸치지 않은 목사 비슷한 존재로 선생 노릇을 하지 않았나 생각해요. 그랬다고 해서 공부를 열심히 하지 않았다든지 설교를 했다든지 그런 이야기가 아니고 '대학 선생의 일에 부름 받은 사람으로 살아가야 하고 그렇게 살고 싶다. 여기에 또 의미가 있다.' 그런 소명의식에서 목사 비슷하게 산 게 아니었겠는가, 그렇게 생각합니다. 그리고 신학은 미국에서 여러 과정을 거쳐 기초 과정은 마무리를 했는데 제가 대학에 있으면서 대학에 대해서 실망을 많이 하게 됐습니다.

전체 대학 행정에 대해서도 그렇고 학생에 대해서도 그렇고 그 다음에는 우리 학과에 대해서도 그렇고 특히 인사문제에 대해서. 참 실망을 많이 하게 됐어요. 그 기간에 아마 제가 저의 내면을 깊이 들여다 볼 수 있는 그런 계기가 되기도 하고, 아마 이런 실망에서 벗어나는 한 방도로 제가 목사라는 그런 자리로 점차 옮겨간 것은 어떨까, 그렇게 생각해봅니다. 그러기 위해서는 복잡한 교육의 요구사항을 만족시켜야 했기에 제가 속해 있는 교단의 신학대에 1년을 다니게 됐죠. 그렇게 해서 목사가 됐습니다.

김영선　　실천신학대학원의 석좌교수로 재직하셨습니다. 교수 프로필에 종교사회학으로 전공을 표시하셨는데, 신학대학원이라는 특수목적 대학원과 연세대 사회학과라는 장(field)은 종교사회학을 연구, 강의할 때 서로 다른 관점을 선생님께 제공했으리라고 생각됩니다. 차이가 있다면, 무엇일까요?

박영신　　연세대학교에 있을 때 사회학과에서 종교사회학이라는 과목으로 제가 한 학기동안 가르친 것은 한 번밖에 없습니다. 아마 76년도가 아니었을까 싶어요. 그리고는 특수대학원, 교육대학원에서 제가 종교사회학이라는 과목을 강의한 적이 있지 사회학과에서 강의한 것은 그때 딱 한 번이었습니다. 그 이유는 우선 사회학의 진수를 공부하면 그것은 피할 수 없이 가치, 믿음, 종교 문제를 만날 수밖에 없다는, 이런 생각이구요. 실제 사회학의 창건자가 다 그랬습니다. 그래서 저는 다른 과목을 통해서 종교를 이런저런 면으로 만날 수밖에 없다는 것을 이야기를 했죠. 그리고 81년도부터는 종교사회학을 전공하셨던 정재식 교수가 오셨기 때문에 또 더 이상 제가 강의할 이유가 없어졌습니다. 그렇게 해서 은퇴를 했는데 실천신학대학원에서는 나의 관심을 어떤 이름으로 강의하는 것이 필요하다 해서 강의를 하게 됐는데 팀티칭입니다. 젊은 교수가 있고 오랜 목회 경험을 하신 분이 있습니다. 물론 제가 주로 강의를 길게 합니다만. 그리고 대상자들이 한국 교회에서 목회를 하시는 분, 일정한 목회 경력을 갖고 계신 분이 들어와서 수강하게 됩니다.

그것은 엄격한 의미에서 종교사회학이 아니라 제 표현으로 '교회 사회학' 이렇게 될 가능성이 있고요, '기독교 사회학' 이렇게 될 가능성이 있지요. 그 과목에서는 주로 한국 기독교, 한국 교회가 부딪히고 있는 문제가 무엇인지, 한국 교회, 한국 기독교가 이것을 어떻게 이겨나갈 수 있을 것인지, 어떻게 해결해야 될 것인지, 주로 이런 관점에서 강의하고 대화하고 토론합니다.

김영선   선생님께서는 최근 한국 교회는 성찰성을 회복해야 하며, 동시에 '이웃일반'에 대한 관심의 틀을 제공해주는 일에 교회가 앞장서야 한다고 주장하셨습니다. 혈통주의에 입각한 한국민족주의의 폐쇄성을 넘어 다문화주의에 기반을 둔 소수자들의 인권에 대한 관심을 넓히는 것과 연결된다고 지적하셨습니다. 마지막으로, 변화하는 시대, 한국 개신교가 반드시 가져야 할 성찰의 내용은 무엇인지 말씀해주십시오.

박영신   교회 숫자가 문제가 아니고 거기 모여서 평신도와 신학교 졸업한 사람의 칸막이를 깨고, 간격을 없애고 서로 수평의 관계에서 대화하고 질문할 수 있고 대답하는 그런 교회공동체를 만들어야 된다, 그런 공동체에서 훈련받은 사람이 교회 안에서만 바글바글하면서 '봉사한다'는 생각에서 벗어나 교회 바깥에 나가서 좋은 그리스도인으로 살아야 한다고 믿고 있습니다. 그것을 세속의 표현으로 이야기하면 좋은 '시민'으로 사는 것이라고 생각할 수 있습니다. 그래서 숫자는 적지만 밖에 나가서 일당십을 하든 일당백을 하든 그렇게 좋은 시민을 길러내는 것이 교회의 사명이 아닐까, 그러려면 오늘날 한국 교회가 좀 더 겸손한 태도를 가져야 되겠다, 하는 생각이 듭니다.

동시에 제대로 된 교회인가, 제대로 기독교 신앙을 우리가 지켜가고 있는가, 아니면 여전히 한국 사회가 청산하지 못한 유사 가족주의의 틀 안에 얽매여 있는가, 아니면 한국 사회를 휘몰아 가고 있는 경제주의의 노예가 되고 있는가, 이런 것을 질문하는 겸허한 태도가 필요하지 않나 싶어요.

김영선   자택과 국학연구원에서 장시간 인터뷰를 함께 해주셔서 정말 고맙습니다. 이것은 면접자인 저의 복이고, 행운이라고 생각합니다. 진심으로 감사드립니다.

박영신 교수 학력 및 경력, 주요 저서

■ 학력

1960	연세대학교 교육학과 (학사)
1966	연세대학교 대학원 교육학과 (석사)
1968	미국 예일대학교 (M.A.R.)
1969	미국 버클리대학교 대학원 아시아학과 (M.A.)
1975	미국 버클리대학교 대학원 사회학 (Ph.D.)
1985	태평양신학교/(버클리)연합신학대학교(GTU) (M.Div.)

■ 주요 경력

1975.9~2003.2	연세대학교 사회학과 교수
1977.3	학술계간지 『현상과인식』 창간 동인
1983.2~1985.3	한국사회이론학회 초대회장
1984~1985	대통령직속 교육개혁위원회 위원
1984~1998	『사회학연구』 편집인
1985~1992	『현상과인식』 편집인
1991	작은대학 창립 멤버
1992.3~현재	한국인문사회과학원 대표
1994.9~1996.8	연세대학교 국학연구원 원장
1995	'연세이념' 정립을 위한 연세이념심의원회 위원
1997.6	한국사회운동학회 초대회장
1998~2000	한국인문사회과학회 초대회장
2000~2011	녹색연합 상임대표
2001~현재	예람교회 공동 목사
2002~2003	노인시민연대 공동대표
2003.2~현재	연세대학교 사회학과 명예교수
2005~2010.2	실천신학대학원 석좌교수(종교사회학)

2009~현재	재단법인 목민 이사장
2009~현재	재단법인 외솔회 이사
2012~현재	사단법인 녹색교육센터 이사장

■ 저서

• 박사학위논문

Yong-Shin Park, *PROTESTANT CHRISTIANITY AND SOCIAL CHANGE IN KOREA*, Ph.D.Dissertation, University of California at Berkeley, 1975.

• 석사학위논문

「선교 교육과 한국 근대화의 한 연구: 선교 교육의 기능적 접근, 1884-1934」, 연세대학교 대학원 석사학위논문, 1966.

• 단독저서

『현대사회의 구조와 이론』, 일지사, 1978.

『변동의 사회학』, 학문과사상사, 1980.

『역사와 사회변동』, 대영사, 1987.

『사회학 이론과 현실 인식』, 민영사, 1992.

『동유럽의 개혁운동: 폴란드와 헝가리의 비교』, 집문당, 1993.

『우리 사회의 성찰적 인식: 전통·구조·과정』, 현상과인식, 1995.

『(새로 쓴)변동의 사회학』, 학문과사상사, 1996.

『실천 도덕으로서의 정치: 바츨라브 하벨의 역사 참여』, 연세대학교출판부, 2000.

『외솔과 한결의 사상: 겨레 학문의 선구자』, 연세대학교 출판부, 2002.

• 공저/공편서

오인탁·박영신·최종고, 『教育과 政治의 相互關係에 관한 研究』, 城南: 韓國精神文化研究院, 1986.

安啓春·吳世徹·朴永信 共編, 『東歐諸國의 社會와 文化』, 法文社, 1988.

박영신·김우승 쓰고 엮음, 『러시아의 지적 전통과 논쟁』, 현상과인식, 1994.

박영신·유동식·김은기·Donald N. Clark·민경배·박정신, 『기독교와 한국 역사』, 연세대학교 출판부, 1997.

박영신·정재영, 『현대 한국사회와 기독교: 변화하는 한국사회에서의 교회 역할』, 한들출판사, 2006.

벅영신·이승훈, 『한국의 시민과 시민사회: 사사로운 개인에서 공공의 시민으로』, 북코리아, 2010.

• 단독편서/단독번역서

벤튼 죤슨 지음, 박영신 옮김, 『사회과학의 구조기능주의: 탈콧트 파아슨스 이론의 이해』, 학문과사상사, 1978(Benton Johnson, *Functionalism in Modern Sociology: Understanding Talcott Parsons*, Morristown, N.J.: General Learning Press, 1975).

쿨슨·리들 지음, 박영신 옮김, 『사회학에의 접근: 비판적 사회인식』, 대영사, 1979(Margaret Coulson & David S. Anne Riddell, *Approaching Sociology: A Critical Introduction*, London: Routledge & K. Paul, 1970).

루이스 코저 외 지음, 박영신 편저, 『갈등의 사회학』, 까치, 1980.

지그문드 프로이드 지음, 박영신 옮김, 『집단 심리학』, 학문과사상사, 1980(Sigmund Freud, *Group Psychology and the Analysis of the Ego*, New York: Bantam Books, 1960).

로버트 벨라 지음, 박영신 옮김, 『사회변동의 상징구조』, 삼영사, 1981.

N.J 스멜서 지음, 박영신 옮김, 『사회변동과 사회운동: 사회학적 설명력』, 經文社, 1981(Neil J. Smelser, *Essays in Sociological Explanation*, Englewood Cliffs, N.J.: Prentice-Hall, 1968).

톰 보토모어 지음, 박영신 옮김, 『정치사회학』, 한벗, 1981(T. B. Bottomore, *Political Sociology*, N.Y.: Harper & Row, 1979).

허버트 불루머 지음, 박영신 옮김, 『사회과학의 상징적 교섭론』, 까치, 1982(Herbert Blumer, *Symbolic Interactionism: Perspective and Method*, Englewood Cliffs: Prentice-Hall, 1969).

앨빈 W. 굴드너 지음, 박영신 옮김, 『지성인의 미래와 새 계급의 성장』, 이화여자대학교 출판부, 1983(Alvin Ward Gouldner, *The Future of Intellectuals and the Rise of the New Class*, Macmillan Press, 1979).

로버트 엔. 벨라 지음, 박영신 옮김, 『도쿠가와 종교: 일본 근대화와 종교 윤리』, 현상과인식, 1994(Robert Neelly Bellah, *Tokugawa Religion: The Values of Pre-industrial Japan*, Glencoe, Ill.: Free Press, 1957).

• 공역서

케네스 B. 파일 지음, 박영신·박정신 옮김, 『근대 일본의 사회사』, 현상과인식, 1983(Kenneth B. Pyle, *The Making of Modern Japan*, Lexington, Massachusetts·Toronto: D.C.Heath and Company, 1978).

뤼시앙 골드만 지음, 박영신·오세철·임철규 옮김, 『문학 사회학 방법론』, 현상과인식, 1984(Lucien Goldmann, *Method in the Sociology of Literature*, Oxford: Basil Blackwell, 1981).

안토니 기든스 지음, 박영신·한상진 옮김, 『비판 사회학: 쟁점과 문제점』, 현상과인식, 1985(Anthony Giddens, *Sociology: A Brief but Critical Introduction*, the Macmillan Press, 1982).

조오지 뤼데 지음, 박영신·황창순 옮김, 『이데올로기와 민중의 저항』, 현상과인식, 1993(George F. E. Rudé, *Ideology and Popular Protest*, New York: Pantheon Books, 1980).

—————— 대담 이경덕 · 김준환

'글자에 매인' 즐거운 인문학자

영문학자 이상섭의 삶과 학문

이상섭 ▪ 영문학 연구자

이경덕 ▪ 연세대학교 강사, 영미비평

김준환 ▪ 연세대학교 영어영문학과 교수, 현대영미시

인터뷰 날짜 ▪ 2012년 5월 3일

인터뷰 장소 ▪ 연세대학교 국학연구원

인터뷰를 시작하며

이상섭 연세대학교 영어영문학과 명예교수는 1956년 연세대학교 문과대학에 입학하여 석사를 마치고 연세대 전임강사 시절을 거친 후 미국 에모리 대학에서 엘리자베스 시대의 문학비평을 다룬 논문으로 박사학위를 받았으며 1968년부터 2002년까지 연세대학교 영어영문학과 교수로 재직하였다. 그는 『문학 연구의 방법』, 『문학의 이해』, 『문학이론의 역사적 전개』를 잇달아 출간하여 문학비평이라는 작업을 하나의 정신과학 내지 인문학으로 정립하려는 시도를 하였고, 나아가, 당시 문학이론서로서는 드물게 한국문학작품들에서 직접 인용하여 설명하는 값진 시도를 보였다. 또한 『문학비평용어사전』의 경우 모든 항목들을 손수 집필하면서 비평용어들을 우리말스럽게 다듬었다. 특히 르네상스 비평에서 뉴크리티시즘까지 다룬 『영미비평사』 전3권과 『아리스토텔레스의 『시학』연구』는 비평원문을 자신의 눈으로 직접 읽어낸 결과라는 점에서 그 학문적 의미가 크다. 또한 그는 비평이론, (영)문학교육 등에 관하여 꾸준히 글을 써서 『역사에 대한 불만과 문학』 등 4권에 달하는 평론집을 냈다. 그는 90년대에 들어서면서 한국 최초로 전산학적인 사전편찬방식을 도입하여 한글사전을 편찬하되(『연세 한국어 사전』 등) 말뭉치 개념에 의거하여 그 항목들을 모으고 그에 대해 직접 집필하여 집대성하였다. 이러한 사전작업은 (한국의) 말과 글에 대한 그의 인문학적인 관심이 어느 정도인가를 가늠해볼 수 있는 부분이라고 할 수 있다. 그는 한용운, 윤동주 등 한국시를 새롭게 읽는 작업을 하는 한편, 꾸준히 문학작품들을 번역해왔으나 특히 퇴임 후 토머스 말로리의 대작을 번역하였으며, 셰익스피어 작품 전체를 우리말 가락에 얹어 번역하는 작업을 하고

이상섭

있다. 그는 현재 남양주 축령산 아래 농장에서 소박한 농사를 지으면서 한국의 인문학 교육 및 그 장래에 대하여 여전히 관심을 가지고 있다.

2012년 2월 2일 국학연구원으로부터 이상섭 교수의 인터뷰에 대한 의뢰를 받은 후, 면접자들은 이상섭 교수의 가능한 한 많은 책을 읽으며 10여 쪽에 달하는 질문지를 작성하였다. 질문은 그의 삶과 그 삶이 녹아 있는 학문적 업적을 정리하는 데 초점을 맞추었다. 특히 연세대학교 재직 시절에 대한 질문은 영문학자이며 인문학자로서 쌓아온 수많은 학문적 업적의 특성을 밝히는 데 초점을 맞추었다. 질문은 연대기별로 구성하였다. 유년기에서 대학 입학 시기(1937~1956), 두 번째는 대학입학에서 미국유학 시기까지(1956~1968), 세 번째는 연세대학교 임용부터 퇴임까지(1968~2002.2), 끝으로 연세대학교 퇴임 후. 완성된 질문지를 4월 26일에 미리 전달하여 확인했고, 인터뷰는 5월 3일 연세대학교 위당관 3층 국학연구원 부원장실에서 약 6시간 진행했다. 국학연구원에서 녹취한, 원고지 약 450매 분량의 인터뷰 원고를 5월 18일에 받아 약 300매로 정리했다. 정리된 원고를 6월 13일에 이상섭 교수에게 전달했고, 14일에 수정된 원고를 받아 약 230매로 재편집하여 『동방학지』 제158집에 수록하였다. 이 책에 실린 대담 원고는 그것을 340매로 확장한 것이다.

김준환　　이상섭 선생님과의 인터뷰를 준비하는 과정에서, 「한 56학번 신입생의 일기에서」라는 글에 들어 있는 글귀 하나가 매우 깊은 인상을 주었습니다. "결국 나는 글자에 매이었다." 언어에 대한 관심으로부터 사전 편찬에 대한 관심으로 이어진 선생님의 연구의 특징을 압축해서 잘 보여주는 문구가 아닌가 합니다. 또한 기억을 더듬어 보면, 항상 선생님께서 가장 자랑스럽게 말씀하신 것 중의 하나가 "내 손으로 직접" 무엇인가를 만드신 것이었습니다. 예를 들어 "내 손으로 직접" 집에서 요리하고 집짓기, 학교에서 영어영문학과 학과장으로서 교과과정 개편하기, 비평가·평론가·번역가·학자로서 "내"가 사용하는 한글을 사용하여 가장 적절한 낱말을 찾아 내 손으로 직접 글을 만들기 등등이 생각납니다. 선생님께서 쓰신 글을 읽으며, 선생님께서 손수 만드신 교과과정에 따라 공부했던 후학들로서 인터뷰에 응해주신 데 대해 감사드립니다.

유년기~대학입학 이전까지(1937~1956)

이경덕　　먼저 선생님의 유년기인 평양과 구장 시절에 대한 이야기를 듣고자 합니다. 『이상섭 안티 에세이 모음집』에 실린 「두고 온 산하: 그리운 예배당」과 「내가 마지막 본 평양」이라는 글에 선생님의 어린 시절에 대한 향수어린 회고담을 엿볼 수 있었는데요, 이 시기에 대한 선생님의 기억 중 "장로의 손자요 목사의 아들로 태어"나 장로교회를 다닌 경험, 소학교 학생으로서 겪은 일제시대 경험 등에 대해 말씀해 주시면 좋겠습니다.

이상섭　　우선 여러분의 질문을 받아보고서는 과연 내가 이랬나 그런 생각이 들더라고. '안티에세이'란 말은 예전에 하도 수상록, 명상록 등, 그렇게 점잖은 글들이 많아서 '안티'라는 말을 써본 거라고. 그 책에 장난스러운 글을 조금 집어넣었거든.
　　나는 평양에서 태어났는데, (서울에서 잠깐 1년 동안 있었지, 갓난아기

이상섭

때 말이야.) 그 다음에 아버지가 교장으로 계시던 평양 '요한학교'에서
자랐어. 아버지가 전도를 하셔서 할아버지를 장로로 만드셨지. 아버지는
감리교 신학교를 졸업하신 뒤 1931년에 연희전문학교를 졸업하시고
그 다음엔 미국에 유학을 가서 밴더빌트(Vanderbilt) 신학교를 졸업하시
고, 그 다음에는 펜실베이니아 대학(Univ. of Pennsylvania) 대학원에서 사회
학 석사학위를 받으셨지. 연로한 부모님이 자꾸만 오라고 하셔서 할
수 없이 그만두고 나오셨지. 그냥 쭉 계셨으면 이럭저럭해서 박사도
하는 거야. 그런데 그냥 나오셨거든. 미국은 그 유명한 불경기로 디플레
이션 시대였고, 우리나라는 일본의 식민지 노릇을 하고 있었고, 그때는
중일전쟁이 터지려고 하던 때였거든. 그래서 아주 힘드셨대. 그런데
평양에 감리교 계통의 학교를 만들면서, 앞으로 여기를 큰 학교로 만들어
평안도에 굉장한 '리버럴 아츠 칼리지'(Liberal Arts College)를 만들겠다며
그 학교의 전신으로 요한학교를 만드셨는데, 그것을 일본사람들이 폐쇄
했어. 1944년에 완전히 폐쇄해서 없어지고 말았고, 내 아버지는 일제에
협력하지 않았다고 요시찰 명단에 이름이 올라가서 할 수 없이 산속으로
도망을 가셨다고.

그래서 평양에 살다가 졸지에 평안북도 구장이라는 곳에 갔는데,
거기 내 형님이 다니던 학교도 피난해 왔었거든. 옛날 영변 숭덕학교라는
감리교 학교였어. 나는 일제 말년에 잠깐 구장 소학교를 다녔지. 아버님
은 산속에 숨어 계시다가 보름마다 밤에 내려오시곤 했어. 산사람이야,
말하자면. "야, 너 요새 학교에서 뭘 배우니?" 그래서 나는 "군가 배워요"
"낮에는 청천강 가에 가서 마초 베고 그래요" 했더니, "학교 다니지
마라" 그러시더라고. 결국은 일제 소학교에 두 달 다녔어. 학교 가지
말란 말씀이 얼마나 좋은지, 너무나 좋아서 산으로 들로 돌아다니며
놀았거든. 그때부터 무슨 물이 있으면 꼭 물고기가 있는지 살펴보는

버릇이 생겼어. "아, 물고기가 있구나!" "물고기가 살아서 움직이누나!" 그런 걸 보았는데, 2년 뒤 1946년에 연희전문학교 사택에 와서, 그때는 연희전문학교였지, 개울에 갔는데 모두 지저분하고 물고기가 하나도 없더라고. "여기 시시한 데구나. 서울이라는 데가 평안도보다 못해."

1945년 해방이 되자 아버님은 잠시 평양으로 가셨다가 서울에 오셨더니 서울 사람들이 정당을 하자고, 자꾸만 그러더래. 영어를 잘 하시니까. 당은 생각이 없어서 연희전문학교 교수가 되셨지. 그리고선 다 정착이 된 다음에 평안북도 구장으로 사람을 보내서 우리를 불러오셨지. 그래서 1946년 3월에 서울내기가 된 거라고.

내 아버님이 12대 독자라고. 그래서 삼백 몇 십 년 동안 독자였거든. 그때에는 귀족 집안이라고 해서 족보가 있었는데, 나는 홍주 이씨(洪州李氏)야. 그런데 홍주 이씨는 조선조 초기에 다 망했어. 우리 중시조 되시는 분이 태종대에 영의정을 하셨는데, 손자 때인가 벌을 받아서 평양 부근 강동으로 쫓겨갔어. 그런데 거기서 귀족 노릇을 하며 살아보니까 괜찮데. 그래서 형제들을 불러 갔다고. '홍주'라고 하는 데가 홍성이야. 홍성 그거 엉터리 이름이지만. 그거 일본 사람들이 발음이 꼭 같은 공주(公州)하고 구별한다고 홍성이라고 했는데 그래서 아직도 홍성이라고 해. 일본인들이 만들어 낸 지명이지. 홍주야. (강원도에요?) 아니야, 충청남도 홍성, 홍성인데 본래는 홍주였어. 거기 해미읍성도 있고 그런 곳이지. 홍성 조금 떨어진 곳에 내 아들 데리고서 갔더니, 옛날 우리 중시조 할아버지 묘소가 아직도 있더라고 그 양반 묘소가 아직 남아있는데, 우리나라 유명한 묘소 중에 하나로 들어가더라고. 그걸 평안도에서 온 사람들이 중수했대. 여기 사람들은 아무것도 안 했어. 그리고 거기서 수백 년 전부터 왔다 갔다 한 기록이 있고, 옛 족보도 강동에서 가지고 온 거야. 그래서 족보를 보니까 12대 독자가 맞잖아! 남쪽에서는 족보도

이상섭

시원치 않고 그래. 우리 총장 하던 이우주 선생, 그리고 그 조카 이누구던가, 수필가, 영문학자 이양하 선생이 같은 이씨 집안이거든.

김준환   「내가 처음 산 "원서"」에서 중3시절 피란지의 초라한 책방을 기웃거리던 "탐책가(探冊家)"로서 "고물장수의 좌판"에서 발견한 에브리맨스 라이브러리(Everyman's Library)에 대한 이야기와 대학영문과에 다니시던 형님(이근섭 선생님)에 대한 이야기를 재미있게 들려주셨습니다. 그리고 「나의 글쓰기 공부」에서는 고교시절 당시 대학 영문과에서 배우던 소설을 거의 다 읽었다고 하셨습니다. 서울중·고등학교 시절 (1950.6~1956.2)이면 한국전쟁 시기였을 텐데, 이 시기에 대한 말씀을, 영문학에 대한 선생님의 관심과 관련하여 듣고 싶습니다.

이상섭   일본 소학교는 안 다니고 강가로 다니면서 물고기, 개구리 잡아먹고 해서 서울에 왔더니 나보고 살쪘다고 "데부"라고 하데. 왜 그런고 하니, 여기는 먹을 게 없는데 시골에서는 가재 잡아먹고 개구리 잡아먹고 물고기 구워먹었거든. 신났다고. 1950년에 창천 초등학교를 졸업하고, 그때에는 '국민학교'야, 그 다음에는 4 : 1의 경쟁을 거쳐서 서울중학교에 입학했어.

그 당시에는 시험을 보았어. 그랬더니 내 친구 중에 아무개가, 뭐 솔직히 말하면 고건이야. 별명이 고구마였거든. 내가 "야 이젠 새로운 세상 됐는데 나는 서울중학교 간다." 그랬더니, 고건이 말하길, "아니야, 역시 선배님이 중요해." 그러면서 그 친구랑 몇은 경기중학교를 가더라고. 나는 서울중학교에 갔는데. 결국은 그 사람들이 맞았어. 왜 그런가 하니 여기서는 선배가 굉장히 중요하거든. 서울중학교는 나중에 생겼지만 괜찮은 학교라고들 그래서 나는 그리로 갔지. 내가 서울중고등학교

8회 졸업생인가 그럴 거야. 1956년에 졸업을 했는데, 벌써 8회 졸업생이 되더라고.

하지만 1학년은 20일쯤 다니고서는 그만뒀어. 6·25 전쟁 나서. 야크기가 상공에 왔다 갔다 하는데, 미군의 쌍발 비행기가 드르륵 쏘더라고. 그때 내 형님은 연희대학교 학생이었는데, "학교를 지키다 죽겠다"고 하다가 누군가가 피난 가자고 해서 집에 안 알리고 갔어. 석 달 동안 형님 소식도 모르고, 아버지 소식도 모르고 그냥 살았지. 어머님이 집안에 있던 모든 거 다 꺼내다가 파셨지. 억지로 이상한 거로 풀죽을 쒀서 먹었는데, 난 그때 옥수숫대를 많이 먹었어. 어떤 건 달고 어떤 건 지렸지. 서울이 수복 된 뒤에 그거 먹고 앉았는데, 시월 초에 형님이 오더라고! 배 타고 왔대.

그러다가 12월초에 형님이 또 군대를 나가지 않았어? 방위군으로 잡혀나갔지. 그래서 우리 집안에서 내가 제일 나이가 든 남자였어. 우리 식구와 아주머니와 꼬마랑 같이 인천에 가서 한참 기다린 끝에 미군 물자를 부려놓고 빈 LST에 타고 부산에 피난 갔지. 그런데 형님이 말한 대로 어머니와 같이 부산 YMCA로 가다가 지금 영주동 고개에서 형님을 만났다고! 방위군에 나갔다가 걸어서 부산까지 와서는 신분증을 다시 주면서 헤어지라고 하더래. 그렇게 만나서 아버님과 다시 연락을 취했어. 아버님은 1948년에 연희대학을 떠나 미국 서던 캘리포니아 대학원에 사회학을 마저 공부하시려고 유학 가셨지. 처음으로 제2외국어를 배우고 타이프라이터도 손가락 두 개로 두드리셨는데, 그러다가 전쟁이 났어.

이경덕　　그러니까 아버님께서 연희대학교 교수로 재직했던 시기는 언제쯤 …

이상섭

이상섭　　　1945년에 교수가 되셨다가 1948년에 미국에 가셨는데, 대학 준비위원으로 아버님이 조금 수고를 하셨지. 그리고는 더 늦기 전에 아메리카에 가겠다고 하셨어. 46세에 가셨거든. 그러시다가 사변 딱 나니까 공부도 그만두시고, "너희들 와라. 내가 미국에서 괜찮은 직장 구했다." 그게 뭐냐 할 것 같으면, 바로 몬트레이에 있는 미군 외국어학교야. 지금 한국어를 가르치잖아. (통번역으로 유명한 도시잖아요?) 몬트레이라고 하는 데가 바닷가에 아무것도 없었어, 옛날에는. 바닷가에 가서 사셨거든.

처음에는 우리 보고 오라고 하셨다가 그만두셨어. 우리가 완강히 안 간다니까, 1951년 여름에 자기가 직접 나오신 거야. 그리고 교회 관계 일을 하셨던 거야. 옛날에는 연희대학 총장 하실 생각을 하셨거든. 백낙준 선생 후임으로. 전쟁 나는 바람에 그만두셨지. 가족하고 연락이 되자마자 오셨던 거야. 부산 근처에 있던 '못골,' 요샛말로 '대연동'에 나오셨지. 그동안 나는 바닷가에서 열심히 고기 잡고 조개 캤어. 그랬더니 9월쯤에 아버님이 너 학교에 가야한다고 하셔서 갔어. 처음엔 배 타고 다녔어.

형님 친구 중에 좋은 분이 있어서, 연희대학 다니던 분인데, 그이가 장교가 돼서 서울 가던 참이라 그이가 서울 우리 집 마당에 땅 파고 묻어놨던 책들을 꺼내서 부산에 보내줬어. 그래서 책을 받아가지곤 '하꼬방'(요즘말로 '판자집')이었지만 책을 꺼내놨더니 멋있어! 내가 책장을 만들어 붙이고 책을 보기 시작했는데, 처음에는 책을 쓰다듬기만 하다가 중3때부터 책을 좀 만지기 시작하고 고1때부터 책을 읽기 시작한 거야. 주로 모던 라이브러리(Modern Library)였는데 그중 시집들이 상당히 많았다고. 브라우닝(Robert Browning), 테니슨(Alfred Lord Tennyson), 워즈워스(William Wordsworth) 시집들이 쫙 꽂혀 있는데, 바라보면서 괜히 나도 영문학자가 돼야지 했어.

그러다가 영어 소설들을 읽었는데, 처음 본격적인 소설로 읽은 것은 하디(Thomas Hardy)의 『캐스터브리지의 시장(*The Mayor of Casterbridge*)』, 그거 조금 어렵지만 다 읽었다고. 그래서 지금도 나는 덮어놓고 많이 읽으라고 해. 자세하게 읽지 말고 덮어놓고 많이 읽어, 무슨 소리인지 몰라도 자꾸 자꾸 읽으라는 그 얘기를 아직도 금과옥조로 알고 있어. 그렇게 많이 읽고 자꾸 읽었지. 『폭풍의 언덕(*Wuthering Heights*)』, 『제인 에어(*Jane Eyre*)』, 그런 거 다 읽었다고. 하디도 물론 다 읽고. 그래서 대학교에 들어오니까 그런 거를 읽더라고 그런데 교수가 앞의 20~30페이지 하고 그만두잖아? 답답하기 짝이 없는데, 나는 그때 다른 걸 읽었지. 학교 공부는 재미가 없고, 주로 소설책 많이 읽었어. 참 많이 읽었어. 지금 생각하니까 굉장히 읽었어.

김준환　　그 당시에 영어는 몇 학년 때부터, 어떤 방식으로 배우셨는지요?

이상섭　　난 영어책이란 건 딱 한 권, 『모던 잉글리쉬(*Modern English*)』라고 하는 책이 있고 또 무슨 책이 있었는데, 피난 가면서 그 영어책은 품에 품고 갔다고 그러고는 안 봤어. 한참 후에 꺼내보니까 좀 알겠더라고. "영어 뭐 이런 거구나." 그리고는 중학교 2학년, 3학년 다닐 때 영어책 보니까 어렵지가 않았고, 게다가 문법책이라고는 한 번도 본 적이 없거든. "이런 걸 뭐라고 부른다. 그 5형식이란 게 이런 거야? 다 알아 듣는 거 아냐? 뭐 문법이라는 게 이런 거야?" 영어 단어를 외는데, 형님이 다른 책도 별로 없고 하니까 손다이크(Edward Lee Thorndike)가 지은 영영사전 그걸 사다 주시더라고. 영어를 가지고 영어

책을 그냥 읽으란 말이었지. (그것도 영영사전을 가지고요?) 응. 영영사전을 읽으니까 상당히 쉽더라고. 그런데 일본말 아는 사람들은 일본 사전을 볼 텐데, 나는 그걸 보지 못하니까. 그래서 영영사전 가지고 영어공부 했는데, 괜찮게 했어. 그랬더니 나더러 영어를 잘한다고 그러잖아. 어쨌든 간에 … (그러니까 작품을 통해서 자생적으로, 독학으로요?) 그렇게 된 거라고. 영어에 대해서 자세하게 따지고 그러는 거 나는 재미가 없고, 늘 그랬지. 다 아는 얘기인데 왜 그러나? 그러면서 지나갔거든.

대학입학~미국유학까지(1956~1968)

이경덕　「한 56학번 신입생의 일기에서」를 보니 재미있는 이야기들이 많더라고요. 1학년 때 소설도 많이 읽으시고 …. 근데 선생님께서 보통 정치적인 발언을 잘 안하시는데, 5월 일기에 자유당에 대한 분노도 표하셨고, "지금껏 나는 정치에 대해서는 일체 무관심했으나, 최근 2, 3년간 그야말로 열정적인 생각을 가지고 있었다." 11월 일기에는 "불행한 헝가리 혁명 열사들에 대한 동정으로 잠을 못 이루었다."고 하셨더라고요.

이상섭　나는 불의와 부정에 대해서는, 물론 누구나 다 마찬가지지만, 반대하고 있거든. 그렇다고 해서 내가 정치적인 행위를 한다는 건, 그런 건 할 줄 모른다고 그 얘기는 잊었는데 그런 정도고 …. 그리고는 "연이불왕자미지유야(然而不王者未之有也)"라는 맹자의 글이 있지, 나는 맹자를 참 좋아했거든. 그런 맹자 책 아직도 갖고 있어. 사서삼경도 읽었는데 미국 유학 가면서도 사서(四書)에 대한 해설서를 가지고 간 사람이야. 거기서도 읽었어. 한문을 굉장히 좋아했지. 지금 내가 아는 한문 실력은 옛날 한문 실력이야. 그리고 나는 공산당이라고 할 것 같으면, 너무나도 싫거든. 거짓말 많이 해서. 걔네들 순전히 거짓말하잖아! 기술적으로 거짓말하기 때문에 나는 그 사람들 보기만 해도 치가 떨려. 무섭고 두려워서 그래.

김준환　『우리들의 60년: 1946~2006』에 수록된, 1958년(선생님의 대학 3학년 시절)의 영어영문학과 교과과정에 따르면 영문학과 관련해서 약 14과목이 개설되었던 것으로 되어 있습니다.[1] 선생님께서는 당시 어떤 과목을 들으셨는지 ….

이상섭　영문과 과목은 다 들을 수밖에 없었고, 그 다음에는 철학과 과목하고 국문과 과목을 몇 개 들었는데, 국문과 과목 중에 시시한 과목도 좀 있었고, 철학과 과목 중에서 매우 시시한 과목도 있었고. 왜 저렇게들 하나, 좀 멋있게 했으면 좋겠구나 하는 생각을 하면서 공부를 했다. 이럭저럭 하니까 공부도 괜찮게 했지. 사실은 나 연희대학교에 입학 수석이거든. 대학에 들어와서 신입생은 다들 시험 치라고 그랬어. 그 시험에서 내가 일등 했거든. 나는 수학은 조금 잘못 했는데, 이공대 학장이던 장기원 선생이 찾아오더니, "이 사람 당장 수학과로 옮겨요. 의학과로 옮기고 싶으면 옮길 수도 있소" 하고 아버님과 친구였

---

1) 문학개론, 현대비평강독(이봉국); 영문학사, 영문학사2, 영국문예비평사, 영국문예비평사2(최재서); 19세기 영소설 강독(권명수); 셰익스피어강독, 현대희곡강독, 희곡론(오화섭); 영시개론(이혜구); 현대소설강독(권명수); 17세기영시강독, 18세기영시강독(고병려).

던 그분이 말했어. 하지만 나는 일언지하에 거절했어. "나는 영어선생할 겁니다, 영문학하면 그만이요." 그랬더니 아버님도 자꾸만 "얘가 말을 안 들어요." 그래서 나는 그냥 영어영문학 공부를 했거든.

그런데 최재서 선생 강의는 참 재미났어. 그거 하나만. 문학개론이 아니라 문학원론이라는 과목이었지. 그리고 이봉국 선생의 현대 영미비평 강독이란 게 있었는데 별로 재미가 없었고, 영문학사 강의도 최재서 선생이 하셨고, 현대희곡 강독, 회곡론은 오화섭 선생이 하셨는데 굉장히 재미났다고. 그 양반은 언제나 재미나게 말씀하시잖아! 우리 집에서 아주 멀리 사시지도 않고 해서 그 댁에 가끔 가기도 했는데, 그 분이 참 재미났지. 이혜구 선생 강의는 나한테 시가 처음이거든. 재미났었지.

이혜구 선생은 본래는 국악하시는 분이야. 처음에는 경성대학 영문과를 졸업하셨는데 국악으로 돌리셨다고. 그런데 너무나도 재미나게 강의 하셨고, 그 다음에 권명수 선생의 현대영소설은 재미가 없이 한 20페이지 하다 말았고, 17~18세기 영시는 고병려 선생이 강의하셨는데 참 졸음이 오는 강의였지, 재미가 없어서. 고병려 선생은 고전어를 하시는 분인데 그런 걸 할 수 없이 가르치셨다고. 본래는 라틴어, 희랍어를 배워주시려 고 신과대학에 모셨다고. 그런데 개편되면서 문과대 영문과에 오셨는데, 재미가 없었다고. "이런 재미없는 과목을 나한테 맡으라고 해." 그런 말씀 하셨지.

이경덕　　석사 하시는 동안의 대학원에 대해서 말씀해 주시기 바랍니 다. 학위논문으로 「Alexander Pope의 시 연구」(1961)를 쓰셨는데, 특별한 계기가 있으면 들려주시기 바랍니다. 논문 인준 페이지를 보니 권명수 선생님께서 지도교수이고 유영 선생님께서 부심이고 한 분의 성함을 확인할 수 없었습니다. 혹시 최재서 선생님이셨는지요?

사학과를 졸업한 동생 이동섭과 대학원 영문과를 마친 나 (성암관 앞)

이상섭　　고병려 선생님이셨지. 나는 시는 공부해야 되겠다, 그런데 근대시는 싫다. 그래서 알렉산더 포웁에 대해서 썼는데 졸업년도가 1961년 12월이야. 그때는 최재서 선생이 이미 연세를 떠났던 거지.

최재서 선생은 대단히 훌륭한 분인데, 1960년 4·19가 나자, 그 다음에는 생각이 변하더라고. 그래서 내 친한 친구들이 연세대 선배들인데, 최익환, 송석중, 배동호 선생, 그 양반들이 내 친구들이었어. 내가 모시던 분들이지. 그런데 최 선생이 그 분들하고 생각이 달라지더라고. 그렇게 이상하게 변하더군. 나도 놀랐어. 학교 측에서 회유를 했나봐. "대학원장 시켜줄게, 저 사람들이랑 결별해."

4·19가 나서 좀 지나갔더니 최 선생 생각이 변해서 아무개 하는 사람까지 합해서 7인교수파라고 하는 사람들이 연세를 때리더라고. 정석해 선생, 김윤경 선생을 때리기 시작하더라고. 여기는 수십 명이 붙어있는데 말이지. 그 7인교수가 나는 참 미웠거든, 사람 미워하는 건 나쁜 짓이지만. 그 중에 최재서 선생이 들어있더라고 농성 교수들과 같은 강단에 설 수 없다고 사퇴했어. 그러더니 그 해 말쯤에 세상이

　　　　　　　　　　　　　　　　　　　　　　이상섭

변해서 7인교수가 딱 복귀하더라고 그래서 나는 '이제 떨려 나가는가보다'고 그렇게 생각하고 있었지. 그런데 나중에 의과를 마치고 경북대 총장이던 고병간 선생이 총장을 하시면서 "양쪽 모두 들어와도 괜찮다"고 하셨다고.

나는 1962년에 교수가 됐어. 학교 선생들은 모자라고 학생들은 남아나고, 그러니까 나를 학교 선생으로 삼은 거라고. 1962년 3월 1일부로 연세대학교 교수가 돼서 40년 뒤 2002년 3월 1일부로 학교 그만뒀으니 40년 동안 선생 노릇을 했거든.

나는 전에 발에 커다란 상처가 있어서 그 상처 때문에 두 번 신체검사를 받는데 다 낙제해서 일찌감치 25세에 교수가 됐고 그전에 1년 반 동안 강사를 했다고. 그리고는 한 2년 반 동안 여기서 가르치고 64년 8월 말에 여기를 떠났는데, 그 당시에 나보다 나이 많은 사람들도 반에서 가르친 적 있지. 군대 갔다 오고 그러면 그렇게 되거든.

김준환　　그 당시에 최재서 선생님께서 연대에 계셨으니, 관련된 수업을 대학원에서 하셨는지요? 최 선생님에 대한 이야기를 좀 해주시면 합니다.

이상섭　　대학원 한 학기 하시다가 그만두셨어. 1960년 4월에 그 양반한테서 배웠는데, 그러자 4·19가 나니까 그 후에 그만두셨지. 얼마쯤은 강의하다가 2학기 때부터는 그만두셨어. 그리고는 동국대학으로 가셨어. 그리고 얼마 후에 돌아가셨지만.

그전에는 어떻게 하셨는지 잘 모르겠는데, 1945년 해방이 되니까 그분은 날 살려라 하면서 도망을 갔는데, 어디를 갔나하니 부산으로 뛰었대. 부산에 가서 숨어서 맥아더 평전을 번역하고 앉았었지. 그런데 여기 보니까 백낙준 선생이 모셔오라고 했다는 모양인데, 사실은 그게 아니고, 형님이 알기로는, 배동호 선생이 최 선생과 같이 경복 출신이라 서 "사실은, 그 사람 참 멋있는 사람이야. 모셔오면 좋겠어." 그랬대. 그래서 배 선생이 모셔왔다고 하는 말을 형님이 하시더라고. 그래서 1948년부터인가 여기 연희대학 교수가 됐잖아? (1950년부터 60년까지로 되어 있던데요?) 그전부터 있었어. 처음에는 강사 하셨는지는 모르지만.

형님이 내게 하는 말씀이, "얘, 그 양반 참 대단한 분이니까 잘 배워."라 고 그러시더라고. 형님도 그이한테 배웠거든. "그이는 옛날 글을 좋아하 는 분이니까 나는 헨리 본(Henry Vaughan) 쓸게." 헨리 본을 그때 아무도 들쳐보는 사람이 없는데, 형님이 쓰신 거라고. 던(John Donne)은 너무나 써 먹어서 안 좋다며. 그리고 나보고 "알렉산더 포웁이 어떨지 모르겠다." 해서 읽었어. 구할 수 있는 책은 모두 구해 읽었어.

이경덕　최재서 선생님과 관련하여 4·19 이후에 생각이 달라졌다는 것이 구체적으로 어떤 것인지를 잘 모르겠어요. 해방 이전 30년대 말부터 친일 혐의가 있는 글을 많이 쓰셨고 ….

이상섭　45년 이전에 굉장히, 굉장히 많이 썼지.

김준환　영문학자로는 대단하신 분이라 생각합니다. 한데 30년대 말 즈음부터 글의 성격이 예전과는 … (조금 달라지지).『국민문학』및『전환기 의 조선문학』등 30년대 말 40년대 초 … (그때에는 완전히 갔지.)에 나왔던 글은 친일이라는 비판을 피해갈 수 없을 것 같았습니다. (그랬었지.) 그런데 4·19 때 과연 그게 갑자기 변했다는 말씀이신지, 아니면 연세대학교의 파워폴리틱스 내에서 바뀌었다는 말씀이신지요?

　　　　　　　　　　　　　　　　　　　　　　이상섭

이상섭　그렇게 해서 백 박사 쪽으로 가서 붙은 것이라고. 정석해 선생, 김윤경 선생에 반대해서 그쪽으로 슬슬 간 거라고. 그래가지고, 이미 이야기했지만, 그 당시 신문에 가끔 났어. 7인교수파라고 그랬어. 파워폴리틱스도 관계가 있었지.

이경덕　미국생활에 관해 여쭈어보겠습니다. 그 당시에 미국에 유학을 가시는 게 흔치 않았던 경우였을 것 같아요. 「평생 저축의 회고」에 그 당시의 생활을 흥미롭게 설명하셨지요. 저희 대학원 다닐 때도 아메리카로 가서 공부하고 오라고 권하셨고요. 당시 연세대학교에서 교수 생활을 하셨는데, 어떤 계기로 유학을 가시게 되었는지, 어떻게 3년 안에 박사학위 논문(*A Study in the Varieties of Literary Opinion in the Elizabethan Age*)[2]까지 쓰셨는지요?

이상섭　내가 1962년에 전임강사가 됐더니 "너희를 교수로 써주지만 빨리 아메리카 같은 데 가서 …." 미국이란 말을 아메리카라고 그랬지? 그건 최재서 선생 영향이야. 최 선생은 아메리카란 말을 꼭 썼거든. 나도 '아메리카'란 말을 자주 써. 하여간 학장이 나더러 미국에 가서 빨리 공부해야 된다고 했어. 그때 몇 사람이 특혜를 받아 전임강사가 됐거든. 이제 미국에는 가야겠는데 어떻게 하면 좋은가 했는데 미국 감리교 할머니들이 헌금을 모아가지고는 제3세계에 사는 불쌍한 사람들을 미국에 와서 공부를 시켜야겠다, 리더십 공부를 시켜야겠다, 학부 학생이 아니라 대학원 학생들을 공부시켜야겠다고 했는데 내가 그

---

2) 한국에서 출판할 때는 *Elizabethan Literary Opinion: A Study in Its Variety* (연세대학교, 1971)로 개제.

'글자에 매인'
즐거운 인문학자

301

장학금 시험을 봐서 마침 됐거든. 미국 감리교 재단이 세운 감리교 대학들이 몇 개가 있더라고. 그중에 나는 남쪽에 있는 대학에 갔는데 그게 에모리 대학(Emory Univ.)이야. 보스턴 대학, 듀크 대학, 노스웨스턴 대학들이 있었는데, 나는 괜찮은 남부 대학에 가야겠다면서, 에모리 대학으로 갔거든. 가면서도 무슨 소리를 했는가 하니, 나는 그저 미국 구경이나 가보는 거라고 하고 박사 한다는 말은 안했어.

8월에 가서 9월에 공부 시작했는데, 해보니까 괜찮더라고. 걔들이 그 정도야. 나는 그때 르네상스와 중세 문학이 재미났기 때문에 르네상스를 택했더니 대번에 무슨 책을 읽으라고 하더라고. 읽고 갔던 책이거든. 그래서 스펜서(Edmund Spencer)의 『선녀여왕(*Fairy Queen*)』, 다 읽었었거든. 다 읽고 갔는데 미국 애들은 처음 본대. 현대소설은 자꾸 읽는데, 그건 잘 모르더라고. 나는 두 번째 읽으니까 쉽게 빨리 읽어 치웠어. 거기 대해서 뭘 써오래. 도서관, 너무 좋지, 도서관에서 책 다 빌려다가 다 써가지고 냈더니, 괜찮대, 글 잘 썼대, 책도 많이 읽었대. 금방금방 했지 뭐. 그랬더니 "너 시험 봐라"고 지도교수가 그러더라고. "시험 봐야하는데, 어려울 텐데요. 어떡하면 좋겠어요?" 그랬더니 "네 실력 가지고 돼." 그래서 시험 보고 했더니 합격이래.

그런데 내가 아메리카에 가면서 이 책들을 한국에서 사갔거든. 『엘리자베스 시대의 비평(*Elizabethan Critical Essays, 2 vols.*)』이라는 두 권짜리 책인데, 스미스(Gregory Smith)라는 사람이 1904년에 편찬한 책이야. 그때 광화문 범문사에 갔더니 그 책들이 있더라고. 그래서 나가기 전 1963년 5월 3일에 샀어. '이 책에서 박사학위 논문을 구하지 못하면 나는 박사 못한다.' 이렇게 생각하고서는 그 자리에서 읽기 시작했어. 두세 번 읽으면서 노트를 했어. 너무 재미있었지. 나는 옛날 글 좋아하거든. 16세기 글하고 17세기 초의 글이었지. 그런데 책을 보니까 여러

이상섭

가지 잡설들이 혼란스레 난무했어. 그걸 되도록 다 담으려고 애를 썼지. 대가인 척하고 스핀건(Joel Spingarn)처럼 버티고 앉아서, "그 사람은 뭐라고 했는데, 틀린 말이다"라는 소리는 하지 않고, 있는 소린 모두 적었지. 그 방법을 아직도 계속해. 그래서 박사를 빨리 한 거야. 그냥 그 자리에 앉아서 썼지 뭐.

나보다 1년 뒤에 약혼녀가 미국에 와서 1년 동안 대학원 다니면서 공부했어. '이제 우리 합쳐야겠다.' 그래서 결혼식을 올렸지.[3] 나는 2년 동안 스칼라십 받았는데, 결혼하면 스칼라십이 끊어지게 돼있어. 그 다음에는 밥벌이가 될 만큼만 학교에서 그냥 일을 하고 살아가자 하면서 도서관서 일하면서 살았어. 저녁에 돌아와 타이프라이터 쳐서 가져갔더니, 우리 옛날 선생님들이 참 좋으신 분들이라, 내 지도 교수님이, "여기 이 글은 근사한데, 한국식이야. 여기는 조금 고치면 좋겠다."고 고쳐 주셨지. 그래서 내가 논문을 일찍 끝내놨어. 내 미국 친구들은 시험 끝나자마자 다들 취직해서 갔는데 나는 학교에 남아서 논문마저 쓰고서는 졸업식만 기다리고 있었지. 그래서 빨리 끝냈어.

김준환　　학위 후에 1년간 켄터키 주의 머레이 주립대학(Murray State Univ.)에서 영문과 조교수로 계셨는데, 그 당시의 이야기도 해주시면 합니다. 「대학 기초 교양과목으로서의 '문학개론', 어떻게 가르칠 것인가?」에서 그 당시를 회고하신 글을 보니, '문학 입문' 과목을 가르치셨더라고요? 거기에서 교재로 쓰신 책이 뉴크리틱들이 편집한 『문학 공부하는 방법(*An Approach to Literature*)』이더군요.

----

3) 부인은 김정매 교수, 로렌스(D. H. Lawrence) 전공자로서 동국대학교 영어영문학과 명예교수.

이상섭　내가 서른 살 났을 때, 켄터키 주에 있는 머레이 주립대학교 선생이 됐는데, 에모리 대학교 영문과 사무실 앞에 구인광고가 한 서른 장 붙었더라고. 박사님들을 모셔가려고 애썼는데, 나는 그 중에서 제일 처음 붙어있는 데다가 써 냈더니 나보고 와서 여름부터 가르치래. 본래 여름방학은 지나가는 거 아냐? 나는 옳다구나 하고 갔는데, 거기서 나더러 『문학 공부하는 방법』을 가르치라는 거야. 그 책 읽어보니까, 덮어놓고 책을 몇 등분 해가지고 처음부터 그냥 읽히는 거였어. 거기에 질문들이 아주 근사하게 돼있더라고. 알고 보니 그 사람들이 예일 대학에 있는데, 맨 처음에 밴더빌트로 갔던가? 그 중 한 사람인 브룩스(Cleanth Brooks)의 아버지가 머레이 감리교회 목사 노릇을 했더라고. 머레이에서 자라났어. 그리고 괜찮은 머레이 사람들이 밴더빌트에 가서 공부를 했거든. 우리 아버지 가셨던 데 아냐? 브룩스가 밴더빌트에서 랜섬(John Crowe Ransom), 테이트(Allen Tate)를 만났어. 그런데 그 사람들이 질문을 굉장히 잘했더라고. 그 질문을 대답하다가 보면, 결국 그 작품 잘 알게 되잖아? 그래서 그 질문들이 근사하다, 누구 질문이냐, 하고 봤더니, 뉴크리틱들이 그렇게 질문들을 잘 하더라고. 아주 시시콜콜하게 잘 하지. 그래서 나는 이 방법이 괜찮은 방법이구나, 문학방법으로는 뉴크리티시즘의 방법을 많이 따라야지 그랬어. 그래서 나중에 책도 하나 썼지. 뉴크리티시즘, 뉴크리티시즘 하는데, 기본 저서가 무엇들인지 찾아서 읽어봤어. 그래서 내가 다 적으며 다 썼거든. 그리고 『시의 이해 (*Understanding Poetry*)』도 그때 보았어.

이경덕　그런데 60년대면 미국 사회 전체로는 변혁기고, 실제로 60년대 미국 문단과 학계에서 뉴크리티시즘 시와 비평에 대한 비판적 목소리가 나오던 시기인데, 혹시 선생님 계시던 대학에서의 문학교육은 이런 변화와 무관하였는지요?

이상섭   에모리에서는 부쉬(Douglas Bush)라든지, 베이트(Walter Jackson Bate)라든지, 그런 사람들이 주도하던 세상이거든. 그러니까 신비평 비판하던 기세하고는 좀 다른 차원이었다고. 크리스천 휴머니즘(Christian Humanism), 그게 미국의 주류 사상이겠지. 쭉 그렇게 70년대까지 오다가 완전히 변했지만. (베이트가 에모리에 있었어요?) 아니, 하버드에 있었지만, 베이트의 책 가지고 우리가 공부했어. (저희도 그거 교재로 썼어요.) 그거 복사해서 팔았지, 여기서. (그러니까 선생님께서는 그런 전통 속에서 …?) 그렇지, 그게 이른바 크리스천 휴머니즘이란 거야.

연세대학교 임용부터 퇴임까지(1968~2002.2)

김준환   선생님께서 재직하신 동안 하신 일에 관해 질문을 드리려고 합니다. 우선 1979년부터 영어영문학과장, 93년부터 문과대학장으로 일하실 때 어떤 점을 강조하셨는지요? 선생님께서 학과장 일을 시작하셨던 1979년도 이후 교과 과정상의 많은 변화가 있었던 것으로 기억합니다. 일례로 1981년에 입학한 학부생들부터 『노턴 영문학 선집(The Norton Anthology of English Literature)』을 들고 다녔던 것 같습니다. 그 이전의 영문학사 강의는 영문학사 책 한 권을 가지고 작가와 작품 이름을 외우는 것이었습니다. 1981년부터 이 과목은 없어지고 '작품을 읽으며 배우는 영문학사'의 교재로 『노턴』이 사용되지 않았던가 싶습니다. 선생님께서 "문학 교육의 반성"과 관련하여 말씀하신 "작품을 자세히 읽는 훈련" 등이 당시 교과과정 개편의 중요한 철학이었는지요?

이상섭　　책은 가지고 다녀야 된다고 생각을 해서, 영문과 학생으로서 가지고 다닐 만한 책이 뭐냐?『노턴 앤솔로지』야. 1962년도인가 그 초판이 나왔거든. 우리 집에 낡은 책이 하나 있어. 시내에 가서 물어보니까 그 책이 인쇄된다고 그래서 그걸 사라고 했어. 그런데 사실 자랑스러운 거라고. 이렇게 끼고 베고서 낮잠 자도 될 만한 크기가 되거든. 그걸 모두 가지게 했어. 그냥 가지고 다니면 안 돼, 전체를 다 읽어봐야 돼. 그런데 자세하게 읽으면 더 좋겠는데, 그거는 못하겠고 그냥 "읽어보라"고 했어. 가지고 다니면 읽는 사람도 생기는 거니까 읽어보라고 했던 거야. 그 전에는『베오울프에서 토머스 하디까지(*From Beowulf to Thomas Hardy*)』같은 책을 가지고 다니는 사람들도 있었는데,『노턴』이 나와서 다 없애버렸지. 그게 아주 독점적으로 장사가 잘 됐다고 생각해.

이제는 교과과정을 바꿔야 되겠다고 해서 그때 내 어른 선생님들한테, "제발 그냥 쉽게 학부만 담당하시고, 대학원은 그만두세요."란 말씀 드리기가 참 힘들었거든. 그렇게 말씀 드렸더니 다들 그러신대. 그래서 대학원에 젊은 교수들을 많이 배치했거든. 그리고는 "많이 읽으세요, 많이." 많이 읽은 사람이 아메리카 같은 데 가면 다 읽은 것이 돼서, 두 번 읽기 때문에 훨씬 쉽다고.

그런데 영문학 공부는 앞쪽에 한 스무 장만 공부하고선 잔뜩 '콘사이스'를 찾아서 베껴놓은 거야. 나도 그런 책 갖고 있는데, 그렇게 해선 안 돼. 처음부터 다 읽어야 돼. 그래서 초서(Geoffrey Chaucer)도 읽고, 테니슨도 읽고, 다 읽어야 된다고 얘기를 했던 거야. 그래서 많이들 읽었지.

그런데 학과장 할 때는 참 잘 했는데, 학장 하려니까 잘 안 되대.

이상섭

뭐 서로들 막 다르고. 그래서 학장은 '아, 빨리 그만두고 말아야겠다'는 생각을 했거든. 데모도 자꾸 하는데, 못해먹겠거든. 사실 난 별 생각도 없었는데, 누군가가 학장 하겠다고 나서잖아? "당신이 나서면 내가 나서겠다." 그래서 내가 학장이 됐지만, 한 2년 하고는 그만두고 다른 사람을 시켰거든. 학장 할 때는 재미가 없었어. 변화가 불가능 하다는 걸 알아봤거든. "자, 여러분들, 교과과정 수십 년 묵은 거 좀 바꾸시오." 그랬더니 절대로 안 바꾸더라고.

김준환　무엇을 어떤 식으로 바꾸실 생각을 하셨는지요?

이상섭　만약 『춘향전』이면, 『춘향전』을 전체적으로 다 읽고, 그 다음엔 『서포만필』, 이렇게 책을 한꺼번에 읽을 수 있는데, 『춘향전』 하나만 딱 읽고 말더라고. 그럼 되겠나? 고대소설 하면 다 읽어야 돼. 한국의 전공자가 그거 읽지 않고서는 뭐가 되겠나? 그랬는데, 안 그러고, 안하고 말더라고. 그래서 '그만둬야겠구나.' 했지. 그리고 "지금 당장 공부하고 있는 거, 강의해도 좋다"고 했더니 강의 따로, 연구 따로야. 연구는 밖에 나가 논문 발표하는 데에 쓰고, 강의는 옛날 방식대로 계속하고. 안 하니까, 될 수 없어. 한 학기 내내 걸려서 돈 다 쓰면서 각 과별로 사람들 다 모아 가지고서 점심 내면서 무슨 얘기를 해도 소용없더라고. 아예 안 들어. 벽에 부딪힌 거야.

이경덕　언어정보연구원, 그 전신이었던 한국어사전 편찬실 실장을 하셨고, 나중에 언어정보개발연구원 원장도 하셨습니다. 『사전편찬학 연구』 1호 머리말에 어떻게 해서 연구원이 만들어졌는지를 설명하셨습니다. 문과대학의 다섯 선생님들께서[4] 「역사주의-포괄주의적 한국어

사전 편찬을 위한 기초 이론의 수립」이라는 공동연구를 시작하시며 사전편찬에 관심을 가지셨는데 …. 그 결과로 1988년 8월에 『(새 한국어 사전 편찬을 위한) 사전편찬학연구』 제1집을 발간하셨고 이후 『연세한 국어사전』 및 『연세동아초등국어사전』을 발간하셨습니다.

이상섭　1976년인가? 그때 박대선 총장 때에 나는 아직 30대였기 때문에, 30대 대표 중의 한 사람으로 40대, 50대, 60대가 모이는 데 갔는데, 나는 그때 "연세대학교가 진짜 문화 사업을 하려면 그냥 집이나 짓는 것보다는 우리가 한국어 사전을 편찬한다면 아무도 따라오지 못하고, 우리 학교로서 정말 진짜로 할 만한 일이요. 그래서 100주년인 1985년에 제1권이라도 나오면 얼마나 멋있어요?" 그런 얘기를 했는데, 조금 있으려니까 박정희는 죽고 전두환이 들어오면서, "박정희 패 다 나가라." 그러고서는 이우주 선생을 총장으로 만들었어. 그러면서 사전 편찬이란 말이 잊어지고 만 거야.

그러고 나서 연대 100주년이 지나갔는데 1986년을 101주년 기념으로, 또는 제2세기 창건하는 기념으로 사전편찬하면 어떠냐? 입학시험 채점 장소에서 그런 얘길 했거든. 국어사전이, 우리 선배님들이, 그거 하다가 돌아가신 분들이 많잖아? 잡혀간 사람들 중에서 상당한 숫자는 연대 출신이고 연대에서 가르치던 사람들이야. 그래서 내가 그 얘기를 했더니, 제2세기 때 우리끼리 하자고 했어. 그래서 그 당시에 새 총장이 안세희 총장인데, 내가 가서, 우리 사전편찬 하는 거 어떻습니까? 그랬더니 "어 돈 없어서 안 되겠어, 안 되겠어." 그러더라고. 그래서 "그만두쇼. 우리끼리 할 테요." 하고 나왔다고. 그게 1986년이야.

---

4) 남기심(국어학), 안삼환(독문학), 이상섭(영문학), 최영애(중어학), 홍재성(불어학).

　　　　　　　　　　　　　　　　　　　　　　　　　　　이상섭

그래서 돌아다니면서 학교 선생님들 문을 두드리고 들어갔는데, 요새는 다 컴퓨터로 하면 되지만 그때에는 컴퓨터가 없었지. "데모에는 전혀 관계없는 일인데, 연세대학교에서 국어사전 펴내면 어떻겠습니까?" 그랬더니 대답하는 사람 중에 딱 두 사람만 빼놓고는 다 "오, 좋습니다." 그러더라고. 그래서 "여기 비용이 들어가는데 혹시 비용을 좀 떼도 괜찮겠어요?" 그랬어. 그런데 비용은 거진 안 나왔어. 당시 아버님이 가산을 정리하시면서 우리한테, 아들 삼형제와 어머님한테 자기 집안 재산을 다 나눠 주시더라고. 그래서 내가 그 중에서 얼마를 가져다가 사전편찬실에다 집어넣었어. 그리고 나는 사전편찬실 총무라고 이름을 붙이고, 사전편찬회라는 걸 만들어가지고 가끔 같이 이야기를 했거든. 돈은 처음엔 내가 냈지. 『사전편찬학 연구』라는 책을 내면서 그거로 연구비를 받아가지고 일부를 뗐어. 그래서 한 3년을 그렇게 계속했는데 총장이 바뀌더라고. 총장이 누군가 하니 박영식 총장 아니야? 박영식, 나와 참말 친하거든. "박 총장, 사전편찬실 합시다." 그랬더니 하래. 그래서 사전편찬실이 독립적으로 해야 되겠다고 말했는데, 사실은 나는 국학연구원 회원이 되려고 그랬더니 '너는 자격 없어. 영문학 하는 사람이 뭐 하러 여길 들어와?' 그러더라고. 그래서 못 들어가고, 동서문제연구원의 회원이 됐다고.

사전편찬실을 국학연구원하고 같은 레벨로 해달라고 했지. 그러지 않으면 사무직원도 안 오고, 장소도 없고, 컴퓨터도 안 생겨. 그래가지고 최란이라고 하는 직원하고 둘이서 같이 했지 뭐. 나 그때 장부책 아직도 가지고 있어, 돈이 얼마큼 들어와서 얼마큼 나갔고 …. 1989년이 되니까 교책연구소가 되어가지고 예산도 나오고 나도 좀 벗어나고 …. 그 다음엔 내가 사전 편찬을 위해 영국에 가봐야 돼서 영국에 갔지. 영국에 가서 연구소 열 군데를 다녔거든. 결론적으로 "코퍼스(corpus)를 만들어야 된다"고 했지.

코퍼스를 한국말로 "말뭉치"라고 번역한 거라고. '말뭉치 언어학'이란 것도 만들고. 촘스키 영향이 절대적인 우리나라 언어학 사전에는 그런 말이 안 나왔어. 사전을 편찬하면서 『사전 편찬학』이라는 잡지를 창간했어. 열권까지 냈거든. 내가 연대에서 나올 때까지 냈는데, 그 후에는 달라지고 안 내고 그래.

그래서 내가 진짜 보람 있는 일을 했다고 하는 건 말을 정리해가지고 국어사전을 만든 거야. 한국어, −국어라고 하는 말은 일본말이야.− "한국어 사전이다, 한국어 사전!" 그랬더니 요사이 "한국어"라는 말 쓰잖아. Korean Language니까 한국어가 맞거든. 말뭉치도 만들어야 돼. 말뭉치 안 만들면 안 돼.

그래서 『연세한국어사전』, 『연세초등국어사전』이 나왔지. 그 초등국어사전은 굉장히 수지맞는 작업인데, 내가 거기 3만 5천 말을, 틀린 말도 있지만, 거진 다 직접 썼어. 쓰고 또 쓰고 … 실제로는 새가 '짹짹'하고 고양이는 '야옹야옹'한다고 써야 되잖아? 그런 글을 사전에다 써넣었지. 그런데 국립국어원의 사전을 볼 거 같으면, 무슨 과에 속하는 뭐가 어떻다고, 생물학 책에 나오는 생물학 연구 보고 같아 난 보지도 않아. 써넣어야 되거든. '국화' 하면 "가을에 피는 꽃인데 노란 색깔과 하얀 색깔이 제일 많고 냄새가 아주 좋다"는 말을 썼다고. 한국어사전에도, 초등국어사전에도 그렇게 썼어.

이경덕　선생님 약력에 보면 아시아사전편찬학회(Asian Association for Lexicography) 회장을 하셨는데, 이것도 거의 이 시기에 새로 만들어진 거네요?

이상섭

이상섭　　그런 거 그때 만들고 있었는데, 주로 거기서 얘기하는 것은 영어사전을 어떻게 번역해서 낸다는 얘기였어. 그래 내가 홍콩 옆에 있는 중국 광동 외국어 대학이란 데를 갔어. 나더러 회장 좀 하라고 하는데 "나는 회장은 안하고 부회장은 하겠다."고 했더니 나더러 맨 처음엔 부회장 하라고 그랬고 내가 연세대 퇴임 거진 가깝게 됐을 때 2년 후에 회장하라 하더라고. 그래서 회장하면서 내가 그 학회를 연세대학교에서 개최했지. 그러는 수밖에 없었어. 우리 집 아이와 내가 같이 했어. 그러곤 한국어 사전 학회가 없어서 창립을 해야겠다며 내가 만들었어. 내가 돈 내서 직접 만들었어. 지금도 일을 하고 있어.

　내 생각에는 내가 가장 독립적으로 한 일은 사전편찬이야. 사전을 내가 직접 썼으니까. 그건 크게 자랑할 만한 일이지. 그런데 딴 사람들은 아직도 못하고 있어, 내버렸어. 말뭉치도 이젠 간단해졌어. 국가말뭉치도 생기고. 그런데 그런 걸 가지고 아직도 못 쓰더라고. 나는 우리 말뭉치로 사전을 만들고 썼어. 2천만 마디가 넘어가서 나 사전하겠다며 여러 곳에 점을 찍고 다녔는데, 마지막으로 두산동아에 갔다고. 서창렬 알아? 연대 영문과 출신이야. 거기서 사전 출판하는 친구인데, "우리 박 상무한테 잘 말하세요." 그러더라고. 그래서 내가 그분을 만나서 자꾸 얘길 했더니, 1992년에 돈을 10억 주겠다, 그러잖아! 인문학 선생이 돈 10억 받은 것은 전무후무한 일이야. 아직도 없어. 10억을 탁 받아가지고 학교에 들어놨는데 송자 총장이 신이 났어. "야, 너무도 좋구나." 총장 자기가 500억원을 만들어놓겠다고 했는데, 10억을 거기다 척 집어 넣었잖아! 그게 처음이야. 그래서 장소가 좁으니까 어학당 가서 쓰래. 정비해놓겠대. 어학당 아래층을 우리가 차지했지. 그래가지고 거기다가 헌 기계들 갖다 놓고 사람들이 들어가 앉았거든. 그래서 일을 시작했어.

　그런데 두산동아에서 딱 5년 말미를 줄 테니 5년 동안에 원고를 끝내서 가져오지 않으면 그날부터 역추적해서 돈을 찾아간대. (웃음) 바로 5년 후 그날 저녁때 갔다냈어. 원고를 갖다냈더니, 그 사람들이 원고를 만지고 다듬어 지금 한국어사전 보는 대로 잘 꾸며놨다고. 그 사람들이 수고 참 많이 했어. 그런데 우리 이름을 밝히지 않고 자기네들 이름만 거기다 써 냈더라고. 그래서 다시 찍을 때는 다시는 그러지 말라고 했지. 돈 달라는 말에 다 빼더라고. 그래서 그렇게 된 거야 …. (지금은 수입도 꽤 있는 거 같던데요?) 그거 가지고 겨우 유지해나가.

김준환　선생님께서 연구하셨던 신고전주의 시대에 사무엘 존슨 (Samuel Johnson)이 사전을 혼자 만들지 않았나요?

이상섭　존슨을 내가 흉내를 낸 바가 조금 있어.

이경덕　옛날에 저희 대학원 때니까 1983년에서 85년? 그때 정도인데, 최현배 선생님 말씀 자주 하셨던 것 같고, 수업시간에요, 사무엘 존슨 사전에 관련된 얘기도 간간히 하셨죠. 그때가 바로 이걸 ….

이상섭　존슨이 일하던 그 자리에 갔었다고. 구경했다고. 찾아갔었지. 대단한 양반이야. 존슨이 혼자 썼거든. 보통사람이 아니지. (선생님도 마찬가지죠.) (웃음)

김준환　이제 문학연구에 관한 질문을 드릴까 합니다. 문학원론, 비평사, 평론 등 문학연구에 있어서 다양한 분야에 걸쳐 상당한 분량의 책을 쓰셨는데, 어쩌면 선생님께서 스스로를 칭한 명칭들을 이해하는 것이 이런 저술들을 읽는 열쇠가 되지 않을까 합니다. 예를 들어, 선생님께서는 영미문학 내지 비평사 전공자라는 표현 이외에 "실용주의자," "경험주의자," "한글주의자," "기독교 신앙인(감리교)"이라고 스스로를 표현하셨는데, 이러한 면들이 선생님께서 하신 (영)문학 연구와 어떤 관련성이 있는지요?

이상섭   아, 그 실용주의자라는 말은, 번역이 잘 안됐지, 프라그마티스트(pragmatist)라는 건데, 나는 거기에 관련 없는 자가 아니라는 그런 얘기고, 경험론자라는 말, 경험주의자라는 말도 엠피리시즘(empiricism)이라는 말이야, 영국적이지. 엠피리시즘이나 프라그마티즘(pragmatism)이나 다 마찬가지지 뭐. 다 영문학에서 배운 거 아냐? 그런 거지 뭐.
  나는 옛날부터 한글주의자야. 내가 한자 섞어서 글을 쓴 건 미국 가기 전에만 그랬어. 갔다 와서는 절대로 안 썼거든. 그랬더니 "이거 한자는 좀 섞어 써야 되겠습니다."라고 괄호를 집어넣은 사람들도 있었어. '나는 감리교인이다'라는 얘기를 내가 안했을 리 없어. 영문학 연구에서 배워온 거지. 크리스천 휴머니즘에서 온 말이지. '한글로 글쓰기'는 영문학에서 온 것이 아니라 나는 본래부터 우리말로 써야 되겠다는 생각을 하는 사람이거든.

이경덕   영문학의 본령이 영국식 경험론이라서, 대륙식의 무슨 합리론이라든지 관념론이랑은 다른 것이라는 말씀인지요?

이상섭   그런 거랑은 관련이 없어. 프란시스 베이컨(Francis Bacon)부터도 그런 사람 아냐? 그리고 영국이 그런 데가 있거든. 내가 좋아하는 셰익스피어도 그렇고. 그래서 자연스럽게 그리로 간 거야.

왼편부터 둘째가 서울대 국문과의 정병욱 교수(연희전문 문과 선배님), 넷째가 이상섭, 다섯째가
성균관대 영문과의 김형국 교수(연희대학 영문과 선배님)

김준환   옛날에 선생님께서 영국식 "상식"(common sense) 말씀을 많이
하셨던 것 같은데 …. 이것이 크리스천 휴머니즘하고 통하는 것인지요?

이상섭   그렇겠지. 그런데 내가 철저하지 못해서 그럴 건데. 칸트의
『순수이성비판』은 나 한 페이지 읽다가 집어 치웠어. 안 읽었어. '무슨
소리가 이렇게 복잡한가?' 그러고 말았거든.

이경덕   사서삼경이나 이런 건 또 다 읽으셨다면서요.

이상섭   아 그거는 상식적이고 근사한 얘기야. "연이불왕자미지유야
니라" 그런 이야기는 근사하기 짝이 없어. 그런 거 많이 읽었어. 지금도
읽어. (유교 전통일 텐데요) 유교적이라고 하는 게 기독교 사상하고 통하는

데가 있다고 "사람이 본래 제대로 타고 나야 된다."고 하는데, 타고나야 하는 건 아니지만, "사람은 잘 길러져야 된다, 교육을 받아야 된다"는 게 유가 사상인데 그 이상은 잘 알지 못해.

이경덕　사실 현대 이론들이 다 독일 철학이나, 좀 철학 쪽으로 치우쳐 가지고 …. 그러니까 선생님의 크리스천 휴머니즘이랑 좀 안 맞을 수도 있겠죠. 상식 자체를 비판적으로 보고요 ….

이상섭　하지만 나는 언어 자체를, 영어 자체를 아주 좋아한다고. 그런데 하이데거(Martin Heidegger)나 라캉(Jacques Lacan) 같은 사람들을 읽으려면 우리가 독일어, 불어를 알아야 되잖아? 독일어, 불어는 우리가 그만큼 몰라. 그래서 독일어, 불어를 번역으로 읽잖아? 내가 독일어, 불어 잘 못하는데 억지로 불어를 읽을 정도지, 독일어도 억지로 읽을 판이야.

김준환　다음 질문입니다. 선생님께서는 이 땅에서의 영문학은 "한국의 학문의 하나"라고 말씀하신 적이 있습니다. 영문학자이지만, 한국의 문학교육에 대해 지속적으로 논의하셨고, 한글사전 편찬, 계획하고 계셨던 『현대한국문장인용사전』 편찬도 이와 연관이 있을 듯합니다. 그런데 영문학은 그 역사적 배경 및 언어가 다르니 한국에서는 당연히 '외국문학'으로 다루어지는 것이 아닐는지요? 또한 일찍부터 영문학은 영어로 가르쳐야 한다는 신념을 펼치기도 하셨는데 한국에서의 영문학이라는 문제와 관련하여 말씀해주시기 바랍니다.

이상섭　영문학은 우선은 문학이니까 한국어로 이해할 수밖에 없잖아? 그런 조명을 받아야 된다고 했어. 교육방법에서는 영어를 많이 쓰라는 것이 사람들에게 영어교육을 시키기 위해서 하는 얘기야. 그 점에서 두 가지가 좀 달라.

요즘 와서 생각해보니까 그렇게 되데. 결국은 인문학의 하나거든. 세상의 모든 학문을 다 배운다고. 영어로 배우든, 중국어로 배우든, 일어로 배우든 다 마찬가지 아냐? 그래서 결국은 다 한국 사람을 위한 한국의 학문이 되지 않았나? 내가 봐 왔던 것은 그런 것이라고 생각할 수 있지. 그런데 영어는 영어대로 또 가르쳐야 하는 부분이 있잖아? 그래서 그런 말을 했던 거라고.

그래서 반드시 우리 학문하고 우리 생각하고 연관을 시켜야 돼. 그러지 않으면 한국 학문 되기는 글렀다고. 이를테면 하이데거 얘기를 해도 우리나라 말에는 이런 게 있고 우리 속담에는 저런 게 있다는 얘기를 한다든지, 그런 말 꼭 해야 한다고. 그리고 예를 반드시 한국작품에서 들어야 한다고. 그런데 한국작품을 꽤 잘 알지 않아가지고서는 그렇게 잘 안 돼. 뜬금없는 소리가 되거든. 그렇지 않아? 하이데거가 이런 말을 했다고 얘길 암만 해봐야 무슨 소용이야? 우리말에는 이런 게 있는데 하이데거가 해석한 데 의하면 이런 말이 되겠다고, 조금 다르다고, 그런 생각을 좀 알아야 한다고. 나는 으레 그런 말을 하곤 했는데, 요새는 못해. 힘들어 못해, 한국문학을 알지 못해서. 한국문학은 1985년에 끝났어, 옛날엔 조금 했지. 용어사전에서 주로 그런 얘기를 많이 했더라고. 홍길동전 얘기도 하고 춘향전 얘기도 하고 장만영 얘기도 하고 그랬는데, 그 후엔 내가 하질 못했어. 그런데 2001년에 용어사전 증보판을 내면서 그런 얘긴 안 했다고. 내가 알지도 못하는 소리를 함부로 할 수는 없거든. 그런데 새 판에 새 용어들은 넣어야 되겠다 해서 넣은 거라고.

이상섭

김준환　영문학이 한국 학문의 하나가 되려면, 한국을 잘 알아야 되고, 한국 문학을 잘 알아야 되는 거네요?

이상섭　그럴 수밖에 없어. 한국에 대해서 꽤 잘 알아야지. 서양 사람들이 잘 하잖아. 그 사람들은, 말하자면 제이머슨(Fredric Jameson)이라고 하는 사람은 불문학을 가르치는데 영문학 얘기를 굉장히 많이 자신 있게 하더라고 그만큼 공부를 많이 했어. 자기네 걸 잘 아는데, 한국에서는 상당히 많은 사람들이 서양에 대해 얘기를 하면서 한국에 대한 얘기는 별로 안하더라고 잘 모르니까. 그래서 달라지는 거라고. 서양의 다른 나라 사람들은 자기 나라, 영국 사람들이라면 영문학에 대해서 잘 알고, 예를 잘 든다고. 우리에게 공허하게 들리는 이유가 그러한 관계가 없다는 거야. 그런데 두 선생이 한국문학을 잘 연구하니까 얼마나 잘 됐어! 잘 한 거라고 생각해.

이경덕　현지에서의 언어사용, 특히 발음을 존중해야 한다고 하셨는데, 이를테면 "제임슨"은 "제이머슨"으로, "그리스"는 "헬라"로 불러야 한다고 하셨습니다. 얼핏 보면 한국 학문의 하나로서의 영문학이라는 생각과 다소 다른 것처럼 보이는데, 혹시 관련된다면 함께 말씀해 주시기 바랍니다.

이상섭　Jameson을 우리는 제임슨이라고 읽고 싶은데, 제이미슨, 제이머슨이라고 읽더라고. 코울리지(S. T. Coleridge)라고 읽는데, 영국서 나온 사전을 보라고. 콜러리지야. 그게 영국 발음이야. 코울리지는 미국 발음이고 영국에선 콜러리지야. 그리고 그리스는 영국 사람들이 멋대로 부른 이름인데, 그라이케아, 그라이키아 같은 건 헬라스어야. 우리나라

말에서는 다 헬라, 헬라 그랬는데, 그게 갑자기 변해서 영미 식으로 그리스라고 해. 자기 나라에서는 헬라스라고 하잖아. (응원할 때 보면 헬라, 헬라 해요.) 그래. 그래서 원어에 가깝게 한다는 말은 그거야. 그리고 '스코틀랜드'와 구별할 때는 '잉글랜드'야. 스코틀랜드를 영국이라고 하면 이상하게 여기거든, 기분 나빠 하더라고. 그래서 셰익스피어 번역하면서 '잉글랜드'라고 번역해. 왜 그런가 하니 잉글랜드는 오른쪽 아래 그 땅만 가지고 있었어. 스코틀랜드만 아니라 웨일스, 아일랜드도 다른 나라였는데 17세기 초에 스코틀랜드 왕이 런던에 와서 임금이 되면서 나라 이름을 '연합 왕국(United Kingdom)'이라 했다고.

이경덕　　선생님의 저서에 관한 질문을 드릴까 합니다. 1972년에 동시에 발간된,『문학 연구의 방법』과『문학의 이해』에 관해서 …. "문예비평이라는 지적 작업을 하나의 정신과학으로, 적어도 하나의 인문학으로 옹립"하고자, 혹은 "학술적 뼈대가 있는" 저술을 지향한다고 하셨지요. 그리고 보면 선생님의 저술은 비평방법론을 다룬 점에서 처음부터 메타-비평적이고 또 여러 비평방법론을 상호비교하면서 포괄하는 측면을 가지고 있는 것 같습니다. 일례로 연구방법론의 경우 역사주의/형식주의/사회·윤리주의/심리주의/신화비평으로 나누시고, 문학 평가의 경우 모방/효과/표현/구조를 그 기준으로 제시하고 계십니다. 이 후자의 기준은 나중에 비평사를 쓰실 때에도 모든 비평이론의 갈래를 나누는 "초역사적" 기준이 되고 있는 것 같습니다.『문학이론의 역사적 전개』(1975)에서는 "체계의 불변성"이라는 말씀도 하셨고, 그런 면에서 하나의 "문학이론"이라고 하셨는데요. 이러한 포괄성과 체계의 불변성에 대해서는 지금도 같은 생각을 가지고 계시는지요?

이상섭

이상섭　　아니지. 지금은 절대로 못해. 그런 관심도 없고, 내가 그만큼 읽지도 못했고. 그건 다 옛날 얘기야. 지금은 40년 묵은 얘기잖아? 다 옛날 얘기지. 그때가 좋았어. 그런데 '지금 나도 좋다, 지금 벗어나서 잘 됐다'고 생각하고 있어. 내가 뭐가 대단하다고, '메타-비평적'? 그런 말 못해. '문학 이론의 역사적 전개'도 말하지 못 해. '체계의 불변성?' 그런 말 했던가? 나쁜 짓이지. (일동 웃음) 지금은 못 그래. 내가 시험적으로 '그런 말은 할 수 있으면 해볼까? 부끄럽지만, 여러분들이 판단해요. 여러분의 생각도 그렇게 굉장하지도 못 해요.' 그런 생각을 해. 금방 누가 반박할 수도 있지 않아? 반박할 수 있다는 것은 허술하단 얘기야. 그래서 1970년대에 내가 이런 저런 글을 썼는데 지금은 그러지 못해. 그러지 못하는 게 다행이라고 생각해.

옛날에 문학개론이라는 이름으로 참말 여러 가지 책들이 번역돼서 나왔는데, 하나도 쓸 만한 게 없었고 너무나도 시원찮았어. 그런 나한테 문학개론을 가르치라고 하더라고. 그래서 책들을 보니까 너무 재미가 없어. 그런데다 한국 얘기는 하나도 없어. 그래서 내가 아는 만큼 한국 얘기를 넣어가지고, 학생들한테 가르치려면 체계라는 게 조금이라도 잡혀야 되지 않겠어? 그래서 두 가지 책이 생각나더라고. 하나는 그 무슨 '연구방법,' 이런 것도 내고, '문학의 이해,' 이건 상당히 쉬운 거라고. 'Understanding Literature'거든. 그래서 그건 남의 책도 흉내 냈는데, 다만 좀 새롭다는 건 우리 작품 이야기 가끔 써넣고, 그래서 한 거지 뭐. 옛날 얘기야.

아, 그 위아래로 내려서 인쇄한 글, 요즘 사람들은 읽지도 않아. 그런데 『문학의 이해』는 요 몇 년 전에도 판권을 나한테 사가고 그러더라고. (그 책은 아주 잘 읽히는 문체에다가, 여전히 도움이 많이 되어요.) 내가 한국문학에 대해서 조금 언급했던 것이 좀 다른 거야. 옛날 일본말로 된 책은 한국문학이 일언반구도 없거든.

이경덕　요즘은 문학이론의 기준은 이런 게 있어야 한다는 생각은 안하시겠네요?

이상섭　어이구. 그렇게 보면 그렇게 볼 수도 있고, 이렇게 보면 이렇게 볼 수도 있고, 그런 물건이지 뭐. 사람이 그렇잖아? 사람이 만든 물건이니까 더욱이 그렇지. 그래서 나는 뭐 대단한 자가 아니야. 그리고 존재했던 자는, 셰익스피어를 포함해서, 지금 읽어보면 재미가 나. 한국의 내가 읽어도 재미있어.

요샌 셰익스피어 읽으면서 재미를 봐. 그래서 지금 셰익스피어를 4.4조로 번역하고 있는데 지금 희극 끝에 와있어. 번역을 세 번째 읽은 거야. 자꾸 읽으면 아, 이게 틀렸는데, 재미가 없는데, 하면서. 셰익스피어는 참 재미나게 썼거든. 재미가 없으면 셰익스피어가 쓰지 않고 다른 사람이 쓴 거, 와전된 거, 뭐 그따위 소리 하잖아? (웃음) 셰익스피어도 실수할 때가 있거든. 그런데 최근으로 올수록 편찬자들이 운문에 대해 참 말을 많이 해. 공연해야 하니까. 신나게 거침없이 말을 해야 되거든, 척척척. 우리도 그래야 되니까 그렇게 번역해야 돼.

김준환　선생님께서 "체계의 불변성"을 언급하신 것은 그것을 그 자체로, 이론으로서 중요하게 생각하신다기보단 설명하기 위한 도구라는 말씀 ….

이상섭　그렇게 생각하라고. (웃음)

이경덕   문학이론과 문학사의 관계는 어떤 것이어야 할지요? 엘리엇 (T. S. Eliot)은 17세기 형이상시와 신고전주의를 살리는 대신 낭만주의 시를 문학사에서 배제한 셈이고, 루카치(Georg Lukács)는 모더니즘과 신고전주의를 배제한 셈인데, 이러한 문학사적 배제 자체가 이론상의 결함인지요? 특히 선생님께서 루카치를 좀 비판적으로 보시는 데가 있어서요.

이상섭   넓게 보면 다 관련이 있겠지. 난 루카치를, 우리나라에서 논의가 되기 전에 처음 읽었어. 1980년에 읽어보고는 '아, 이 사람이 무슨 소린지 모르고 썼구나. 아니 이런 반대 예가 있는데 …' 그러니까 헝가리에서 나서 독일에서 공부한 독일 스타일이야. 그러니까 매우 관념적이 되어있거든. 실제로 이런 게 있는데 그 사람이 이건 안 읽었구 나. 여기서도 지적했지만 그는 모더니즘하고 신고전주의는 버렸는데 그 신고전주의하고 모더니즘에 버릴 게 뭐가 있어? 재미나잖아? 그건 그것대로 아주 근사한 얘긴데. 그래서 나는 모더니즘도 읽는다고, 낭만주 의자도 근사하다고. 엘리엇은 낭만주의를 버렸다고 하는데, 낭만주의는 낭만주의대로 근사해. 탐미주의, 유미주의라지만, 그것도 근사하잖아! 그거의 후예가 예이츠(W. B. Yeats) 아냐? 그것도 근사하잖아! 멋있는 데가 있어서, 읽을 만한 데가 있어서, 세상에 나왔잖아! 그런 것도 읽을 마음이 돼있어야 해. 버리고 거르고 하면 사람이 편벽해져. 나는 초서가 좋으면 초서 시대의 다른 작품들도 좋고, 스펜서도 아주 기분 좋거든. 밀턴(John Milton)도 상당히 좋고, 밀턴을 반대했던 닥터 존슨(Dr. Johnson) 도 괜찮다고 근사해서 『인간 소망의 덧없음(The Vanity of Human Wishes)』 을 재미나게 보는 거야. 조금 조정을 다르게 하면 돼. 그 누가 "욕설도 시가 된다"는 소리 했잖아? 욕설도 시적인 감흥을 느껴야 나오는 거야.

바로 거기서 내가 시작한다고. 비평이론 자체가 지향해야 할 부분들은 모든 작품들을 그 작품 나름의 목소리를 찾아주고, 평가해줘야지. 이런 비평이론일수록 좋다고 생각해. 즐겁잖아? 내가, 내 느낌이! 아, 그 마음, 읽고픈 마음이 되면 아주 기분 좋거든. 언제나 그 기분 좋은 게 매우 중요하거든. 내 기분에 맞으면 언제나 좋거든. 즐거워야 돼. 고민하면서 읽으면, 읽기 싫은 걸 억지로 읽으면 재미없어. 난 옛날에 한문도 상당히 좋아했는데 나 대학 1학년 때 우리 선생님이 추성부(秋聲賦)나 적벽부(赤壁賦)를 척 적어줬는데, 너무나도 즐거워서 좋았어.

김준환 그런데 영국 비평사는 옹호론적인 성격이 강하잖아요? 그냥 즐겁게 읽으면 되는데 왜 이렇게 옹호를 해야 했는지요? 시드니(Sir Philip Sidney)도 그렇고 셸리(P. B. Shelley)도 그렇고, ('변호를 많이 했지.') 예. 그러니까 그게 뭔가, ('찜찜한 점이 있지?') 있는 대로 즐겁게 읽으면 될 것인데, 왜 그럴까요?

이상섭 내가 "옹호"(defense)라고 하지 않고, 박사논문의 제목을 "복잡한 다양성 연구"(A Study in the Varieties)라고 했거든. 혼잡한 얘기들이 많이 들어가 있는데 그것도 다들 즐겁잖아? 이 사람 저 사람 서로 상반된 얘기를 하는데, 그 얘기도 어느 정도는 옳고, 저 얘기도 어느 정도 다 옳고 그렇지 않아? 창조도 옳고 도덕론적 옹호도 근사하다 이 말이야. 좋잖아? 그게 '철저하지 않아서' 그런 거야. (웃음) 딱 끊어서 버리지 못해서 그런 거야. 그 사람들이 하는 얘기가 너무나 다양해서 즐겁거든. 심각하게 떠드는데, 떠드는 얘기가 나는 재미가 나거든. 내쉬 (Thomas Nash)가 떠들어대는데 재미나. 스텁스(Philip Stubbs)가 떠들어대는데 나한테는 근사했어.

이경덕　　비평이론 자체를 일종의 작품으로 생각하면서 즐기시는 거네요?

이상섭　　옛날엔 그랬어. 지금도 조금은 그래. 그런데 요새 비평이론은 즐겁지도 않고 무슨 소린지도 모르겠어. 막 어려운 얘기가 나오는데, 야, 이건 내가 힘들어서 모르겠다, 그만두겠다고 했어. 게다가 어렵게 써야 글이 되는 거 같아서 그러잖아? 무슨 소린지 모르게 써야 되잖아? 그래 되겠어? 창작을 해야지. 내가 창작 얘기를 했지?

이경덕　　그래서 이론이나 평론도 창작이라고 하는군요. 그걸 많이 강조하신 것 같아요.

김준환　　『문학비평용어사전』을 1976년에 만드셨는데, 다른 용어사전들이 원서를 베끼는 수준에 있었다면, 이 책은 그야말로 "한국의 학문의 하나"로서의 영문학이라는 말이 실감나는 획기적인 책입니다. 용어들을 우리말스럽게 바꾸려고 애쓰셨고, 한국문학에서 많은 예를 드셨습니다. 그야말로 실용적으로 문학연구에 도움이 되는 책을 내시려고 애쓰셨다는 생각이 듭니다. 『문학비평용어사전』을 내시게 된 계기가 있다면 말씀해주시기 바랍니다.

이상섭　　친구였던 민음사 박맹호 사장하고 가끔 얘기를 했거든. 그 양반이 나보고 "문학 용어 사전 같은 거 하나 내시라"고 하더라고. 그래서 "내가 내년 8월에 미국에 가게 되었는데, 그 전에 내가 쓸 수 있는지 모르겠지만 써보겠다"하고서 앉아서 그냥 쓴 거야. (웃음) 비평 어휘를 한 2, 3백 개 골라서 쓰기 시작했는데, 남의 책 보지 않았거든.

내가 아는 만큼 쓰고. 다만 한국문학의 예는 조금씩 들었더랬지. 그래서 냈더니, 서울대학의 아무개 교수가 비슷한 시기에 책을 또 내더라고. 그것은 번역한 거고, 그 사람이 쓴 게 아니고 딴 사람이 그 사람 이름으로 낸 거야. 그런데 내 책에 대해 평이 좋더라고. 그런데 그 후, '공부를 더 해가지고 써서 보태야지, 보태야지.' 하면서 어떤 일이 바빠서 안 썼다고. 그러다가 그 일이 끝나서 그 책에다 몇 가지를 붙였는데 그건 재미가 없었어. 해체론이니 뭐 그런 소리를 조금씩 썼거든.

이경덕　평론집 『말의 질서』(1976)와 『언어와 상상』(1980)을 내시고 나서, 1980년대 중반부터 10년간에 걸쳐 대작 『영미비평사』 1·2·3권을 쓰셨습니다. 비평사를 쓰시는 가운데 『자세히 읽기로서의 비평』(1988)이 묶여져 나오기도 했습니다. 게다가 당시에 매달 작품 월평도 계속하고 계셨다고 들었습니다. 엄청난 다작의 시대가 아니었나 싶습니다. 먼저 비평사와 관련하여, 『영미비평사』를 쓰시게 된 계기, 취지, 방법론, 그리고 "학문으로서의 비평사"란 어떻게 생각하고 계시는지 ….

이상섭　내가 영미비평사를 오래 가르쳤어. 한번 정리해야겠는데, 늘 보는 식으로 정리하지는 않겠고 나는 내 식이 있다고 하면서, 그게 뭐냐 할 것 같으면, 비평하는 사람들, 옛날 사람들, 그 사람들 목소리가 난 참말 듣기 좋았어. 18세기 사람, 17세기 사람들 말이 다 있잖아? 대가입네 하는 사람들은 그런 말들을 요약해서는 '얘는 이런 소리 했는데 저리로 가라'는 식으로 남의 말을 평가하는데, 그렇게 하지 않는 게 내 방법이야. 그래서 버라이어티즈(varieties)지. 여러 가지 복잡다기한 것들이라고. 그 사람들의 생각들이 조금씩 변하면서 조금씩 달라지거든. 그러면서 그 당시를 폭넓게 얘기하거든. 나는 그게 재미나. 그래서 그대로 옮긴 거라고. 그래서 그게
『영미비평사연구』라는 책인데,
그냥 '비평사'라고 이름을 고치
라고 하잖아? 난 계속해서 연구하
니까 1·2·3·4권, 몇 번에 나올 수
있다면 나오겠고, 그러다가 죽으
면 그만이겠지. 그런데 1·2·3권
에서 그치라고 하잖아? 그중에 한
권이 그 뉴크리티시즘이야. 도대
체 그게 뭐냐 해서 나는 그 얘길
한번 하고 싶었어. 읽지도 않고
먼저 반대부터 하는데, 자세히 읽
어보겠다고 하고서 처음부터 다시 읽었거든. 읽었더니 재미나는 얘기도
있고, 그 사람들 하는 얘기도 재미난 얘기들이 많았거든. 그 얘기를
그 책에 썼다고. "뉴크리티시즘은 안 읽어도 돼" 하고 안 읽는다면
할 소리 없고. 내가 직접 읽어봤어. 대표적으로 읽었어. 한국에서는
안 읽으니까.

그 밖에도 그렇게 안 읽은 책이 많아. 비평사도 그렇잖아?『르네상스와
신고전주의 비평』이란 책에서 한국에서 구해볼 수 없는 책은 뺐어.
왜냐하면 육성이라고 암만 부르짖어도 거짓말하는지도 모르잖아? 그래
서 뺐지. 그리고 신고전주의에 대해서 다 아는 얘기, 한국에서 익히
들어왔던 책 얘기, 그런 얘기들을 가져다 썼거든. 그리고 뒤에다가
또 못 미더워서 부록으로 많이 그 사람들 말을 붙였거든. 일부러 그렇게
붙인 거야. 그거 교정하느라고 수고 많았어. (웃음) 누구는, "그렇게 하는
법이 어디 있어? 틀렸어. 너무나도 같은 얘기만 했다"고 하는 사람이

있었어. 나는 "한국에서 구할 수 있는 책만 가지고 합니다."라는 말은 안했는데, 그 사람은 결국 책을 안 냈거든. 나는 여러 사람들한테 같이 읽자고 말씀드린 거라고.

김준환　보충질문이 하나 있는데, 선생님께서 책을 출판하실 당시는, 문학하는 사람들도 사회과학공부를 많이 했던 시절이었습니다. 영미비평계에서도 제임슨(선생님 식으로는 제이머슨이지요)이나 이글턴(Terry Eagleton), 이런 쪽의 책들도 많이 복사해서 읽었고, 창비계열과 문지계열이 서로 이념적으로 대립하던 시절이었던 것 같습니다. 이 시기에 원문을 자세히 읽은 선생님의 이 책이 나온 데에는 나름대로의 역사적 의미 같은 것이 있을 것 같은데 ….

이상섭　나는 창비계열, 문지계열 이야기를 별로 좋아하지 않는데, 문학과지성사에 친구들이 조금 있고, 민음사에도 친구가 있어. 그렇다고 해서 내가 거기 가담해서 어떻게 했다든지, 그런 건 없어. 나는 교육적인 의미에서 글 잘 읽어야 하지 않나, 그리고 글 재미나지 않나? 그런 이야기를 자꾸 하려고 애쓰는 거라고. 그리고 한국 사람들은 자세히 읽지 않는 버릇이 있어. 대강 읽고서는 거창한 말만 해.

　그런데 내가 국문과 대학원생의 현대문학 박사과정 논문들도 몇 번 읽었어. 그래서 "이 사람아, 책에 보면 이렇게 나와 있지 않은데, 이거 어디서 나온 거야? 다른 곳에서 베낀 거 아냐?" "베꼈습니다." 그 사람이 머리를 긁으며 그러더라고. "진짜로 잘 읽어. 그리고 여기서 이렇게 기다랗게 썼는데, 요컨대 무슨 소리야? 무슨 말이야? 그냥 그 소리만 써, 기다랗게 쓰지 마." 그러니까 이론적인 것을 한다는 사람들은 잘 모르면서 기다랗게 쓰면 이론을 깔아놓은 것 같아. 하지만 나 보기에는

이상섭

그게 아니더라고. 나는 오늘의 이론을 잘 모르지만 내가 아는 것은 그러한 글 자체는 재미있는 거라고 글 자체를 자세히 음미하며 읽으라는 것이지. 자세히 안 읽는 버릇들이 있는데, 말하자면 "님은 갔습니다"의 구절들도 다시는 안 읽어서 수십 년 전에 읽은 것을 가지고 상상하면서 쓰고 하더라고. "너는 『님의 침묵』에 있어서의 무엇을 이렇게 쓰지 않았는가?" 아 그런데 자꾸 딴소리만 하거든. 철학이 어떻고 루카치가 어떻고 그런 소리만 자꾸 하는데, "이건 다시 안 읽었지? 수십 년 전에 한번 읽은 것밖에 없지 않아? 그것도 정확하지 않게? 다시 한 번 읽어봐. 그렇지 않아." 내가 이런 말 많이 해주지. 그래서 이만큼 두꺼운 것을 이렇게 줄여준 적도 있어.

　자세히 읽지 않는 버릇은 문지든 창비든 똑같아. 너무 이론에 경도되니까 그렇게 되지 않아? 그런 것 같아, 내가 보기엔. 그러니까 텍스트를 진짜로 자세히 읽으라는 이야기를 자꾸 했던 거라고.

김준환　30년대에 썼던 김기림이나 최재서 같은 경우에도, 비평의 과학이나 이런 이야기들을 하거든요 …. 거기서 과학이라는 것도 특별한 과학이 아니라, 자세히 잘 읽으라는 말을 굉장히 많이 하거든요. 몇 십 년이 지났는데도 왜 똑같은 현상이 벌어지는 걸까요?

이상섭　우선 재미있는 것을 잘 몰라서 그래. 글 자체가 재미있다는 것을 잘 가르치지 않는 거 같아, 내가 보기엔. 참 재밌잖아! 그리고 '나도 그렇게 해서 한번 써봐야지.' 하는 마음을 먹어야 돼. 나도 한번 써봤는데 안 되더라고. 사실은 창작할 줄 알아야 돼. 내가 그런 말 한 적 있지. 기껏해야 남의 글, 남의 평론 흉내 내는 것은 안 돼. 옛날 사람들 보면, 시를 많이 읽고 시를 지었는데, 괜찮게 썼어. 7언시도

쓰고, 5언시도 썼어. 훌륭하지 못한 시지만, 그래도 한번 해봤잖아! 그래서 책에다 남겼잖아! 그런데 요새 무슨 교수한다는 사람들이 시집을 남겨? 안 남기거든. 수필 외에는 학술 논문을 쓰고 자꾸 그래야하거든.

내가 글 쓸 줄 몰라서 그러는 거지만, 사실은 나 시인도 소설가도 되고 싶었어. 나는 옛날 한창 학교 다닐 때 거리가 한 시간쯤 걷는 데여서 머릿속으로 소설 지으면서 다녔어. "그때 나타났던 아무개…" 하면서 다녔거든.

이경덕　　뉴크리티시즘 그 책은 아무래도 좀 더 말씀드려야 할 것 같아요. 실용주의적 입장에서 국문학도들에게 도움이 될 것이라고 아예 서문에서 말씀하셔가지고 …. 그렇지만 우리 영문학도들도 많은 도움을 받은 책인데요. 신비평에 대한 관심은 머레이 대학에서 가르치시면서 교육적인 측면에서 벌써 생기신 거고. ('교육하고 관계있어.') 그리고 당대 비평 중 신비평을 문학사의 중요한 일부로 생각하신 것도 실용적, 교육적인 면에서 말씀하신 건가요?

이상섭　　그런 거야.

이경덕　　『복합성의 시학』 머리말에 보면, 랜섬, 테잇, 워른의 "정치 또는 역사 문제를 다룬 산문"을 제외하신다고 했는데, 그 이유는 어디에 있었는지요? 선생님은 신비평이 교육적으로 좋다고 말씀하셨는데, 다른 한편으로는 신비평이 교육적인 데 좋다는 실용적 측면을 강조한다든가, 신비평을 "비평 자체"와 동일시하거나 텍스트를 대할 때의 기본 방법(태도)으로서의 "자세히 읽기"와 동일시할 경우 그 역사성을 간과하게 되지 않을지요?

이상섭

이상섭　　나는 역사주의라고 하는 말은 무서운 이야기라고 봐. 히스토리시즘(historicism)이라고 하는 것은 무시무시한 이야기거든. 그 질문은 루카치 같은 사람에게 물어봐야 될 거야. "나는 역사라 하는 것은 이렇다고 믿어 의심치 않는다"라고 하는 그런 사람이거든. 하지만 순박한 역사는 재미있다고. 이런 사람이 이렇게 대답하고 이렇게 나왔다는 이야기는 재미난 이야기고 반드시 해야 되는 이야기거든. 먹물의 역사, 허깨비의 역사, 그물의 역사 같은 것들도 지어낼 수 있어, 이를 테면. 옛날에는 먹을 숯을 갈아서 하고 그 다음엔 그을음을 갖고 하고 그 다음에는 잉크가 발명되어서 하고. 잉크를 쓰는 법도 만년필로 쓰다가, 볼펜으로 하다가 수성펜으로 하다가 …. 그거 다 재미나는 역사며 변천이거든. 그런데 역사'주의'라고 할 것 같으면 그런 것들이 다 소용없어져. "너는 믿느냐, 앞으로의 역사를? 그것을 안 믿으면 너는 나가서 죽고 그것을 확신하는 사람은 앞으로 이렇게 하라!" 그런 이야기를 하는 사람은 겁주는 사람이라고 나는 생각해. '역사'와 '역사주의'는 구분해야 돼. 역사는 재미있어. 왕조사 같은 것도 있지만. 그런 건 좀 막연하고 보수적이라 할 수 있지, 그렇게 사실 확인을 자꾸 해봐야 돼. 불란서 말로는 아날학파라고 그러지? (예, '미시사'죠.) 나는 그 미시적인 것은 꽤 괜찮은 거라고 생각해.

그런데 크게 말을 하는 사람은 좀 이상하게 느껴져. 백낙청 선생이 무슨 '역사주의'를 이야기할 때는 믿기지 않지만, 그가 로렌스로 박사학위를 받은 사람이 아니야? 로렌스 이야기할 때는 엄청 달라지더라고. 구체적인 이야기잖아? 집사람이 로렌스로 박사를 했기 때문에 나도 읽었는데 재미났어. 웃기는 때도 있지만 재미나기도 해. 그런 로렌스 이야기를 그 사람이 할 때는 재미나더니 그 다음에 '역사주의'를 말하니까 이상하게 느껴지더라고. 그러니까 내가 말하는 역사는 역사주의는 아니지.

그리고 나는 신비평가라고 말하지는 못하고 뉴크리틱의 방식이 교육 방법으로 괜찮다는 생각이야. 그 사람들의 정치철학 논문들은 싱겁고 너절하기 짝이 없어. 하지만 그 사람들이 교과서들은 잘 지었거든. 질문도 잘했단 말이야. 질문을 시시콜콜하게 잘했잖아! 그 질문들에 잘 대답할 거 같으면 그게 아주 멋진 작품이 되잖아? 그게 좋다는 얘기지. 그런 차원에서 내가 글을 쓴 거라고. 신비평에 대해서 누군가 이야기는 자꾸 하는데 실제로 읽지는 않았거든. 그래서 내가 읽어봤어. 읽어보니까 별것도 아니야, 그저 그래. 놀라운 사실들은 조금 발견했지만. 교육 방법론이야.

김준환　　그런데 뉴크리틱들의 『나의 입장(*I'll Take My Stand*)』이나 『누가 미국의 주인인가?(*Who Owns America?*)』, 또 80년대 브룩스의 인터뷰를 봐도, 자신들의 방법론을 이야기하며 남북전쟁이나 남부의 기독교적인 것과 연관을 시키고 있습니다. 그 방법론이 정치·역사·종교와 연결될 수도 있을 것 같다는 생각이 여전히 좀 들거든요. 예를 들어 라이치(Vincent B. Leitch)가 신비평가들은 대체로 기독교인이었고, 그 신앙이 다른 정치성을 구태여 필요로 하지 않았다고 말한 적이 있었습니다. 아마도 신앙 자체가 상호이해와 포괄성이라는 이른바 비평상의 민주주의적 신념과 맞아 떨어지는 측면이 있었던 것 같습니다. 선생님이 감리교인이라는 것, 그것 자체가 이미 정치성을 내포한 것이 아닐까요?

이상섭　　맞아. 나는 기독교인이라는 것을 솔직히 인정하고 민주주의자이기도 하지만, 그렇다고 해서 내가 신비평주의자란 말을 안 한다고. 나는 넓게 말해서 인문학자야. 말의 아름다움, 효과스러움, 그것을 추구하는 사람이라고 할 수 있어. 그래서 사전편찬을 굉장히 중요하게 여기는 거야. 내가 『사전편찬학연구』(이름이 바뀌었지만)를 10권까지 내고서 퇴임했잖아?

이경덕　　선생님께서는 경험적인 읽기, 이런 것은 중요하지만, 주의자나 이즘(-ism)이 붙는 경우에는 …. (좀 이상해, 나는.) 그러면 앞서 나왔던 '경험주의자,' '실용주의자'라는 명칭도 "경험적인 것이나 실용적인 것을 중시한다"는 정도로 생각해야겠네요. (그렇게 얘기할 수 있지.) 그렇다면 선생님께서 강조하신 "자세히 읽기"라는 뉴크리틱의 방법론이 중요하지, 뉴크리티시즘 자체가 중요하지 않은 셈이군요. 그런데 선생님 하면 신비평주의자 타이틀이 붙는 경우가 꽤 있었던 것 같아요. 평단에서는요.

이상섭　　그건 아니지.

이경덕　　『낭만주의에서 심미주의까지 1800~1900』(1996)는 오랜 기간에 걸쳐서 쓰신 노작이라고 할 수 있을 것 같습니다. 낭만주의는 신비평에 의해 매우 부정적인 평가를 받다가 1980년대 미국 예일학파에 의해 재평가되면서 상당 부분 복권이 된 것으로 알고 있습니다. 그런데 선생님께서는 그런 해체론에 흔들리지 않고 "체계의 불변성"에 따라 낭만주의를 서술하고 계신 것이 눈에 뜁니다. 문예사조로서의 낭만주의나 심미주의 하면 표현론이나 존재론에 치우쳐있을 것 같은데, 그렇지 않고 모방론, 효용론이 두루 섞여 있다는 것을 확인할 수 있습니다. 그렇게 되면 고전주의/낭만주의/심미주의 사이의 차이를 이 체계로는 분별할 수 없게 되는 것이 아닌가요? 아니면 이러한 사조들 자체가 상당부분 허구라고 말할 수도 있는 것인지요?

이상섭　　우선 내가 체계의 불변성이라는 말을 썼던가, 안 썼던가? 잘은 모르겠는데 …. (쓰셨거든요!) (웃음) 옛날에 썼을 거야. 불변하는 게 어디 있어? 세상 사람들 사는 것에. 심미주의, 그 주의라는 말 괜히 썼지. 고전주의라는 말도 썼는데. 낭만주의가 썩어 들어가면 그렇게 되잖아? 그런데도 읽을 만한 글이 있더라고. 와일드(Oscar Wilde)의 글들을 읽으면 재미나고 또 예이츠의 젊었을 때 글들도 다 그렇게 쓰지 않았어? 재미있거든. 그런데 엘리엇은 그런 글들을 싫어했어. 싫어하는 사람은 싫어하래. 그래도 나는 재미있었어. 그런 역사도 있고 흘러왔고 앞으로도 흘러간다고 생각하거든. 그래서 그 얘기를 잘 읽어보니 재미있잖아? 나는 그렇게 생각하거든. 그리고 인간이 하는 것은 모두다 한계가 있지 않아? 그래서 허상이고 허구라는 얘기를 하게 돼. 사람들이 가진 생각은 모두 다 허상이고, 불변하는 게 없단 말이야. 가변성이 있어. 또 인간됨의 한계가 그거 아니야? 그걸 내가 받아들인다고. 옛날에는 받아들일 수 없었는데. 하지만 지금은 아무렇지도 않아. 사람이 한평생 살다가 보면 우스운 꼴도 당하는 거 아니야? 허구다, 허상이다, 여기에 너무 집착하지 말라, 그런 이야기가 되지 않아? 그런 생각을 하게 되는 거란 말이야.

김준환　　옛날에 선생님께 저희가 배울 때, 비평사를 중심으로 플라톤(Plato), 아리스토텔레스(Aristotle) 등 고전부터 읽어 내려왔었습니다. (그게 서양식, 옛날식이야.) 최근에는 영미비평사 대신에 프랑스, 독일의 현대이론을 묶어서 가르치는 경우가 대부분인데요, 이런 경향에 대해서 어떻게 생각하시는지요?

이상섭　　영미 비평사는 나로써 끝났지. 왜 그런가 하면, 그거 공부하는 사람이 없으니까. (그것도 문제인 거 같아요) 나는 옛날에 최재서 선생님한테서 배웠는데, 거기서 시작해서 앞부분으로 나아가고 뒷부분도 공부했거든. 그 사람들이 남긴 글들이 재미있었지. 지금은 재미가 없어진 거야. "구닥다리 옛날 글은 뭐 하러 읽어?" 그렇게 말하면 재미가 없어. 시드니의 글 참 재미있거든. 한데 재미가 없으면 더 읽지 못해. 하이데거가 재밌으면 하이데거만 읽어야 되는 거야. 영어 번역으로 자꾸만 읽어야 되는 거야. 그렇게 해서 영어 자체와는 관계가 없어지는 거야. 나는 '요새는 못살아 남겠구나.'하는 생각을 하게 돼.

이경덕　그런데 비평 쪽에서 영미비평의 특징을 가진 것들이 좀 있기는 있을 것 같은데, 오스틴(J. L. Austin)의 언어 행위이론이나 이런 거는 굉장히 경험적이고요. 데리다(Jacques Derrida) 같은 경우에도 오스틴을 계속 참조를 하고. 페미니즘에서도 복잡한 프랑스 페미니즘, 라캉(Jacques Lacan) 어쩌고 데리다 어쩌고 그런 거 말고 요새 비트겐슈타인(Ludwig Wittgenstein)이나 오스틴 등, 영미철학이 다시 부활하는 것 같은 생각이 좀 들거든요. 그런 것 보면 지금 영문학과에서 비평이론을 공부하는 사람들이 앞서나가지를 못하고, 독일이나 프랑스, 그야말로 하이데거 이런 데에 집착하는 것 같아요.

이상섭　그쪽에서 무슨 말을 할 거 같으면 그 말 받아들이려고 애쓰잖아? 영어로 번역해주면 고마워서. 다행한 것은 영어실력은 계속 늘어가. 우리는 영어를 가르치거든, 영문과 교수니까. 한데 자꾸 불란서 책을 보라, 라캉을 보라고 하지만 '라캉을 영어로 번역한 책'을 보라는 말밖에 안 되는데 …. 사실 그런 글들은 재미나는 포(Edgar Allen Poe)의 글에서 온 거 아니야? 데리다도, 라캉도 다 거기서 온 거 아니야? 우리가 포를 보지도 않아. 그런 거 어떻게 하겠어? 직접 포를 읽고 "야, 재미있다. 나도 그런 결론 내리겠다."고 하면서 나름의 결론을 내려야 돼. 그런데 한참 기다려서 "저 사람이 뭐라고 했다, 라캉이 포에 대해서 뭐라고 말했다"는 소리나 하고 있으면 어떡하겠나? 할 수 없지 뭐. (웃음) 요새 풍조가 그러니까. 나는 꾀가 훨씬 더 중요하다고 생각해. 포를 현대식으로 해석하는 것은 근사하지만, 배우고 와서는 "내가 보니까 이렇다," "서양 사람들도 못 봤다," "내가 보니까 저렇다," "그런 부분을 인용하며 내가 쓰겠다," 그렇게 얘기해야 돼. 저 사람들이 하는 얘기를 금과옥조로 알고 하면 우습게 되잖아! 불어도 잘 모르면서 말이지. 영어는 잘 알아야 되잖아? 그런데 불어 하는 사람들이 영어를 좀 시원찮게 하더라고. "이거 잘못 봤다. 잘못 읽었다"고 저 사람들을 가르쳐야 돼. 내가 보니까 그래. 코난 도일(Conan Doyle)도 재미난 이야기 잘 하는데, 코난 도일론도 불란서 사람들이 하던 이야기 그대로 한다고. 그래서 되나?

이경덕   텍스트를 잘 읽고 그것을 가지고 하는 창조가 중요한 거네요, 결국에는. (그렇지.) 예를 들어 데리다가 이렇게 이야기했는데, 앨런 포 같은 원 텍스트를 보면 그렇지 않다고 말할 수 있어야 하는 거네요.

이상섭   원 텍스트 이야기야말로 우리에게는 너무나 쉬운 거 아니겠어?

김준환   『영미비평사』가 완간된 후 6년만인 2002년에 나온 『아리스토텔레스의 『시학』 연구』에 관하여 여쭙고자 합니다. 이 책은 머리말에서 밝히셨듯이 줄곧 손에서 놓지 않으셨던, 그리고 영미 비평사의 시원인 『시학』에 대한 본격적인 논의이면서, 동시에 선생님의 문학관이 학술적 연구를 통해서 피력된 책인 듯합니다. 이전의 평론집들에서 일단이 드러나곤 했던 관점들이 논리적으로 서술되어 있는 것 같습니다. 이를테면 "미메시스"라든가 "문학과 역사와 철학의 관계" 등이 그러합니다. 따라서 어찌 보면 기존의 평론집들을 이 책에 비추어 다시 읽을 수도 있겠다 싶고, 특히 2002년 같은 해에 묶여진 『역사에 대한 불만과 문학』은 『시학』연구와 연관이 깊다고 생각됩니다. 선생님께서 『시학』을 다시 해석하시면서 특히 주목하신 점이 무엇이었는지에 대해 말씀해 주시기 바랍니다.

이상섭　　『시학』에 대해서 써야겠다고 늘 생각은 했지만 그리스 말, 헬라 말을 모르잖아? 그렇다고 해서 그 공부를 시작해야겠다는 생각도 안 들고 그런데 결국 『시학』이 뭔가? 자연과학 책과 마찬가지야. 놀랍게도 그 책에서 사상이니 감정이니 운명이니 그런 말 하나도 찾아볼 수 없어. 그게 굉장히 중요해. 아 이렇게 문학론도 쓸 수 있구나. 문학에 대해서 과학적으로 쓴다고 하면 이렇게 되겠구나! '나는 그렇게 못쓰는데 ⋯' 하는 자괴감도 들었지. 그게 자연과학 책이라고. 아리스토텔레스라고 하는 사람이 그런 사람이거든. 플라톤은 물론 다르고 아리스토텔레스가 미메시스라고 하는 단어를 굉장히 잘 썼어.

　　그리고 내가 주석을 원문보다 훨씬 길게 붙였는데, 사실은 주석이 중요한 거야. 주석을 자세히 봐야 돼. 그 주석의 대부분은 내가 창안해서 쓴 거야. 다른 사람들도 주석을 많이 붙였는데, 자세히 읽지 않고 쓴 거야, 일방적으로 쓴 거야. 나는 자세하게 읽었어. 그래서 한 삼십년 동안 읽었어. 다시 읽고, 다시 읽고, 다시 읽으면서 "우리가 낭만주의 이후의 문학관을 가지고 있기 때문에 이 책을 제대로 잘 읽지 못하누나." 미메시스라고 하는 말은 모방, 흉내 아닌가? 아무것도 아니거든. 글

가지고 요새는 표현이라고 하지만, 표현이나 모방이나 같은 말이야, 그대로 흉내 낸 거라고. 그래서 나는 운명이니 종교니 감정, 사상, 그런 무거운 말 절대로 쓰지 않고 문학론을 쓸 수 있구나, 플라톤 하고도 다르구나! 했지. 플라톤은 "미메시스이기 때문에 글렀다."고 했지만 미메시스도 즐겁기 짝이 없는데, 즐거운 것은 다 문학 아니냐, 학문 아니냐, 예술 아니냐, 즐겁자고 하는 짓 아니냐? 그렇게 봤던 거라고. 그래서 마지막으로 내가 썼어. 대학원에서 『시학』을 가르치고 그 번역을 참고해서 수강생한테 읽어 가지고 무슨 평을 써오라 하고 그런 평도 읽어보고 번역 글을 고쳤어. 요새는 내가 연구한 건 빼고, 『시학』하고 그 주석과 서문만 해마다 중판하는데, 문학과지성사에서 나왔어.

이경덕　　보충 질문으로 들어갈까요? 아리스토텔레스가 말한 "미메시스"가, 아까 말씀하신 대로, "미메시스"는 모방 대상의 문제가 아니라 모방하는 행위, 하나의 "기술(techne)"이었다는 것은 루카치류의 반영론이 간과한 측면이며, 역사에 대한 불만이 문학으로 표출된 것과 역사 자체는 구별되어야 한다는 선생님의 "역사주의" 비판도 『시학』 연구의 결산과 연관되는 것 같습니다. 비평"사"를 연구하시는 입장에서 역사주의가 아닌 역사란 어떤 것이어야 한다고 생각하시는지요? "사실의 준열함"(『사실의 준열함과 문학』, 『말의 질서』) 내지 선생님께서 말씀하신 "경험적인 것 혹은 실용적인 것"과 관계가 있는지요?

이상섭　　어렵기 짝이 없는 질문인데, 나도 몰라. 방법이 없는데, 하여간 세상이 이렇게 변화되어 오잖아! 그것을 잡아내는 것이 상당히 중요한데, 어떠한 역사의 목표를 향해서 가야된다는 식의 '주의'는 아니란 말이야. 나는 아날학파가 괜찮은 거라고 생각해. 그거 재미나잖아? '야, 세상에 그런 것도 다 있었구나' 하는 이야기, 참 재미있거든. "우리나라 툇마루가 역사가 있는데, 어떻게 돼 있는가? 처음에는 이렇게 생겼다가, 요즘은 차차 없어지고 말았다"는 이야기, 뭐 그런 이야기도 재미있는 이야기라고.

이경덕　　그런데 미시사 거시사를 나누면서 거시사의 시대는 지나갔다. 이런 게 포스트모더니즘에서 이야기하는 거잖아요. 거시사는 역사의 필연성하고 관계가 있고, "역사는 이렇게 가야 해, 가는 것이야."라고 한다면 그걸 누가 보증할 것인가라는 게 미시사의 입장이고요.

이상섭　　그게 다 누군가가 주장하는 거라고. 그런데 그런 주장이 다 재밌잖아? 저 사람 주장은 그런데, 내 주장은 안 그렇다고. 그러고는 지나가는 거야. 한 가지 역사만 따라가면 이상하게 된다고. 제자가 되잖아? 난 누구의 제자도 되는 걸 거부하거든. 보통사람들 대부분이 그렇게 돼.

김준환　　그런데 미시적인 역사들을 즐기다 보면 역사 변화의 동인을 설명하지 못하지 않을까요? 예컨대 구조주의자 레비스트로스(Claude Levi-Strauss)와 사르트르(Jean Paul Sartre)의 논쟁에서, 한쪽에서는 러시아 포멀리스트들, 특히 공시적인 것을 겹쳐놓으면 통시적인 역사가 된다는 티니야노프(Yuri Tynyanov)의 생각과 유사한 형태의 역사를 얘기했던 반면 사르트르가 반박한 것은 그럴 경우 역사 변화의 원인이나 동인을 설명해 내지 못한다는 점인데요. 변화를 어떻게 볼 것인가 하는 문제에서 결국 거시사에서 말하는 추상적인 역사 내지 역사주의를 여전히 고려해야 하지 않을까요? 참 쉽지는 않은 것 같기는 합니다.

이상섭　어려운 얘기고, 나로서는 정답이 없어. (웃음)

이경덕　다음 질문은 선생님의 여러 평론집들과 한국 시인 연구, 곧
『님의 침묵』의 어휘와 그 활용구조: 용례색인』(1984),『윤동주 자세히
읽기』(2007)에서 피력하신 한국문학 내지 한국문학 연구에 관한 것입니
다. 한용운이나 윤동주에 대한 수많은 글들이 있는데 어떤 계기로,
혹은 기존의 연구에 대한 어떤 점이 문제라 생각하셔서, 이 두 시인에
주목하신 것인지요?

이상섭　가장 중요한 것은 '자세히 읽지 않았구나'라는 거지. '책에
보니까 이렇게 돼있는데 이거 읽지 않고 옛날에 읽은 걸 가지고 덩달아서
뭐라고 하는구나!' 할 만한 경향이 너무나 많거든. 그래서 내가 한
번 자세히 읽겠다 하고, 그래서 윤동주도 다시 읽었어.『님의 침묵』
용례색인은 그렇게 해서 만든 거야. "단어가 이렇게 나와 있는데, 넌
단어도 틀렸잖아? 어디서 읽었는지도 모르잖아? 이 작품에 나와." 그랬다
고. 놀랍게도 한용운이 '구두'란 말 대신에 '구스'라고 쓴 거든지, '키스'
란 단어를 아홉 번이나 쓴 거든지, 그런 걸 한 번도 말한 적이 없더군.
그래서 내가 '형이하학적인' 이미지라고 한 거야. 그렇게 거룩하게만
생각하지 말고 키스하고, 끌어안고, 으스러지게 안아주세요, 그런 말을
했잖아? 그거 중요한 이야기로 받아들여야 된다고 얘기했다고. 그래서
그걸 증명하기 위해서 용례색인을 만들었거든. 서양에선 참 많이 하잖
아? 그런데 한국에서는 아무것도 안하다가 정송강의 가사 작품을 가지고
고대의 김흥규 교수가 용례색인을 만들어 보냈더라고.
　나 개인적으로 사용하느라고 윤동주 사전도 만들었어. 윤동주를 처음
에서 끝까지 다 읽어보니까 이렇고 이렇다고 그 얘기를 써봤어. 그래서

이상섭

윤동주에 대해서 꽤 자신 있게 말할 수 있는 거야. 윤동주 하면 민족시인이 어떻고, 괴상하게 글을 쓰는데, 나는 그렇지 않거든. 하여간 내가 재미없는 사람이겠지. 그럴 수밖에 없는데 뭘 어떻게 하겠어? (아니요, 『윤동주 자세히 읽기』를 대단히 재밌게 읽었는데요.) 그런가? (옛날식으로 하면 그 용례색인은 …) 콩코던스(concordance)지. (작가들의 단어 사용, 용례 모아 놓은 것으로, 요새는 코퍼스 형태로, 말뭉치 형태로 만들어 가지고 …) 아주 아주 쉽게 만들어. 그 뭐 컴퓨터를 척 꽂아놓으면 저절로 쫙 인쇄까지 해서 바치지 않아? 옛날에는 일부러 다 썼어. 그걸 봤구나. 옛날얘기지.

이경덕　선생님께서는 많은 작가들 중에서 한용운이나 윤동주가 민족시인으로 너무 부각이 된 작가들이기 때문에 선택하셨나요? 아니면 선생님께서 좀 관심이 있으셔서 계속 읽으셨던 시인이셨나요?

이상섭　우선 관심이 있었고, 그 다음에 '민족시인'이라고 이렇게 딱지를 붙이니까 그 사람들의 성격이 아주 가버리고 말더라고. 그렇지 않아. 내가 보기에는 그렇지 않거든. 나 윤동주 묻힌 데도 가보고 했거든. 일본에도 가보고 다 그랬어. (그러니까 어떤 시인들에 대해서 딱지를 붙여버리면 안 좋은 거죠?) 그렇게 붙이면 좋은 게 아니라고. 그렇게 고착되고 말거든. (다른 게 안보이니까, 작품에서 …) 아니야, 그거만 보고 작품들은 안 읽어.

김준환　제가 지금 연구하고 있는 김기림의 경우에도 선생님께서 말씀하신 것처럼 상당히 자세히 분석적으로 다시 읽어야 할 부분이 많다고 생각합니다. 그런데 김기림의 용례 사전을 만들어 단어의 쓰임새를 분석적으로 조사하는 것도 필요하지만 동시에 이를 해석하는 문맥도 필요하다는 생각을 하게 되었습니다. 작품을 읽는 데 있어서 여전히 중요한 부분은 "분석"과 동시에 발생하는 "해석"일 것 같습니다. 또한 재해석의 경우에도 해당 비평가가 텍스트 자체의 혹은 비평가 스스로의 문학적·역사적 문맥에서 완전히 자유로울 수는 없을 듯합니다. 이론적으로 텍스트를 모든 외적 문맥으로부터 분리하여 분석할 수도 있겠지만, 실제적으로 해석과 분리된 분석이 과연 가능할는지요?

이상섭　힘든 이야기야. 어려운 이야기 하고 있어. 나도 잘 몰라. 그러니까 1930년대를 꽤 잘 알고, 그 당시에 어떤 관점이 있었는지 꽤 잘 알고, 그리고 작품자체를 자세히 보고, 그래서 이런 말을 했구나, 그렇게 해석을 하는 수밖에 없지, 뭐. 어떻게 하겠어? 한데 초자연적으로 순 머릿속으로만 생각해서 "김기림, 그는 모더니스트였다."고 그렇게 말을 하면 구체성이 하나도 없어. 뜬구름 잡는 얘기밖에 안되거든. 그런데 그거의 편에서 그리고들 있다고.

이경덕　한마디로 말해서 방법론적인 비판의식? 그런 게 있으신 거죠, 주 작업이? (그렇지.) 또 하나의 실체를 만들기보다는 기존의 평가에 대한 안티, 그런 의미가 큰 것 같아요.

이상섭　해석하는 것을 보고서 기분 나빠서 그렇게 말한 거야. '아니, 이런 말이 있는데, 왜 그래? 읽어보지도 않았어.' 거기서 내가 시작한 거라고. 두 시인 다 그렇게 한 거야.

김준환　한국문학의 본령을 서정시로 보시고 세계문학으로서의 한국문학도 서정시에서 그 진가를 찾고 계시는데, 이에 반해 대하소설에 대해서는 부정적이셨습니다. 단편소설을 늘려놓은 것이 장편이 아니라는 말씀도 하셨고요. 이 대하소설에 『토지』나 『장길산』, 『태백산맥』이 속하는지도 여쭈어보고 싶습니다. 여기서 선생님의 문학관이 드러나는데요. 서정시에서의 이미지 영역은 미메시스로서의 기술이나 수사학의 영역이 아닌 "절대적"인 것이라고 보시고 계신 것 같습니다. 한국시에서 촉감과 같은 "형이하"적인 것이 발달되어 있다고 말씀도 하셨구요. 시학과 수사학의 구분, 내지는 서정시의 절대성에 대해서 좀 더 말씀해주시면 좋겠습니다.

이상섭　　동양에서 우선 문학이라 하면 서정시야. 이태백이나 옛날의 논어 말씀도 서정시적인 데가 많거든. 역사기술하고는 다르다고. 나는 '서정시가 상당히 중요하구나!'라고 그렇게 생각했거든. 서정시라고 하는 말도 내가 좋아하는 건 아니고, 매우 시적이라는 뜻이야. 서정시라고 하는 말보다는 '시적인 것'이라고 생각했어. 그 다음에 한국 사람이 굉장히 중요하다고 여기는 것은 감촉, 내가 "형이하"라고, 따옴표를 붙여 말했는데, 너무 형이상학적, 너무 고결한 이야기만 자꾸 하는데, 우리는 이렇게 안고, 속이 상하고, 눈이 아프고, 가슴을 앓고, 뭐 그런 이야기가 많다고. 애가 탄다는 말은 속이 탄다는 얘기지. 그런 부분들이 상당히 중요해.

　내가 '형이상학적'이라고 하는 얘기 중에 불행하게도 장편소설도 들어갔단 말이야. 그 당시에는 그랬어. 장편소설을 너무나도 잘못 썼다고. 요새는 잘 쓰는 모양인데, 난 아직 읽어보지 않았지만. 아마 상당히 반복적일 거라고 생각하는데. 왜 그런고 하니 그 사람이 또 나타나고 또 나타나고 또 도술 부리고 밤낮 그거거든. 이건 기다랗게 늘려놓은 장~~편 소설이야. (웃음) 반복적이 되려면 리듬이 있어야 근사한데 그 리듬을 죽여 버리고 너무 엄숙하게 굴 거라고, 재미가 없을 거라고 생각해.

이경덕   그래도 위대한 장편소설이 있다고 하셨는데, 도스토예프스키 같은 소설에는 사상이 있는데, 우리나라의 장편소설에는 그런 사상이 없다고도 ….

이상섭   옛날에는 그랬어. 요새는 아마 사상이 너무 짙어서 야단 날 거야. 사상, 사상, 사상, 역사주의! 그렇게 나올 거야. 그런데 예전에는 장편소설이 맥 빠진 물건이었다고 내가 예전에 『동 끼호테』 다 번역했는데, 영어에서 번역했지만. 도스토예프스키의 『카라마조프가의 형제들』도 4분의 1은 내가 번역한 거야. 감격하며 읽었다고 그런 감격이 어디서 오나? 아주 깊은 사상, 인간을 사랑하고 인간을 깊게 이해하고, 그런 느낌이 있는 건데, 한국에는 그런 게 없고 길기만 하다는 생각을 했던 거라고. 어쨌든 옛날에는 그랬어. 옛날에는 '어이구, 재미도 없고 길기만 해,' '아까 나왔던 이야기 아니야? 또 반복이야?'

그런데 톨스토이나 도스토예프스키는 반복하지 않거든. 그게 장편 짓는 역사가 오래 되어서 그런 거라고. 다 보았잖아? 『톰 존스(*Tom Jones*)』도 그전에 보았고, 『클라리싸(*Clarissa*)』도 보았고, 다 그랬는데, 보통 한국 사람은 그런 걸 읽어본 적이 없다고.

김준환   그러면, 아주 어려운 질문은 이제 좀 지나간 것 같습니다. 선생님의 학문적 업적 부분에서는 마지막으로 번역과 관련된 질문을 드려야 할 것 같아서요. 대학교 1학년 때부터 벌써 번역을 시작하셨더라고요. 워즈워스의 산문이나 성경이야기책, 타고르의 단편집 등을 번역하셨죠. 또 1964년에 예술창작론 모음인 『예술창조의 과정』을 번역하신 이후 주로 영미시를 중심으로 테니슨, 딜런 토머스(Dylan Thomas) 선집 (1975), 로빈슨(E. A. Robinson)부터 플라스(Sylvia Plath)까지 20세기 시인 들(1982), 윌프레드 오웬(Wilfred Owen) 전집(1987)을 번역하셨고, 소설의 경우『동 끼호테』1, 2권(1984), 희곡의 경우『셰익스피어 로맨스 희곡 전집』(2008)을 번역하셨습니다. 출간을 기다리고 있는 토머스 말로리 (Thomas Malory)의『아서왕의 죽음(Le Morte Darthur)』도 있지요. 특히 운문 쪽의 번역이 많더라고요. 앞에서 말씀하신 것처럼 서정시, 아니면 시적인 것하고 관련되는지, 그리고 번역에 대해 재밌는 말씀을 해주시면 좋을 것 같아요.

이상섭　　오화섭 선생님이 상당히 어려우셨지. 학교에서 나가라 해서 나가셨는데, 우리 동네에 사셨거든. 오화섭 선생님이 한번 만나자고 해서 갔더니 내가 전임강사 시작한 그 때에 "『동 끼호테』를 번역할 수 있나?" 그러시더라고. 그래서 "제가 번역해드리죠." 그래서 신나게 번역했거든. 영어에서 번역하니까. 다 번역하고, 운문은 운문대로 번역 하고, 운문이 많이 들어가 있잖아? 그렇게 해가지고서 갖다드렸더니 "벌써 다 했나?"하시고, 내게 원고료의 반을 주시더라고. 그 당시 63년 가을에 번역료를 가지고서 우리가 살 땅의 절반을 샀다고. 68년 말에 산꼭대기에다 집을 지었어. 그 다음엔 선생님이 "이거 다른 데서 내려 하는데, 이번에는 당신 이름으로 내." 그러지 않았겠어? "아니요, 선생님 이랑 공역으로 내겠습니다." 했지. 그 다음에 나올 때는 가로쓰기로 됐는데, 내 이름으로 냈지만, 이미 그때는 고전소설을 안 읽을 때야. 그 다음에는 직접 스페인어에서 번역하는 분들이 생기더라고. 그건 좋은 일이지. 그리고『카라마조프가의 형제들』도 4분지1을 번역했는데 그것도 돈푼 좀 벌고 …. 그래서 내가 학교 다녔잖아? 학교도 다니고 집안도 좀 가꾸고 그랬던 거지, 뭐.

이경덕   그 때는 번역료가 좋았던 건가요? 아니면 땅값이 싼 건가요?

이상섭   땅값이 너무너무 쌌어. 거기는 아무도 오지 않았거든. 우리 집 뒤 터에 땅이 나와서 누가 좀 사라고 했더니 몇 번 와보고 "이 산꼭대기에 뭐 하러 와? 게다가 쓰레기만 가득 차 있군." 그래서 할 수 없이 그 땅 내가 월부로 샀다고. 그래서 지금 땅이 넓어졌다고.

김준환   소설 번역하신 것은 땅값도 싸고 그래서 돈이 좀 되었을 텐데, (웃음) 그 테니슨이나 딜런 토머스, 그리고 미국 시 번역도 꽤 많이 하셨는데요. 그러니까 특히 이 작가들을 골라서 하신 이유가 있으신 지요?

이상섭   아, 딜런 토머스는 내가 정했어. 번역을 해야 되겠는데, 무슨 소리인지 모르잖아? (어렵죠) (웃음) 무슨 소린지 모르는 채로 내가 번역을 했고, 영미 사람 자기네들도 모르더라고. 나는 꽤 많은 관련 책들을 가지고 있었는데, 자기네들도 이렇게 말하고 저렇게 말하고 엉터리로 막 말하고 그러더라고. 딜런 토머스 자신도 잘 모르면서 쓴 거야. (모두 웃음) 한데 어떤 데는 근사하잖아? 딜런 토머스, 허 아주 멋있잖아? 테니슨은 아무도 번역하지 않는데, "내가 할게." 그랬어. 이름은 잘 알려졌는데 짧은 시들을 번역한 사람이 별로 없었지. 그래서 뭐 장시가 주된 시인이지만 짧은 시를 모아가지고 번역을 하는데, 운문을 살리려고 애를 썼다고. 한데 잘 안 돼. 오웬은 내가 (전집을 …?) 응, 전집이래야 별 것도 아니지. 한 권밖에 없으니까. 일찍 죽은 사람이니까.

이경덕　오웬에게 특별히 끌리신 게 있어서 번역을 하셨나요? 아니면
….

이상섭　맨 처음에는 상당히 끌렸거든. 그러다가 이제 보통으로 됐어.
(웃음) 시인들 중에 한 사람이고, 뭐 불쌍한 사람이지.

김준환　셰익스피어 번역서 말미에 "이 번역의 가장 중요한 요점은
우리 가락을 살려 산문적, 설명적 번역을 넘어서서 우리말로 된 극의
대본이 되려고 한 것"이라 하셨습니다. 「외국문학 교육에서의 번역
훈련의 필요성」 등에서 이미 이와 관련하여 말씀하시긴 했지만, 부탁드
립니다.

이상섭　번역을 하면서 한국인이라는 걸 잊어버리지 않아야지. 이게
한국 사람이 읽는 건데, 외국에서 왔다는 것이 전해져야 하거든. 그럼
그게 어떻게 해서 되냐 하면 사실 그게 어려워. 그래서 재간껏 하는
것 밖에 없다는 얘긴데.
　예전에 『동 끼호테』를 번역했더니 사람들이 상당히 좋아하더라고.
난 막 즐기면서 했는데. 원고지 50장씩 했잖아? (웃음) 위에서 아래로
내려쓰는 거. 일곱 달 만에 끝냈다고. 그때는 괜찮았어. (웃음) 요새도
셰익스피어의 1차 번역은 금방 끝냈어. 한 40권 되잖아? 그 다음에는
2차, 힘들어지기 시작해. 3차 하려니까 너무너무 힘들어. 상당히 고민스
러워. 하여간 처음 작품보다는 시원찮은 거지만 로맨스(romance) 희곡을
내가 번역했는데, *Two Noble Kinsmen*(『두 귀족 사촌형제』) 같은 건 한국에
선 초역이야. 일본사람이 빼버렸던 것인데, 한국에서는 일본의 영향이
절대적이었거든.

비극, 사극을 마치고 이제 3교째 들어가는데 지금은 희극들을 다루는 중이라고. *The Comedy of Errors*는 "오해 연발 코메디"로 번역하는 게 좋지. *Measure for Measures*는 일본식으로 "이척보척"(以尺補尺)이라고 번역들을 했더라고. (웃음) 그게 뭐냐 할 것 같으면, "이에는 이로, 눈에는 눈으로 갚는다"는 성경에서 온 이야기지. 그래서 『이는 이로, 눈은 눈으로』로 번역했다고. 원문에 가깝도록. *Love's Labour's Lost.* 이거를 어떻게 하느냐. "사랑의 헛수고"라고 하는 것은 이상하지. 사랑하느라고 수고를 했는데 다 수포로 돌아갔다는 얘기이거든, 사실. 그것을 어떻게 멋들어지게 번역하느냐야. 사랑의 헛수고라고 하면 일본말 그대로 번역한 거라고.

김재남 선생이 이만큼 두껍게 번역을 했거든. 하나도 해설 같은 건 안 붙였어도 산문으로 길게 번역을 했어. 한데 그이는 일제 때 배웠기 때문에 아마 일본역을 참고하신 모양이야. 일본 냄새가 나거든. 일제시대에 공부한 양반이니까 그럴 거 아니야? 난 그분 존경하고 몇 번 만나 뵈었지만, 그렇게 번역하지 않아야할 테고 일어도 전혀 몰라. (웃음) 요새 주석들이 참 많이 나왔어. 옥스퍼드판도 있고 캠브리지 판도 있고 다 있어. 나는 주로 옥스퍼드판 가지고 하지만.

이경덕   다음으로 좀 큰 틀에서 선생님께서 문과대학, 특히 영문학과의 학풍이 무엇이라 생각하시는지 말씀해주시면 좋겠습니다. 교수진이면, 당시 최재서, 고병려, 최익환 선생님 등이 계셨지요. 최재서 선생님을 통해서 경성제국대학 영문학의 영향을 받았는지, 기독교학교로서의 특성이 연세 영문학의 학풍을 만드는 데 영향을 주었는지에 대해 말씀해주시면 합니다.

이상섭

이상섭　　이 문과대학이라고 하는 데가 당시 대한민국에 하나밖에 없었다고. '리버럴 아츠 칼리지'라는 것은 전혀 처음이야. 그리고 쉽게 말하자면 미국의 학부대학이야. 음악, 철학, 수학, 논리학, 법학 그런 것들도 가르치고. 그럴 정도로 학부 교육을 탄탄히 가르쳤지. 그것은 '법학전문학교' '의학전문학교'라든지 그런 거하고는 관계가 없었지. 그래서 연희대학교 문과대학은 진짜 아메리카식의 '리버럴 아츠 칼리지' 를 만들려고 애썼던 거야. 진짜 고등교육을 시켜 전인(全人)을 만들려고 그랬던 거 아냐! 옛날에는 주로 그런 공부를 하던 때였고 나도 그 공부를 이어간다는 생각을 했어.

　최재서 선생은 경성제국대학을 나왔지만 일제 관립대학 냄새를 전혀 안 풍겼다고. 그게 상당히 중요한 얘기야. 왜 그런가 하니 관립대학에서는, 바이런 전집 하면 거진 새 책으로 남아. 앞에서 말했지만, 한 스무 장까지는 자세하게 콘사이스 찾아 읽고, 뒤에는 하얗거든. 그렇게 공부시켰어. 거기서는 텍스트를 굉장히 중요하게 여겼어.

　그러니까 최재서 선생은 경성제국대학 식이 아니었어, 역사적으로 쫙 훑어나갔다고. 그게 상당히 중요한 얘기야. 경성제국대학 나온 사람들은 책을 자세하게 읽고 매우 주석적인 공부를 했다고. 영문과 나왔어도 전체로 책을 읽지 않고 그런 식으로 한 거였지. 내게 낡은 바이런 전집이 있는데, 앞에만 새까맣게 일본어 글자를 적어놓고 뒤에는 하얘. 그건 쭉쭉 읽어나가야 하잖아! 무슨 소린지 잘 몰라도 그냥 읽어 내려가야 하잖아? 그렇게 가르치는 선생님들은 좀 재미가 없으신 분들이고, 한 번이라도 다 뗀 분들은 괜찮은 분들이지. 오화섭 선생님이 전체를 다 커버하시고 끝을 내셨거든. 여기가 무슨 품사인지, 동사가 어딘지를 집어던지고 그런 얘기는 안 하셨다고. 오 선생님, 최재서 선생님의 강의를 좋아했던 이유 중 하나가 그거였어.

이경덕 　그러니까 그 당시 지금 고대가 보성전문이었나요?

이상섭 　고대는 법학전문학교였어. 그러니까 1937년에 보성전문학교를 김성수씨가 인수해서 고려대학이 됐는데, 예전부터 법학전문학교야, 법만 강의했어. 법학부만 있었지. (그 옛날에 일본식 제도 보면 법문학부 내에 영문학 전공 이렇게 구분되는데요?) 고대는 그거 없었어. (그럼 고대에 영문학이 생긴 건 언제였는지 …) 그러니까 1946년인가에 생겼지. 그전까지는 법학전문학교야. 그것만 전문했거든. 그러니까 법률에 관해서는 아주 뿌리가 깊어. 연대 차원에서는 문과대학에 법학과도 있었다가 한참 후에야 독립했잖아? 정치외교학과도 있었다가 독립해서 정법대학을 만들어 나갔더랬지. 완전히 다른 거야. 문과대학은 진짜 고등교육을 시키려고 한 것이야. 전인(全人)을 만들려고 그랬던 거 아냐!

이경덕 　그런데 최근에는 전공 사이의 통섭이나 융합이 불가능할 만큼 상호 배타적이 된 것 같습니다. 이런 상황을 어떻게 생각하시는지 ….

이상섭 　어이구, 내가 그거에 대해서 무슨 할 말을 하겠어! 나도 그거 반대했던 사람이거든. 어떻게 좀 같이 융합해야 되지 않겠느냐가 안 되잖아! 과라고 하는 것은 훨씬 후에 생기고, 그냥 '리버럴 아츠 칼리지'야. 과라고 하는 것이 생긴 건 1946년인데, 어떤 의미에서는 그게 과끼리 장벽 쌓는 제도가 되지. 덮어놓고 이건 안 돼, 저건 돼, 이러면 되겠나? 나는 몰라, 나는 관계없어, 요것만 알겠다고 할 수도 없지 않아? 대학의 기본하고 관계가 없게 되지 않을까? 그렇게 될 가능성이 아주 많아서, '한국 대학은 앞으로 쓸모없게 되겠다'는 생각을 하게 된다고. 서양대학은 몸부림치더니 좀 달라지더라고.

김준환   지금 듀크 대학이나 캘리포니아 쪽에 있는 UC 샌디에고(San Diego) 같은 경우가 문학부(Department of Literature)라고 완전히 통합해버렸거든요.

이상섭   그런데 한국 대학은 이렇게 쪼그라들어서 어떻게 되겠나? 학생들이 찾아오니까 되는데, 여기서 창조는 잘 못하고 있어. 문과가 특별히 그렇다는 생각이 들어. 나는 예전부터 그런 생각이 들었어. 큰일 나겠다, 이러다간 어떻게 되겠냐는 생각을 안 하는 게 아니라 하고 있어.

이경덕   관련된 현상인데요, 무슨 평가제도 때문에 지금 교수들이 학술저널 이외의 잡지에 글을 못 싣고, 월평이 너무 부담이 되기 때문에 안하고, 외부적인 평론 활동이 없어지는 거죠. 그래서 아예 재야 활동가가 있거나, 아니면 학술저널에만 글을 싣는 교수, 그렇게 되어 있어요.

이상섭   아니, 세상에 글이라고 하는 게 학술저널에만 나오는 것도 아니야. 나는 우리 『인문과학』이 없어진다는 말에 너무나 놀란 사람이야. 『인문과학』이 나오기만 하면 다 읽으면서 아, 감격스럽다면서 읽던 사람이야. 교육학 논문, 심리학 논문, 사학 논문도 읽고. 영문학 논문도 가끔 실리고. 거기 내 글을 썼더니 얼마나 좋던지! 한데 논문은 반드시 학술진흥재단(현 한국연구재단)에서 원조를 받아야만 쓰는 거야? 그렇지도 않은데. 나는 그런 잡지에만 '냅니다.'는 사람이 보통 글도 안 쓰더라고 그러니까 핑계 김에 글을 안 쓰는 거지. 교수도 되었겠다, 그래서 안 쓰겠다는 거야. 그러니까 아무 공부도 안 해. 그럼 그게 뭐야? 언어정보원에서 해마다 발표회도 하고, 매달 발표도 하는 김에 그런 글을 『사전편찬학 연구』에 내라고 해도 안 쓰더라고. 그 다음에는 그 잡지가 없어지고 말았지. 이게 저 소통하는 방법이 틀렸다고 생각해.

문과대학에서 즐거웠던 기억을 한다면, 새파랗게 젊은 녀석들도 학장이 막 웃고 떠들 때 막 같이 웃고 그랬거든, 커피 한 잔 마시면서. 한데 요새는 그렇게 안 하더라고. 갔더니 쓸쓸하기 짝이 없더라고. 그리고 조교 시켜서 몰래 우편물을 가져가더라고, 그래서 나도 이젠 안 가.

그런데 공과대학은 그렇지 않아. 사람들이 왔다 갔다 하면서 야단하고 같이 연구하고 그러잖아? 그런데 연구도 같이 안하고 어떡한다는 얘기야? 그래서 나는 문과대학이 자업자득 하려는가 하는 생각이 들어. 자꾸자꾸 줄어드니 이상하게 돼가기 시작하고 그게 서울대학에서 시작되더니 여기까지 오게 된 게 아니야? 그러지 않아야 되는데. (한국연구재단 정책 자체가 대학을 …) 못된 짓이지. 개발 쇠발 되는 글이라도 자꾸 쓰면 어때? 계속 쓰라고 그러지 뭐. 등재지, 등재후보지가 없어진다면서? (네, 2014년부터 없어진다고 그럽니다.) 아직도 멀었구먼. (웃음)

이경덕　　참, 선생님께서 인문과학연구소 소장이었던 시절이 ….

이상섭　　아 그럼. 인문과학연구소장을 감격스럽게 나한테 맡기더라고. 그런데 결번들이 몇 개 생겼더라고. '결번을 채워야지!' 그래서 우선 사람들한테 글 쓰시오, 글 쓰시오, 돈 먼저 주고 글 쓰라고 했더니 돈만 받고 글 안 쓴 사람도 있지만 (웃음) 그래서 결번을 다 채웠다고. 그랬더니 이제 와선 또 결번이야. 내지도 않아. 그래서 2년 하고 그만뒀어.

　　　　　　　　　　　　　　　　　　　　　　　이상섭

어휴 힘들어.

김준환　다음 질문으로 갈까요? 이것은 저희가 요새 고민하고 있는 것 중에 하나인데요. 현실적인 문제일 것 같은데, 영문학 대학원 교과과정의 전문성은 점진적으로 확보되었으나, 실제로 박사학위 소지자들의 취업은 옛날에 비해 오히려 더 어려워지고 있고요. 특히 대학의 세계화 열풍으로 대학의 전공영역뿐만 아니라 교양영어 영역에 국내 박사들이 취업하기란 점점 더 어려워지고 있습니다. 예를 들어 옛날에는 저희가 석사 정도 졸업하고 강사를 시작했었잖아요. 최근에는 영어는 원어민이 가르쳐야 한다는 식의 얘기들이 거의 일반화되면서, 국내 석·박사들이 대학영어 시장에 진출하기도 어려운 상황이 되었는데요 ….

이상섭　나는 외국인이 일반영어 가르쳐야 한다고 보는 걸 반대하는 입장이라고. 그거 잘 안 되는 짓인데 …. 그 대신 한국인이 영어를 좀 할 줄 알아야 돼. 그리고 애들한테 자꾸만 숙제 주고 공부를 자꾸 시켜야 된다고. 내가 1996년인가에 문과대학 1학년 영어영문학 개론을 맡겠다고 하고서 영어로 강의했다고. 억지로 영어로 했어. 육십 몇 명 들어왔는데 일주일마다 한 번씩 글을 써오라고 했어. 서양식으로. 영어로 설명하면서. 써오랬던 글을 받긴 다 받았어. 그런데 25장은 고쳐줄 수 있었거든. 고칠 수 있는 한계가 거기까지야. 25명이면 내가 내 공부하면서, 그때는 9시간이었는데, 할 수도 있겠다고 생각했지.
　그전에 내가 영작문을 가르치면서 그때 학생들에게 한 주일마다 자꾸만 뭘 써오라고 하고 고쳐줬는데 절반까지 고쳐주고서 그만뒀어. 다시는 이런 거 못하겠다고. 영작문 원칙 같은 걸 가르쳐봐야 무슨 소용 있겠어? 하지만 애들한테 자꾸만 훈련시키는 게 중요하겠지. 그래서 1996년에, 퇴임하기 전이었는데, 그때 1학년 학생들에게 그렇게 했어. 억지로 영어로 했어. 그리고 책도 이렇게 두꺼운 책을 ….

이경덕   선생님, 예이츠 전집하고 그러셨잖아요.

이상섭   그거는 대학원 수업에서 하던 책이지. 학부에서 1학년 영어영문학입문 하는데 이만한 두꺼운 책을 교과서로 쓰면서 "너희들, 이거 못 읽지? 읽어봐. 그런데 6년 동안 공부했잖아? 어떤 사람은 7년 동안 공부한 사람도 있어. 읽기 시작해. 그럼 귀가 틜 거야. 눈도 트이고." 그렇게 자꾸 시켰거든. 그랬더니 그중에서 공부한 사람들은 따라왔다고 내가 엉터리영어로 하지만 그렇게 공부한 사람이 나중에 괜찮더라고. 그렇게 공부를 시켰는데 내가 그만두니까 그런 강의 없어졌다고. (아직 있습니다.) 영어로 하나? (영어로 한동안 했었죠. 요새는 다시 한국어로 …. 한데 과제물은 영어로 굉장히 많이 내주고 있어요.)

김준환   제도적으로 그런 게 필요한 게 아닌가 하는 생각이 많이 들더라고요. 학생들을 학부 때부터 잘 가르치되, 특히 제도를 잘 갖추어서 트레이닝 받으면서 석박사를 마치게 하고, 대학 교양영어도 그들이 가르치게 하고, 그걸 발판으로 해서 전공도 가르치고 하는 그런 제도가 마련되어야 할 건데, 여태까지는 그런 제도들이 조금 미비했던 게 아닌가 싶어요. 어느 대학이든 간에.

이상섭   그러니까 지금 외국인들이 차지하게 된 거지, 그런 시스템이 없으니까. 외국인이 그런 공부 가르칠 수 있나, 그거 의심스러워. 그렇지

352   이상섭

않아.

연세대학교 퇴임 후(2002~현재)

김준환　　드디어 마지막으로 … (웃음) 은퇴 후 선생님의 근황에 대해
여쭙고자 합니다. 최근 서울 근교에서 직접 손으로 농사도 지으시고
토머스 말로리의 대작 『아서왕의 죽음』, 그리고 셰익스피어 번역도
하신 것으로 알고 있습니다. 남양주에서 농사도 짓고 계시는 것으로
알고 있는데요.

이상섭　　나는 교회에서 찬양대를 아직도 하고 있고 집사람이랑 같이
해. 그동안에 악보를 익혀가지고 조금 읽을 줄 안다고. 그리고 이제
콩, 팥, 녹두, 옥수수가 자급자족하고 남아. (웃음) 남들 많이 주고. 지금
그 농사짓느라고. 서울집에서도 짓고 시골집에서도 짓고. 시골에 산
지 26년 됐거든. 26년 전에 내가 땅을 샀는데 싸게 샀어. 요새는 굉장히
비쌀 거야. 열 배는 올랐어. 열 배가 뭐야, 백 배 올랐나? 그래도 내가
팔지 않으니까 꼭 같아. 서울집도 그대로 40년 넘게 있고. 당신들도
와 봤지? (그럼요.) (웃음) 그 집에서 그대로 살고 있어. 집도 한 삼십 몇
년 전에 한 번 고쳐 짓고 그 다음에 그대로 살고 있어. 조금 이어서
짓고 뭐 그랬지만. 개는 여러 번 바꼈어. 저 혼자 죽더라고 (웃음) 땅에다가
묻어줬지. 십년, 이십년 묵은 개들이. 개 무덤이 아마 우리 집에 한
다섯 개는 될 거야. 여기서 공부하다가 주일날 가서 찬양하고 주초에
남양주에 가서 땅을 파지.

요전에 그 동네 사람한테 우리 땅 좀 갈아 달래서 잘 갈아놨어. 그 사람이 씨감자를 주면서 심으라고 해서 감자도 심고, 옥수수 심고 콩 심고 녹두 심고. 녹두는 잘 안 돼. (웃음) 콩도 잘 안 돼.

그리고 국립국어원에서 강사 노릇 조금 했어. 거기서 윤동주를 강의하고 그래서 윤동주 강의록을 한데 합쳐 냈던 거야. 『윤동주 자세히 읽기』가 그런 데서 나왔지. 그리고 저녁마다 셰익스피어를 번역한다고. 시골에 가면 웃통 벗고 농사짓거든. 농사 참 재밌어. 그런데 셰익스피어는 엄청 힘들어. (웃음) 하여간 계속 하고 있어. 재작년에 다 끝냈어야 할 일이었는데, 출판도 되어 나왔어야 하는데, 아직도 내지 못하고 있어.

말로리 번역하기 전에는 내가 퇴임하면 그날부터 한문공부를 좀 더 하겠다고 하고 한국에서 나온 실학 책이 있는데 그걸 읽었지. 『반계수록』 같은 걸 읽기 시작했지만 얼마쯤 읽으려니까 '야 내가 이거 읽어서 뭘 하나, 대단한 사람도 안 되는데, 내가 아는 게 뭔가? 셰익스피어 연구해라. 영어 잘하지 않아?' 그래서 우선은 말로리를 번역하고 셰익스피어를 번역하고 있다고. 중세 영어를 할 줄 알거든. 또 재미나거든. 그래서 번역하는 중인데 셰익스피어가 너무도 중요해. 지금 서른 한 편째 보고 있어. 아, 힘들어. 그거 4·4조, 7·5조로 번역하려면 아주 힘들어. 그러고 있지. 세월이 허락하면 그 다음에는 뭘 번역하겠다는 생각은 있어. 내가 할 수 있는 건 번역하는 거야. 그리고 한국어를 조금은 알기 때문에 한국어의 가락에 맞게 해, 음률이 맞아야 되니까. 그런 글도 몇 번 쓰고 발표도 했어. 한국인의 심성하고 우리 가락하고 어떻게 맞는가?

저 유명한 "죽느냐 사느냐, 그것이 문제다"라고 번역하면 안 돼, 그거 엉터리 번역이야. "To be, or not to be"가 뭐냐 하면, 존재냐, 비존재냐 하는 얘기거든. 그런데 일본 사람들이 "사느냐 죽느냐"로 번역했는데,

이상섭

죽는다는 얘기는 그 아래서 따로 했거든. 그게 바로 햄릿 왕자가 비텐베르크 대학에 갔다 와서 하는 말이거든. 철학적인 용어라고 루터가 종교개혁을 일으키고 말로(Christopher Marlowe)의 포스터스 박사가 있던 데야.

이경덕 사전과 관련해서는 더 하실 말씀이 없으신지요. 『현대한국문장인용사전』도 계획하셨었는데요?

이상섭 아, 그거 하려다가 너무 힘들어서. 그건 말뭉치를 많이 뒤져야 하지. 한국 사람이 쓴 글 중에 빼내려고 했는데 얼마쯤 하다가, 힘들어서 못하겠으니 누군가 대신 했으면 좋겠는데, 이경덕 선생이 해. (아휴 어떻게 제가 …) 얼마나 재미있어. 그래서 Dictionnary of Quotations, Familiar Quotations 그렇게 만들면 좋잖아? 그래서 다른 사람들도 읽어보면서, '아 여기서 인용해야겠다.' 그런데 한국 사람들은 별로 시원치도 않은 말, "톨스토이가 말하기를, 사람은 죽는다고! 아, 그런 죽는단 말은 아무나 할 수 있잖아? 왜 톨스토이에서 인용해야 돼? 우스워! 한용운의 멋있는 말을 인용해봐." 그렇게 얘기했거든. (그런 사전이 정말 나왔으면 좋겠네요.) 열심히 해봐. (웃음) 그거 굉장한 작업이지.

김준환 마지막 질문인데요, 농사도 로렌스를 전공하신 사모님과 함께 지으시는 것으로 알고 있습니다. 선생님의 회고담에 가끔 영문학을 전공하신 형님 이근섭 선생님에 대한 이야기는 있는데, 사모님에 대한 글은 쉽게 찾아지지 않던데요. 「평생 저축의 회고」와 「이화의 사위」(『안티에세이 모음』)에서 사모님과 약혼하신 후 유학시절 결혼하신 것, 이화여대 영문과 나오신 것에 대한 간단한 이야기만 있었습니다. 『영미비평사』를 사모님께 헌정하기도 하셨는데, 함께 같이 영문학을 하시며 지내오신 재밌는 이야기를 들려주실 수 있는지요?

이상섭　평생 같이 살잖아! 재미있다고 그 사람이 노래도 참 좋아하고, 찬양대를 같이 하고 있거든. 그리고 나보다 음악을 잘해. 그래서 중학생 시절부터 찬양대원 노릇을 했어. 나는 대학생 시절에 겨우 시작했는데. 아내는 장로교인이었는데 다니던 교회가 말썽이 많아서 가족 전체가 감리교로 옮겨왔다고. 내가 대학 4학년 때구나. 내 3년 밑이니까. 단발머리 하고 여고생처럼 차린 사람이 딱 나타났다고. 그때부터 내가 반했지, 뭐. (웃음) 평생 같이 살아.

1964년에 나는 미국 가서 공부해야 되겠다 해서 가 있고, 그 사람은 1965년에 미국에 왔는데, 그 전에는 중앙여고에서 영어선생 1년 하다 그만두고 미국에 와서 내가 잘 아는 교수님 댁에 방을 빌려 거기 살면서 저녁마다 같이 지내고 그랬지.

그 사람이 거기 살면서 아틀란타 시내에 있는 조지아 주립대학(Georgia State University)에서 공부했는데, 거기는 값이 싼데다가 장학금도 줬거든. 그래서 M.A.를 했어. 그런데 1960년대에는 M.A.만 해도 한국에서는 괜찮은 거라고 생각했는데 이화대학에는 안 되다. 그래서 할 수 없다고 하고, 강사노릇을 좀 하다 그 다음 1976년에 내가 하버드-옌칭 방문학자가 되어서 같이 갔었지. 옛 친구들을 만나고 그랬는데, 하버드 가서 공부 열심히 했어.

나는 그 때 책을 지으려고 생각을 했거든, "언어학과 문학의 관계." 그래서 언어학이 발전할 것 같으면 문학의 무슨 문제가 해결 된다 이랬는데 천만의 말씀이야. 거짓말이야 그거. 내가 그때 나온 언어학책 다 읽었거든. 무슨 말인지 잘 몰라도 다 읽고 잡지도 다 읽고 관련된 음운론이니, 이런 거 다 읽었어. 하버드 도서관에서 그것만 읽었어.

이상섭

낮에는 청강을 하는데 별로 시원치 않더라고. 해리 르빈(Harry Levin)도 내가 봤잖아? 그런데 떠듬떠듬 말하면서 전혀 재미가 없었어. 그런 사람들한테 빠짐없이 갔다고. 그런데 재미는 없었어. 그리고 비는 시간에는 도서관 가서 잡지를 막 뒤져보고 그랬는데, 결국은 와서 생각하니까 문학은 문학대로 하고 언어학은 언어학대로 하는 거밖에 도리가 없더라고. 그래서 내가 그걸 접었지. 나는 될 줄 알았거든. 언어학을 잘 하게 되면 문학의 큰 문제들이 해결될 거라고 생각을 했는데 전혀 "아니올시다."야.

그렇게 1년을 보내고 그 다음에 "여보, 우리 유럽 여행 좀 합시다. 배낭 딱 메고." 유럽 여행을 가서 한 달 반이나 돌아다녔어. 그 전에는 '아메리칸 패스'라는 거 사가지고 보름동안 기차로 여행해서 그랜드 캐년도 다 구경하고, 버펄로에 있는 나이아가라 폭포도 다 구경하고, 앤텔로프(영양, 羚羊)도 구경하고, 그 다음에 또 '버스 패스' 가지고서 플로리다 남단까지 갔다 오기도 하고, 그 다음에 유럽 여행을 했거든. 그랬더니 나같이 돌아다니는 사람이 없대. 다른 사람들은 어려워서, 돈 아껴서 어디 갔다 오는 정돈데, 나는 괜찮더라고 백팩 메고 돌아다녔어. 한 달 반 돌아다녔는데 나머지 반달은 영국을 돌아다녔어. 그때는 1977년인데 B&B(Bed and Breakfast)가 참 싸더라고. 촌에 가면 하루에 3파운드야. 싼데 들어가서 조반도 잘 먹고 나왔어. 그리고 한국에 왔더니, 77년인데 재미없는 땅이었지. 그런데 왔지 뭐. 그래서 …(유신 시절이 한참 … 국내에서도 여행을 사모님이랑 많이 다니셨죠?)

국내도 좀 다니고 그래. 비행기로 사천 비행장에 내려서 그 일대 돌아다니고. 여수 같은 데 다니기도 하고, 순천만에도 가고. 비행기로 양양에 가서 동네도 가보고, 가끔 그러지. 집사람이 여행 마니아야. 어디 가자고 그러면 나는 따라만 가는 거야. 같이 가자고 하면 가.

오카리나도 집사람이 잘 불어. 여기 가져왔는데 난 억지로 불어. 오늘 부는 날이었다고. 잘 못 불어. 연습도 안 하고 함부로 들어간다고.

이경덕   선생님께서 르네상스를 전공하셔서 그런가, '르네상스 맨' 같이 다방면으로 작업을 많이 하셨는데, 그길 어떻게 다 하셨는지요?

이상섭   아니야. 시간이 남잖아? 남은 시간 동안 뭐 하겠어? 책 읽는 거밖에 없잖아? 농사짓고 돌아다니는 것밖에 없다고. 요새는 조금 피곤하다는 느낌이 들어. 얼마 전까지는 피곤한 적이 없었어. 잘 자고 밥도 잘 먹고, 아직도 잘 먹지만. 그러고 살아. 그러니까 괜찮아.

김준환   체력도 굉장히 필요할 것 같은데요. 어떻게 체력을 유지하시는지요?

이상섭   나는 운동을 하지 않아도 뭐 괜찮았어. 엄청나게 많이 한 것도 아니야. (책을 몇 권씩 동시에 쓰실 때 체력관리가 필요하실 것 같은데요.) 그거 그런 거지 뭐. 40대 50대는 괜찮았는데 60 지나면서 좀 힘들다는 생각이었고 70 지나니까 아주 힘들어. 그래서 농사나 지어. 어저께, 그저께 갔구먼. 남양주 축령산 밑에서 농사짓고, 그제 저녁 때 일이 있다고 해서 빨리 온 거야, 빨리. 거기서도 노래하지. (웃음) 노래하는 건 중요해.

김준환   선생님께서는 뭐든지 책을 보셔도 즐거운 거, 생활을 하시는 것도 즐거운 거. 그게 비결일 수 있다는 생각이 드네요.

이상섭

이상섭　　재미 느끼는 거, 상당히 중요해. 재미없으면 버려야 돼. 나 심미주의 뭐 그런 이야기 쓰다가 버릴 뻔 했어. 야, 이거 재미없는데, 빨리 끝내야 되겠는데, 그러다가 어이구, 내가 그만두겠다, 그러고 말았었어. 그거 억지로 했어. 1, 2년이면 끝나는 거 아니야? 한데 힘들더라고. 사전편찬하면서 그거 하려니까 아주 힘들더라고. 사전편찬은 참 재미있었어. 수고 많이 했거든, 아주 재미있었어. 아직도 사전을 읽어, 계속. 딱새가 뭔지도 알고, 박새가 뭔지도 알거든. 꼬리명주나비가 뭔지 모르지? 난 다 알거든, 사슴벌레가 뭔지 알거든. 난 어렸을 때 곤충채집하던 사람이야, 초등학교 다닐 때. 그 친구가 60 넘어서 얼마 전에 나를 찾아왔었지. "나 왔다"고 그래서 반갑게 만났었지. 그 친구는 나보다 돈이 많아 포충망도 구해서 나는 그거 빌려 썼다고. 독병도 가졌고. 독병에 넣어야지 곤충들이 죽거든. 난 그런 게 없었지. 그래서 그 애한테 정성껏 받아가지고 죽은 시체들을 쫙 꽂아놨었거든. 그래가지고 일제의 조선 신궁자리가 한국과학관이었는데 거기 가서 이름들을 알아봤어. 그랬더니 꼬리명주나비, 제주꼬리나비, 왕은점붉은표범나비, 그렇게 알려주더라고 그래서 다 적어 가지고 이름들을 외웠지. 청띠신선나비는 아직도 보면 알아. 점박이세줄나비는 아직도 시골 가면 날아다녀.

이경덕　　저희 얼마동안 한 거죠? 한 시 반부터? 6시간 정도, 너무나 긴 시간을 선생님께서 말씀해주셔서 감사드리고요. 시간이 금방 간 것 같아요. 재밌었어요, 선생님.

이상섭　　나 웃는 사람 아니야? 계속 웃는 사람이 좋다고!

이상섭 교수 학력 및 경력, 주요 저서

■ 학력

1950.6~1956.3	서울 중.고등학교 졸업
1956.3~1960.2	연세대학교 문과대학 영문학과 졸업(문학사)
1960.3~1961.12	연세대학교 대학원 영문학과 졸업(문학석사)
1964.9~1967.6	미국 Emory 대학교 대학원 박사과정 영문과 졸업 (Ph.D.)

■ 주요 경력

1962.3~1964.8	연세대학교 문과대학 전임 강사 (이후 유학 중 휴직)
1967.6~1968.6	미국 켄터키주 Murray 주립대학교 영문학 조교수(유학 중)
1968.7~1972.2	연세대학교 문과대학 영문학 부교수
1972.3~2002.2	연세대학교 문과대학 영문학 교수
1976.9~1977.6	미국 Harvard 대학교 Research Fellow
1984.9~1985.2	미국 Virginia 대학교 방문 학자
1999.9~2000.2	미국 UCLA 방문 학자
2002.3~현재	연세대학교 명예교수

• 학교 봉사 활동

1968.9~1976.7	연세대학교 교육대학원 언어교육 전공 주임
1969.3~1973.2	연세대학교 교육대학원 교학과장
1973.3~1974.12	연세대학교 대학원 교학과장
1979.3~1984.2	연세대학교 문과대학 영어영문학과 과장
1987.9~1989.8	연세대학교 인문과학연구소 소장
1989.6~1993.7	연세대학교 한국어 사전 편찬실 실장
1993.8~1995.7	연세대학교 문과대학 학장

| 1995.9~현재 | 연세대학교 한국어 사전 편찬실 실장, 1997.3부터 언어정보 개발 연구원 원장 |

• 학회 및 사회 활동

1962~현재	한국 영어영문학회 회원 (편집 이사, 부회장, 회장 역임)
1967~현재	Modern Language Association of America 회원, 평생회원
1991.12~현재	서울 창천감리교회 장로
1992.10~1997.5	한국 비평이론학회 회장
1997.5~1999.5	한국 영어영문학회 회장
1995.9~1997.9	해외지역연구 심사평가 위원회 위원장(교육부 장관 위촉)
1995.5~1997.5	국어 심의위원(문공부장관 위촉)
1997.3~1999.2	조기 영어교육 자문위원회 위원장(교육부 장관 위촉)
1997.4~1999.4	한국 번역재단 이사(문화부 장관 위촉)
1998.1~1999.1	한국 학술단체 연합회 부회장(학회대표)
1999.3~현재	International Association of University Professors of English 초빙 회원
1999.7~2001.8	아시아 사전편찬학회 Asian Association for Lexicography (Asialex) 회장

■ 저서

• 학위논문

석사: 「Alexander Pope의 시 연구」, 연세대학교, 1961.

박사: *A Study in the Varieties of Literary Opinion in the Elizabethan Age*, Emory Univ. 1967.(*Elizabethan Literary Opinion: A Study in Its Variety.* 연세대학교 대학원, 1971.)

• 주요 저서

『문학의 이해』, 서문당, 1972.

『문학연구의 방법: 그 한국적 적용을 위한 개관』, 탐구당, 1972.

『문학이론의 역사적 전개』, 연세대학교, 1975.

『말의 질서』, 민음사, 1976.
『문학비평용어 사전』, 민음사, 1976(증보판 2001).
『언어와 상상: 문학이론과 실제비평』, 문학과지성사, 1980.
『『님의 침묵』의 어휘와 그 활용 구조』, 탐구당, 1984.
『영미비평사 1: 르네상스와 신고전주의 비평 1530~1800』, 민음사, 1985.
『대학문학 교육론』, 고려원, 1985.
『영미비평사 3: 복합성의 시학, 뉴크리티시즘 연구』, 민음사, 1987.
『자세히 읽기로서의 비평』, 문학과지성사, 1988.
『영미비평사 2: 낭만주의에서 심미주의까지 1800~1900』, 민음사, 1996.
『이상섭 안티에세이 모음』, 청아, 2000.
『아리스토텔레스 『시학』연구』, 문학과지성사, 2002.
『역사에 대한 불만과 문학』, 문학동네, 2002.
『윤동주 자세히 읽기』, 한국문화사, 2007.

• 주요 편저
Selected English Critical Texts with Excerpts from Classical Criticism, 신아사,
    1982.
『사전편찬학연구』 1~10, 연세대학교, 1988~2001.
『연세 한국어사전』, 두산동아, 1998.
『문학. 역사. 사회』, 한국문화사, 2001.
『연세 동아 초등국어 사전』, 두산동아, 2002.

• 주요 역서
브루스터 기셀린, 『예술창조의 과정』, 연세대학교 출판부, 1964.
딜런 토머스, 『시월의 시』, 민음사, 1975.
알프레드 로드 테니슨, 『서정시집』, 민음사, 1975(『눈물이, 부질없는 눈물
    이』로 개제. 민음사, 1995).
「미국편」, 『현대세계시선』, 삼성, 1982.
세르반테스, 『동 끼호테』 1·2. 삼성, 1984.
윌프레드 오웬, 『오웬 전집』, 혜원, 1987.
윌리엄 셰익스피어, 『셰익스피어』, 혜원, 1988(『소네트집』으로 개제. 혜원,

2001).

아리스토텔레스, 『시학』, 문학과지성사, 2005.

윌리엄 셰익스피어, 『셰익스피어 로맨스 희곡 전집』, 문학과지성사, 2008.

• 수상

한글학회: 공로패, 1985.

연세대학교: 학술상, 1987.

한국문예진흥원: 대한민국 문학상, 1988.

외솔회: 외솔상, 1999.

서울고 동문회: 서울인 상, 1998.

연세대 총동문회: 연세인 상, 1999.

연세대 문과대 동문회 상, 2009.

문화체육관광부: 한글발전 유공자-보관문화훈장, 2010.

인터뷰 대상 소개

김석득: 국어학 연구자. 연희대학교 문과대학을 졸업하고 연세대학교 국어국문학과 대학원에서 석·박사과정을 마쳤다. 연세대학교 국어국문학과 교수로 재직하다 1996년에 정년퇴임했다. 한국언어학회와 외솔회 회장, 한글학회 부회장을 역임했다. 저서로『국어 구조론－한국어의 형태·통사구조론 연구』,『한국어 연구사－언어관 및 사조적 관점』,『주시경문법론』,『우리말 형태론－말본론』,『외솔 최현배 학문과 사상』등이 있다.

박동환: 철학 연구자. 연세대학교 철학과를 졸업하고 같은 대학원에서 석사과정을 마쳤다. 미국 남일리노이 주립대학교에서 박사학위를 받았다. 연세대학교 철학과 교수로 재직하다 2001년에 정년퇴임했다. 주요저서로『사회철학의 기초: 철학개조의 바탕으로서의 정책과학』,『서양의 논리 동양의 마음』,『동양의 논리는 어디에 있는가』,『안티호모에렉투스』등이 있다.

이선영: 한국문학 연구자. 연세대학교 국어국문학과를 졸업하고 같은 대학원에서 석사과정을 마쳤으며 건국대학교에서 박사학위를 받았다. 연세대학교 국어국문학과 교수로 재직하다 1995년에 정년퇴임했다. 한국문학연구학회 회장, 민족문학사연구소 공동대표를 역임했다. 저서에 『현대한국작가연구』,『작가와 현실』,『한국문학의 사회학』,『리얼리즘을 넘어서: 한국문학 연구의 새 지평』등이 있다.

박영신: 사회학 연구자. 연세대학교 교육학과를 졸업하고 같은 대학원 석사과정을 마쳤다. 미국 버클리 대학교에서 사회학으로 박사학위를 받았다. 연세대학교 사회학과 교수로 재직하다 2003년에 정년퇴임했다. 한국사회이론학회와 한국인문사회과학회의 회장을 역임했다. 저서로 『현대사회의 구조와 이론』,『변동의 사회학』,『사회학 이론과 현실 인식』,『우리 사회의 성찰적 인식: 전통·구조·과정』등이 있다.

이상섭: 영문학 연구자, 번역가. 연세대학교 영문학과를 졸업하고 같은 대학원에서 석사과정을 마쳤다. 미국 에모리 대학교에서 박사학위를 받았다. 연세대학교 영어영문학과 교수로 재직하다 2002년에 정년퇴임했다. 한국비평이론학회와 한국영어영문학회, 아시아 사전편찬학회 회장을 역임했다. 저서로『문학의 이해』,『문학비평용어 사전』,『영미비평사 1~3』,『아리스토텔레스 『시학』연구』등이 있다.

대담자 소개

손희연: 연세대학교 언어정보연구원 HK 연구교수, 언어학
최세만: 충북대학교 철학과 교수, 현대영미철학
김귀룡: 충북대학교 철학과 교수, 서양고대철학
김동규: 연세대학교 강사, 예술철학
나종석: 연세대학교 국학연구원 HK 교수, 정치 및 사회철학
서은주: 연세대학교 국학연구원 HK 연구교수, 한국문학
김영선: 연세대학교 국학연구원 HK 연구교수, 역사사회학
이경덕: 연세대학교 강사, 영미비평
김준환: 연세대학교 영어영문학과 교수, 현대영미시

이 저서는 2008년도 정부재원(교육과학기술부 학술연구조성사업비)으로 한국연구재단의 지원을 받아 연구되었음(NRF-2008-361-A00003)

한국 인문학의 맥과 연세
연세대학교 국학연구원 HK사업단 편

2014년 5월 30일 초판 1쇄 발행

펴낸이 · 오일주
펴낸곳 · 도서출판 혜안
등록번호 · 제22-471호
등록일자 · 1993년 7월 30일
⑰ 121-836 서울시 마포구 서교동 326-26번지 102호
전화 · 3141-3711~2 / 팩시밀리 · 3141-3710
E-Mail hyeanpub@hanmail.net

ISBN 978-89-8494-509-8 93800
값 27,000 원